スナーク狩り

옮긴이 **권일영** anuken@gmail.com

1987년 아쿠타가와 상 수상작인 무라타 기요코의 『남비 속』을 우리말로 옮기면서 번역을 시작, 일본어와 영어로 된 소설들을 주로 작업했다. 미야베 월드 시리즈의 『누군가』, 『이름 없는 독』을 번역했으며, 이 시리즈의 『쓸쓸한 사냥꾼』(가제), 『가모우 저택 사건』(가제)을 준비하고 있다. 이 밖에 히가시노 게이고의 『환야』(랜덤하우스코리아, 2006)를 비롯한 몇 작품, 기리노 나쓰오의 『다크』(도서출판 비채, 2007), 가이도 다케루의 『바티스타 수술팀의 영광』(예담, 2007) 등을 우리말로 옮겼다.

SNARK-GARI
by MIYABE Miyuki
Copyright © 1992 MIYABE Miyuki
All rights reserved.
Originally published in Japan by KOBUNSHA PUBLISHERS, CO., LTD., Tokyo.
Korean translation rights arranged with RACCOON AGENCY, Japan
through THE SAKAI AGENCY and SHINWON AGENCY CO.

이 책의 한국어판 저작권은 THE SAKAI AGENCY와 신원에이전시를 통해
MIYABE Miyuki와의 독점 계약으로 **도서출판 북스피어**에 있습니다.
저작권법에 의해 한국 내에서 보호를 받는 저작물이므로 무단 전재와 복제를 금합니다.

이 도서의 국립중앙도서관 출판예정도서목록(CIP)은 서지정보유통지원시스템 홈페이지(http://seoji.nl.go.kr)와 국가자료공동목록시스템(http://www.nl.go.kr/kolisnet)에서 이용하실 수 있습니다. (CIP제어번호 : CIP2016030053)

미야베 미유키 ── 스나크 사냥

게이코에게 가장 큰 타격을 준 것은
그게 아니었다. 자신이 그따위 인간들 이외에는
불러 모으지 못한다는 사실,
자신은 아무런 가치도 없다고

여기게 만든 사실이 가장 잔인했다.
앞으로 살아가며 만나게 될 사람들을,
또 사랑하게 될지도 모를 사람을 게이코는
이제 단순하게 볼 수가 없게 되어 버렸다.

スナーク狩り

권일영 옮김

북스토

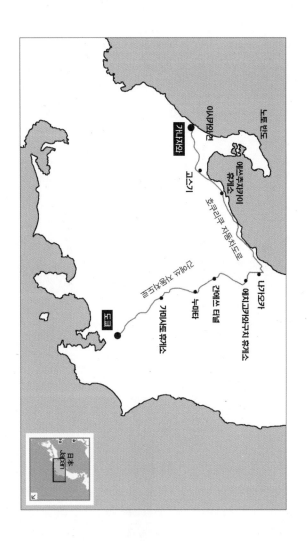

スナーク狩り

—————

나는 스나크와—어두워진 후 매일 밤—
꿈같은 착란 상태에서 싸움을 합니다.
그 어렴풋한 곳에서 나는 채소를 먹이고
불을 피우는 데 스나크를 사용합니다.

하지만 만일 부점을 만나면, 그날,
단 한 순간에(라고 확신합니다),
나는 조용히 그리고 갑자기 사라져 버릴 겁니다—
이런 생각을 하면 견딜 수가 없습니다!

-루이스 캐럴

〈스나크 사냥〉, 여덟 장章으로 이루어진 사투

새하얀 지도

제 1 장

1

그날 저녁까지만 해도 지도는 아직 공백이었고, 예정된 유혈 사태는 단 하나뿐이었다. 거기서 죽어갈 사람의 이름도 정해져 있었다. 모든 것이 예정된 행동, 예정된 운명에 따를 뿐, 변경의 여지는 없을 듯했다.

세키누마 게이코는 나선형 통로를 따라 조심스럽게 차를 몰았다. '도호 그랜드 호텔'은 건물의 지하 일층과 이층이 전용 주차장이다. 6월 2일, 길일吉日이라는 일요일 저녁. 주차 공간을 찾느라 제법 애를 먹었다.

간신히 차를 주차시켰을 때, 오른쪽에 있는 연회실 로비로 바로 올라가는 엘리베이터에서 젊은 남녀 몇 명이 내리더니 게이코가 있는 쪽으로 걸어왔다. 옷을 잘 차려 입고 '壽수'라는 글자가 찍힌 큼직한 종이봉투를 들고 있었다. 여자 가운데 한 명은 화려한 후리소데공식 석상에 입고 나가는 일본 전통 복장 차림이었지만 걷기 힘든 모양이었다. 머리에 얹은 호화로운 가채가 위태롭게 흔들려, 당장이라도 떨어질 것만 같았다.

게이코가 운전석 문을 열고 차에서 내리자 옆을 지나던 젊은이가 의외라는 듯이 눈을 크게 뜨며 말했다.

"어, 벤츠."

일행들이 바로 놀려 댔다.

"촌놈이구나, 너."

"벤츠 처음 보냐?"

웃음소리가 터져 나왔다. 게이코는 그들에게 살짝 미소를 지으며 차 뒤편으로 갔다. 가느다란 주름이 잡힌 조젯georgette촘촘하게 꼰 명주실로 오글오글하게 짠 얇은 천 원피스 자락이 찰랑거리며 발목에 감긴다. 하이힐 굽이 콘크리트 바닥에 닿을 때마다 소리가 크게 울렸다.

차 트렁크를 열자 화약 냄새가 났다.

이상하다는 생각이 들었다. 요 보름가량 사격장에는 가지 않았다. 밤마다 총을 꺼내 결심이 흐트러지지 않았음을 확인하기는 했지만 쏜 일은 없다. 이 화약 냄새는 어디서 나는 걸까.

좀 전의 젊은이들은 게이코가 있는 곳에서 차 네 대 정도 떨어진 곳에 있었다. 대형 밴 뒷좌석에 짐을 싣는 중이다. 왁자지껄한 목소리가 들려왔다. 게이코가 그쪽을 보니 아까 "어, 벤츠"라고 했던 젊은이가 또 이쪽을 보고 있다. 시선이 마주치자 수줍은 표정으로 웃었다.

"차가 끝내주네요."

빌려 입은 듯한 옷차림이지만 입만 다물고 있으면 그런대로 어울려 보일 만하다. 하지만 말을 하면 도통 안 어울린다.

사람 좋아 보이는 처진 눈썹으로 웃는 얼굴에는 나비넥타이가 전혀 어울리지 않았다.

"벤츠 처음 봐?"

게이코가 묻자 젊은이는 약간 기분이 상한 표정을 지었다. 일행이 놀리면 괜찮지만 생판 남인 여자가 놀리는 것은 참을 수 없다는 건가? 지나가던 여자는 자기가 말을 걸면 모두 부드러운 미소를 지어야만 한다는 건가? 쓸데없이 남의 일에 참견하는 주제에 오만하고 이상한 습성이다.

"메르세데스 벤츠를 처음 보지는 않지만 여자가 190E23을 모는 건 처음 봤죠."

젊은이가 "메르세데스 벤츠"라고 발음하는 걸 듣고 게이코는 미소를 지었다. "남편 차야."

나비넥타이를 맨 젊은이는 그제야 떨어져 나갔다. 게이코는 트렁크에서 짐을 꺼냈다.

검은 가죽 케이스였다. 세로 90센티미터, 가로는 30센티미터가 약간 안 된다. 두께는 15센티미터 정도. 모서리마다 금속으로 보강되어 있고, 잠금 장치에는 자물쇠가 붙어 있다. 얼핏 악기 케이스로 보인다. 실제로 이걸 들고 있을 때 '그게 뭡니까?'라는 질문을 받은 적은 없지만 '무슨 악기입니까?'라는 질문은 여러 번 들었다.

그때마다 게이코는 늘 웃었다. 질문을 한 상대 때문에 웃는 게 아니라 이런 취미를 지닌 자신 때문에 웃는다. 어울리지 않는 짓만 하는 게이코. 어렸을 때부터 그랬다.

케이스 안에 든 것은 총신 길이 28인치, 구경 12번인 상하식 쌍발총이다. 사격 선수용 산탄총인데 운반할 때는 총신, 방아쇠 부분, 개머리판, 이렇게 세 부분을 분해해서 케이스에 넣기 때문에 아무것도 모르는 사람들 눈에는 위험한 물건으로 보이지 않는다. 상당히 관찰력이 있는 사람이나 '악기치고는 큰 편이고 꽤 무거워 보이는군' 하고 느낄 정도이리라.

꺼낸 케이스를 바닥에 내려놓고 트렁크 뚜껑을 닫았다. 탄창은 아파트를 출발할 때 숄더백 아랫부분에 손수건으로 싸서 넣어 두었다. 그 백의 가느다란 가죽 끈을 오른쪽 어깨에 걸치고 케이스를 집어 든 다음 엘리베이터를 향해 걷기 시작했다.

물론 평소 사격장에 다닐 때는 총탄을 백에 넣고 돌아다니는 위험한 짓은 하지 않는다. 오늘 밤 필요한 것은 딱 한 발뿐이다―그 한 발을 쏘아 버리면 모든 걸 잃게 될 것이다. 그래서 백에 넣어 왔다.

엘리베이터 홀에는 아무도 없었다. 텅 비어 있고, 묘하게 눈이 부시다. 게이코는 얼굴을 찡그리며 엘리베이터 버튼을 눌렀다. 그러고는 벽에 기대어 기다렸다. 망설임은 이미 사라졌는데 문득 오빠 얼굴이 떠올랐다.

그제야 미안하다는 생각이 들었다.

지금으로부터 이 년 전, 게이코는 사격을 배우고 싶다는 이야기를 꺼냈다. 사냥이 취미인 고향의 오빠는 세 가지 조건을 내세웠다. 하나, 제대로 된 사격장의 회원으로 가입할 것. 둘, 차는 벤츠나 볼보로 바꿀 것. 셋, 그 차에 탄약을 종이 케이스째로 수납할 수 있는 완충재가 든 전용 박스를 달 것.

"원래 넌 변덕쟁이에다가 말도 잘 듣지 않는 편이니까. 그러니 배우는 걸 반대하지는 않겠어. 제대로 허가를 받아야 총을 지닐 수 있고 클럽에 가면 지도해 주는 사람도 있거든. 하지만 사격장에 오가려면 아무래도 차를 몰아야겠지. 그게 걱정이야. 상자 가득 총탄을 쌓고 달리다 옆에서 다른 차가 들이받으면 어떻게 되는지 알아?"

그냥 죽는 게 아니야. 죽은 뒤에 제대로 뼈도 추리지 못할 정도로 끔찍한 주검이 된단 말이야—은단 알맹이만 한 산탄이 채워진 플라스틱과 놋쇠로 된 통을 보여 주면서 오빠는 그렇게 말했다. 텔레비전의 형사물이나 외국 액션 영화에 나오는 실탄—그 유선형의, 보기에도 잘 날아갈 것 같은 모양새의 총탄과는 완전히 다르게 생긴 그것은 전혀 위험해 보이지 않았다.

"오빤 그런 사고를 본 적이 있어? 사냥터나 사격장에서, 혹은 총탄을 실었다가 교통사고가 나서 죽은 사람을 본 적 있어?"

오빠는 고개를 끄덕이며 이렇게 대답했다.

"딱 한 번." 그러면서 검지를 세웠다. "딱 한 번 있어. 하지만 그 한 번으로도 충분해."

게이코가 사격에 소질이 있다는 칭찬을 듣자 오빠는 본인보다 더 기뻐했다.

"사냥을 해 볼 생각은 없니?"

"오빠도 참. 내가 이렇게 무거운 걸 들고 야산을 뛰어다닐 타입이야?"

"그럼 올림픽 대표를 목표로 삼아라. 꿈은 큰 게 좋아. 네겐 한 가지 일에 진득하게 열중하는 게 필요해."

그 무렵 오빠는 기뻐했다. 한 번도 자기가 시키는 대로 한 적이 없는 여동생이 같은 취미를 갖겠다고 한 사실 때문에. 그게 세상 사람들이 아무리 '여성적이지 못하다'고 할 취미라 해도 상관없었다. 그리고 오빠를 기쁘게 해 줄 수 있다는 사실은 게이코에게도 즐거운 일이었다.

단둘인 남매지만 나이는 열 살이나 차이가 났다. 그래서 게이코가 중학생 때 교통사고로 부모를 한꺼번에 잃은 뒤에는 오빠가 보호자 노릇을 했다. 게이코에게 오빠는 그야말로 전지전능한 남자였다.

게이코가 태어난 고향은 농업 이외에 이렇다 할 산업이 없는 곳이었다. 관광지로서 주목받을 만한 멋진 경치도, 중요한 문화재나 유적도 없다. 그래서 일찍부터 열심히 기업 유치를 해 왔다. 도쿄에서 특급으로 두 시간 반 거리라는 점과 넓은 땅, 풍부한 물이라는 세 가지 조건은 기업 유치에 있어서 큰 장점이 되었다. 지금은 거대 반도체 메이커와 음향기기 메이커가 생산과 연구 본거지를 게이코의 고향에 두고 있다.

고향에 갈 때마다 거리 풍경이 변하고 새 건물과 아파트가 들어섰다. 그런 고향이다 보니 세상을 떠난 아버지가 하시던 사업이자 오빠가 물려받아 하는 가업인 부동산 회사는 날로 번창했다. 게다가 아버지가 키운 유능한 직원들까지 있었다. 덕분에 오빠가 맡고 나서도 이렇다 할 문제나 어려움 없이 계속 발전해 왔다.

다만 그런 따스한 보호 아래 하고 싶은 일은 뭐든 하고, 갖고 싶은 것은 모두 가질 수 있는 생활을 하면서도 게이코는 이따금 공연히 쓸쓸해지거나 화가 나서 주변 사람들에게 마구 화풀이를 하는 일이 있었다. 그런 버릇은 게이코가 스무 살 때, 오빠가 결혼을 하고, 이윽고 아기를 낳아 오빠만의 가정을 꾸리게 되면서 특히 심해졌다.

이유는 간단했다. 오빠가 전처럼 신경을 써 주지 않았기 때문이다. 게이코는 그래서 심통이 났다.

오빠 또한 그걸 눈치챘을 것이다. 하지만 게이코를 위해 시간과 관심을 나누어 주는 대신 게이코의 응석과 고집을 그전보다 더 받아 주는 것으로 메우려 했다.

그런 까닭에 도쿄에서 혼자 살면서도 게이코는 돈 때문에 불편한 적이 없다. 대학 시절에도 그랬고, 회사를 다닐 때 역시 매달 월급을 몽땅 써 버려도 고향에서 보내 주는 돈 덕분에 생활에는 아무런 어려움이 없었다. 도심에 있는 아파트를 얻어 살며 자가용을 굴리고, 한 해에 두세 번은 돈을 펑펑 쓰는 여행을 며칠씩 했다. 그런 게이코를 보고 선배 여직원들은 몰래 '베짱이'라고 흉을 보았던 모양이지만 공교롭게도 이 베짱이의 환경은 일 년 내내 여름이었기 때문에 추운 겨울에 개미에게 고개를 숙이며 먹을 것을 구걸할 필요가 없었다.

게이코 나이에 그런 도움 없이 돈이 많이 드는 취미를 계속해서 즐길 수는 없는 노릇이다. 클레이 사격은 게이코가 손을 댄 여섯 번째 취미다. 바로 전에는 승마였다. 말을 돌봐주는 게 귀찮아 한 달 만에 때려치우고 말았다.

그런 게이코에게 오빠가 이따금 슬쩍 충고를 하기는 했다. 더 건설적인 일을 해 보라고. 하지만 게이코는 그런 충고를 늘 흘려 들었다. 못 들은 척했다. 충고를 받아들여 '건설적인' 일을 시작하면 오빠가 점점 더 관심을 보이지 않을 거라고 생각했기 때문이다. 뭔가 걱정을 하게 만들지 않으면 잊어버릴 거다—그런 생각이 들어 견딜 수가 없었다.

당연히 올케는 제멋대로 구는 손아래 시누이에게 좋은 표정을 짓지 않았다. 게이코 입장에서도 바라던 바였다. 게이코가 보기에 올케는 완전히 적이었다. 오빠의 관심을 빼앗아가 버린 얄미운 존재에 불과했다. 조카들도 마찬가지다. 진심으로 귀엽다는 생각이 든 적이 한 번도 없었다. 다만 애들이 자라면서 철이 드니 쌀쌀맞게 대하기에는 골치 아픈 상황이 되었다. 차라리 애들을 자기편으로 만들어 두는 게 올케와 맞서기에도 유리하겠다는 생각에 겉으로는 될 수 있으면 착한 고모로 보이려 애썼다. 그런 생활이 벌써 여러 해 이어지고 있다.

사격을 시작하기로 마음먹은 것은 순전히 변덕 때문이었다. 하지만 다행히 그걸로 오빠의 흥미를 끄는 데 성공하자 게이코는 사격에 열심히 매달리기 시작했다. 재주도 있었고 인간관계 또한 넓어졌다. 오빠를 따라 사냥을 하러 가 볼까 하는 생각까지 들 정도로 게이코는 사격에 몰두했다.

얄궂게도 게이코가 그렇게 즐거워하자 마음이 놓였는지 오빠의 관심은 다시 멀어져 갔다. 애당초 그건 게이코의 생각이지 눈코 뜰 새 없이 바쁜 오빠의 마음을 다 큰 게이코가 잡아 둔다는 것 자체가 무리였는지도 모른다.

오빠가 신경을 써 주지 않자 사격에 대한 열성은 거짓말처럼 식어 갔다. 처음 시작했을 때는 주말만 되면 꼭 사격장에 갔는데, 점차 한 주 걸러 한 번, 두 주 걸러 한 번, 한 달 걸러 한 번으로 간격이 벌어졌다. 약간 양심의 가책을 느껴 흥미가 되살아날까 싶어서 구경 20번 쌍발총을 새로 사기도 했지만 손에 익지 않아 명중률만 떨어진다는 기분이 들었다. 그래서 사격에 대한 흥미는 더욱 식었다.

진득하지 못한 게이코, 어린애 같은 게이코. 그렇다, 나는 아직 어린애다. 그런 생각이 들었다.

일 년만 지나면 또 다른 흥밋거리를 찾아 나서고 싶은 기분이었다. 지금까지 내내 그런 짓을 반복해 왔다. 글쎄, 뭐 없을까? 즐거운 일, 재미있는 일 없어?

하지만 이번에는 그렇게 되지 않았다. 그럴 수가 없었던 것이다. 왜냐하면—.

연애를 했기 때문이다. 아니, 그런 정도로는 표현이 부족하다. 그야말로 연애에 완전히 푹 빠져들었다고 하는 편이 낫겠다.

같은 회사 사람은 아니었다. 아는 이의 소개라는 뻔한 방식으로 만났다. 처음에는 게이코 자신도 그런 남자에게 깊이 빠질 거라고는 눈곱만큼도 생각하지 못했을 정도였다. 관심 밖이었다.

그런데—.

차임벨 소리가 살짝 울리더니 엘리베이터 문이 열렸다. 안에는 아무도 없다. 샴페인 색 카펫 위에 폭죽을 터뜨릴 때 나온 듯한 예쁜 종이테이프 쪼가리가 떨어져 있을 뿐이다. 손님 양복에 붙어 있었던 모양이다.

게이코는 엘리베이터로 들어가 문을 닫았다. '3'이란 숫자를 눌렀다. 연회실이 있는 층의 구조는 외우고 있었다.

옅은 노란색 조명이 비치는 엘리베이터 내부는 문을 제외한 벽이 모두 거울로 되어 있었다. 황록색 조젯 원피스를 입은 여자가 무거워 보이는 검은 가죽 케이스를 들고 입술을 꼭 다문 모습이 거울에 비쳤다. 참 예쁜 여자라는 생각이 들었다.

죽게 내버려 두기 아까울 정도로 미인이다. 그런 생각을 하며 혼자 웃었다.

엘리베이터가 멈췄다. 문이 열리자 새하얀 옷차림의 신부가 기모노를 입은 여직원의 안내를 받으며 옅은 진홍색 카펫 위를 지나가는 중이었다. 옷을 갈아입으러 가는 모양이다. 게이코는 손목시계를 보았다.

오후 여덟시 오분이 막 지났다.

도심 야경을 내려다보며 즐기는 피로연. 순서가 밀리지 않고 진행되었다면 게이코의 애인이었던 남자와 오늘 밤 그의 아내가 되려 하는 여자도 이제 곧 옷을 갈아입기 위해 연회장을 빠져나올 것이다. 그리고 옷을 다 갈아입은 신랑 신부가 하객들의 박수 속에 테이블을 돌며 촛불 서비스를 마치고 다시 신랑 신부 자리로 돌아갈 때―.

게이코는 바로 그 순간을 노리고 있다. 모든 준비, 모든 각오는 그 한순간을 위해서였다.

천천히 걸었다. 위치는 알고 있다. 이층의 제일 동쪽 끝, 부용실이다. 입가에 웃음을 지으며 케이스를 고쳐 들었다. 게이코의 옆을 지나던 플로어 담당자가 "어서 오십시오"라고 인사했다. 두근거리는 가슴을 억누르며 등을 곧게 펴고 걸었다. 플로어에 가득한 꽃다발과 향수, 와인 향을 맡고 게이코는 깨달았다.

아까 주차장에서 느꼈던 화약 냄새. 그건 트렁크 안에서 났던 게 아니다.

게이코의 마음속에서 났던 것이다.

2

"몇 시 특급을 탈 거예요?"

'이나미야'란 이름의 술집 안은 정원 이상의 손님으로 혼잡했다. 안쪽 테이블에 진을 친 단체 손님 가운데는 아까부터 내내 일어서서 마시는 사람도 있다. 늘 보는 익숙한 풍경이었지만 사쿠라 슈지는 너무 소란스러워 얼굴을 찡그리고 있었다. 자기 목소리마저 제대로 들리지 않는다.

"응? 뭐라고 했어?"

아니나 다를까, 오리구치 구니오가 되물었다. 오른쪽 귓바퀴 뒤에 손을 대고 고개를 약간 기울인다. 카운터에 팔꿈치를 대고 나란히 앉아 있는데도 지금 한 질문이 들리지 않았다. 슈지가 큰 소리로 다시 물었다.

"아홉시 정각 급행이야. 이등 침대칸을 잡았어."

"급행? 특급이 아니고요?"

"자면서 가면 다 마찬가지니까. 가나자와 역에 도착하는 건 내일 아침 여섯시쯤이 되겠지. 잠이나 푹 자야지. 비행기보다 요금도 훨씬 싸. 앞으로 계속 야간열차를 탈까?"

슈지는 술집 안을 둘러보며 시계를 찾았다. L자 모양의 벽을 따라 진열된 술병들 사이로 타원형 시계가 보였다. 마치 벽에 눈이 달린 것 같았다.

여덟시 정각을 약간 지난 시각이었다. 아홉시까지는 얼마 남지 않았다.

슈지는 오리구치를 돌아보았다. "어디 조용한 곳으로 옮길까요?"

그러자 오리구치가 웃었다. "그런 말은 여자를 꼬일 때나 써. 난 여기면 충분해."

이 '이나미야'란 술집은 우에노 역 공원 쪽 출구에서 걸어서 오 분가량 걸리는 곳에 있다. 가격에 비하면 깜짝 놀랄 만한 음식을 내오고, 술도 두루 갖추고 있다. 주머니 사정이 늘 좋지 않은 슈지로서는 될 수 있으면 다른 사람들에게는 가르쳐 주지 않으려 할 정도로 소중한 가게였다. 하지만 소란스러운 것만은 견딜 수가 없다.

오늘 밤에도 오리구치가 야간열차로 도쿄를 출발한다는 이야기를 듣지 않았다면 다른 술집을 골랐으리라. 스케줄 이야기를 듣고, 그렇다면 우에노 역 근처가 낫겠다는 생각이 바로 들었기 때문에 자연히 '이나미야'로 오게 된 것이다.

"하지만 이런 상태에서는 제대로 이야기도 할 수 없어요. 고함을 치며 이야기해 봐야 시간만 갈 뿐이죠. 제게 뭔가 하실 말씀이 있었던 것 아닌가요?"

슈지가 물었지만 오리구치는 바로 대답하려 들지 않았다. 생맥주를 한 모금 마시더니 잔을 내려놓고, 아무것도 묻지 않은 손가락 끝을 물수건으로 꼼꼼하게 닦았다.

"하기 힘든 이야기입니까?"

마음이 약간 뒤숭숭했다. 얼른 생각해 보았다. 무슨 이야기일까. 직장 문제라면 요즘은 트러블도 없는데—아니면 그 낚시 전세선 문제인가? 정원 초과라서 모든 신청자를 다 받아들일 수는 없다 보니 고객들의 불만이 무척 컸다.

슈지의 머릿속이 공회전을 하고 있다는 사실을 눈치챈 듯이 오리구치가 싱긋 웃었다. 그러고는 말했다.

"오늘 밤 난 큐피드 아저씨야."

"예?"

"잘 봐. 내 등에 날개가 있지 않아?"

오리구치답지 않은 말투였다. 스스로도 멋쩍은 모양이다. 슈지는 웃음을 터트렸다.

"왜 그러세요? 아직 술주정하실 정도로 드시지는 않았을 텐데."

술이 취하기는커녕 그저 카운터 쪽에 얌전히 앉아 있을 뿐이다. 반쯤 빈 오리구치의 잔 옆에 술집 주인이 가벼운 술안주를 무뚝뚝하게 쑥 디밀어 놓고 사라졌다.

오리구치는 그제야 여느 때와 같은 표정을 되찾았다.

"아, 이거 참. 이런 일엔 익숙지가 않아서. 내가 외려 쑥스럽군."

"이런 일이라뇨?"

"사랑의 메신저라고나 해야 할까? 부탁을 받아서. '아버지'로서 그냥 모른 체할 수가 없더군. 그래서 이 역할을 떠맡은 거야."

두 사람이 매장 담당으로 일하고 있는 낚시 도구 전문 대형점

'피셔맨스 클럽' 기타아라카와 지점에서 오리구치는 다른 동료들은 물론이고 점장님한테도 '아버지'로 불린다. 이유는 단순하다. 서른세 살 먹은 점장 아래 젊은이들뿐인 점원들 가운데 오리구치만 혼자 연배가 한참 위이기 때문이다. 그는 올해 쉰두 살이 된다.

그래도 나이 어린 동료들로부터 '꼰대'가 아니라 '아버지'라고 불리는 것은 오리구치가 업무를 정확하게 처리하는 사람이기 때문이다.

매장이 아닌 사무실 쪽에서 일하는 여직원들은 젊은 매장 직원들이 전표를 잘못 쓰거나 고객과 트러블을 일으키면 늘 오리구치에게 의지한다. 오리구치 또한 기꺼이 도움이 되어 준다. 올해 '아버지의 날_{매년 유월 세 번째 일요일}'에는 사무 담당 여직원들이 돈을 모아 선물까지 했다고 한다. 오리구치는 무척 쑥스러워했다. 무슨 선물을 받았느냐고 슈지가 물어봐도 가르쳐 주지 않았지만.

돌아서서 오 분만 지나면 까먹을 것 같은 특징 없는 오리구치의 얼굴. 여러 사람 사이에 섞이면 찾기 힘들 중키에 중간 체격. 옷차림은 무얼 입어도 양판점 바겐세일 제품을 입은 듯하고, 실제 그렇기도 하다. 그야말로 '아버지'이시다. 적어도 '아저씨'는 아니고, 젊은 아가씨들이 자기 아버지를 어리광부리며 부를 때 쓰는 '아빠'도 아니다.

"누가 부탁했는데요?"

오리구치는 코끝을 긁었다. "귀여운 애야."

슈지는 웃었다. "누구죠?"

체념한 듯이 천장을 올려다보고 나서 오리구치는 "노가미"라고
했다.

맥주잔 손잡이에 손가락을 건 채로 슈지는 입을 살짝 벌렸다.
"노가미라니, 노가미 유미 말입니까?"

"그래. 귀엽지?"

귀엽고 뭐고 '피셔맨스 클럽' 본점과 지점을 합쳐 스물네 개 매
장에 근무하는 여직원 가운데서도 다섯 손가락 안에 들 거라는 미
인이다.

"뭔가 잘못된 거 아닙니까?"

"노가미가 자네와 사귀고 싶다는 거야. 자넨 사쿠라 슈지가 틀
림없지?"

슈지는 젓가락을 들고 안주 그릇 안을 쿡쿡 찔렀다. 가늘게 썬
참마에 초간장을 얹은 것이다. 식초가 들어간 음식을 싫어하기 때
문에 입맛이 당기지 않았다.

"시간을 벌려고 안주를 못 먹게 만들지 마. 그거 내가 먹을게."

오리구치가 말을 툭 던지며 얼른 그릇을 가져가 버렸다. 슈지는
얼버무리고 넘어갈 수가 없었다.

"그래, 전해 달라는 이야기는 그것뿐이었어요?"

오리구치는 안주를 먹으며 빙긋 웃었다. "설마. 좀 기다려."

폴로셔츠 가슴 주머니를 뒤지더니 종이 성냥을 하나 꺼낸다.

"여기야." 그 성냥을 슈지에게 내밀었다. "난 이런 데가 어떤 곳
인지 잘 모르지만 와인 바라고 하더군. 거기서 노가미가 기다리고

있어. 자네가 알아서 하면 돼."

슈지는 성냥을 보았다. '와인 바 화이트 캣.' 긴자 7초메였다.

"노가미에게 아홉시까지는 자네가 꼭 가도록 해 보겠다고 약속했어. 그 잔 들고 용기가 나면 바로 출발하는 게 좋겠지."

대답이 없자 오리구치는 고개를 돌려 슈지를 바라보았다.

"내키지 않아?"

"아뇨." 슈지는 슬쩍 웃었다. "그런 건 아니지만—왠지 고등학생 같다는 생각이 들어서."

"고등학생은 와인 바에서 만나지 않아. 하기야 자네들은 고등학교를 나온 지 얼마 되지 않았던가?"

슈지는 올가을이면 스물두 살이 된다. 노가미 유미는 분명 스물한 살이 될 것이다. 올봄에 단기대학을 나와 바로 '피셔맨스 클럽'에 취직했으니까.

"노가미가 데이트할 마음도 들지 않을 정도인 여자애는 아닐 텐데."

그야 물론 슈지도 알고 있다. 아마 노가미는 나를 괜찮게 여기고 있는 게 아닐까 하고 생각한 적도 있었다. 자만심으로 여겨질 게 뻔해서 누구에게도, 오리구치에게도 털어놓은 적은 없었지만.

다만 이런 식으로 진행되는 이야기가 왠지 마음에 걸렸다. 자꾸 오리구치 선배답지 않다는 생각이 들었다.

정말로 노가미 유미의 부탁을 받았다면 슈지가 알고 있는 오리구치, 슈지가 파악하고 있는 오리구치의 인품으로 볼 때 더 완곡하게, 자신을 표면에 드러내지 않는 방식으로 이야기를 전달하지 않을까. 마치 억지로 두 사람을 맺어 주겠다는 듯이 나오는 태도가 오리구치에게는 전혀 어울리지 않는다.

게다가 슈지가 알기로 오리구치는 오늘 밤 이런 한가한 일이나 하고 있을 만큼 여유 있는 심리 상태가 아닐 터였다. 내일 열리는 재판 때문에 마음이 무거울 게 틀림없다.

지난번에 재판을 방청하고 돌아온 뒤, 일주일가량 가면을 쓴 사람처럼 딱딱한 표정을 짓고 다녔다. 다른 사람은 몰라도 슈지는 그걸 알 수 있었다.

슈지의 머릿속 생각을 읽은 듯이 오리구치가 중얼거렸다.

"난 이제 별로 내키지 않는 하루를 보내러 가야 해서."

물방울이 맺힌 맥주잔에 손을 대며 말을 이었다.

"그래서 될 수 있으면 즐겁고 마음이 따스해지는 일 하나 정도는 해 두고 출발하고 싶었지."

슈지는 잠시 그의 옆얼굴을 바라보고 나서 고개를 끄덕였다.
"알겠어요."

카운터 의자에서 내려섰다. 바지 주머니에 손을 찔러 넣고 지갑을 꺼내려 하자 오리구치가 웃으며 말렸다.

"오늘은 노가미에게 한턱 쏴. 여기는 내가 계산할게. 게다가 자넨 전혀 마시지도 않았잖아?"

손도 대지 않은 맥주잔을 힐끔 보며 슈지는 미소 지었다.

"그럼 그렇게 할게요."

"네 맥주도 내가 마실 거야. 이쯤 마셔 두면 딱딱한 침대차에서도 잠이 잘 오겠지."

"뒤척이다가 떨어지지나 마세요."

오리구치는 웃었다. "걱정 마. 노가미하고 즐거운 시간 보내. 행복해야 해."

몸을 돌려 나가려던 슈지는 걸음을 멈췄다.

"마치 다시는 못 만날 사람처럼 말씀하시네요."

오리구치의 입가에서 웃음이 사라졌다. "그래?"

"그래요. 내일 밤에는 돌아오시는 거죠?"

"물론이지. 그럴 생각으로 돌아올 비행기 티켓도 예약해 두었는걸. 이벤트 준비를 시작해야 하잖아. 안 그래도 일손이 모자라는데 쉴 수야 없지."

내일은 월요일. 정기 휴일이지만 다가오는 일요일에 도쿄만 매립지에서 스포츠 캐스팅Sport Casting 대회가 잡혀 있다. 큰 행사라서 화요일부터는 그 준비에 정신이 없을 것 같았다. 피셔맨스 클럽 자체 행사지만 시월로 예정된 전국 협회의 지부 대항전에 출전할 선수 선발 대회도 겸하기 때문에 참가자가 많다.

"강행군이 되겠죠."

"그 행사만 끝나면 바로 쉴 수 있겠지. 점장님도 허락해 줄 거야. 어차피 나는 기타아라카와 지점 넘버 원 노땅이니까."

그 가벼운 농담에 슈지는 살짝 마음이 놓였다.

"그럼 조심해서 다녀오세요."

"자네도."

출구 쪽으로 가다가 통로 중간에서 다시 고개를 돌려 시계를 찾았다. 슈지는 손목시계를 차기 싫어서 밖에서는 이런 식으로 시간을 확인한다.

눈동자 모양을 한 시계의 바늘이 여덟시 이십오분을 가리키고 있었다. 긴자까지는 지하철을 갈아타지 않아도 된다. 노가미 유미를 기다리게 하지 않을 수 있겠다.

카운터에서 등을 구부리고 있는 오리구치의 모습이 붐비는 손님들 머리와 등, 팔꿈치 사이로 얼핏얼핏 보였다. 조금 전에 느꼈던 의문에 대한 답변이 무방비하게 드러난 오리구치의 등에 적혀 있는 것이 아닌가 싶어 슈지는 잠시 멈춰 서서 바라보았다.

오리구치는 천천히 잔을 비우고 있었다. 이상하게 쓸쓸해 보이시네—하는 생각이 들었지만 뒷모습이 쓸쓸해 보이지 않는 사람은 없다는 생각도 들었다. 몸을 돌려 출구 문을 밀었다.

나중에 돌이켜 생각하면 이때가 슈지가 아는 오리구치, 슈지가 따르던 오리구치의 모습을 마지막으로 본 셈이다. 하지만 이때는 아직 그런 사실을 알 도리가 없었다. 그리고 내일 아침까지, 저 벽에서 윙크하고 있는 듯한 시계가 한 바퀴 돌 때까지 자신이 어떤 일에 휘말리게 될지도 모른 채로 슈지는 우에노 역을 향해 걷기 시작했다.

3

부용실로 들어가는 문은 모두 네 개였다. 그 가운데 세 개는 복도 쪽으로 난 두 짝짜리 문으로 연회가 열리는 동안 신랑 신부의 입장 같은 한정된 경우 이외에는 모두 다 자유롭게 드나들 수 있게 되어 있다. 케이스를 든 게이코가 복도를 지날 때도 칵테일 드레스를 입은 여자 하객이 문을 살짝 빠져나와 복도를 걸어 멀어져 갔다.

제일 앞쪽 문 옆에 '고쿠부가家, 오구라가家 결혼 피로연'이라고 적힌 팻말이 세워져 있었다. 게이코는 비로소 가슴이 세차게 뛰는 것을 느꼈다.

고쿠부가라고? 이건 집안끼리의 결혼식이지 개인의 결혼식이 아닌 모양이다.

전에 게이코와 미래를 이야기할 때 고쿠부는 이런 말을 했다. 결혼식장에 'ㅇㅇㅇ가'라고 쓰는 건 우스워. 결혼식이란 게 신랑 신부 두 사람을 위한 것인데 말이야—.

말과 행동이 다른 잘난 척하는 사내. 그때도 그랬던 거로군. 게이코는 속으로 혼잣말을 했다. 고쿠부 신스케, 너는 진짜 형편없는 인간이야.

널찍한 복도 한가운데에 유니폼을 입은 종업원이 별일도 없을 텐데 연회장으로 들어가는 문을 바라보고 서 있었다. 게이코가 다가가자 살짝 미소를 지으며 고개를 숙이고 맞이하러 다가왔다.

아, 이런 일을 위해 배치된 직원이로구나.

"어서 오십시오. 손님께서는—?"

말이 끝날 때까지 기다리지 않고 게이코는 방긋 웃으며 대답했다. "고쿠부 씨와 오구라 씨의 피로연에 참석하러 왔습니다."

"네, 실례지만 성함이—."

"아, 됐어요." 게이코는 미소 지었다. "난 초대를 받은 손님이 아닙니다. 오늘 연주를 하기로 되어 있을 뿐이에요."

"아하." 종업원은 살짝 눈을 크게 떴다. 그다음에 입을 열었을 때는 아주 약간이지만 정중한 정도가 낮아졌다. 뭐야, 하객이 아니잖아, 라고 생각한 모양이다. "피로연 진행 스케줄은 알고 있어요?"

"예. 전 오가와 씨 부부에게 부탁을 받았습니다. 두 분은 맨 나중에 축하 말씀을 하기로 되어 있는 걸로 아는데요."

종업원은 유니폼 상의 안주머니에서 하객석 배치표를 꺼내 펼쳤다.

"오가와 선생님……?"

"신랑 측 친구입니다."

오가와 미쓰오, 가즈에 부부는 오늘의 신랑인 고쿠부 신스케를 게이코에게 소개했던 사람들이다. 그때 가즈에는 결혼하기 전의 이름인 가와베 가즈에로 불렸으며, 게이코와 같은 회사 동료였다. 몇 차례 더블데이트를 한 적도 있다. 게이코와 고쿠부는 헤어졌지만 오가와는 가즈에와 결혼했다. 그래서 오늘 고쿠부의 결혼식에 부부 동반으로 참석한 것이다.

뻔뻔스럽기는. 게이코는 생각했다. 두고 봐. 앞으로 십 분만 있으면 너희가 무슨 짓을 했는지 똑똑히 깨닫게 해 줄 테니.

"알겠습니다." 오가와 부부의 이름을 확인했는지 종업원이 말했다. "안에 들어와 기다리라고 하던가요?"

"아뇨. 시간이 되면 오가와 씨 부인이 복도로 나와서 알려 주기로 되어 있습니다."

"그래요? 그럼 그쪽에 앉아 계세요."

종업원은 이제 게이코에게 완전히 관심을 잃은 모양이었다. 바로 그때 조금 전 연회장을 빠져나왔던 칵테일 드레스 차림의 여자가 돌아와 문 안으로 사라졌다.

고쿠부 집안에서 게이코의 얼굴을 아는 사람은 딱 한 명밖에 없다. 신스케의 여동생인 노리코. 그녀나 오가와 부부와 우연히 마주치지 않는 한 방해가 될 사람은 없다.

"저어……." 검은 가죽 케이스를 집어 들며 게이코가 종업원에게 말을 걸었다. "이거 오보에인데 조립해서 잠깐 점검해 볼 만한 장소가 없을까요?"

종업원은 얼굴을 찡그렸다. "소리가 크게 납니까?"

"아뇨, 그렇지는 않아요."

"그럼 파우더 룸을 이용해 주세요." 좀 전에 칵테일 드레스를 입은 여자가 갔던 방향을 대충 가리켰다.

고맙다는 인사를 하고, 게이코는 직원이 가리킨 방향으로 걸어

갔다. 파우더 룸의 위치는 물어보지 않아도 쉽게 찾을 수 있었다. 말없이 모습을 감추면 종업원이 수상하게 여겨 찾아 나설지도 모른다는 생각에 그렇게 물어보았을 뿐이다.

파우더 룸에는 아무도 없었다. 타원형 거울이 세 개, 등받이 없는 의자가 세 개. 벽에 고정된 커다란 거울에 게이코의 모습이 비쳤다.

일단 다시 입구로 나와 바깥 상황을 살폈다. 역시 아무도 없다. 파우더 룸은 부용실 옆에 있는 복도에서 약간 들어온 좁은 통로에 있었다.

이 통로 끝에는 부용실로 들어갈 수 있는 네 번째 문이 있다. 그 문만 한 짝짜리였다. 귀를 기울이지 않더라도 웅성거리는 소리가 들렸다. 사회자의 목소리가 복도에 있을 때보다 훨씬 또렷하게 들려온다.

"—자, 여러분. 옷을 갈아입기 위해 퇴장하는 신랑과 신부에게 다시 힘찬 박수를 부탁드립니다."

큰 박수 소리가 났다. 게이코는 후우, 하고 숨을 내쉬었다. 아슬아슬한 타이밍이었다.

파우더 룸으로 돌아와 거울 옆을 지나 화장실과 세면대가 놓인 쪽으로 갔다. 네 칸이 있는 화장실은 모두 비었다. 제일 앞에 있는 칸으로 들어가 문을 닫아걸었다.

좌변기의 뚜껑을 내리고 화장지를 뜯어 그 위를 닦은 뒤 걸터앉았다. 검은 가죽 케이스는 무릎 위에 얹었다.

화장실 칸은 넓었다. 안에서 충분히 옷도 갈아입을 수 있을 정도였다. 물론 이것도 다 계산에 들어 있었다. 모든 것이 계획대로다. 그야말로 순조롭게 진행된다.

끝내 여기까지 왔다. 후우, 하고 숨을 내쉬었다. 긴장의 끈이 끊어져 잠시 멍했다.

퍼뜩 정신을 차린 것은 파우더 룸으로 들어오는 누군가의 발소리가 났을 때였다. 목소리가 들렸다. 두 사람이다. 신랑 신부가 자리를 비운 사이에 화장을 고치려고 자리를 뜬 걸까?

화장실 안이 조용해서인지 두 여자는 나직한 목소리로 이야기를 나누었다. 고쿠부 집안과 오구라 집안의 결혼식 피로연 하객인 모양이다. 발소리, 콤팩트 여닫는 소리, 물 내리는 소리, 페이퍼 타월 쓰는 소리—그런 소리들에 섞여 드문드문 이야기 소리가 들려왔다.

"그런데 정말 예쁘네. 부러워." 한 사람이 말했다.

"너도 우치카케화려한 색상의 일본 여성 전통 혼례복로 하지 그래? 지금이라면 바꿀 수 있을 거 아니야?"

"안 돼, 안 돼. 시어머니 되실 분이 반드시 시로무쿠흰색 일본 전통 혼례복를 입으라고 하셔. 그분 심기를 거스르면 여러 모로 골치 아프지."

"횡포야. 벌써 그런 식이면 너도 앞날이 훤해."

"괜찮아. 모시고 살지 않을 거니까."

까르르 웃으며 두 사람은 화장실에서 나갔다. 다시 정적이 돌아왔다. 게이코는 참고 있던 숨을 내쉬었다.

순간 지금까지 살아오던 중 가장 비참한 기분이 들었다.

이 나이에 이런 곳에서 대체 무얼 하고 있는 걸까. 어린애처럼 화장실에 숨어 변기 위에 쭈그리고 앉아서. 이 나이에 대체 무얼 하고 있는 걸까.

문득 전에 보았던 영화가 생각났다. 케네디 대통령 암살을 테마로 한 영화다. 오스왈드는 이용당한 것에 불과하고, 사건의 흑막이나 진범은 정부 상층부에 있다는 스토리였다.

그 영화는 고쿠부와 둘이서 봤다. 게이코는 자기 아파트에서 소파에 길게 누워 편하게 텔레비전이나 빌려 온 비디오테이프를 보는 고쿠부의 모습이 좋았다. 고쿠부가 마치 자기 집인 양 쉬고 있는 모습이 보기 좋았다. 영화에 정신이 팔린 그의 뺨에 차가운 맥주를 갖다 대 놀라게 하는 장난도 좋았다.

그 무렵에는 그의 모든 것이 좋았다.

그 영화 제목이 〈달라스의 음모Executive Action〉였던가. 그걸 보면서 고쿠부가 이런 이야기를 했다. 총격을 받은 순간 케네디 대통령의 머리가 흔들린 방향으로 미루어 총탄은 최소한 두 군데서 날아왔을 것이다. 그 어느 쪽도 오스왈드가 있던 교과서 회사 창고 방향이 아니다. 나중에 수색해 보니 현장 근처 나무숲에 떨어져 있는 여러 개의 담배꽁초가 발견되었다. 마치 누군가가 거기서 시간을 죽이고 있었던 것처럼. 대통령 전용차가 다가와 저격하는 순간이 올 때까지.

그때 게이코가 물었다. "그 사람 우습지 않았을까?"

고쿠부가 말했다. "뭐가?"

"기다리고 있다는 사실이 말이야. 총을 들고 숲속에서 담배를 피우며 기다리는 일이. 왜 이런 짓을 해야 하는 걸까, 하는 생각이 들지 않았을까?"

"그런 생각을 하는 사람은 살인자가 될 수 없지."

"하느님, 부디 두려움에 손이 떨리지 않도록 해 주세요, 라고 기도하며 기다리고 있었겠지?"

"살인자는 하느님에게 기도 같은 걸 하지 않아."

그렇다. 살인자는 하느님에게 기도 같은 건 하지 않는다. 두려워하지도 않는다. 그 순간이 오기를 기다릴 때 불쑥 비참한 기분을 느끼지도 않는다. 설사 대통령을 쏘기 위해 화장실에 숨어 있어야만 한다 해도.

하지만 게이코는 떨고 있었고, 더할 나위 없이 비참했다.

아아, 하느님. 제발 제가 겁먹지 않게 해 주세요. 손이 떨리지 않게 해 주세요. 모든 일이 잘되도록 보살펴 주세요. 다시는 이런 기도를 드리는 일 없을 겁니다. 이게 처음이자 마지막 기도예요. 그러니 제발.

심호흡을 한 번 하고 게이코는 고개를 들었다. 손은 여전히 떨렸고, 두근거리는 심장도 가라앉지 않았다. 케이스의 잠금장치를 여는 데도 몇 번이나 헛손질을 했다.

간신히 뚜껑을 열었다.

기름 냄새가 났다. 총신을 청소하기 위해 늘 가지고 다니는 여러 장의 헝겊을 들추자 세 부분으로 분해한 산탄총이 보였다.

"총에는 파워가 있단다."

멀리서 누군가 그렇게 속삭였다. 오빠의 목소리다.

"자신이 강해진 기분이 들지. 뭐든 할 수 있을 것 같다는 생각이 들어. 스포츠로서 사격을 해도 마찬가지야. 인간의 마음속에 잠들어 있는 오래된 투쟁심의 스위치를 총이 찰칵 올려 주는 거지."

그 말이 지금처럼 실감난 적은 없었다.

게이코는 눈을 꼭 감았다. 다시 눈을 뜨자 비참하다는 생각은 거짓말처럼 사라졌다. 숄더백을 변기 물탱크 위에 얹었다. 두 손이 자유로워지자 일어서서 익숙한 손놀림으로 거침없이 총을 조립하기 시작했다.

4

신랑 신부가 자리를 비우자 하객석이 갑자기 소란스러워졌다.

제일 앞줄에 마련된 둥근 테이블을 차지한 신랑 친구들 사이에서 크게 웃는 소리가 났다. 경사스러운 자리에 어울리는 밝은 목소리였지만 고쿠부 노리코는 귀를 틀어막고 싶은 심정이었다. 그들이 무슨 이야기를 하고 무엇 때문에 웃는지 뻔히 알 것 같은 기분이 들었던 것이다. 그건 아마도 노리코의 짐작에 지나지 않을 테지만 도무지 떨쳐낼 수가 없었다.

코스로 나오는 프랑스 요리는 메인 디시가 나올 차례였다. 자주 입지 않는 기모노의 오비_{기모노의 허리를 두르는 띠}가 너무 꼭 죄어서 요리에는 거의 손도 대지 못했다. 바로 옆에 앉은 아버지는 식이 시작될 무렵부터 너무 긴장해 술만 마시고 있다. 그 옆에 앉아 있어야 할 엄마는 맥주잔을 손에 들고 둥근 테이블 사이를 돌아다니느라 역시 요리에는 손도 대지 않았다.

심호흡을 한 번 하고 노리코는 고개를 들어 잔에 담긴 찬물을 마셨다. 초대를 받아 참석한 백오십 명의 하객으로 가득한 실내에는 술과 꽃과 향수, 그리고 잔뜩 흥분한 분위기가 풍기는 냄새가 가득했다. 등 뒤에 있는 문이 열렸다. 복도에서 서늘한 바람이 들어오는 걸 느끼며 뒤를 돌아보니 화장을 고치고 왔는지 여자 두 명이 어깨를 나란히 하고 걸어 들어오는 중이었다.

두 사람 모두 신부 측 하객이었다. 대학 동창생. 큼직한 무늬가 있는 원피스를 입고 있어 시원스러워 보인다. 노리코는 불쑥 자기도 양장을 하고 올걸 그랬다는 생각이 들었다. 성인식 이후 이태 만에 장롱에서 꺼낸 후리소데다. 게다가 막 세팅하고 온 머리. 역시 성인식 때 신고는 처음인 조리_{바닥이 평평하고 끈이 달려 발가락에 끼는 전통 신발}는 끈이 꽉 조여 발이 아프다. 단단하게 조여진 다테지메_{옷매무새가 무너지는 걸 막기 위해 허리를 조이는, 오비 안쪽에 두르는 띠} 때문인지 자꾸 트림이 나와 노리코는 손으로 입을 가렸다.

"속이 좋지 않니?"

노리코보다 더 속이 좋지 않아 보이는 얼굴로 아버지가 말을 걸었다. 노리코는 살짝 미소를 지었다.

"오비를 너무 죄어서. 원피스 입을걸."

"한 번뿐인 오빠 결혼식이다. 후리소데를 입는 게 당연하지. 그런 소리 하는 거 아니야."

그렇게 말하고 아버지는 맥주잔을 손에 들었다. 그때 우연히 눈이 마주친 하객 한 명이 눈치 빠르게 아버지의 잔을 보며 웃는 얼굴로 다가왔다. 노리코는 자리에서 일어서 인사를 하는 아버지의 뒷모습을 멍하니 바라보고 있었다.

친척들은 모두 신랑 신부 자리에서 제일 먼 테이블에 앉아 있다. 조금 전까지 바탕에 금박을 입힌 병풍 앞에 있던 전통 혼례복 차림의 오빠나 호화로운 우치카케를 걸친 신부나 노리코에게는 먼 존재였다.

자랑스러운 듯이 얼굴을 붉히는 오빠를 구석 쪽에서 바라보고 있을 뿐이다. 그리고 이 자리가 지금 자신에게는, 현재의 자기 가족들에게는 너무도 잘 어울리는 위치라는 느낌이 들어 노리코는 고개를 숙였다.

친척들이 쓰는 테이블은 다섯 개. 세 개가 신부 측인 오구라 집안, 두 개가 신랑 측인 고쿠부 집안. 단 하나의 테이블 차이가 여러 사정을 상징적으로 드러냈다. 신부 가족 테이블 쪽이 더 중앙에 가까운 위치에 있다는 사실도 무언중에 두 집안의 역학관계를 드러내는 듯했다.

"네 오빠 장모 되실 분이 기모노 전문가잖아."

임대 의상실에 갈 때 엄마가 이렇게 말했다.

"집에 있는 싸구려 도메소데기혼 여성의 예복를 입으면 웃음을 살 거야. 한심하지만 새 옷을 맞출 여유는 없고."

그래서 제일 비싼 것을 빌려 입었다.

"얘, 노리코. 너 부탁이니 앞으로 오 년 동안 결혼하지 말아다오. 네 오빠 결혼식 때문에 빚까지 졌으니까. 일찍 결혼하고 싶으면 식 같은 건 올리지 않아도 괜찮을 사람을 찾아 봐."

너무 불공평하다고 했더니 엄마는 웃으며 이렇게 말했다.

"어쩔 수 없잖아. 너도 네 오빠가 창피하지 않도록 번듯한 식을 올리게 해 주고 싶지?"

늘 그랬다. 오빠가 창피하지 않게, 오빠 마음이 편하게. 오빠가 자기 하고 싶은 대로 해 주기 위해.

다시 큰 웃음소리가 나 노리코는 잡념에서 벗어났다. 이번에는 신부 측 테이블이다. 손뼉을 치는 하객도 있다. 시끌시끌한 소리에 신부가 벌써 옷을 갈아입고 돌아왔나 싶어 문 쪽을 돌아보는 하객들도 있었다.

맞아……. 노리코는 주인공들이 비운 자리와 밝게 빛나는 병풍을 바라보며 생각했다. 친척들이 신랑 신부 자리에서 멀리 떨어진 자리에 앉게 된 것은 이 축하연에 이르기까지 얼마나 껄끄러운 문제들을 극복해 와야만 했는지 잘 알고 있었기 때문이다. 그런 생각이 무의식중에 얼굴에 드러나기 때문에 구석 쪽으로 밀려나 버린 것이다.

"이거 정말 폐가 많습니다. 부디 앞으로도 잘 좀 부탁드립니다."

아버지는 또 고개를 숙이고 있다. 몇 번이고 몇 번이고. 그 모습은 우스꽝스럽고 너무 슬퍼 보였다. 내가 결혼할 때는 아버지가 저렇게 굽신거리게 만들지는 않겠다. 절대로, 절대로. 이런 지경으로는 만들지 않겠다.

누가 어깨를 툭 치기에 고개를 드니 엄마가 눈살을 찌푸리고 있다.

"뭘 그렇게 멍하니 있어. 눈치 있게 하객들한테 술 좀 따라 드리러 다니지 않고서."

물방울이 맺힌 맥주병을 손에 쥐여 주는 바람에 노리코는 자리에서 일어났다. 기계적으로 고개를 숙이고, 작은 목소리로 인사를 하면서 테이블을 돌았다. 등에 땀이 축축하게 배고, 코끝에도 땀방울이 맺혔다.

오가와 부부의 테이블에 이르자 부인인 가즈에가 큰 소리로 노리코를 불러 세웠다.

"어머, 노리코짱. 오늘 정말 멋지네. 너무 예뻐."

약간 취했는지 뺨이 상기되어 있다. 팔꿈치 위에 얹힌 가즈에의 손을 당장 뿌리치고 싶은 충동을 참으며 노리코는 말없이 미소 지었다.

"오빠 다음에는 노리코짱 차례네."

맞아. 노리코는 속으로 중얼거렸다. 그때도 당신들이 지저분하게 참견하고 나설 텐가?

가즈에의 손을 살짝 떼고 노리코는 그 테이블을 떠났다. 비어 있는 병을 지나가던 보이에게 주고 새 병을 받아들었다. 기계적으로 고개를 숙이며 계속 테이블을 돌았다.

다시 신랑 신부 자리를 바라보았다. 바구니에 화려하게 장식된 호접란들이 지친 듯이 고개를 숙이고 있었다. 벽에 걸린 시계를 보니 여덟시 반을 막 지나는 중이었다. 피로연도 이제 한 시간쯤 뒤에는 끝이 난다.

역시 그 여자는 오지 않을 모양이다. 그렇게 생각하니 안도와 실망이 마구 뒤섞여 노리코의 마음을 뒤흔들었다.

그 사람—오빠가, 그리고 고쿠부 집안이 진짜 고개를 숙여야 할 사람—정말로 큰 폐를 끼친 사람—.

비록 잠깐이기는 했지만 정말로 오빠의 아내였던 사람.

내가 그 사람을 불러야겠다고 생각한 것은 어차피 쓸데없는 짓이었는지도 모른다. 오히려 화만 냈을지도 모른다.

아니면 그 사람은 이미 오빠를 잊은 걸까.

그러고 보니 그녀도 호접란을 좋아했다.

5

노리코가 세키누마 게이코를 처음 만난 것은 지금으로부터 일년 반쯤 전이었다. 마쓰노우치정초에 대문 앞에 소나무 장식을 세우는 1월 1일부터 7일까지의 기간가 막 지난 일요일, 그날은 눈이 내렸다.

그때 오빠 신스케가 세 들어 사는 연립주택은 도쿄 아라카와 둑 아래에 있는 얼핏 보기에도 해가 잘 들지 않는 구석에 있었다. 지바의 이나게에 있는 식구들이 사는 집은 비좁고 하루 종일 공장에서 기계가 돌아갔다. 그 소리가 너무 시끄럽다며 오빠는 대학 이학년 때부터 혼자 지내 왔다.

그리고 거의 집에 들르지 않았다. 스무 살 때부터 스물여덟 살이 되던 해까지 도쿄에서 몇 차례나 이사했지만 이 집에서 저 집으로 옮길 때마저도 집에 들르려 하지 않았다.

"귀찮아." 얼굴을 찡그리며 오빠가 말했다. 그런 심정은 노리코도 충분히 이해한다.

신스케는 대학 법학부를 졸업하고 사법고시를 준비하던 중이었다. 이번으로 여섯 번째 도전이다. 여섯 번쯤이야 드문 일도 아니지만 고쿠부 집안의 경제 형편을 생각하면 장남이 취직을 하지 않는 상황에는 슬슬 한계가 오고 있었다. 아니 오히려 나중에 일어난 일을 생각하면 이미 한계점을 지났는지도 모른다.

그래서 이쪽에서도 오빠가 사는 곳을 찾아가는 일은 거의 없었다. 처음에는 자주 들르던 엄마도 오히려 공부에 방해가 된다는 소리를 들은 뒤로는 될 수 있으면 가지 않았다. 대신에 택배를 이용해 옷가지며 음식을 보내거나 전화 통화로 걱정을 달랬다.

그날 노리코가 오빠를 찾아간 것은 친구 집에 놀러갔다 돌아오는 길에 근처를 지나게 되었기 때문이다. 눈만 내리지 않았다면 그럴 생각은 하지도 않았으리라. 오빠에게 우산을 빌리자는 생각에 들르게 된 것이다.

그만큼 오빠는 거리감이 있는 존재였다. 다가가면 귀찮아한다. 여덟 살 차이 나는 신스케는 늘 노리코보다 훨씬 앞서갔지만, 연장자답게 너그러움을 보이기보다는 자기가 관심 있는 일에만 정신이 팔려 있었다.

좁고 지저분한 낯선 동네를 번지수만 가지고 찾아가는 일은 생각보다 훨씬 힘들었다. 역 바로 근처라는 이야기를 들었는데 아무리 돌아다녀도 찾을 수가 없었다. 눈은 점점 더 심하게 내려 굵은 함박눈에서 마르고 바삭거리는 가랑눈으로 바뀌었다. 온통 잿빛인 하늘이었지만 그래도 해가 저물어 간다는 걸 알 수 있었다.

지나가던 중학생들이 "제법 쌓일 것 같네"라고 주고받는 이야기를 듣고 어서 집으로 돌아가야겠다는 생각에 조바심이 났다. 바로 옆에 있는 약국에서 오백 엔짜리 비닐우산을 팔고 있었다. 사서 돌아가면 '또 쓸데없이 돈을 썼다'고 엄마한테 야단맞겠지. 하지만 이제 어쩔 수 없다는 생각을 하면서 싸구려 흰 우산 자루에 손을 댔을 때 뒤에서 누가 어깨를 살짝 두드렸다.

"안녕하세요?" 그 여자가 말했다. 노리코보다 키가 커서 고개를 살짝 숙여 이쪽을 바라보았다. 큼직한 꽃무늬가 있는 우산을 쓰고 있었는데, 손잡이에도 무늬가 새겨져 있었다.

"제가 사람을 잘못 보았다면 미안해요. 혹시 고쿠부 노리코 씨?"

깜짝 놀라며 "예" 하고 대답하자 그 여자는 활짝 웃었다.

"어머, 다행이네. 교복을 입은 사진밖에 본 적이 없어서 약간 걱정했는데."

그러고는 살짝 고개를 숙이며 확인하듯 노리코를 바라보더니 이렇게 말했다.

"오빠하고 많이 닮았네."

"실례지만 누구시죠?"라고 묻는 노리코의 머리 위로 쏟아지는 눈을 막아 주듯이 다가와 방긋 웃으며 말했다.

"난 세키누마 게이코. 오빠 친구야. 오빠 집에 가는 거라면 함께 가자. 나도 마침 그리 가는 길이었어."

그녀는 왼손에 슈퍼마켓 비닐봉지를 들고 있었다. 봉지 밖으로 파가 튀어나와 있고, 두부 팩도 보였다. 아아, 이 사람이 오빠를 위해 요리를 하려는 거로구나―하는 사실을 눈치챈 뒤로는 더 이상 아무것도 묻지 않았다.

오빠가 사는 연립주택은, 그토록 찾아 헤맨 게 어처구니없을 정도로 바로 코앞에 있었다. 오빠는 노리코를 보더니 뜻밖이라는 듯이 눈을 크게 뜨고 세키누마 게이코에게 웃어 보이며 말했다.

"쳇, 눈치 없는 녀석이네."

오빠가 그렇게 웃는 표정을 처음 보았다는 생각이 들었다.

결국 그날 밤은 게이코가 한 음식을 얻어먹고 밤 아홉시가 지나서 두 사람이 역까지 바래다주어 집으로 돌아왔다. 도중에 편의점에 들러 오빠가 우산을 사 주었다.

게이코가 '나도 가야겠네'라는 소리를 하지 않을 거라고는 예상하고 있었다. 오빠 집에서 본 두 사람의 행동으로 대번에 알 수 있었다. 좁은 부엌에 서서 요리를 하는 동안 게이코는 한 번도 '저어, 간장 사다 놓은 거 있어?'라거나 '냄비 받침이 어디 있지?' 하는 질문을 한 적이 없었다. 방 안에는 아무리 봐도 오빠가 좋아하리라고는 생각할 수 없는 음악 카세트테이프나 잘 손질된 화분, 깨끗하게 닦인 잔들이 놓여 있었다. 구석구석 깨끗하게 청소가 되어 있고, 침대 위의 이부자리는 습기 없이 포근해 보였다.

내게도 언젠가는 올케언니가 생기겠지—그런 생각은 자주 했다. 오빠와 성격이 잘 맞지 않으니 그 오빠가 선택한 올케와도 안 맞을지도 모른다. 그런 생각을 하면 무척 슬퍼졌다.

하지만 게이코를 직접 보고는 생각이 달라졌다. 오빠가 어떻게 이런 여자를 골랐을까 싶어 자신의 걱정은 기우로 끝나리라 여겼다. 화사한 미인이고 옷차림이나 말투, 단어를 고르는 방식 하나하나를 보더라도 노리코보다 훨씬 좋은 환경에서 자란 여성이라는 걸 알 수 있었다. 게이코는 착했다. 노리코가 불편하지 않도록 마음을 써 주고 있다는 걸 쉽게 알 수 있었다.

게다가 게이코는 내 사진을 본 적이 있다고 했다. 오빠는 이 사람에게 우리 가족 이야기를 한 것이다.

그런 사실도 마음을 부드럽게 감싸 주었다.

두 사람은 개찰구까지 따라왔다. 오빠가 표를 사 주었다. 그리고 헤어질 무렵에 이렇게 말했다.

"집에 도착하면 전화해라."

제대로 무사히 도착했는지 어떤지 걱정되니 전화해라—그런 뜻이었다. 예전의 오빠로서는 생각도 할 수 없는 일이었다.

돌아오는 길에 좌석의 히터와 게이코가 손수 차려 준 음식의 온기에 온몸이 따스해져 노리코는 몇 번이나 미소를 지었다. 창밖으로 보이는, 도시에서는 쉽게 볼 수 없는 설경도 좋은 징조로 여겨졌다.

하얀 밤의 밑바닥을 들여다보니 은빛으로 빛나는 레일의 연결 부분에서 붉은 불꽃이 반짝반짝 흔들리고 있었다. 얼어붙지 말라고 칸델라_{휴대용 석유등}를 피운 것이다.

게이코 씨는 저 칸델라를 닮았다. 노리코는 그렇게 생각했다. 그 사람이 오빠를 따스하게 만들어 주고 있다. 레일 위를 달릴 줄만 아는 오빠가 얼어붙지 않도록.

그 사람이 오빠를 변하게 해 줄지도 모른다.

신스케가 방을 내놓고 게이코의 아파트에서 동거를 시작한 것은 그로부터 보름 뒤의 일이었다.

그해 오월, 신스케는 사법고시 2차 시험에 합격하고 칠월에는 논문시험도 패스했다. 마지막 관문인 시월에 치른 구술시험에 붙었다는 소식을 접한 날은 우연히도 오빠의 생일이었다.

"다시 태어난 기분이야." 오빠가 말했다.

오빠는 마지막 기회에 난관을 돌파한 것이다—노리코는 그런 생각이 들어 자랑스러웠다. 이번에도 떨어졌다면 사법고시는 포기할 수밖에 없었으리라. 고쿠부 집안은 작은 인쇄 공장을 경영하고 있었지만 일손 부족과 업계의 지나친 경쟁 때문에 매년 기울어가기만 하는 중이었다.

이미 환갑이 지난 아버지나 어렸을 때부터 수재 소리를 듣던 장남을 자랑으로 삼고 살아 온 어머니도 끔찍하게 기뻐했다. 그 기쁨의 밑바닥에 숨길 수 없는 안도감이 섞여 있다는 사실에 노리코는 약간 쓴웃음이 났지만 그렇다고 부모를 놀릴 생각은 없었다.

오빠가 고시에 합격하기까지 노리코는 게이코를 몇 차례 만났다. 그런데 시험에 붙고 나서도 오빠는 게이코를 전혀 부모님께 소개하려 들지 않았다. 기다리다 지쳐 재촉했더니 오빠는 "지금은 경황이 없어서 그럴 때가 아니야"라고 했다.

그래도 부모님은 오빠한테 무슨 이야기를 들었겠지 싶어 슬쩍 떠보았다. 부모님은 아무것도 모르는 듯했다. 오빠가 쑥스러워서 그러나, 하고 생각하며 웃어넘겼지만 엄마가 이렇게 말했을 때는 약간 좋지 않은 예감이 들었다.

"우리도 정말 힘들었는데, 요 일 년 동안 네 오빠가 돈을 보내지 않아도 된다고 해서 한숨 돌렸지."

돈을 보내지 않아도 된다. 그렇게 이야기하는 건 좋다. 하지만 왜 그 이유를 설명하지 않았을까? 여자와 살고 있고, 그 여자의 도움으로 살고 있다는 사실이 창피했기 때문일까. 그렇다면 시험에 합격한 뒤에 제일 먼저 게이코를 집으로 데리고 와서 그녀에게 감사를 표해야 할 텐데…….

돌이켜 보면 부모님도 어렴풋이 눈치를 채고 있었을 것이다. 방을 빼면 당연히 주소나 전화번호도 바뀐다. 어쩌면 엄마가 전화를 걸었을 때 게이코가 받은 적이 있을지도 모른다.

하지만 엄마도 그 문제에 대해 깊이 생각해 보지는 않았겠지. 그렇게 했다가 공연히 모처럼 안정된 공부 환경을 망치고 싶지 않았을 테니까.

왠지 썩은 냄새가 나는 듯했다. 그리고 얼마 지나지 않아 노리코는 자신의 후각이 정확했다는 사실을 깨닫게 되었던 것이다.

노리코는 어느새 하객들이 웅성거리는 가운데 문을 등진 채 서서 이를 악물고 있었다.

세키누마 게이코가 있었기에 오빠는 지금 저렇게 금박을 입힌 병풍을 치고 결혼 축하연을 할 수 있게 되었다. 그녀를 속이고, 이용해 먹고, 가장 힘들 때 그녀의 도움으로 살았기 때문에.

그런데 오빠는 그녀를 완전히 버렸다. 대기권을 빠져나간 로켓이 필요 없어진 연료 탱크를 떼어 버리듯이.

"내겐 결혼도 인생의 계단을 오르기 위한 단계의 한 칸이야. 의미 없는 결혼을 할 수는 없잖아."

이렇게 말하며 시치미를 떼던 오빠의 얼굴은 평생 잊을 수 없으리라.

신스케가 "게이코하고는 헤어졌어"라고 했을 때 노리코는 난생처음 살의에 가까운 분노를 느꼈다. 오빠가 변심했기 때문이 아니다. 역시 그렇군. 이 사람은 나하고 같은 핏줄이지만 애당초 양심이란 게 눈곱만큼도 없는 인간이다. 이런 사실을 깨달았기 때문이다.

"게이코는 돈밖에 없는 여자야. 촌뜨기에다 머리도 텅 비었어."

모두 다 처음부터 계산된 일이었다는 사실을 알게 된 것은 올 정월이었다. 오빠의 친구인 오가와란 사람이 결혼한 지 얼마 되지 않아 부인인 가즈에를 데리고 찾아왔을 때였다.

오가와 가즈에는 전에 세키누마 게이코와 같은 회사에 다녔다. 게이코를 잘 알고 있었다. 주체할 수 없을 정도로 돈이 많고 심심해 미치려는 아가씨라고. 잘하면 얼마든지 이용 가치가 있다고.

"구체적인 결혼 약속만 하지 않았으면 어떻게든 빠져나갈 수가 있지. 저쪽도 시골에서는 유지의 딸이야. 소란스러워지면 자기 체면만 구기게 되니 조용히 물러날 거야. 별 볼일 없어."

별 볼일 없어.

단지 그뿐이었다.

실제로 게이코는 소란을 피우지 않았다. 조용히 모습을 감추었을 뿐이다.

그리고 얼마 지나지 않아 신스케는 새 애인을 사귀었다. 그 여자가 오늘의 신부다. 대학 선배가 중간에 서서 반쯤 맞선처럼 두 사람을 맺어 주었다고 한다.

하지만 신스케가 아직 사법고시에 패스하지 못한 궁핍한 상태였다면, 직장을 잡지 못한 상태였다면 애당초 그런 소개 이야기는 나오지도 않았을 것이다. 상대방 부모도 앞날이 보장된 예비 변호사로 보았기 때문에 집안 수준 차이는 감수하고 이 결혼을 허락했다.

그리고 오빠가 왜 그녀를 선택했는지, 그 이유를 노리코는 알고 있다. 아버지가 마루노우치에 큰 사무실을 갖고 있는 변호사이고, 어머니는 대법원 판사까지 배출한 가문의 딸이었기 때문이다. 세키누마 게이코는 그저 부잣집 딸에 불과했지만 그 여자는 다르다. 돈 이외에도 큰 부가가치를 지니고 있다. 그래서 선택했다.

모든 것이 타산, 타산, 타산.

"난 다시 태어난 기분이야."

오빠는 그렇게 말했다. 맞다. 다시 태어나면서 인간이기를 포기한 것이다.

누가 소매를 세게 잡아당기는 바람에 정신이 들었다. 엄마가 무서운 표정을 짓고 있었다.

"신랑 신부가 돌아올 거야. 자리에 앉거라."

바로 그때 조명이 꺼졌다. 음악이 흐르기 시작했다.

시곗바늘이 저녁 아홉시를 가리키고 있었다.

6

와인 바 '화이트 캣'의 문을 열자 처음에 귀에 들어온 것은 큰 환호성이었다. 맨 앞쪽 룸을 차지한 단체 손님이 폭죽을 터뜨리며 손뼉을 치고 있었다.

아마도 결혼 축하 파티인 모양이다. 오늘이 길일이던가? 일요일 밤인데 긴자에 있는 이런 타입의 가게가 뜻밖에 붐비는 까닭은 그 때문일지도 모른다……. 슈지는 멍하니 그런 생각을 하다가 문득 세키누마 게이코도 오늘 밤 아는 사람의 결혼식 피로연에 간다고 했던 이야기를 떠올렸다.

그랬다. 그래서 딱지를 맞았다.

"이차까지 따라갈 거니까 늦게 올 거야."

슈지의 다음 이야기를 미리 짐작하고 잘라내듯 이렇게 말했다.

"회사에 다닐 때 알던 동료 결혼식이야. 친했던 사람이라 꼭 참석해야 해."

"밤에 피로연을 해요? 그런 경우도 있나?"

"요즘엔 많아. 도쿄의 야경을 내려다볼 수가 있잖아."

그때 게이코의 표정이 묘하게 딱딱하고, 이야기하면서도 결코 슈지의 눈을 보려 하지 않아 이상하다는 생각이 들었다. 하지만 여자에게 친구의 결혼은 축하할 일인 동시에 왠지 떨떠름한 기분이 드는 일인 모양이라고 여겨 더 이상 자세한 내용은 묻지 않았다.

그런데 세키누마 씨는 몇 살일까. 스물여섯? 스물일곱 정도 되었을까? 그녀가 처음 피셔맨스 클럽에 왔을 때 함께 계산대에 있던 동료는 "저래 봬도 꽤 나이가 들었을 거야. 내 눈에는 서른한 살 정도로 보여"라고 했지만 그 녀석 안목은 별로 믿을 만하지 못하다.

입구에 있는 안내판을 보니 '화이트 캣'이라는 가게는 세 층으로 나뉘어 있었다. 반 지하에 있는 카운터 석과 일층의 룸, 이층의 박스 석. 먼저 카운터 쪽을 살펴보려 계단을 내려가는데 마침 노가미 유미가 올라오고 있었다.

슈지를 보더니 무척 놀라는 표정을 지었다. 순간 뭔가 심술궂은 농담에 속은 건가 싶은 생각이 들 정도였다. 유미가 입을 벌리고 "어머, 사쿠라 씨, 이런 데 웬일이죠?"라고 한다거나—.

하지만 그녀는 이렇게 말했다.

"안 오는 줄 알았어."

유미는 창가 쪽에 자리를 잡고 있었다. 발아래로 긴자의 화려한 밤이 흐르고 있다. 은행나무 가로수 잎이 의자에 앉은 슈지의 팔꿈치 높이에서 흔들렸다.

유미는 처음부터 말을 많이 했다. 대화가 중단되는 게 두려운 모양이다. 와인 잔을 손에 들고서도 거의 입에 대지 않았다. 계속

이야기를 하다가 잠깐씩 잔을 테이블에 다시 내려놓았다. 직장 이야기, 여기 오다가 보았던 이상한 커플 이야기, 지금 읽고 있는 책 이야기—.

나하고 사귀고 싶다는 게 과연 정말인가…… 하는 기분이 들었다. 가까이서 보는 유미는 정말 예쁘고 왠지 앳된 느낌이 들었다. 비유하자면 얼룩 하나 없는 고운 천. 막 피어난 꽃. 새로 맞춰 입은 옷. 이런 아가씨가 정말로 나하고 사귀고 싶어 하는 걸까?

"오리구치 선배한테 이야기 들었지?"

문득 생각났다는 표정으로 유미가 물었다. 마치 이 요리 맛있지, 라고 묻는 듯한 말투였다.

"응……."

"미안해. 깜짝 놀랐지?"

"놀라지는 않았고." 그렇게 대답하고 나서 상당히 뻔뻔스러운 대답이 아닐까 하는 생각이 들었다. "아니, 저어, 놀라지 않은 건 아니고."

유미는 웃음을 터뜨렸다. 그제야 겨우 표정이 풀렸다.

"나도 이런 식으로 맞선 보는 듯한 분위기에서 만나고 싶지는 않았어. 하지만 사쿠라 씨는 늘 바쁘잖아? 도무지 틈이 없는걸. 말을 걸기도 힘들고—."

"그 정도로 바쁘게 살지는 않는데."

"그래? 하지만 밤에는 원고 쓰잖아?"

슈지는 깜짝 놀랐다. "어떻게 알아?"

"오리구치 선배한테 들었어. 괜히 이야기했나?"

그게 아니라 남에게 별로 알리고 싶지 않았을 뿐이다. 소설을 쓰고 있다는 이야기는 거의 한 적이 없다. 어차피 웃음이나 살 테니까.

"대학을 중퇴한 것도 소설을 쓰고 싶어서야?"

"아니, 그런 건 아니야."

"왜 자신에 대한 이야기를 전혀 하지 않지? 아무것도 모르니까 왠지 허전한 기분이 들어."

슈지가 웃으며 어깨를 움츠렸다.

"이야기할 만한 게 없으니까."

슈지는 지바 현의 작은 어촌 마을에서 태어났다. 옛날부터 대대로 어업을 해 온 집안이었다. 하지만 슈지의 할아버지 대부터 주변이 개발되기 시작해 어업만으로는 생계를 꾸리기 힘든 환경이 되었던 모양이다. 슈지의 아버지가 서른 살이 지났을 때 커다란 화학 공장이 들어섰다. 그때 보상금을 받게 되자 어업에서 완전히 손을 떼고 시내로 옮겨 식당을 시작했다.

그 식당이 궤도에 올라 생활을 꾸려갈 수 있게 되었다. 부모님과 네 살 아래인 여동생까지 네 식구다. 집 근처에 있는 고등학교를 졸업할 때까지 슈지는 매일 장 보러 가는 아버지의 경트럭 엔진 소리를 들으며 잠에서 깼다.

그런 아버지가 이태 전에 돌아가셨다. 슈지가 스무 살 되던 해였다. 아버지 나이 쉰하나. 뇌졸중이라니 그야말로 예상하지 못한 일이었다. 너무나도 갑작스러운 그 죽음에 슈지도 정신적인 충격을 받아 대학을 그만두었다―.

"아버님이 돌아가셨구나, 전혀 몰랐어."

잔에 반쯤 남은 와인을 빙빙 돌리며 유미가 중얼거렸다.

"그야 당연하지. 이 년 전 일이니 네가 아직 퍼셔맨스 클럽에 들어오기 전이잖아. 나도 다른 데서 아르바이트를 하고 있을 때야."

그때 슈지는 대학에 다니며 초등학생들을 가르치는 학원에서 강사로 일했다. 서클 활동도 하고, 수업에도 적당히 출석하고, 적당히 빼먹기도 했다. 아마 어디서나 흔히 볼 수 있는 대학생이었으리라. 스스로 생각하기에도 즐거운 학창 생활을 보내고 있었다.

다만 마음 한구석에서 왠지 허전하다는 생각은 들었다. 경제학 전공에 고만고만한 성적. 일류기업은 몰라도 중견기업 정도에 들어가 착실한 샐러리맨이 된다―그런 장래가 눈앞에 보였기 때문이다.

슬금슬금 습작을 시작한 것은 그런 허전함을 달래기 위해서였을지도 모른다. 애당초 발표할 곳도 없었고, 투고할 생각도 하지 않았다. 막연히 쓸 뿐이다. 하지만 그렇게 책상에 앉아 스토리를 매만지는 순간이 그 어느 때보다 즐거웠다.

"원래 어렸을 때 글 쓰는 사람이 되고 싶다고 생각한 적이 있어."

물론 철없을 때 한 생각이었다. 슈지가 중학교에 다닐 무렵이었다. 몸이 약해 학교에 가지 못하고 집에 누워 있는 일이 많았던 여동생에게 이런저런 이야기를 꾸며서 해 주는 습관이 계기가 되었다. 동생은 텔레비전 만화영화보다, 잡지 연재 순정만화보다 그걸 더 재미있어했다…….

"어떤 이야기들을 만들었어?" 유미가 살짝 웃으며 물었다.

"어린애들 모험 이야기 같은 거였던가?" 슈지도 함께 웃었다.

"있잖아, 『보물섬』이나 『하늘을 나는 교실』 같은. 그런 이야기를 좋아해서 비슷한 걸 꾸며서―."

대학생이 된 뒤로 쓰기 시작한 것도 그 '이야기'의 연장선상에 있는 일종의 습작이었다.

"그럼, 동화?"

"응……, 굳이 따지자면 그렇게 될지도 모르겠지만, 특별히 어린이를 위해 쓰는 건 아니야. 어른이나 어린이나 다 읽을 수 있고, 재미있는 거면 돼."

"『보물섬』처럼?"

"그래. 『보물섬』처럼."

슈지는 고개를 끄덕이며 미소 지었다.

"그러고 지내는데 아버지가 물었어. 너 정말 지금 상태에 만족하느냐…… 고."

지금 생각해 보면 무슨 예감이 들었던 모양이다. 그해 봄, 아버지가 돌아가시기 직전에 연휴를 이용해 미리 연락도 없이 고향으로 내려갔다. 특별한 볼일이 없었기 때문에 부모님은 깜짝 놀랐다.

"무슨 일이냐고 물으셔서 별일 아니라고 대답하고—그날 밤 아버지와 술을 한잔했어."

두런두런 대화를 나누던 중에 아버지가 이웃집 이야기를 꺼냈다. 마찬가지로 외아들을 도쿄에 있는 대학에 보낸 집인데, 그 집 아들이 노이로제에 걸려 병원에 입원했다고 한다.

"난 잘 모르지만 이런저런 고민이 있었던 모양이더구나."

미간을 찡그리고 술잔을 천천히 기울이면서 아버지가 말했다.

"우리 때보다 세상이 훨씬 복잡해졌기 때문이겠지. 슈지야, 너도 어렵게 생각하지 말고 모쪼록 네가 하고 싶은 일을 해라. 앞으로 더 나아가면 외길뿐이라는 생각이 들었을 때는 특별한 목적이 없더라도 다른 길을 걸어 보는 거야. 사람이 그런 정도로 손해를 보는 건 아니니까."

그 말을 듣고 슈지는 자기 생각을 털어놓았다. 사실은 소설을 쓰고 싶다고.

"그러자 아버지가 기뻐하셨어. 나는 깜짝 놀랐지. 정말 놀랐어."

멋지잖니, 열심히 해 봐, 라고 하셨다.

"대학에서 강의를 듣다가 이런 거 빨리 집어치우고 글을 쓰고 싶다는 생각이 든다면 학교를 그만 둬도 되지, 하며 웃으셨어. 왠지 믿어지지가 않았지."

지금 생각하면 아버지는 슈지의 성격상 경제학이 맞지 않는다는 사실을 이미 눈치채고 있었는지도 모른다.

"하지만 말이죠, 작가가 된다는 건 쉬운 일이 아닐 거예요. 재능도 있어야 하고, 재능 이상으로 운도 필요하겠죠. 내가 작가도 되지 못하고 샐러리맨도 되지 못해 결국 형편없는 인간이 되어 버리면 아버지도 곤란할 거 아니에요? 위험한 도박은 하지 않는 편이 좋을지도 모르죠."

슈지가 그렇게 이야기하자 아버지는 불쑥 심각한 표정을 짓더니 묘하게 자신감 넘치는 말투로 이렇게 말했다.

"글쎄…… 네가 작가가 될지 어떨지 난 모르지. 하지만 넌 틀림없이 형편없는 인간이 되지는 않을 거야. 무슨 일이 있어도 다른 사람들에게 폐를 끼치는 인간은 되지 않을 거다. 그건 내가 보증하마."

괜찮으니 안심해라. 아버지는 딱 잘라 그렇게 말했다.

"아무런 근거도 없는 이야기였지만 그 말씀에 마음이 편해졌어. 그래서 나도 모르게 이렇게 말하고 말았지. 좋아요, 아버지. 그럼 나 작가가 되겠어요, 라고."

하지만 보름 뒤, 아버지는 갑자기 세상을 떴다.

"분명히 충격을 받기도 했지만, 그때 아버지가 하신 말씀이 유언이 되었다는 생각을 하면 훨씬 더 큰 책임감이 느껴져. 그렇잖아? 약속을 한 사람이 세상에 없으니까. 이제 그 약속을 깰 수가 없지. 아버지가 내게 너무 큰 책임을 지워 주셨다는 생각이 들었어."

예기치 못한 아버지의 죽음은 가족의 생활에도 영향을 미쳤다.

가게는 새로 사람을 써서 이럭저럭 끌고 갈 수 있었지만 궤도에 오르기까지는 생활이 힘들었다.

"그래서 대학을 그만둔 거야. 내 학비나 용돈 부담이 없으면 좀 나아질 테니까. 억지로 다니자면 계속 학교에 나갈 수 있었지만 그렇게 하면서까지 대학에 남는 세 별 의미가 없었어. 좋아, 어쨌든 난 작가가 될 거니까 일하면서 써도 된다, 라고 생각한 거야."

슈지가 쓴웃음을 지었다.

"어머니는 쓸데없는 소리 하지 말라고 야단을 치셨지."

유미는 말없이 와인 잔 안을 들여다보고 있었다. 입술이 부드러운 곡선을 그렸다.

"다만 내가 쓰려는 소설은 여러 의미에서 어려워. 이렇다 할 등용문이 없지. 현실은 간단치가 않아. 오리구치 선배한테는 그런 불평을 늘어놓고 위로를 받으려 했던 건데."

"직장의 아버지이시니까." 유미가 웃으며 그렇게 말하자 슈지는 고개를 끄덕였다.

그리고 비로소 깨달았다.

맞다……. 내가 오리구치 선배와 친해진 것은 그분이 왠지 돌아가신 아버지를 닮았기 때문인지도 모르겠다.

와인 잔을 이리저리 움직이고 나서 유미가 말했다.

"처음엔 네게 이미 애인이 있는 게 아닌가 걱정했어. 그래서 오리구치 선배에게 의논한 거야. 그분이라면 알고 계실 테고, 물어보기도 편해서."

"그 '아버지'는 모르시는 일이 없지."

"그래, 맞아." 유미가 웃는 표정을 지었다. "그랬더니 오리구치 선배가 웃는 거야. '이미 애인이 있다면 포기할 거니? 그렇게 얌전하게 나가서는 안 돼. 쟁취하겠다는 정도의 각오가 없이는'이라고 하셨어."

엄청난 충고를 했다.

"그리고 네가 바쁜 건 작가가 되기 위해 공부하는 중이고, 휴일이나 밤에는 원고를 쓰기 때문이라고 이야기를 해 준 거야. 그런데 말이야, 지금부터 그렇게 원고만 쓰고 있어서는 작가가 될 수 없다, 연애도 좀 시키는 게 좋겠으니 노가미 씨가 애를 써라. 아, 화내지 마. 이건 오리구치 선배가 한 말이야."

"그 아저씨가 그런 소리를 했단 말이지……?"

슈지는 웃고 말았다. 오리구치의 말에도 일리가 있다. 사실 책상 앞에만 달라붙어 있어 봤자 재미있는 스토리가 나올 리 없다.

하지만 마음을 놓을 수가 없겠다는 생각이 들었다. 오리구치와는 비밀을 공유하고 있는 사이다. 서로 다른 사람에겐 이야기하지 않기로 약속했는데 의외로 너무 간단하게 누설해 버렸다.

당연히 오리구치가 마음속에 간직하고 있는 '비밀'은 슈지의 비밀과는 차원이 전혀 다르다. 내 비밀을 누설했다고 해서 앙갚음으로 그걸 입에 올릴 수는 절대로 없다.

그때 실내방송이 슈지의 이름을 불렀다.

"노가미를 만났나?"

오리구치였다. 슈지는 두리번거리며 시계를 찾았다. 바로 찾을 수는 없었지만 어쨌든 아홉시는 지났을 시간이다.

"급행을 놓쳤어요?"

"무슨 소리. 잘 탔어. 열차 안에서 전화 거는 거야."

열차 안에서 거는 전화치고는 무척 또렷하게 들린다 싶어 물어보았더니 오리구치는 이렇게 대답했다.

"이제 우에노를 막 벗어났으니까. 그냥, 잘 만났는지 어떤지 걱정이 돼서."

"지금 함께 한잔하고 있는 중이에요."

"그거 다행이군."

"그런데 약속을 깨셨어요."

"무슨 소리야?"

"제가 소설 쓴다는 이야기 노가미 씨에게 했잖아요."

오리구치가 슬쩍 웃었다. "미안, 미안. 노가미가 지레짐작을 하며 걱정하기에. 자네가 회식 자리에도 별로 얼굴을 드러내지 않고 바로 집으로 가 버리는 건 분명 애인이 있기 때문일 거라면서."

"제가 그렇게 접근하기 힘든 사람으로 보이는 줄은 몰랐네요."

"좋아하는 여자에겐 접근하기 힘들고 편하고를 떠나서 바늘도 몽둥이로 보이는 법이지. 노가미가 세키누마 게이코 씨의 존재에 신경을 쓰고 있었어. 그 사람이 자네 애인이 아닌가 하고."

"세키누마 씨는 그냥 손님이에요."

오늘 밤 딱지를 맞았다는 이야기는 하지 말자.

"그럼 노가미에게 확실하게 이야기해 주는 게 낫겠군. 세키누마 씨는 미인이니까 말이야. 공연히 애타게 만들면 노가미가 측은하지."

오리구치의 목소리를 들으며 슈지는 전화기 뒤에서 무슨 소리가 들리지 않나 신경을 곤두세웠다. 열차에서 거는 전화라 해도 거리가 멀지 않다면 깨끗하게 들리는 게 분명 이상할 일은 아니다. 하지만 왠지 분위기가 다르다는 느낌이 자꾸만 들었다.

이렇게 표현하면 이상하지만, 오리구치의 목소리는 열차 안에 있는 것처럼 흔들리지 않았다. 그가 걸어가고 있다는 느낌도 들지 않았다.

"그럼 훼방은 이만 놓지."

전화를 끊으려는 오리구치에게 슈지는 얼른 물었다.

"내일 재판은 몇 시부터죠?"

"엥?"

"재판 말입니다. 몇 시부터라고 했죠?"

"—열시 반이야."

"분명히 증인 심문이라고 하셨죠?"

"그래, 지난번에 이어서."

지난번 재판은 한 달 전에 있었다. 그때 예상 밖으로 복잡해져 이번에는 약간 시간을 두고 날짜가 정해졌다는 이야기를 들은 기억이 났다.

"그럼 이만 끊을게. 전화 깨끗하게 들리나? 이쪽은 알아듣기 힘들어졌어. 수고해."

전화가 끊어졌다. 슈지는 수화기를 손에 든 채 다시 주위를 둘러보다가 마침 지나가던 점원에게 시간을 물었다.

"아홉시 사십분입니다."

오리구치가 전차를 타지 않았을 리가 없다. 우에노 역을 출발해 북쪽으로 향하는 중이리라.

타지 않았을 리가 없다.

설사 타지 않았다 해도 그게 무슨 문제인가? 별로 문제될 게 없지 않은가? 오리구치가 그런 재판 따위 방청하기 지겨워 가기 싫어 해도 이상할 게 없다. 그리고 그걸 슈지에게 이야기하지 않았다 해도 이상하지 않다. 다만 벌써 관심이 식었나 하는 생각이 들어 뜻밖이긴 했다. 그뿐이다.

그런데 왜 이렇게 자꾸 마음이 쓰이는 걸까?

7

전화박스 바닥에는 알록달록한 전단지들이 흩어져 있었다. 대부분 고리대금 전단지였다. 오리구치 구니오는 수화기를 내려놓고 전단지를 밟으며 밖으로 나왔다.

아홉시 사십분이 지난 시각이었다. 아홉시에 우에노 역을 출발하는 급행은 지금 어디쯤 달리고 있을까. 가나자와에 갈 때 침대차를 이용해 본 적이 한 번도 없어 짐작이 가지 않았다.

전화 목소리가 깨끗하게 들려 슈지가 이상하게 여겼을까. 그게 약간은 마음에 걸렸다. 전화를 걸면 오히려 이상하게 여길지도 모른다는 생각은 했지만 두 사람이 즐거운 시간을 보내고 있는지 확인하지 않고는 견딜 수가 없었다.

오늘 밤 슈지가 노가미 유미와 함께 지내면 좋겠다는 생각을 했다. 제발. 두 사람이 아침까지 함께 지내느냐 마느냐는 별개의 문제로 하고, 유미와 데이트를 즐긴다면 슈지가 세키누마 게이코를 불쑥 찾아가는 일은 없으리라. 그러니 부디.

오늘 밤 세키누마 게이코에게는 무슨 일이 있어도 접근하지 못하게 하고 싶다.

오리구치는 자그마한 아동공원 끄트머리에 있는 전화박스 옆에 서 있었다. 비스듬히 맞은편으로 벽돌색 타일이 붙은 칠 층짜리 아파트가 보였다. 그 604호가 세키누마 게이코의 집이다.

오리구치와 슈지가 세키누마 게이코와 알게 된 것은 두 달 전의 일이었다. 그녀가 혼자 불쑥 '피셔맨스 클럽'을 찾아왔다. 그것도 기묘한 물건을 사러.

그녀가 사러 온 물건은 납판이었다.

"납처럼 쉽게 잘라 찢어서 크기를 바꿀 수 있는 게 있나요? 매장을 둘러보았지만 잘 모르겠어서."

낚시에 쓰는 납으로 만든 추는 봉돌이라고도 부른다. 담수어,

특히 붕어처럼 작은 물고기를 낚을 때 다른 낚싯봉으로는 너무 무거워 판 모양의 납을 잘라서 사용한다.

어쨌든 낚시와는 인연이 없어 보이는 게이코 같은 여성이 사러 올 물건이 아니었다.

그때 슈지는 계산대에 있었고 오리구치는 그 바로 뒤 진열장에 있는 쿨러박스의 먼지를 털던 중이었다. 게이코의 말을 듣고 두 사람은 얼굴을 마주 보았다.

그 분위기를 느꼈으리라. 게이코가 덧붙였다. "제가 잘 몰라서요. 부탁을 받고 구하러 왔어요."

오리구치는 바로 납판을 꺼내 왔다. 그 작은 봉투를 보더니 게이코가 말했다.

"더 큰 건 없나요?"

오리구치를 힐끔 보고 나서 슈지가 물었다. "어디 쓰시려는 건데요?"

이 질문에 게이코는 얼핏 보기에도 갈팡질팡했다.

"어디? 몰라요. 전 심부름 왔을 뿐이라서."

"그러세요? 그럼 아마 이 작은 것만으로도 충분하실 겁니다."

"그건…… 좀 곤란하네. 많이 필요하다고 하던데."

오리구치가 슬쩍 물었다. "얼마나 드릴까요?"

"둘―아니, 세 개 주세요. 우리 집이 멀어서요. 또 오려면 번거로우니까."

오리구치가 납판 봉투를 가져왔다. 슈지가 금전등록기에 입력

했다. 그 사이에도 게이코는 안절부절못하고 손가락을 계속 움직였다. 고개를 숙이고 있었고, 표정도 어두웠다.

"이상한 손님이네."

"정말 심부름 온 걸까?" 슈지가 고개를 갸웃거렸다.

"어린애가 있는 게 아닐까? 그 애가 놀래기 낚시라도 가는 모양이지."

"저 사람에게 애가? 그럴 것 같지 않은데."

"이웃집 애일지도 모르지."

슈지는 웃지 않았다. "괜찮을까요?"

"걱정할 것 없어. 저걸로 뭘 할 수 있겠어?"

"하지만 납은 독성이 있잖아요."

걱정스러운 표정을 짓는 슈지를 보며 오리구치는 웃었다. "목에 걸려 질식이라도 하지 않는 한 저런 걸로 사람을 죽이거나 할 수는 없어."

"그런데 어디 쓰려는 걸까요?"

"문진文鎭 같은 걸 만들려는 게 아닐까?"

오리구치는 정말로 가볍게 생각했고, 슈지와 함께 계산대에 있던 동료도 게이코의 미모와 그녀의 나이에만 관심을 보였다. 자꾸 마음을 쓰는 것은 슈지뿐이었다.

"집이 멀다는 이야기를 일부러 했어요. 그건 의외로 가까운 곳에 살고 있기 때문이 아닐까요? 이상하네……. 왠지 느낌이 좋지 않아."

"자네는 상상력이 너무 발달했어."

하지만 슈지의 직감은 적어도 부분적으로는 정확했다. 며칠 뒤, 주말에 기타아라카와 매장과 동네 어린이회가 공동으로 주최하는 '꼬마 낚시 대회'에 빌려줄 도구를 가지고 가게 밴을 운전하던 슈지는 가게에서 버스로 두 정류장 떨어진 지점에 있는 벽돌색 아파트에서 게이코가 나오는 것을 보았다고 했다.

"정말 우연이었어요." 슈지가 말했다. "그 여자도 절 보더니 표정이 굳어지더군요."

슈지가 운전석에서 마치 단골손님을 만났을 때처럼 인사를 하자 게이코는 무척 난감해하는 표정을 띠었다고 한다. 물론 거짓말이 들통나 겸연쩍었을 것이다.

"지난번에 사 간 납판은 잘 쓰셨어요?" 슈지가 물었다고 한다. "우리는 손님이 그걸 어디 쓰시려는 걸까 이상하게 여겼습니다. 혹시 수도관에서 물이 새 땜질하시려는 게 아닐까 싶어서요. 납은 몸에 해롭거든요."

그때 게이코는 "잘 썼어요"라고만 했을 뿐 종종걸음으로 사라져 버렸다고 한다. 하지만 이튿날 다시 가게로 찾아왔다.

그때는 오리구치가 계산대에 있었다.

"여기 젊은 점원이 제가 납을 어떻게 썼는지 신경 쓰는 것 같아서 설명하러 왔어요."

게이코가 웃으며 말했다. 오리구치는 창고에 있던 슈지를 불러 함께 사과를 했다. 게이코는 사과할 일이 아니라면서 내내 생글생

글 웃었다.

"그런 거짓말을 한 것은 공연한 소리를 해서 이상한 오해를 사고 싶지 않았기 때문이에요. 실은 제가 스포츠 사격을 하는데……."

납판은 산탄총의 총신 밸런스를 잡기 위해 사용했다고 설명했다.

"하지만 그런 이야기를 대놓고 떠들기는 마음이 내키지 않았죠. 안전을 위해서도 총을 갖고 있다는 이야기는 될 수 있으면 입 밖에 내지 않는 게 좋기도 하고요. 그런데 그런 식으로 거짓말을 하니 오히려 이상하게 여기신 모양이더군요."

결국 서로 크게 웃고 말았다. 슈지는 계속해서 죄송해했지만 나중에 오리구치에게 이렇게 말했다. "납판을 사러 왔을 때 저 손님의 얼굴이 뭔가 골똘히 생각하는 것처럼 심각해 보여서요."

"너무 심각하게 받아들였군." 오리구치가 웃었다. 그리고 그다음 말은 그냥 삼켰다. '뭔가를 골똘히 생각하는 사람들이 다 표정으로 드러내는 건 아니야. 특히 심각하면 심각할수록 표정에는 잘 드러내지 않지'라는 말을.

오리구치 자신의 생각, 어두운 계획은 거기서부터 시작되었다. 미완성 퍼즐의 마지막 한 조각을 이때 손에 넣은 것이다.

세키누마 게이코는 엽총을 가지고 있다.

그녀와 친해지려면 어떻게 해야 할까?

오리구치에게 최초의 난관은 그 문제였다. 슈지는 세련된 미인인 게이코에게 아직 약간의 흥미가 남아 있는 듯했지만 그를 부추기기는 상당히 어려울 거라는 생각이 들었다. 슈지가 연하라 두 사람이 어울린다는 느낌도 들지 않았다.

하지만 오리구치에게는 다행스럽게 게이코는 깎인 체면을 만회하려 애를 썼다. 주말에 열리는 꼬마 낚시 대회를 견학하러 와 주었다. 그녀는 무척 즐거운 듯이 자주 소리 내어 웃었다. 어린애들과 섞여 낚싯대를 잡고 물가에 앉기도 했다. 오리구치와 슈지는 그때 비로소 그녀의 이름을 알게 되었다.

게이코가 마음을 터놓은 듯이 슈지와 이야기를 나누는 모습을 보며 오리구치는 속으로 기뻐했다. 점원이 단골 고객과 친해지는 게 애당초 어색한 일은 아니다. '피셔맨스 클럽'이 하는 영업은 외향적이다.

그날, 대회가 끝나자 게이코는 점원들의 뒤풀이 자리까지 따라왔다. 오리구치에게는 더할 나위 없이 좋은 방향으로 사태가 진전되기 시작한 셈이다.

게이코가 아파트에 혼자 산다는 사실. 지금은 회사를 그만두고 쉬고 있다는 사실. 그래도 생활에 지장이 없을 만큼 부잣집 딸이라는 사실. 그녀가 하는 말들을 종합해 이런 사실들을 알 수가 있었다. 슈지보다 나이 많은 점원들 가운데도 게이코에게 흥미를 보이는 사람이 나타났고, 그녀는 뒤풀이 자리에 자연스럽게 어울렸다.

그 뒤로 게이코는 이따금 가게에 들렀다. 점심시간에 와서 슈지에게 식사나 함께 하자고 청하기도 했다. 동료들에게 놀림을 받으면서도 슈지 또한 싫지만은 않은 눈치였다.

오리구치는 그런 모습을 내내 지켜보고 있었다.

"이번 주 일요일이 우리 정기 휴일 전날이라 가게에 있는 젊은 친구들과 함께 새로 오픈한 맥줏집에 갈 예정이에요. 함께 가실래요?"

이렇게 게이코의 스케줄을 물은 것은 사흘 전 일이었다. 게이코는 저녁 무렵에 불쑥 나타나 슈지가 권해서 읽기 시작한 낚시 전문 주간지를 들고 셈을 치르는 중이었다.

게이코가 "좋아요. 저도 갈게요"라고 해 준다면 다행이다. 점원들을 꾀어 진짜로 맥줏집에 갔다가 돌아오는 길에 오리구치가 그녀를 아파트까지 바래다주겠다고 하면 되니까.

게이코가 "아뇨. 아쉽게도 그날 약속이 있어서"라고 대답해도 그 또한 상관없다. 이상하게 여기지 않을 정도로 그 스케줄만 알아내면 되니까.

게이코의 대답은 후자였다. 아는 사람 결혼식에 가야 한다고 했다.

"그럼 밤새 마시며 놀겠군요."

실망한 표정을 숨기고 그렇게 묻자, 게이코는 왠지 무척 쓸쓸한 표정을 지으며 오리구치를 외면한 채로 이렇게 중얼거렸다.

"피곤해서 전 일찍 돌아올 거예요."

오리구치는 여성에게 친구의 결혼이란 미묘한 감정을 불러일으키는 모양이라고 생각했다. 아마 게이코는 결혼식 뒤풀이에 따라갈 생각이 없어 혼자 살며시 빠져나올 것이다.

그리고 그 날짜에 그런 스케줄을 만들어 준 운명에 남몰래 감사했다.

기회는 앞으로도 있다. 공판이 끝날 때까지. 어쩌면 놈들은 판결이 난 뒤에도 항소할지 모르니 그런 의미에서 시간은 얼마든지 있는 셈이다.

하지만 한번 마음을 굳힌 이상 될 수 있으면 빨리 정리해 버리고 싶었다. 준비만 끝나면 바로 실행에 옮길 각오가 되어 있었다.

이제 그 조건이 갖추어졌다. 그래서 오리구치는 이렇게 혼자서 기다리고 있다. 그녀가 돌아오기를. 그리고─.

게이코의 총기 보관함 열쇠가 돌아오기를.

야간열차를 탈 예정이라고 슈지에게 거짓말을 한 일이나, 노가미 유미와의 데이트를 일부러 오늘 밤에 주선한 것도 슈지의 방해를 받고 싶지 않았기 때문이다. 아니, 슈지뿐만이 아니다. 다른 사람을 말려들게 하고 싶지 않았다. 절실한 생각이었다.

게이코만은 어쩔 수 없다. 면목이 없지만 별 도리가 없다. 그래도 다치게 하고 싶지는 않다. 다만 모든 것이 끝날 때까지 누구에게도 꼬리를 밟히고 싶지 않을 뿐이다. 그래서 게이코를 내일 점심때까지 잠들게 만들 계획이다.

바지 뒷주머니에는 클로로포름을 적신 손수건이 있다. 살짝 손을 대자 손수건을 넣은 비닐봉지가 바스락거리는 소리를 냈다.

게이코는 아직 돌아오지 않았다. 조용한 주택가다. 주민들은 거실에서 발을 쭉 뻗고 편안한 시간을 즐기고 있다. 내일부터 시작될 새로운 주를 대비해 재충전하며. 분명 창밖을 내다볼 생각은 하지 않으리라.

집집마다 창문에서 밝은 빛이 새어 나오고 있는데 길에는 아무도 없다. 지금 현재로는 아직 저 불빛들을 단란함의 상징으로 받아들일 수 있다.

이제부터 하려는 일은 저 단란함을 지키기 위해 필요하다. 오리구치는 그렇게 생각했다. 자기가 지금 온몸을 던져 해 놓지 않으면 언젠가는 창과 문을 닫은 집들의 풍경이 평화의 상징이 아니라 방어체제가 되는 시대가 분명히 올 것이다. 언젠가는 분명히. 그것도 가까운 장래에.

마치 결전을 앞둔 무사 같다는 생각에 오리구치는 피식 웃었다.

너무 거창한 의미를 부여하는 것은 좋지 않다. 정정하자. 이건 지극히 개인적인 일이다. 개인적인 빚 청산.

바람이 살짝 불어와 얇은 셔츠 옷깃을 흔들었다.

이제 곧 열시가 된다. 오리구치의 밤은 한없이 길었다.

8

움직일 수가 없었다.

연회장에서 희미하게 왁자지껄한 환호성과 박수 소리가 들려왔다. 음악이 흐르고 있다. 옷을 갈아입은 신랑 신부가 다시 입장해하객이 앉은 테이블을 돌며 옅은 핑크색 초에 불을 붙이고 있다—그런 광경이 눈에 선한데도 게이코는 움직일 수가 없었다. 손에든 총이 갑자기 무거워지고, 크게만 느껴져 게이코에게 버거운 물건으로 변해 버렸다. 다시는 이 총을 손에 들 수 없다. 이제 평생여기서 나갈 수 없다. 이대로 여기서 모든 게 끝난다.

오늘 밤 이런 계획을 세우게 된 계기는 한 통의 편지였다. 편지가 도착한 그날 게이코는 준비를 위해 움직이기 시작했다. 두 달전의 일이다.

—고쿠부 신스케 씨가 결혼하게 되었어.

편지는 그 한 줄로 시작되었다.

—결혼식 장소, 시각, 식순은 다음과 같아. 피로연 장소인 부용실이 있는 층의 구조도를 함께 보낼게.

적혀 있는 대로 간단한 결혼식 스케줄 표와 호텔이 고객을 위해만들었을 인쇄된 구조도가 함께 들어 있었다.

—고쿠부 씨는 너하고 헤어지는 과정에서 크게 상처를 입었어.

편지 내용은 그렇게 이어졌다.

—그건 너도 마찬가지 아닐까? 하지만 고쿠부 씨는 이제 새로운

인생의 출발점에 서 있어. 한때나마 마음을 허락한 사이였으니 그 사람의 결혼식에 와서 축하의 말 한마디 해 주는 건 어떻겠니? 그러면 너도 그 기억에서 벗어날 수 있을 텐데. 주위 사람들 시선이 마음에 걸린다면 구조도를 보고 살짝 옆문으로 들어와도 될 거야.

다 읽은 뒤 게이코가 제일 먼저 한 일은 그 편지를 갈기갈기 찢어 버리고 싶은 충동을 참는 것이었다.

화가 나고 어처구니가 없었다. 하지만 그 이상으로 이기적이고 독선적인 이야기에 구역질이 났다. 떨리는 손으로 천천히 편지를 접은 다음 다시 발신인 이름을 보았다.

오가와 가즈에.

그녀에겐 이제 이런 말밖에 해 줄 수가 없겠다는 생각이 들어 게이코는 소리 내어 중얼거렸다. 지옥에나 떨어져라.

고쿠부와는 지난겨울이 끝나갈 무렵에 헤어졌다.

그는 고시에 합격해 사법연수생이 되자 태도가 미묘하게 변하기 시작했다. 게이코도 눈치를 챘다. 그녀 앞에서 그다지 편한 얼굴을 보이지 않기 시작했다. 무슨 볼일이 있다며 집에 붙어 있지를 않았다. 일요일에도 게이코와 단둘이 지내려 들지 않았다.

처음에는 시험에 붙어 안도한 반면 그도 지친 모양이라고 해석했다. 실제로 처리해야 할 여러 가지 스케줄이 있어서 바쁠 거라는 생각도 했다. 그러다 보면 마음이 안정되어 분명 원상태로 돌아오게 되리라. 이제 시험에 합격했으니 정월에는 둘이 함께 일단 우리 집에 가자. 부모님께 널 소개하고 싶어. 그리고 너네 집에도 인사를 드리러 가야지. 네 오빠에게 너를 달라고 부탁드려야 하니까—때로는 둘이 식사를 하면서, 때로는 나란히 누워 나누었던 그 약속이 분명 지켜질 것이다. 그렇게 생각했다.

아니, 생각한 게 아니라 믿고 있었다.

첫 충돌은 십일월 말에 일어났다. 늘 밖으로 나가는 고쿠부에게 별 생각 없이 용돈이 있느냐고 물어보았는데 그가 안색을 바꾸더니 화를 내기 시작했다.

"날 기둥서방 취급하는 건 이제 그만둬!"

게이코는 깜짝 놀랄 수밖에 없었다. 지금까지 고쿠부의 생활은 모두 게이코가 돌봐 왔다. 지갑에 돈이 얼마나 남았는지 신경을 쓰는 일은 당연하고, 전에도 수없이 물어봤던 말이다. 그런데 왜 갑자기 화를 내는 걸까.

"내가 언제 널 기둥서방 취급을 했다고 그래?"

"내내 그랬잖아."

"내가 언제……."

"둔하기는. 스스로 깨닫지 못하다니."

게이코도 화가 머리끝까지 치솟아 심하게 다투었다. 하지만 십 분도 지나지 않아 고쿠부는 한마디 내뱉고는 집을 뛰쳐나가 그날 밤에는 결국 들어오지 않았다.

게이코는 잠을 이루지 못하고 혼자서 머릿속으로 그가 내뱉은 말을 계속 되새겼다.

"우린 이제 끝이야."

이튿날 게이코가 회사에서 돌아오니 고쿠부의 짐이 사라져 있었다. 쪽지 한 장 남기지 않았다.

한동안 그의 행방조차 알 수가 없는 생활이 이어졌다. 내키지는 않지만 그의 집으로 전화도 해 보았다. 하지만 이렇다 할 대답은 들을 수 없었다.

"예? 세키누마 씨라고요?" 이렇게 되묻는 소리에 더욱 비참한 심정이 되었다.

딱 한 번 우연히 고쿠부의 여동생인 노리코가 받기에 현재 상황에 대해 털어놓았다. 노리코는 한동안 아무 말도 없었다.

"왜 그래?"

"죄송해요……, 너무 놀라서. 오빠는 집에도 들어오지 않았어요. 설날에는 들르겠다는 소리만 하고…… 저는 틀림없이 언니하고 있겠거니 했는데……."

노리코가 연극을 하는 것 같지는 않았다. 게이코는 다소나마 구원을 받은 기분이 들었다. 적어도 노리코는 오빠와 게이코와의 관계를 인정하고 기뻐해 주고 있다고 생각했으니까.

하지만 그로부터 얼마 지나지 않아, 그때는 아직 직장 동료였던 오가와 가즈에의 입을 통해 고쿠부 신스케에게 새로운 애인이 생겼다는 이야기를 들었다.

"너희 잘 안 풀린 거네."

그 거짓말 잘하는 여자는 걱정스러운 표정으로 그렇게 말했다. 지금도 그때를 생각하면 자신이 얼마나 어수룩한 인간인지 화가

나 견딜 수가 없다. 그때 가즈에의 얼굴을 유심히 살폈다면 그녀가 놀리는 눈빛을 띠고 있었다는 사실을 깨달았을 텐데.

그 뒤로는 완전히 엉망이었다. 돌이켜 생각하면 지금도 화가 치민다.

고쿠부와의 결정적인 파국은 크리스마스이브였다. 정리를 하자는 그의 연락을 받고 처음에는 카페에서 만났는데, 이야기를 하다 보니 도저히 참을 수가 없어 밖으로 나왔다.

차가운 바람이 몰아치는 고마자와 공원에서 두 시간 가까이 이야기를 나누었다. 그렇게 오래 걸린 까닭은 게이코가 끝까지 설득해 보려고 했기 때문이다. 고쿠부는 오로지 헤어지고 싶은 생각뿐이라 말이 통하지 않았다.

"마치 내게 은혜를 베푼 것처럼 행동하는 태도가 견딜 수 없는 거야."

"그렇지 않아. 네가 멋대로 그렇게 생각할 뿐이지."

"거울에 네 얼굴을 잘 비춰 봐. 남자를 돈으로 샀다고 의기양양해하는 표정을 말이야."

이제 다시는 만나지 않겠어. 내 인생을 방해하지 말아 줘. 찾아오면 경찰을 부르겠어. 그 여자도 기분 나빠해—고쿠부가 쏘아 대는 언어의 폭탄이 계속해서 게이코에게 날아왔다.

"뭘 그래? 너 정도 여자라면 얼마든지 상대를 찾을 수 있을 거야. 이젠 내게 집착하지 마. 넌 나를 잡아 두려는 게 아니라 내게 투자한 돈을 회수하고 싶을 뿐이잖아. 이제 그만 정신 차리라고."

고쿠부가 떠나고, 게이코는 어두운 고마자와 공원에 홀로 남았다. 결국은 순찰 경관의 보호를 받으며 아파트로 돌아왔다. 하지만 그것은 구렁텅이의 시작에 불과했다.

체온 때문에 따뜻해진 총신을 더 꼭 쥔 채로 게이코는 좁은 화장실 안에서 아직도 꼼짝 못 하고 있었다.

천천히 침을 삼키고 총신을 꺾어, 약실을 들여다보았다. 좀 전에 백에서 꺼내 장전한 탄약의 놋쇠 부분이 천장의 희미한 조명을 받아 반짝 빛났다.

상하식 쌍발총의 아래 약실에 한 발만 넣었다. 일부러 교체하지 않는 한 일반적으로 아래에 넣은 총알이 먼저 나간다. 그러니 이거면 충분하다.

총탄의 빨간 플라스틱 캡 안에 담긴 산탄이 들여다보인다. 파친코 구슬만 한 납 총알이 아홉 개. 사슴 사냥용 탄환이다.

그리고 총탄 뒷부분에는 이렇게 새겨져 있다.

Magnum.

며칠 전, 늘 클레이 사격 전용 총탄 이외에는 산 적이 없는 게이코가 이게 필요하다고 했을 때, 단골로 다니는 총포사 주인은 심각한 표정으로 물었다.

"이걸 사서 뭐 하려고요?"

"쏠 거예요. 당연하잖아요."

"그만두세요. 클레이 경기라면 전용 총탄으로 충분해요. 사냥을 하는 사람도 매그넘은 거의 쓰지 않아요. 대체 누구한테 무슨 이야기를 듣고 그런 생각을 하게 된 거죠?"

"누구에게 들은 게 아니에요. 전부터 매그넘을 한번 쏴 보고 싶었어요."

"자칫하면 큰일 납니다. 아가씨 총에는 매그넘을 장전할 수 없어요. 그런 것도 모르잖아요."

"무슨 소리예요?"

"매그넘은 화약 분량이 많을 뿐만 아니라 약협_{총탄의 화약이 들어 있는 금속}제통의 길이도 길어요. 3인치나 됩니다. 아가씨 총은 20번과 12번인데, 그 약실 길이는 2와 3/4인치잖아요. 들어가지도 않습니다."

그때 마침 옆에 있던 남자 손님이 참견을 하고 나섰다.

"베이비가 있잖아"라고 했던 것이다.

베이비 매그넘은 약협의 길이가 2와 3/4인치이지만 화약을 1과 1/2온스 더 넣은 것이다. 매그넘만큼은 아니지만 표준적인 총탄보다 위력이 세다. 그래서 베이비 매그넘이라고 불린다.

그 남자 손님은 게이코로부터 엽총 소지 허가증을 받아들고 거기에 적혀 있는 두 자루 총의 규격을 확인하더니 흰 이를 드러내며 웃었다.

"이 총이면 베이비를 쏠 수 있습니다. 경합금으로 만든 액션 리시버 자동총 같은 걸로는 도저히 무리겠지만요. 딱 좋아요. 내가 한 상자 살 건데 아가씨는 한두 발만 가져가는 게 어때요? 다만 조심해서 쏴야 합니다. 반동이 대단해요."

누구나 한두 번은 그런 생각이 듭니다. 무거운 탄을 사용하면 명중률이 높아질 거라는 착각을 하죠. 아무리 말려도 소용없어요. 다른 데 가서 사면 마찬가지고 오히려 더 위험하잖아요—그 남자 손님은 가게 주인을 이렇게 구슬리면서 자기가 산 베이비 매그넘 한 발을 게이코에게 양보해 주었다.

"조심해서 쏴야 합니다." 몇 번이나 다짐을 놓았다.

"예, 주의해서 쏠게요." 선명한 붉은색 총탄을 받아들고 게이코는 고마워하며 대답했다.

이 계획을 성공시키기 위해서는 아무래도 위력이 있는 총탄이 필요하다. 정확을 기하기 위해 필수적이다. 막상 총탄을 받아들고 보니 아이러니한 신의 가호가 느껴졌다.

그런데 실제로 쏠 상황이 되자 몸이 얼어붙었다.

피로연이 열리는 방에서는 음악이 멈추고 웅성거리는 소리가 드문드문 들려올 뿐이었다. 사회자의 목소리가 잠깐 나더니 바로 다른 목소리가 들려왔다. 처음에는 남자 목소리. 이어서 여자 목소리.

오가와 가즈에다. 게이코는 고개를 들었다.

"고쿠부 씨와 남편은 대학시절부터 나쁜 친구 사이라 장차 누가 더 미인을 부인으로 얻을지 경쟁하기로 했답니다. 하객 여러분께서는 누가 이겼다고 생각하시나요?"

연회장에서 웃음소리가 터져 나왔다.

"오늘은 신부에게 승리를 양보하기로 하겠습니다……."

박수 소리가 들려왔다.

화려한 옷차림, 남편 팔에 매달린 가즈에의 모습이 눈에 선하다.

친구라고 생각했는데.

고쿠부와 헤어진 뒤 게이코는 가즈에에게 모든 이야기를 털어놓고, 게다가 그녀 앞에 엎드려 울기까지 했다. 가즈에도 상심한 친구를 위로하는 척했다.

속사정을 알려준 사람은 고쿠부의 여동생인 노리코였다. 연초에 전화를 걸어 와 이야기를 하고 싶다고 했다.

"이제 내게 볼일 없잖아? 그리고 나하고 만나면 오빠가 싫은 소리 할 텐데."

그러자 노리코는 울먹이는 목소리로 이렇게 말했다.

"오빠 문제만이 아니에요. 변명을 하는 건 싫지만 입 다물고 있을 수가 없어서. 아니, 입을 다물고 있으면 안 된다는 생각이 들어서요."

그리고 노리코가 이야기해 주었다. 모든 게 처음부터 기만이었다는 사실을.

"친구 가운데 오가와 가즈에 씨라는 분이 있죠? 그 사람 꿍꿍이였던 모양이에요. 게이코 씨는 돈이 많으니까 이용해 먹을 수 있다고. 하지만…… 그런 말에 넘어가다니, 오빠가…… 저, 너무 죄송해요."

잔뜩 쉬어 기어들어 가는 목소리로 이야기하는 노리코에게 "됐어"라고 하고 전화를 끊었다.

그때 근무하던 상사회사에서는 세키누마 게이코와 오가와 가즈에가 싸운 원인을 대체 무엇이라고 생각했을까. 참지 못한 게이코가 일단 회사에서 따지고 들었고, 최종 담판은 게이코의 아파트에서 하기로 했다. 자칫하면 칼에 찔릴지도 모른다고 생각했는지 가즈에는 남편을 데리고 나타났다.

"난폭한 짓은 하지 않을 거야. 다만 고쿠부 씨 문제를 법적으로 처리할 작정이야. 그러니 당신들에게도 미리 이야기해 두어야겠다고 생각했어. 당신들도 관계자니까."

"소송을 걸겠다는 거야? 바보같이. 네 체면만 구길 뿐이야."

가즈에는 턱을 치켜들고 말했다.

"너처럼 재수 없는 애는 재판에 들어가도 편들어 줄 사람이 없을 텐데. 회사에서 널 뭐라고 부르는지 알아? 금도금 돼지라고 해. 넌 번쩍번쩍하기만 할 뿐이지 머리는 텅 비었잖아."

"내가 그렇게 싫다면 왜 나랑 어울렸지?"

"돈이 있으니까. 넌 돈을 펑펑 쓰고 다녔잖아? 확실하게 이야기 하겠는데, 만약에 고쿠부 씨나 내가 형편없는 인간이라고 해도 그런 인간들을 돈으로 끌어들여 여왕님 행세를 한 건 너야. 그러니 넌 더 형편없지. 아예 돈으로 사람을 사는 일에 전념하지그래? 네겐 돈이 목적인 사람들밖에 접근하지 않을 거야. 달리 아무것도 없으니까."

두 사람을 밖으로 쫓아내고 게이코는 방 안에 있는 물건을 닥치는 대로 벽에 내던지고, 뒤집고, 걷어차 부쉈다.

어쩌다 고쿠부에게 마음이 끌렸을까? 그가 애인에게 어리광을 부리는 버릇이 있는 도련님 스타일이 아니라, 마치 오빠처럼 자기 발로 확실하게 서서 세상을 바라보는 남자였기 때문에—그렇게 보였기 때문일까? 그래서 그를 위해 정성을 바칠 생각이 들었다? 그가 꿈을 실현하는 데 도움이 되기로 했다? 고쿠부라면 오빠 대신 게이코를 지켜줄 것 같아서, 그래서 그를 돌봐준 건가?

가즈에와 친해진 것은 또 왜일까? 어째서 그녀의 본성을 꿰뚫어 보지 못했을까? 그 까닭 또한 겉으로만 그랬다 할지라도 그녀가 늘 자신을 염려해 주고, 어리광을 받아 주고, 마음을 써 주었기 때문이 아닐까? 그래서 그게 기분이 좋아 가즈에와 놀 때, 가즈에와 함께 있을 때 돈을 아낌없이 썼다—.

나는 다만 나를 소중하게 여겨 주기를 바랐을 뿐인데.

"네겐 돈밖에 없잖아. 그런 사람들밖에 접근하지 않아."

그 말이 아직도 귓가에서 떠나지 않는다.

법적인 수단은 취하지 않기로 했다. 지금도 가족들은 아무것도 모른다. 법정에 나가 대체 무슨 판결을 받을 수 있을까? 가령 재판에 이겨서 고쿠부에게 쓴 돈을 배상받을 수 있게 된다 해도 그게 무슨 소용일까?

결국 자기가 돈밖에 없는 존재라는 사실을 공개된 장소에서 인정하는 꼴이 될 뿐이지 않는가. 고쿠부나 오가와 가즈에나 실컷 비웃으며 법정을 나가겠지.

게이코는 회사를 그만두고 몇 날 며칠을 멍하니 벽만 바라보며 지냈다. 어떻게 해야 할지, 어떻게 재기해야 할지 생각하면서. 짐승이 동굴 속에 숨어 상처를 핥으며 회복을 기다리듯이.

그러고 있는데 그 편지가 왔다.

발신인 이름을 보고 게이코는 가즈에가 어디까지 자신을 비웃을 작정인지 알게 되었다. 가즈에는 게이코가 오지 못할 거라고 생각한 것이다. 그래서 이런 편지를 아무렇지도 않게 보냈다.

그렇다면 받아들이자. 나름대로의 방식으로 결판을 내자.

그들은 눈치채지 못하고 있다. 그들이 게이코에게 한 짓 가운데 어떤 짓이 가장 잔인했는지를.

고쿠부에게, 가즈에에게 배신당한 일은 이제 아무려나, 상관없었다. 게이코에게 가장 큰 타격을 준 것은 그게 아니었다. 자신이 그따위 인간들 이외에는 불러 모으지 못한다는 사실, 자신은 아무런 가치도 없다고 여기게 만든 사실이 가장 잔인했다.

앞으로 살아가며 만나게 될 사람들을, 또 사랑하게 될지도 모를 사람을 게이코는 이제 단순하게 볼 수가 없게 되어 버렸다. 고쿠부 같은 남자가 또 있을지도 모른다고 생각했다.

왜냐하면 나는 그런 인간밖에 고르지 못하는 여자니까.

그래서 이런 계획을 세운 것이다.

어느새 울고 있었다. 누구를 위해 우는지조차 모르는 채로 눈물을 흘리고 있었다. 입술에서 멈춘 눈물의 짠맛에 게이코는 정신이 돌아왔다.

사회자의 목소리가 들린다. 의미가 있는 듯한 아름다운 음악과 함께.

"그러면 신랑 신부가 양가 부모님들께 꽃다발을 증정하도록 하겠습니다—."

눈을 깜빡여 눈물을 털어내자 몸이 떨렸다. 식은 벌써 막바지에 이르렀다. 이제 시간이 얼마 남지 않았다.

그 남자가 의기양양한 표정으로 부모에게 꽃다발을 건네려 하고 있다. 부모에게 효도하는 아들. 가족 가운데 최고로 출세한 아들. 그냥 두면 변호사가 되어 게이코처럼 배신당한 여자 편에 서서 상대방 남자를 규탄하는 일을 맡게 될지도 모른다.

—피고는 원고의 믿음을 배신했습니다.

게이코의 손에 힘이 돌아왔다.

—여자의 호의를 이용할 목적으로 접근한 것으로,

총을 집어들 수가 있었다.

—용서할 수 없는 짓입니다.

걸음을 옮겨 앞으로 나갔다.

망설임도 겁도 알코올이 기화하듯이 순식간에 게이코의 살갗을 통해 빠져나가고, 싸늘한 결단만이 남게 되었다.

총을 안고, 게이코는 화장실을 나섰다. 세면대나 파우더 룸에는 아무도 없었다. 이제 아무 소리도 들리지 않았다. 바삐 걷다 보니 마치 허공을 날고 있기라도 하듯 머리카락이 뒤로 휘날리는 느낌이 들었다. 마치 날개를 펼치고 전장으로 뛰어내리는 승리의 여신 니케처럼. 그 여신상은 목이 없다. 그 모습 또한 지금의 나하고 꼭 닮지 않았나?

파우더 룸을 뛰쳐나와 복도로 나섰다. 음악은 이제 최고조에 달했다. 크게 심호흡을 하고 게이코는 문 쪽으로 다가갔다. 연회장으로 들어가는 문을 열고 반걸음 내디디며 총을 어깨 높이로 들어올릴 것이다. 하나, 둘, 셋. 그 호흡이다.

자, 모든 게 끝난다.

바로 그때, 바로 앞의 문이 안쪽에서 열렸다.

9

삐삐가 울린 것은 다른 곳으로 자리를 옮기려고 유미와 함께 막 일어섰을 때였다.

피셔맨스 클럽의 남자 직원은 매장 담당자까지 다들 무선호출기를 차고 있다. 단순한 낚시 도구 판매점이 아니라 낚시 대회의 기획이나 투어 모집, 크루저 수배 같은 일까지 하기 때문에 만에 하나 사고가 발생했을 경우에 비상소집을 하기 위해서다.

원래 사소한 문제로 호출하는 경우도 있기 때문에 슈지는 호출음을 끄고 대수롭지 않게 여기며 자리에서 일어섰다. 유미도 특별히 놀란 눈치는 아니었다.

호출한 사람은 점장이었다. 삐삐 번호 표시를 보니 가게에서 건 모양이다.

전화가 무척 시끄러운 곳에 있어 소리가 제대로 들리지 않아 알 아듣기 힘들었다. 게다가 점장은 낮은 목소리로 이야기했다.

"심각한 불만 사항이야. 나도 난처하군."

"왜 그러세요?"

다음 주에 있을 캐스팅 대회에 대비해 하루 종일 클럽의 주요 멤버가 연습 모임을 가졌는데 마침 비거리를 측정하는 표시에 사용할 발연發煙 낚싯봉 가운데 습기를 먹어 불이 붙지 않는 것이 여러 개 섞여 있었다는 얘기다.

"고노 사장이 있는 그룹이야. 그 사장님 그렇지 않아도 시끄러운 양반이잖아. 막 성질을 내더군. 다음 주 시합에서 이런 일이 생기면 어쩔 셈이냐, 어떻게 보관한 것이냐, 담당자를 바꿔라. 이렇게 화를 내는 거야."

점장으로서 관리 책임자는 자신이라며 부하 직원들에게 불똥이 튀지 않게 애를 쓴 모양이지만 어쨌든 상대방은 고집스럽게 주장을 굽히지 않았다고 한다.

"정말 미안하지만 얼굴만 잠깐 내밀어 줄 수 없겠나? 궂은일을 맡겨서 미안하지만, 평소 자네가 불만 처리를 잘하는 편이라서."

"알겠습니다. 바로 가겠습니다." 슈지가 대답했다. 점장의 인품은 잘 알고 있다. 그 사람이 이런 부탁을 할 정도면 상당히 난처한 상황임이 분명하다.

불만을 제기하는 고노 사장에 대해서도 슈지는 잘 파악하고 있다. 평소 침소봉대하는 고객이라 말처럼 큰 트러블은 아닐 가능성이 크다. 이쪽에서 찾아가 고개를 숙이면 바로 기분을 풀 것이다.

자리로 돌아와 유미에게 용건을 이야기했다. 그러자 함께 가겠다고 나섰다.

"됐어. 일부러 잔소리 들으러 갈 필요는 없지."

"자기 입으로 지금 대단한 불평은 아니라고 했잖아? 그리고 데이트를 하다가 달려왔다는 걸 알면 손님도 그 성의를 알아주지 않겠어?"

그건 또 약간 차원이 다른 이야기라는 생각을 하면서도 결국은 함께 기타아라카와 지점으로 향했다.

예상대로 습기 찬 낚싯봉이 잔뜩 있는 것은 아니었다. 딱 한 발이라고 한다. 부드럽게 대화를 풀어나가며 잘 물어보니 바로 알 수 있었다.

하지만 화를 내는 고객에게 '겨우 한 발'이라고는 할 수 없다. 실제로 드라이빙 콘테스트는 낚싯봉에 불이 붙어 심판이 깃발을 휘두르는 시점에 경기가 시작되기 때문에 제대로 불이 붙지 않으면 집중력이 흐트러진다. 그 결과 실력을 발휘할 수 없게 되는 경우가 분명 있다.

슈지는 정중하게 사과한 뒤, 고노 사장이 증거로 가져온 습기 찬 낚싯봉을 받아들고 꼼꼼하게 분석해 보았다. 얼핏 보기에는 이상이 없다. 오늘 연습회 때는 보소^{지바 현의 대부분을 차지하는 반도를 가리키는 지명}에 있는 사장의 별장에 딸린 개인 소유 백사장을 이용했다고 하는데, 그쪽은 오늘 아침까지 비가 내렸다고 한다. 경기 준비를 하면서 케이스에서 꺼낸 낚싯봉의 일부를 깜빡 백사장에 방치하지 않았나 하는 생각이 들었다. 불꽃 놀이 도구와 마찬가지로 습기가 차기 쉬운 물건이라 자칫하면 불이 붙지 않는 문제를 일으킨다.

이야기를 나누다 보니 고노 사장도 그런 문제들을 생각하기 시작했는지 점점 기세가 수그러들었다. 슈지는 견본으로 받은 습기 찬 낚싯봉을 재킷 주머니에 넣고, 상대방의 심기가 상하지 않도록 아주 정중하게 말했다.

"이런 일이 발생한 이상 바라시는 대로 창고 쪽을 보여 드리는 게 좋겠다고 생각합니다. 안내해 드릴 테니 혹시 문제가 있다면 말씀해 주십시오."

이것으로 '아니, 이제 됐네. 미안해'라고 할 사람이면 기특하겠지만, 고노 사장은 "어디 한번 보세"라고 했다. 슈지는 속으로 '이럴 때 난 한껏 굽실거리며 아첨을 해야 하는구나' 하고 쓴웃음을 지으며 앞장서서 걸었다.

창고는 가게 뒤편에 있다. 물품 반입구를 돌면 일단 밖으로 나가야 하기 때문에 슈지는 매장 안을 지나 안쪽 문을 열었다. 폭이 1미터 정도 되는 복도 한쪽에 남자 직원용 사물함이 늘어서 있다. 멈춰 서서 불을 켜고 앞으로 나아갔다.

복도 끝에 자물쇠가 걸린 문이 창고로 통한다. '종업원 이외에는 출입금지'라는 표시가 있다. 고노 사장을 한가운데 두고 뒤에서 점장이 따라왔지만 슈지가 문 앞에 멈춰 서자 점장이 나서 자물쇠를 열었다.

그때 슈지는 문득 구석으로 눈길을 돌리다 뭔가 이상한 것을 보았다.

사물함 옆에 있는 큼직한 쓰레기통이었다. 타지 않는 쓰레기 전용의 플라스틱 양동이인데, 가득 찬 쓰레기 위에 운동화가 한 켤레 놓여 있었다.

흰 바탕에 파란 줄이 들어 있다. 아직 새 신발이다. 눈에 익었다. 점장과 고노 사장이 창고 안으로 들어간 뒤 살짝 뒤로 물러나 그 운동화를 자세히 들여다보았다.

안쪽 바닥에 'K · Origuchi'라고 적혀 있다. 역시 오리구치의 신발이다. 매장 안에서 신고 있는 모습을 보았기 때문에 눈에 익었다.

오리구치는 나이 든 분들이 대개 그렇듯이 물건을 낭비하지 않는 사람이다. 잘못된 복사지도 결코 버리지 않는다. 그런 사람이 아직 새것인 운동화를 왜 버렸을까. 이해할 수 없는 일이다.

불쑥 '이나미야'에서 나눈 대화가 생각났다.

-노가미하고 즐거운 시간 보내. 행복해야 해.

그때 나는 이렇게 말했다. 마치 다시는 못 만날 사람처럼 말을 하시네요.

그러자 오리구치는 웃으며 부정했다. 분명히 돌아올 거라고.

하지만 신발이 버려져 있다. 오리구치가 이제는 필요 없다고 버리고 갔다―.

말보다 행동. 아버지가 예전에 딱 한 번 교훈 삼아 해 준 말씀이었다. 잘 들어라, 슈지. 사람이란 말보다 행동이 중요하다―.

"사쿠라, 왜 그래?"

점장 목소리가 들렸다. 슈지는 흰 운동화에서 눈을 떼고 창고 문 안으로 들어갔다.

"도움이 크게 됐네. 고마워."

손수건으로 땀을 훔치며 점장이 웃었다. 고노 사장이 드디어 물러가셨다. 열시가 지난 시각이었다.

매장과 창고의 불을 끄고 사무실로 돌아왔다. 사람이 없는데도 어수선하고 왠지 활기가 느껴지는 까닭은 낮에 바빴기 때문이다.

"데이트를 방해했으니 내가 벌을 받아야겠군."

점장이 유미를 놀리자 그녀는 간지럽다는 듯한 표정을 지으며 웃었다.

"그만큼 사쿠라 씨가 믿음직하다는 이야기니 용서해 드릴게요."

"어허, 이거 질투 나는걸."

기타아라카와 지점의 점장은 여행사에서 스카우트해 온 사람이라 낚시에 관해서는 완전히 아마추어다. 애당초 낚시가 좋아서 일하는 점원들과는 지식이나 흥미 정도가 다르다. 다들 그걸 잘 알고 있고, 점장도 사람을 요령 있게 쓰는 편이라 인기가 좋았다.

"방해를 했으니 사과할 겸 오늘 밤엔 내가 한턱 내지."

"이렇게 늦은 시간에 문을 연 집이 있을까요? 내일은 일요일이에요."

"있다니까. 이 근처야. 내 단골집. 같이 가자구."

"어떻게 할까?" 유미는 걸터앉은 회전의자를 빙글 돌리며 말했다.

슈지는 무심코 벽에 걸린 보드를 쳐다보았다. 화요일부터의 근무 스케줄이 붙어 있다. 거기에는 오리구치의 이름도 적혀 있었다.

"몇 번째 데이트지?" 점장이 물었다. "자네들이 사귀고 있다는 걸 전혀 몰랐어."

유미가 어깨를 움츠렸다. "실은 오늘이 처음이에요. 그렇지?"

"응?"

슈지가 건성으로 대답하자 유미의 표정이 흐려졌다.

"왜 그래? 아까부터 이상하네. 무슨 생각을 하고 있어?"

슈지가 대답하기도 전에 점장이 끼어들었다.

"아, 유미짱. 자네는 미인이고 귀엽지만, 아직 어려. 아저씨가 한 가지 충고하지. 남자에게 꼬치꼬치 캐물으면 안 돼. 남잔 말이야, 자꾸 캐물으면 난처해해."

"정말인가?"

결국 셋이서 점장이 추천하는 가게로 가기로 했다.

슈지는 나가면서 다시 사물함 쪽에 버려진 운동화를 돌아보았다. 그래 봤자 뭔가를 알 수 있는 것도 아니고, 신경만 쓰일 뿐이지만.

"어이, 가지."

점장이 소리치며 천장 불을 껐다. 캄캄해졌다.

오리구치의 운동화를 남기고 돌아설 때, 이상하게도 우에노에서 그와 헤어질 때보다 더 가슴이 답답했다. 오리구치를 혼자만 남겨 두고 나가는 듯한 찜찜한 마음이 들었다.

10

모든 것이 슬로모션처럼 보였다.

문이 열린다. 천천히. 마치 헝겊이 나부끼는 듯하다. 점점 더 열릴수록 거기서 흘러나오는 음악도 더 크게, 더 또렷하게 들려왔다. 아아, 파헬벨의 〈캐논〉이다. 잠깐 그런 생각이 들었다.

게이코는 거의 반사적으로 총을 들어 겨누었다. 문에서 나오는 사람을 쏘겠다거나 소란을 떨면 곤란하니까 위협을 하겠다거나 하는 뚜렷한 의도는 없었다. 그저 튀어 오르는 클레이를 향해 총을 겨누듯이 서슴없이 자연스러운 동작이었다.

열린 문이 닫혔다. 그걸 신호로 현실이 슬로모션에서 벗어났다.

눈앞에 서 있는 사람은 후리소데를 입고 머리를 묶어 올린 아가씨였다. 얼핏 보기에 누군지 알 수가 없었다. 눈을 크게 뜨고 깜짝 놀라 입을 벌린 그 아가씨가 이렇게 중얼거릴 때까지는.

"게이코…… 언니."

총을 겨눈 채로 게이코도 상대를 응시했다. 아가씨는 한 손으로 입을 가리고, 속삭이듯 말했다.

"저 노리코예요. 신스케의 여동생. 기억 안 나세요?"

남은 한 손도 들어 뺨을 가리더니 노리코가 말했다.

"그 총으로 오빠를 쏘러 온 거예요?"

그때 문 안쪽의 연회장에서 박수 소리가 났다. 꽃다발 증정이 끝난 모양이다.

"쏘러 온 거예요?"

노리코의 질문을 무시하고 게이코가 말했다. "저리 비켜."

"오빠를 쏘러 온 거예요?"

"비키라고 했잖아."

안에서 누군가 낮은 목소리로 이야기하는 소리가 들려왔다. 아마 신스케의 아버지일 것이다. 더듬더듬 말이 자꾸 끊겼다. 연신 고맙다는 소리를 하고 있다.

노리코는 얼른 문 쪽을 보더니 다시 게이코를 바라보았다.

"지금 우리 아빠예요." 겁에 질린 작은 목소리였다.

"오빠가 너무 좋은 집안에서 신부를 얻게 되어 저렇게 내내 고맙다느니 죄송하다느니 하는 소리만 하고 있어요."

'들으면 안 된다.' 게이코는 눈을 감았다. '들으면 안 돼.'

"비켜."

다시 말하자 노리코는 고개를 숙였다.

"오가와 씨—. 가즈에 씨도 쏠 건가요?"

신스케의 아버지가 아직도 말을 계속 하고 있었다. 약간 허둥지둥 더듬으며.

"언니에게 오늘 결혼식을 알렸기 때문에 쏠 건가요?"

게이코는 입술을 꾹 다물고 반걸음 노리코에게 다가갔다. 노리코는 꼼짝도 하지 않았다.

"오빠는 언제나 잘난 척할 생각만 하는 사람이라서," 그렇게 중얼거리고 고개를 들었다. "게이코 언니에게 그런 몹쓸 짓을 하고도 그게 나쁜 짓이라는 걸 깨닫지 못하는 거예요. 자기밖에 모르는 사람이에요."

총구가 흔들리기 시작했다. 총이 무겁다. 너무 무겁다.

"죄송해요." 노리코가 말했다. 울먹이는 목소리였다. "게이코 언니에게 편지를 보낸 사람은 저예요. 그러니 쏠 거라면 저를 쏘세요."

노리코는 그대로 눈을 감고 고개를 숙여 버렸다. 묶어 올린 머리 한 올 한 올까지 바들바들 떨고 있는 것처럼 보인다. 후리소데 소매 끝으로 드러난 작은 두 손을 꼭 쥔 채로.

게이코는 팔에 힘이 빠져 총구를 내렸다. 총구가 카펫에 닿아 둔탁한 소리를 냈다.

"어째서 피로연 중간에 나왔니? 어른들에게 잔소리 들을 텐데."

두 사람은 세면대 앞에 서 있었다. 게이코는 총 케이스를 두고 갔던 칸으로 들어가 거기서 탄환을 빼내고 총을 분해했다. 노리코는 그 문 앞에 서서 만에 하나 누가 들어오더라도 게이코의 모습을 볼 수 없도록 가로막았다. 노리코의 등에 크게 리본 모양으로 묶여 있는 오비 덕분에 게이코의 모습이 완전히 가려져 버렸다.

하지만 피로연은 아직 끝나지 않아 사람들의 시선을 걱정할 필요는 없을 것 같았다. 이번에는 신부의 아버지가 인사를 하는 소리가 들렸다. 그 목소리 또한 양가의 역학관계를 드러내고 있었다. 일반적으로는 신랑 측 대표만 인사를 하니까.

"보고 있을 수가 없었어요." 노리코가 말하며 살짝 웃었다. "오빠가 의기양양해하는 꼴을 보고 싶지 않아서. 저는 성미가 삐뚤어졌다는 이야기를 자주 들어요."

마지막으로 게이코가 케이스 뚜껑을 탁 닫자, 노리코가 물었다.

"이제 쏘지 않을 거예요?"

"자기를 쏴 달라는데 쏠 수가 없지."

"그럼 언젠가 또 쏠 마음이 들까요?" 게이코는 고개를 돌려 노리코를 바라보았다.

귀엽게 생긴 아가씨다. 오동통한 뺨에 고운 피부. 화장을 조금만 더 잘하고, 늘 곁에서 지켜봐 줄 사람이 생긴다면 훨씬 더 아름다워질 것이다.

대답 대신에 게이코는 질문을 했다. "어째서 내게 그런 편지를 보냈지?"

꽤 머뭇거리고 나서 노리코가 대답했다.

"언니가 오빠를 혼내 주기를 바랐어요. 모두 지켜보는 가운데—많은 사람 앞에서."

고쿠부 신스케는 이 아가씨의 오빠다—게이코는 새삼스럽게 그런 생각을 했다. 이 아가씨는 나를 위해 자기 오빠를 증오해 주었다. 오빠를 혼내 주기를 바랐다. 하지만 게이코가 그를 쏴 죽이려 한다는 생각이 들자 결정적인 순간에 자기 오빠를 감싸고 총구 앞을 막아섰다.

오빠—? 문득 고향의 오빠 얼굴이 떠올랐다.

게이코가 조용히 물었다.

"왜 가즈에 이름으로 편지를 보낸 거지?"

"제 이름으로 보내면 언니가 믿어 주지 않을 것 같아서요. 나를 오빠와 한통속으로 여길까 봐."

게이코가 부드럽게 말했다. "그렇게 생각하지 않아."

스스로도 오래간만에 부드러운 목소리가 나왔다는 생각이 들었다.

"넌 내게 잘해 주었는걸."

고쿠부의 연립주택 앞에서 처음 만난 뒤로 노리코와 단둘이 만난 일이 두 번쯤 있다. 한 번은 게이코가 영화 초대권을 두 장 얻어서, 고쿠부를 통해 노리코를 불러냈다. 또 한 번은 노리코가 근무하는 물류회사 주최 바겐세일에 게이코를 초대했다.

늘 즐거운 시간을 보냈다. 약간 수줍어하지만 노리코는 결코 성격이 어둡지 않다. 자기표현이 약간 서툴 뿐이다.

문득 보니 노리코의 두 눈 가득 눈물이 고여 있었다. 야단맞은 아이가 어머니에게 변명하듯이 얼른 말했다.

"죄송해요. 제가 직접 말했어야 하는 건데. 피로연 도중에 일어서서 사람들에게 오빠가 얼마나 나쁜 짓을 했는지 큰 소리로 말했어야 했는데. 그렇게 할 용기가 없어서 언니에게 편지를 쓴 거예요."

작은 목소리로 그렇게 말하고 나서는 그저 눈물을 흘리며 울고만 있다. 그 눈물을 보며 게이코는 조금씩 구원받는 기분이 들기 시작했다.

노리코의 어깨에 살며시 손을 얹고 속삭였다.

"피로연하는 데로 돌아가. 야단맞아."

인사가 끝나고 박수 소리가 들려왔다.

"눈물을 흘렸으니 잘되었네. 감격한 나머지 앉아 있을 수가 없었다고 해."

노리코는 소매로 눈물을 닦았다. "언니는?"

"나? 집에 돌아갈 거야. 가야지."

노리코가 또 질문을 하려고 게이코를 쳐다보기에 미소를 지었다. 총 케이스를 집어 들었다.

"이런 난폭한 짓을 하지 않아도 다시 일어설 수 있을지도 모르겠다는 생각이 들었어."

"아직 하고 싶은 이야기가 있어요. 아직—. 하지만 이제 소용없나?"

게이코는 손목시계를 보았다. 아홉시 이십분이 조금 지났다.

"노리코, 내 아파트 기억하지?"

"예."

"나 아직 거기 살아. 아무 이유도 없이 이사하면 오빠가 잔소리 하니까. 식이 끝나면 너 옷 갈아입을 거니?"

"예. 호텔 탈의실에서."

"그럼 옷 갈아입고 내 아파트로 와. 거기서 천천히 이야기하자. 나도 너하고 이야기하고 싶어. 여러 가지 이야기를."

노리코가 돌아가고, 게이코가 복도로 나와 종종걸음으로 걷기 시작했을 때 호텔 연회장 담당자가 부용실 문을 활짝 열었다. 비단 양탄자가 깔리고, 금박을 입힌 병풍이 쳐졌다. 돌아가는 하객들을 신랑 신부가 배웅하는 마지막 의식이었다.

게이코는 그걸 곁눈으로 보며 걸었다. 나중에는 거의 뛰다시피 했다. 엘리베이터 앞에서 아까 파우더 룸의 위치를 안내해 주던 담당자와 마주쳤다. 그는 게이코의 가죽 케이스를 힐끔 보더니 "수고했습니다"라고 짧게 인사했다.

담당자가 보이지 않게 되자 게이코는 픽 웃었다. 하지만 엘리베이터 안의 거울에 비친 옅은 황록색 원피스를 입은 여자 얼굴은 우는지 웃는지 분간을 할 수가 없었다.

11

점장의 단골집은 기타아라카와 지점에서 택시로 오 분 정도 걸리는 곳에 있었다. 작은 빌딩 지하에 있는 이자카야였다.

와인 바에서 글라스 와인만 마셨던 유미는 점장의 권유로 데우지 않은 정종 잔을 손에 들었다.

"와인 마신 지 꽤 시간이 지났으니 짬뽕은 아닐 거야."

괜찮을까, 하고 슈지는 걱정했지만 아주 가끔 참석한 회식을 통해 유미가 보기와는 달리 술이 제법 세다는 사실을 알고 있었다. 빈속에 알코올만 들어가면 자기가 먼저 취해 버릴 것 같아 안주를 부지런히 먹었다. 생선요리를 잘하는 가게라 점장이 단골로 삼을 만했다.

화제가 그런 방향으로 흐른 것은 점장이 유도했기 때문인지, 아니면 유미가 꾀를 부린 건지 정확하게는 알 수가 없다. 이런저런 이야기를 하다 보니 슈지와 유미가 결혼하면 잘 살까, 하는 이야기가 되어 있었다.

"벌써 그런 생각까지 하는 건 너무 이르지 않은가?"

슈지가 농담 삼아 그렇게 말했더니 유미는 입을 삐죽 내밀며 점장의 소매를 잡았다.

"사쿠라 씨가 아까부터 계속 쌀쌀맞게 굴어요. 점장님, 제가 그렇게 매력이 없나요?"

"무슨 소리야. 유미는 매력 만점이지."

"점장님이 매력 있다고 해 봐야 무슨 소용 있나?"

"아니, 이 친구가. 뭐야?"

유미는 턱을 괴더니 술잔을 들여다보면서 술에 취해 횡설수설 말했다.

"저는 내성적이라 사쿠라 씨에게 직접 데이트 신청을 하지 못했어요. 그래서 오리구치 선배에게 부탁했죠."

점장이 기뻐했다. "그래? '아버지'에게 중매를 부탁한 건가?"

"중매는 아니고요."

"어쨌든 '아버지'가 기뻐했겠군. 그 양반은 식구가 없어서 자네들이 귀여워 견딜 수 없을 거야. 자기 딸이나 아들 같다는 심정이겠지—."

점장이 잠깐 말을 끊고 고개를 갸웃거렸다.

"오리구치 씨 이야기가 나와서 말인데, 아까 불만이 접수된 가게에 가는 도중에 아주 비슷한 사람을 봤어. 뭐, 잘못 본 걸 테지만."

슈지는 마시려던 잔을 탁 내려놓았다.

"어디서 보셨습니까?"

그 기세에 점장은 당황한 듯했다. "아니…… 그게, 어디쯤이었더라. 2초메에 작은 공원이 있잖아? 그 근처였던가? 나도 차로 지나가던 길이라서."

슈지의 표정이 변했다는 사실을 깨달았는지, 점장이 진지한 표정을 지었다.

"왜 그러나?"

"그거 확실한가요?"

"음…… 글쎄. 무슨 문제가 있나?"

잠깐 망설였지만 슈지는 이야기했다. "거기는 세키누마 씨 아파트 근처입니다."

세키누마 게이코의 이름을 들은 순간 유미의 몸이 움찔했다. 뒷좌석 손님이 깜짝 놀라 돌아볼 정도였다.

"네 이놈, 사쿠라 슈지! 네 녀석도 역시 그 미인을 좋아하는 거냐?"

얼굴에 드러나지 않으니 알 수 없지만 유미는 상당히 취해 있다. 슈지는 점장과 얼굴을 마주 보며 함께 웃음을 터뜨렸다.

"이봐, 유미짱. 정신 차려야지."

"점장님, 저는 분해요. 물론 그 세키누마 씨는 미인이지만 저도 많이 빠지지는 않잖아요?"

"그럼, 알지."

슈지는 두 사람을 바라보면서 웃음을 지우고 생각에 잠겼다.

오리구치 비슷한 사람이 세키누마의 아파트 근처에 있었다?

점장이나 유미가 오리구치의 행동에서 수상한 점을 발견하지 못했다 해도 그건 무리가 아니다. 두 사람은 모른다. 오리구치가 지금쯤 내일 재판을 방청하기 위해 가나자와 행 야간열차에 타고 있다는 사실을.

아니, 타고 있으리라는 사실을.

"아, 나 알았다!" 유미가 소리를 질렀다.

"오리구치 선배는 그 세키누마 게이코 씨의 애인이 된 거야. 나이 차이 따윈 상관없지. 안 그래, 사쿠라 씨? 그러니 포기하셔."

과연 그럴까? 슈지는 생각했다. 과연 그럴까?

그렇다면 일부러 오늘 밤을 골라 야간열차를 탄다는 거짓말을 할 필요는 없다. 게다가 게이코와 슈지가 연인 사이는 아니라는 사실을 오리구치도 잘 알고 있다. 그러니 그가 게이코와 교제를— 그야말로 나이 차이 따위는 문제가 아니다—시작했다면 그렇다고 이야기만 하면 되는 일이다.

분명 약간 섭섭하기는 하다. 게이코는 아름답고 세상 물정에 밝고, 매력도 있다. 하지만 슈지가 끌린 까닭은 그녀의 웃는 얼굴 뒤에 숨겨진, 고집스러울 정도로 다른 사람이 다가가지 못하게 하는 쓸쓸함이 느껴졌기 때문이다. 그녀는 자주 웃고, 즐겁게 지내지만 그것은 당장 그렇게 해 두지 않으면 앞으로는 그럴 기회가 없어져 버릴지도 모른다는 초조함 때문인 것 같다는 느낌이 들었다.

단둘이 만난 적은 아직 한 번밖에 없다. 오늘 밤 만나자는 부탁을 들어주었다면 두 번째가 되는 셈이었다.

단 한 번의 데이트 때는 야구를 보러 갔다. 슈지가 사는 연립주택 근처에서 소년야구 지역 예선이 열렸다. 한낮에 경기가 있었다. 게이코는 점심을 싸 왔다.

"도시락 싸 보는 거 오래간만이야."

그렇게 말하더니 먼 데를 보는 표정을 지었다. 풀밭에 앉아 멋진 포메이션플레이를 하는 어린이들을 바라보면서 그녀가 툭 내뱉은 말을 슈지는 기억하고 있다.

"나 다음에 다시 태어난다면 남자가 되고 싶어."

달리 무슨 이야기를 했던가? 게이코는 자신에 관해 별로 이야기하지 않았다. 응원석에서 환호성을 지르고 있는 어머니들을 바라보며—화제가 가족 이야기로 옮겨갔다—아, 아버지 이야기도 했지.

"아버지가 돌아가셨구나. 마음이 쓸쓸하지?" 게이코가 말했다. "그래서인가? 네가 오리구치 씨와 사이가 좋은 건?"

글쎄요. 슈지가 웃자 게이코도 방긋 웃었다.

"너희 가게에서는 다들 오리구치 씨를 아버지라고 부르지? 왠지 그 까닭을 알 수 있을 것만 같아. 우리 아버지는 오리구치 씨하고는 전혀 다른 타입이었지만 그분은 아무리 봐도 '아버지' 같은 느낌이 들어. 우리 나라의 착한 아버지."

그게 오리구치에 대해 게이코가 호의를 표시한 걸까? 아버지 같은 사람이라서 좋아한다고?

모르겠다는 생각이 들었다. 오리구치 선배⋯⋯. 게이코 씨⋯⋯. 신경이 쓰여 견딜 수가 없다. 이것도 역시 질투의 일종일까? 두 사람이 유미의 말처럼 애인 관계일 리는 없다고 생각하면서도 역시 질투하고 있는 걸까?

생각해 보면 두 사람 다 이해가 잘 안 되는 구석이 있는 사람들이다.

"어이, 사쿠라. 자네도 마셔. 유미, 건배!"

점장의 목소리가 아득하게 들렸다.

그 무렵—.

벽돌색 아파트 지하 주차장으로 벤츠 190E23이 미끄러지듯 들어와 벽에 '세키누마'라고 표시돼 있는 구역에 정차했다. 이윽고 운전석에서 옅은 황록색 원피스를 입은 여자가 내리더니 뒤의 트렁크 쪽으로 갔다.

여자가 트렁크를 열었을 때 콘크리트 기둥 뒤에서 나타난 사람 그림자가 그녀를 덮쳤다.

여자는 필사적으로 도망치려 했다. 한번은 남자를 거세게 떠밀었다. 다시 잡히기 전에 여자는 어두컴컴한 가운데 남자의 얼굴을 보았다. 믿을 수 없다는 표정으로 여자가 입을 열었다.

"오리구치 씨? 무슨—."

그 여자의 목소리는 거기서 끊어졌다. 이번 저항은 아주 짧게 끝났다. 비명도 지르지 못했다. 그녀는 정신을 잃고 보닛 위에 상반신을 얹듯 쓰러졌다.

다시 조용해진 주차장 안에서 뭔가가 금속성을 내며 바닥에 떨어져, 날카로운 소리를 냈다. 여자를 덮친 검은 그림자가 허리를 구부려 그것을 주워 들었다.

키홀더였다. 열쇠가 몇 개 달려 있다. 남자는 그것을 천천히 점검하기 시작했다. 막 멈춰 엔진이 식어 갈 때 나는, 희미하게 팅

팅 하는 소리 이외에 들리는 것이라고는 남자의 숨소리뿐이었다.

오후 열한시 십이분. 밤하늘에는 달도 보이지 않았다.

어두운 도움닫기

제 2 장

1

전화가 걸려왔을 때 가미야 나오유키는 막 잠자리에 들려는 중이었다.

반사적으로 시계를 올려다보았다. 오후 열한시 반이 다 된 시각이었다. 텔레비전에서는 스포츠 뉴스를 하고 있다. 프로 야구나 골프 승패만이 화제가 되는 한가로운 일요일 밤.

빠른 걸음으로 거실을 가로질러 세 번째 벨이 끝나기 전에 수화기를 집어 들었다. 아무 이야기도 않고, 상대방의 목소리를 들어보기도 전에 누가 한 전화인지 짐작이 갔다.

"아아, 가미야 씨?"

장모의 목소리였다. 자신의 외동딸인 사키코와 가미야가 결혼한 지 올해로 만 십 년째가 되는데도 장모는 여전히 사위의 이름을 부르지 않고 성으로 부른다. 자네가 계속 고집을 부리며 도쿄에 살면서 딸을 고향으로 돌려보내지 않는 한, 자네가 고집을 꺾고 데릴사위로 들어오지 않는 한 결코 이름을 불러 주지 않겠다는 결심인 모양이다.

"사키코가 또 입원했네. 저녁에 발작을 일으켜서."

장모의 말투에 가시가 돋아 있었다. 힐난조에 가깝다. 사키코가 오늘 밤 발작을 일으킨 책임도 가미야에게 있다고 비난하는 듯하다.

"이번엔 정말 좋지 않네. 다케오를 데리고 와 주지 않겠나?"

"지금 말입니까?"

무심코 되묻고 나서야 아차 싶었다. 장모는 이런 실수를 그냥 넘기는 양반이 아니다.

"사키코가 보고 싶어 하네. 정말 고통스러운 모양이야. 좀 전에 의식이 돌아왔는데 다케오를 보고 싶다며 내내 울고만 있어. 그런데도 자넨 데려오지 않겠다는 건가?"

"아뇨, 그런 뜻이 아닙니다."

가미야는 다시 시계를 노려보았다. 이 시각이면 비행기는 탈 수 없다. 침대열차도 없을 텐데.

와쿠라까지 가려면 승용차를 이용할 수밖에 없는데, 그렇다면 직접 운전을 해서 가야 한다. 바로 돌아온다고 해도 내일 오전 내내 회사를 비워야 한다. 업무 정리를 해 놓지 않으면 출발을 할 수가 없는 처지였다.

"바로 출발하겠습니다." 가미야가 대답하자 장모는 당연하다는 듯이 코웃음을 쳤다.

"병원은 지난번 거기죠?"

"그렇다네. 방금 응급실에서 나왔어. 산소텐트 안에 있네."

그렇게 말하더니 심술궂게 덧붙였다.

"자네, 사키코가 어떤 상태인지는 묻지도 않는군. 걱정도 안 되나? 하기야 회사 일이 더 중요하겠지만. 이러니 그 애를 자네에게 맡겨둘 수가 없다는 걸세."

장모가 이야기하는 '그 애'란 장모의 단 하나뿐인 손자인, 이제 막 여덟 살이 된 다케오가 아니다. 다케오의 엄마인 서른다섯 살 먹은 사키코를 가리킨다. 장모에게 사키코는 영원히 '그 애'일 수밖에 없었다.

사키코의 거듭되는 심장발작이나, 두통, 현기증, 불면증의 원인은 장모의 지나친 간섭 때문이다. 가미야는 그걸 잘 알고 있다. 한 해쯤 전에 대학 동창 가운데 제법 이름이 난, 신경증 환자를 위한 클리닉을 연 의사에게 부탁해 여러 달 시간을 두고 사키코를 진찰한 적이 있다. 그때 그 친구는 이렇게 말했다.

"자네 부인이 앓고 있는 건 마음의 병일세. 너무 지쳐 있는 상태야."

"지쳤다고?"

"그래. 자네와 자네 장모 사이에 끼어 양쪽 체면을 살리면서 양쪽의 희망을 다 들어주고 싶다, 아니 다 들어줘야만 한다. 그런 책임감에 짓눌려 기진맥진한 걸세. 내과적인 문제는 전혀 없어. 몸은 아주 건강해."

"—그럼, 어떻게 하면 좋겠나?"

"어렵군. 제일 좋은 방법은 자네 장모님을 잘 설득하는 거야. 이제 결혼해 독립하고 애까지 있는 딸인데 너무 구속하지 말아 달라고 부탁해 봐야 할 텐데……."

그게 간단한 일이라면 사키코도 병이 나지 않았다. 가미야가 적절한 대책을 세우지 못하는 사이에 장모가 일방적으로 선언했다.

"도쿄에 놔두면 명대로 살지 못할 걸세. 당분간 친정에서 데리고 있겠네." 사키코는 장모의 손에 이끌려 반강제로 와쿠라에 있는 친정집으로 끌려갔다. 그게 세 달 전의 일이다.

이시카와 현 나나오 시에 있는 와쿠라초는 나나오 만을 바라보는 온천 지역으로 유명한 곳이다. 사키코의 친정은 그곳에서 대대로 여관을 하고 있다. 경제적으로 상당히 여유가 있는 집안인데다가 환경도 분명히 도쿄보다는 좋다. 사키코가 정말로 마음이 아닌 몸에 병이 들었다면 그리 옮겨야 한다.

하지만 실제로는 아무것도 나아지지 않았다. 가미야는 몇 차례 와쿠라에 내려가 도쿄로 돌아오라고 사키코를 설득했다. 하지만 아내는 정말 완전히 지친 모양인지 그저 울기만 할 뿐 고개를 끄덕이지 않았다.

사키코를 친정으로 데려갈 때 장모는 다케오도 함께 데리고 갈 작정이었던 모양이다. 그게 당연하다고 여기는 눈치였다. 가미야가 반대하자 마치 상소리라도 들은 듯 얼굴을 붉히며 화를 냈다.

"어째서 안 된다는 건가!"

"다케오는 겨우 초등학교 이학년입니다. 친구도 있고 학교 문제도 있어요. 오래 학교를 쉬게 할 수는 없습니다."

"누가 쉬게 하라고 했는가? 전학시키면 되지. 간단한 이야기 아닌가?"

"집사람이 몸이 좋아지면 다시 도쿄로 돌아와야 할 텐데."

"언제 나을지 알 수가 없지 않은가. 게다가 다케오도 너무 바빠서 집에 제대로 들어오지도 못하는 아버지와 지내는 것보다 제 어미나 나하고 있는 게 더 낫지 않겠는가!"

그때의 언쟁은 다케오 자신이 '도쿄에 있고 싶다'고 대답하면서 마침표를 찍었다. 사키코도 적잖이 쇼크를 받은 모양이었다. 하지만 장모의 분노는 더 심해졌다. 여덟 살짜리 애가 스스로 판단해서 그런 소리를 했을 리가 없다. 그건 아버지가 부추긴 것이다. 장모는 친척들을 찾아다니며 이렇게 핏대를 올렸던 모양이다.

그 무분별한 분노가 돌고 돌아 다케오에게 얼마나 큰 영향을 끼쳤던가―.

가미야는 일단 거실을 나와 수첩을 들고 전화기 옆으로 가서 두 통의 전화를 했다. 한 사람은 동료, 또 한 사람은 부하직원이다. 자리를 비우게 될 내일 오전 중에 처리해야 할 일을 부탁할 수 있는 사람은 이 두 명뿐이었다.

"부인이 위독한가?"

동료의 걱정 어린 물음에 "아니, 그 정도는 아니지만" 하고 대답했을 때 얼핏, 아주 짧은 순간이었지만 '정말로 큰 병이라면 내가 이렇게 직장 동료들에게 미안해하지 않아도 될 텐데' 하는 생각이 들었다.

장모가 시키는 대로 '다케오를 데려 오라'는 명령에 따르기는 이로써 세 번째다. 그때마다 이런 생각이 들었다. 굳이 데려가지 않아도 되는데. 사키코는 진짜 죽을병에 걸린 게 아니다. 모두 마음의 병이다. 당장 남편과 자식을 위해 도쿄로 돌아오라고 할 수도 있다.

하지만 그런 생각은 늘 머릿속에만 있었다. 아무리 마음의 병이라 해도 실제로 심한 호흡곤란을 일으켜 입원해 있는 아내에게 그런 소리를 할 수는 없다. 아들을 보여 주지 않을 수도 없다.

두렵다. 그랬다가 만약에―정말 만에 하나 사키코가 진짜 죽기라도 한다면 그때는 다케오가 나를 어떻게 생각할까. 그런 생각을 하면 늘 꼼짝도 못 하게 된다.

영리한 장모는 그걸 뻔히 알고 있다. 다 알면서 사키코가 원하지 않을 때도 굳이 가미야를 불러들이는 듯한 눈치도 보였다. 정신없이 바쁜 가미야가 이 핑퐁 게임에 지쳐서 '알겠습니다. 다케오를 당분간 맡아 주십시오'라고 하기를 기다리고 있을 것이다.

전화 통화를 마치고 다케오 방으로 갔다. 아들은 방 안에 있었다. 작은 이불을 둥글게 말아 올려 머리를 그 안에 숨기고 있었다. 언제부터였던가? 아들이 잘 때 이렇게 무언가로부터 자기 몸을 숨기는 자세를 취하게 된 것이.

흔들어 깨우는 데는 별로 힘이 들지 않았다. 늘 그렇다. 어린애들은 유연하기 때문에 어떤 일에나 금방 익숙해진다.

"엄마가 몸이 좋지 않아. 병원에 갈 거니까 준비해라."

다케오는 졸린 눈을 부비며 일어났다. "또?"라거나 "엄마는 괜찮아?" 하고 묻지도 않는다. 말없이 일어나 조용히 옷을 갈아입는다. 그리고 묵묵히 와쿠라까지 따라온다.

사키코가 친정으로 간 뒤로 다케오는 입을 딱 다물고, 그야말로 한 마디도 하지 않는 애가 되고 말았다. 장모는 엄마가 없어 쓸쓸하기 때문인 모양이라며 억지로 다케오를 데려 가고 싶어 했다. 하지만 다케오의 담임선생님이나 사키코를 진찰해 준 동창생과 의논해, 그들의 도움을 받아 계속 단호하게 거부하고 있다.

"애까지 넘겨주면 이제 네 가정은 뿔뿔이 흩어지는 거야." 동창생 의사가 말했다.

"함부로 친구들과 헤어지게 하는 건 전 반대입니다." 담임선생님도 말했다.

"제일 좋은 건 자네 집사람이 빨리 깨닫는 거야. 자네 집사람의 가정은 도쿄에 있지 친정에 있는 게 아니라는 사실을 말이야. 자네 집사람은 이제 어른이야. 자기 스스로 판단해야지. 부모 눈치를 살필 필요가 없다는 걸 깨달아야 해."

"다케오짱에겐 그 아이 나름의 사회생활이 있습니다. 그걸 소중하게 여겨 주세요."

다케오는 가미야보다 더 큰 중압감과 죄의식, 답답함을 느끼고 있는 게 틀림없다. 그리고 그런 것들에 지지 않기 위해 침묵이라는 수단을 선택했을 것이다. 전에 '나는 도쿄에 있고 싶다'고 했을 때처럼 자신의 의지를 말로 표현해 어머니와 할머니를 슬프게 만들고, 나중까지 가책을 받지 않기 위해 침묵을 선택했다. 가미야나 사키코가 문제를 해결하지 않는 한 아들은 결코 입을 열지 않을 것이다.

그런데 가미야는 오늘도 발등에 떨어진 문제를 표면적으로 수습하기 위해 도쿄를 출발하려 하고 있다. 네리마에서 간에쓰 자동차 도로를 타고 나카오카에서 호쿠리쿠 자동차도로로 갈아탄다. 노토 반도가 시작되는 부분에 있는 와쿠라까지, 꼬박 하룻밤 걸리는 드라이브다.

긴 밤이 될 것 같았다.

2

마음이 불안하지는 않았다. 벤츠는 매끄럽게 달렸다. 밤공기가 상쾌하게 느껴지는 것은 약간 흥분했기 때문인지도 모른다.

운전석에 앉은 오리구치는 아직도 약간 숨이 거칠었다. 결정적인 순간까지도 정말 자신이 그런 짓을 할 수 있을지 몰랐다. 하지만 해냈다.

게이코에게는 미안하다는 생각이 들었다. 다치게 하고 싶지는 않았지만 기절한 그녀는 의외로 무거워 다루느라 애를 먹었다. 육층으로 옮기는 동안 어디에 부딪치거나 비틀렸는지도 모른다.

"오리구치 씨? 무슨―."

경악. 부릅뜬 눈이 오리구치를 똑바로 바라보고 있었다.

하지만 이상하다. 그녀는 아는 사람 결혼식에 갔다가 돌아오는 중이었을 텐데 왜 트렁크에 총을 싣고 있었을까? 게다가 옷을 잘 차려 입었을 때나 들고 다닐 만한 화려한 백 안에는 빨간 총탄까지 하나 들어 있었다―.

게이코를 안아 들고 옮기려는데 그녀의 치렁치렁한 원피스 자락이 자꾸만 손에서 빠져나가 걸을 때 방해가 되기에 살짝 묶을 만한 끈을 찾으려 트렁크를 열어 보았다. 그런데 그 안에 검은 케이스가 있었다. 너무나도 의외라 그게 총 케이스라는 사실을 바로 깨닫지 못하고, 게이코가 악기도 연주하는 모양이라고 짐작했을 뿐이다.

게이코의 방에 있는 총 보관함을 살펴보니 또 한 자루의 비슷한 총이 보관되어 있었다. 손질이 잘된, 멋진 총이었다. 그 상황에서는 아무리 생각해도 게이코가 자신이 갖고 있는 두 자루의 총 가운데 한 정을 뭔가 목적이 있어 가지고 나갔다고밖에는 생각할 수가 없었다. 도대체 무슨 목적으로?

오리구치는 지워지지 않는 의문을 머릿속에서 지우려 애썼다. 이제 그 대답을 들을 기회도, 게이코에게 사과할 기회도 없을지 모른다. 하지만 게이코는 머리가 좋은 여자다. 분명히 자신에게 닥친 재앙을 잘 처리할 것이다. 그렇게 되기를 바란다. 이 계획에서 큰 피해를 입게 되는 사람은 게이코 한 사람뿐이니까.

도쿄를 가로질러 서쪽으로. 간에쓰 자동차도로를 타기 위해서는 일단 네리마까지 가야만 한다. 일요일 밤이라 택시나 승용차는 비교적 적었지만 덩치 큰 트럭들은 여기저기 눈에 띄었다.

서두를 필요는 없다. 저쪽에 아침까지 도착하기만 하면 된다. 초조해할 필요도 없다. 총을 손에 넣었고, 게이코는 가둬 두고 왔다. 너무 심했다는 생각이 들어 현관문의 자물쇠는 잠그지 않았지만 묶어 놓은 로프를 게이코가 스스로 풀고 문까지 갈 수는 없을 거라는 확신이 있었다.

쫓아올 사람은 없다. 의심을 품을 사람도 없다. 훼방 놓을 사람도 없을 것이다. 나는 그저 자신의 목적을 이루는 일만 생각하면 된다.

제한속도를 지키며 차량의 흐름을 따라 얌전하게 차를 몰았다. 도심을 지날 때는 네온사인을 멍하니 바라보는 여유마저 있었다. 스쳐 지나가는 트럭이나 택시 운전기사의 서두는 표정, 지친 얼굴, 일에 짜증이 난 표정, 운전에 집중하는 모습—갖가지 표정을 하나하나 관찰하기까지 했다.

마음에 새겨 잊지 말자고 생각했다. 지금 하려는 일을 마쳤을 때, 그게 옳은가 그른가를 판정해 줄 사람은 저런 사람들이다. 지극히 당연한 상식과 감성, 지켜야 할 직업이나 가정을 지닌 수많은 선량한 생활자들.

그렇다. 그 사람들을 생각하자. 머리에 관통상을 입은 두 시체에 관해서는 생각하지 말기로 하자. 차게 식은 손을 들어 올려 죽을힘을 다해 기도를 하듯 구부리고 있던 그 손가락도 떠올리지 말자.

"즉사했기 때문에 고통은 없었을 겁니다."

의사가 말했다. 그러면서도 오리구치의 눈을 제대로 바라보려 하지 않았다.

"죽는 순간의 고통은 없었을지 몰라도 그 직전까지 두려움에 떨고 있었다면 마찬가지죠."

오리구치가 중얼거리자 의사는 등을 돌려 버렸다.

"마음이 아프군요."

마음이 아프다—그래, 마음 아프다. 어느 누구도 그 말 이외에는 할 수가 없다.

딸은 겨우 스무 살이었다. 창문을 꼭 닫아도 어디선가 스며들어 오는 외풍처럼 오리구치의 머리에 그 기억이 떠올랐다.

겨우 스무 살이었다. 이십 년밖에 살지 못했다. 겨우 이십 년 산 것 가지고는 아직 '살았다'라는 실감을 느낄 수 없었을지도 모른다.

눈앞에서 먼저 자기 어머니가 총에 맞아 죽는 모습을 보았을 때 그 애는 무슨 생각을 했을까? 이건 악몽이라고 생각했을까. 현실이라고 믿고 싶지 않았으리라.

왜냐하면 누군가에게 살해당해야 할 만큼 나쁜 짓을 한 적이 없으니까.

"놈들은 왜 애 엄마를 먼저 죽였을까요? 무슨 이야기 들은 거

없었습니까?"

오리구치가 묻자, 도마리라는 담당 형사는 한쪽 뺨을 씰룩거렸다. 계속 재판을 함께 방청하다 보니 그게 그 형사의 버릇이라는 사실을 알게 되었다. 대답하고 싶지 않은 질문을 받았을 때는 뺨이 그렇게 떨렸다.

"방해가 된다고 생각했겠죠."

오리구치는 그의 눈을 뚫어지게 바라보았다. 그러자 형사는 점점 심하게 뺨을 씰룩거리며 힘없는 목소리로 대답했다.

"부인을 쏴 죽일 때 따님에게 '자식이 부모보다 먼저 죽는 건 불효이니 아줌마부터 죽이겠다'고 했답니다."

오리구치는 형사를 바라보던 눈길을 돌렸다. 한동안 그 자리에 우두커니 서서 심호흡을 했다. 형사의 대답이 머릿속에 저장될 때까지. 입을 열어 말을 할 수 있게 될 때까지. 자칫하면 경찰서에서 밖으로 뛰쳐나가 마구 고함을 지르고 싶어질 것 같았기 때문에—.

문득 정신이 들자 마치 누군가의 목을 조르듯 핸들을 움켜쥐고 있었다. 아무리 떨쳐내려 해도 머릿속에 떠오르는 그 영상은 그만큼 강렬한 감정을 동반하고 있었다.

범인들은 멀쩡하게 살아서 두 다리로 법정에 버티고 서 있다. 변명을 하고, 정상 참작을 호소하고 있다. 멋대로 지껄이고 있다. 게다가—.

저도 모르게 몸에 힘이 들어가, 가속 페달을 밟고 말았다. 한대, 두 대, 앞서가던 차를 추월했다. 젊은이가 운전하는 서프도요타가

^{생산하는 차종}가 클랙슨을 울려 겨우 제정신이 들었다.

흥분이 가라앉자 동시에 담담한 결의가 고개를 들었다.

특별한 일을 하려는 것은 아니다. 그냥 내버려두었다가 다른 희생자가 더 나온다면 내가 하지 않아도 조만간 누군가가 분명 똑같은 일을 하게 되리라. 흥분해서는 안 된다. 냉정하게 자신이 생각하는 바를 행동으로 옮기기만 하면 된다.

조수석 시트 위에는 세 부분으로 분해해 보자기에 싼 게이코의 산탄총이 놓여 있다. 그녀의 아파트에서 빼앗은 총탄은 상자에서 꺼내 벨트 가방에 넣어 허리에 찼다.

필요한 것은 모두 손에 넣었다. 이제 남은 일은 이 밤을 달려 그곳까지 가는 동안에 용기가 꺾이지 않기를 바라는 일뿐이다.

오리구치는 핸들을 고쳐 잡고 몸의 힘을 뺐다. 자정이 되기 전에 간에쓰 자동차도로를 탈 수 있을 것이다.

3

슈지 일행이 술집을 나올 무렵 가장 취한 사람은 점장이었다. 술이 들어가면 활달해진다는 사실은 잘 알고 있었지만, 오늘 밤은 유난했다. 큰 소리로 노래하고, 환호성을 지르기까지 하는 모습에는 두 손 다 들었다.

"유미, 내가 너희 결혼 중매인이 되어 줄게!"라며 밤하늘을 향해 큰소리를 쳤다. "걱정 말고 슈지와 사귀라고. 알았어?"

"고마운 말씀이지만 점장님은 아직 독신이잖아요? 어떻게 결혼 중매인이 되죠?"

"그럼 내 신붓감을 먼저 구해 줘."

점장을 부축하며 걷다 보니 슈지는 식은땀이 났다.

"점장님 댁은 어디죠?"

"아마 니시후나바시일걸."

"그럼 JR을 타면 되겠네요. 지금 몇 시죠?"

"열한시─십오분이 지났어."

"아직 전차가 있겠군요. 역이 어느 쪽이더라."

그러자 갑자기 점장이 정색을 하며 화를 냈다.

"이 친구가! 누가 지금 집에 간다고 했나?"

"점장님, 너무 많이 드셨어요."

"딱 한 잔만 더 하자. 내일은 쉬는 날이잖아. 응? 유미도 아직 술이 부족한 것 같은데."

간신히 구슬려 신코이와 역 근처까지 데려왔지만 점장은 가지 않겠다고 고집을 부렸다. 유미도 약간 어처구니없는 듯했지만 이렇게 말했다.

"어때? 괜찮잖아. 함께 좀 더 마시자."

결국 밤샘 영업을 하는 이자카야를 찾아 들어가게 되었다. 물수건으로 손을 닦으며 유미가 슈지를 똑바로 바라보았다.

"사쿠라 씨, 오늘 하루 정도는 소설 쓰는 건 잊어."

소설 때문에 집에 가고 싶은 게 아니다. 원고는 요즘 한 줄도 쓰지 못하고 있다. 써지지 않았다. 한때는 무서울 정도로 쓴 적이 있었지만 지금은 완전히 그 반대 상황이었다. 하루 종일 책상 앞에 앉아 있어도 한 줄도 쓰지 못할 때가 있다.

하지만 지금 슈지의 마음을 무겁게 만들고 있는 것은 원고가 아니었다. 오리구치였다. 점장이 세키누마 게이코가 사는 아파트 근처에서 오리구치 비슷한 사람을 보았다는 말을 들었기 때문이다. 오늘 밤 탈 예정이라고 했던 침대차에 타지 않은 듯했기 때문이다. 아직 새것인 운동화를 버렸기 때문이다.

주문을 하고 난 뒤, 두 사람을 자리에 남겨 두고 슈지는 전화를 찾았다.

먼저 오리구치의 아파트에 걸어 보았다. 번호는 외우고 있었다. 바로 연결되었지만 호출음만 울릴 뿐 전혀 받지 않았다. 신호음이 스무 번 정도 울린 뒤에 전화를 끊었다.

다음에는 게이코의 아파트로 걸어 보았다. 이 번호는 수첩을 봐야 알 수 있었다. 동전을 넣고 다이얼에 손가락을 넣었을 때, 슈지는 문득 두려움을 느꼈다.

'만약 오리구치 선배가 받는다면……. 아니야, 그럴 리가 없지. 그래도…….'

게이코에 관해서는 아직 잘 모른다. 그다지 친한 사이가 아니기 때문에 이런 늦은 시각에 전화를 하면 무례한 짓으로 여길 것이다. 게이코가 불쾌해할지도 모르고, 전화를 받는 그녀의 목소리 뒤로 누군가의 기척을 듣게 될지도 모른다.

만약 그렇다면 슈지가 게이코에게 관심을 가지건 흥미를 품건, 호의를 느끼건 아무 소용없는 일이라는 증거다.

슈지는 입술을 살짝 깨물고 마음을 굳힌 뒤 다이얼을 돌렸다. 호출음이 두 번 울린 뒤 녹음된 목소리가 들려왔다.

"세키누마입니다. 잠시 외출중입니다. 용건이 있으신 분은 발신음이 울린 뒤에 메시지를 남겨 주시기 바랍니다―."

사무적인 목소리였다. 발신음이 울리자 슈지는 바로 수화기를 내려놓았다.

공연히 쓸데없는 생각을 했다……. 내가 술이 취한 모양이다.

그때 전화기 아래 있는 선반에 어지럽게 흩어져 있던 전화번호부 가운데 표지가 찢어진 시각표가 있는 걸 보지만 않았어도 슈지는 그대로 자리로 돌아가 점장과 유미와 함께 추하이_{탄산음료를 탄 소주}로 건배를 하며 계속 술을 마셨을 것이다. 하지만―.

시각표는 도쿄도의 주요 사철 노선 페이지 부분에서 잔뜩 말려 있었다. 이 술집에서 첫차가 다닐 때까지 계속 마신 젊은이들이 자주 쓰는 시각표인 모양이다. 슈지는 얼른 페이지를 뒤져 오리구치가 탔을 급행을 찾았다.

노토로 가는 급행은 밤 아홉시 정각에 우에노 역을 출발한다. 그 시각에 출발하는 열차는 분명히 있었다. 가나자와 역에 도착하는 시각은 내일 오전 다섯시 사십이분. 순조롭게 운행된다면 지금쯤은 가루이자와와 고모로 사이를 달리고 있을 것이다. 일찍 잠을

자는 오리구치는 벌써 잠이 들었을지도 모른다. 이등 침대칸은 좁기 때문에 약간 통통한 그에겐 비좁으리라.

내가 지나치게 예민했다. 오리구치는 분명 열차를 탔다. 나와 유미가 신경 쓰여서 자기 전에 전화를 걸어 주었다. 전화 목소리는 여느 때와 전혀 다를 바 없었다. 침착하고 온화했다.

전화 목소리는.

순간 멈칫했다. 너무도 단순한 의문이 떠올랐다.

다시 시각표를 펼쳐 책장을 찢을 듯한 기세로 뒤져 보았지만 역 전화번호는 실려 있지 않았다. 104번_{전화번호 안내}으로 걸었다.

"우에노 역 어느 쪽 번호 말씀이십니까?"

"열차에 관해 문의하고 싶습니다. 어디든 상관없습니다."

가르쳐 준 번호로 걸자 웅얼거리는 목소리의 남자가 받았다.

"밤늦게 죄송합니다. 여쭤 보고 싶은 게 있어서요. 급한 일입니다."

사실은 급한 일이 아니다. 아주 간단한 질문이다. 대답도 간단하다. 예스 아니면 노.

전화를 받은 역무원은 노라고 대답했다.

"노토행 급행에는 승객이 사용할 수 있는 전화가 설치되어 있지 않습니다."

반사적으로 "감사합니다" 하고 인사한 뒤에 수화기를 내려놓았다. 잔돈 동전이 떨어져 집었지만 손가락이 말을 듣지 않아 주머니에 넣으려다 바닥에 떨어뜨렸다.

동전을 줍지도 않고 바로 출구 쪽으로 향했다.

4

가미야의 집이 있는 네리마 구 후지미다이에서 호쿠리쿠 방향으로 가기 위해서는 일단 간에쓰 자동차도로를 타야 한다. 아파트 주차장에서 유료도로 입구까지는 십오 분도 채 안 걸리는 거리다.

지금 살고 있는 아파트를 산 지 삼 년이 되었는데, 그때 몇 군데를 알아보고 다니던 가미야에게 '후지미다이에 있는 아파트를 사라'고 강력하게 주장한 것은 장모였다. 가미야는 다른 동네에 있는 아파트가 더 좋아 보였다. 하지만 장모와 자기 어머니를 거스르지 못하는 사키코가 후지미다이가 마음에 든다는 바람에 크게 반대할 수도 없어 결국 이쪽으로 결정했다. 이제 와서 돌이켜 보면 장모는 사키코가 간에쓰 자동차도로 가까운 곳에 살면 와쿠라를 오가기 편할 거라고 생각한 모양이다. 설마 지금과 같은 상황이 오리라고는 예상하지 못했을 테지만…….

아니, 의외로 계산된 일인지도 모른다. 장모는 딸의 인생 전부를 지배하며 최대한 원격 조정하는 일을 삶의 목적으로 삼고 있는 양반이었다.

가미야의 부모님은 두 분 모두 세상을 떴고, 형은 고향인 삿포로에서 집안을 잇고 있다. 집안이라고 해 봐야 대대로 샐러리맨을 하던 평범한 집안이고, 남자 형제란 제각각 가정을 꾸미고 나면 이내 소원해지기 마련이다. 형과는 일 년에 한두 번 전화 통화를 하는 정도의 관계가 되고 말았다. 가미야 집안 쪽에 좀 더 자기주장이 강한 사람이 있었다면 장모와 맞설 수 있을지도 모르는데—.

—아니, 그렇지 않다. 남 탓을 해선 안 된다. 누구보다 내가 자신의 주장을 더 강하게 내세워야 한다.

하지만 그러지 못했다. 원래 목소리 큰 사람과 의논하거나 자기주장을 관철시키기 위해 싸우는 일에는 서툴렀다. 어렸을 때부터 늘 그랬다.

대학을 나와 특별한 목표도 없이 지금 근무하는 제지회사에 들어왔는데, 가미야는 운 좋게 좋은 상사를 만났다. 그때 총무부의 총괄부장으로 있던 양반이었다.

"회사라는 곳에는 십 년에 한 번쯤 자네 같은 친구가 들어오는 법이지."

그렇게 말하며 가미야가 처음 배치된 재무관리 부서에서 바로 총무 쪽으로 끌어 주었던 것이다.

"저 같은 사람이라뇨?"

"윤활유 역할이랄까, 이런저런 잡무를 떠맡는 역할이랄까. 말하자면 출장이나 파티 준비에서부터 화장실 화장지 관리까지 뭐든 해낼 수 있는 프로페셔널 총무가 될 인재야."

그렇게 해서 그 상사의 따스한 지도를 받아 궂은일에서부터 이런저런 일들을 떠맡아 부하를 부리며 지도하는 위치까지 성장해

왔다. 총무 관련 부서에서는 아무리 승진을 해도 그 끝이 뻔하다고 피하는 사람도 많고, 동료들 가운데는 허드렛일이나 하면서 월급을 받는다면 남자로서 굴욕이라고까지 이야기하는 이도 있지만, 가미야는 아랑곳하지 않았다. 결국 천직이고, 자신에게 잘 맞는 업무인 셈이다.

하지만 그런 자질이 회사 안에서 아무리 좋게 평가를 받더라도, 부하 직원들이 좋아하며 믿고 따르더라도, 한편으로는 가정을 무너뜨려 가고 있는 것도 사실이다. '문제를 시끄럽게 만들지 말자'고 하는 가미야의 생활 지침이 장모의 전횡을 불러왔고, 사키코를 고민에 빠지게 했으며, 다케오가 입을 다물게 만들었다. 그걸 알면서도 자신 있게 자기주장을 하지 못한다. 기껏해야 호출을 당해 와쿠라로 갈 때 서두르지 않고 느긋하게 운전하는 정도의 반항을 시도하는 게 고작이었다.

일요일 밤이라 길은 막히지 않았다. 그래도 가미야는 씽씽 달리는 다른 차에는 신경도 쓰지 않고 천천히 운전하고 있었다.

뒤따라오던 차가 차선을 바꿔 완만한 곡선을 그리며 가미야의 차를 추월해, 다시 엔진 소리를 크게 내며 멀어져 갔다. 다케오는 조수석 시트에 앉아 그런 광경을 말없이 바라보고 있다. 무척 작아 보이는 몸에 안전벨트가 느슨하게 걸쳐 있었다.

"졸리면 자도 돼."

말을 걸어도 대꾸가 없다. 가미야는 이미 익숙해진 상태다. 그 동창생 의사가 심각한 표정으로 이야기했다. "억지로 말하게 하려

들면 안 돼. 꾸짖어서도 안 돼. 또 언제 무슨 일 때문에건 다케오
가 입을 열었다 해도 요란을 떨어서도 안 되고……."

신체 기능에 장애가 있는 게 아니다. 그걸 확인하기 위해 다케
오는 몇 차례 힘든 검사를 받았다. 지능이나 청력도 완전 정상이
고, 목에도 이상이 없다. 단지 이 아이는 말을 하지 않을 뿐이다.

그래도 바깥세상에 대한 관심을 잃어버린 건 아닌 모양이다. 지
금도 여기 이렇게 곁에 타고 있고, 깜빡거리는 라이트와 스쳐 지
나는 표지판을 바라보는 눈동자는 거의 표정이 없기는 하지만 탁
하지 않고 눈빛이 살아 있었다.

"엄마가 몸이 좋아지면 우리 함께 드라이브 갈까?"

그렇게 말하며 힐끔 옆을 보았다. 다케오가 무척 흥미롭다는 표
정으로 바로 앞에 있는 4톤 트럭을 바라보고 있다는 사실을 깨달
았다.

"대단한 차로구나. 무얼 실었을까?"

컨테이너를 실은 차로 옆구리에 커다란 로고가 그려져 있었다.
마력이 상당히 셀 것 같은 굵은 배기관이 두 개 나와 있다. 신호가
바뀌어 출발하자 부웅, 하며 배기가스가 뿜어져 나왔다.

트럭은 바로 앞 모퉁이를 왼쪽으로 꺾어 달려갔다. 빈 차선에
다른 차가 끼어들었다. 그렇게 계속 앞으로 들어왔다가 사라져 가
는 차들을 다케오는 열심히 보고 있었다.

오리구치의 벤츠가 메지로 거리를 달려 야하라 교차로까지 왔

을 때 사고 현장이 나타났다.

아마 충돌사고인 모양이다. 오리구치는 얼굴을 찌푸렸다. 앞쪽에 순찰차의 빨간 불빛이 보였다. 구급차는 아직 오지 않았지만 큰 사고는 아닌 듯했다. 사고 당사자로 보이는 젊은이가 보도로 뛰어나간 승용차의 보닛을 두드리며 흥분한 모습으로 순경과 말다툼을 하고 있다. 많지는 않지만 재빠른 구경꾼들이―구경하는 차들이라고 해야 하려나―몰려들어 그 부근만 교통이 정체되었다. 또 다른 순경이 와서 빨간 막대기 같은 라이트를 좌우로 흔들며 뒤에 오는 차량들에게 빨리 지나가라는 지시를 내리고 있었다.

'어떡할까……?'

모르는 척 지나쳐 버릴 수도 있다. 그럴 수도 있다―고 생각했다. 하지만 빨간 지시등을 흔드는 순경이 지나가는 차들을 체크하는 모습이 아무래도 마음에 걸렸다. 물론 쓸데없는 걱정일 것이다. 저 순경은 다가오는 차들을 정리하고 있을 뿐이다. 뒤쫓아 오는 사람이 있을 리가 없고, 이 벤츠가 도난 차량이라는 사실을 눈치챌 리가 없다. 하지만 오리구치는 뒤가 켕겨 불안했다.

무엇보다 스스로에게 자신감이 없었다. 순경 앞에 섰을 때 어떤 태도를 취해야 할까. 그게 상대방에게 어떻게 비칠까.

그런 생각을 하며 주위를 둘러보다가 이 차의 내장이 아무래도 여성스러운 느낌이 든다는 사실을 새삼 깨달았다. 레이스가 달린 시트와 귀여운 마스코트. 그런데 운전하는 사람은 햇볕에 그을린 중년이 지난 사내다.

바로 수상하게 여기지는 않더라도 질문은 할지도 모른다. 그때 아무렇지도 않은 표정으로 '제 딸인 게이코의 차입니다'라고 대답할 수 있을까?

순경이 서 있는 곳까지 대여섯 대의 차가 밀려 있다. 오리구치는 마음을 굳히고 깜빡이를 켠 뒤, 마침 왼쪽에 있는 좁은 길로 들어섰다. 소란스러운 메지로 거리를 뒤로 하자 조용한 주택가 사이로 길이 이어졌다. 저도 모르게 소리가 날 정도로 한숨을 내쉬었다. 이제 됐다. 우회해서 가면 된다―.

하지만 뜻대로 되지는 않았다.

5

노리코는 불편한 후리소데를 벗고 안도와 동시에 피로를 느꼈다. 갑자기 배가 고파졌다. 조금 전까지만 해도 눈앞에 맛있는 음식들이 즐비했는데. 우습다는 생각이 들었다.

식이 끝난 뒤 오빠 내외는 예약한 스위트룸으로 올라가 친구들과 함께 뒤풀이를 할 예정이었다. 노리코에게도 자꾸 가자고 했지만 속이 좋지 않다며 거절하고 살짝 빠져나왔다.

먼저 집에 돌아갈 부모님에게는 뒤풀이에 참석한다고 해 두었다. 양쪽에 거짓말을 했지만 잔치 분위기에 들뜬 상태라 들킬 염려는 없다. 벗은 후리소데를 넣은 기모노용 휴대 가방을 아버지에게 맡기고 가벼운 차림으로 택시를 잡아탔다.

게이코의 아파트는 어렴풋하게만 기억하고 있다. 딱 한 번, 세 일하는 백화점에 함께 갔을 때 그녀를 바래다주러 간 적이 있는데 그때는 가까운 역에서 걸어갔다. JR 소부선 고이와 역이었다.

그래서 오늘 밤도 고이와 역 앞에서 택시를 내려 기억을 더듬어 걸었다. 역 앞에는 큰 번화가가 있지만 일요일 자정이 가까운 시 각이라 가게들이 문을 닫아 조용하다. 도중에 편의점이 보여 사과 두 알과 와인 한 병을 샀다. 좀 더 나은 것을 사가고 싶었지만 어 쩔 수 없었다. 빈손으로 찾아가는 것보다는 나을 테니까.

번화가를 지나 조용한 주택가를 걷다 보니 기억이 났다. 눈에 익은 벽돌색 아파트 앞에 서서 손목시계를 보았다. 자정에서 오 분이 지났다.

현관문을 밀고 로비로 들어갔다. 관리실 유리창 안쪽에 커튼이 쳐져 있었다. 아무도 없는지 조용했다. 관리가 허술하다는 생각이 들었다. 게이코도 전에 '보안 시스템이 갖춰진 아파트를 얻었어야 하는 건데'라고 이야기하던 기억이 났다.

엘리베이터를 타고 육층으로 올라갔다. 엘리베이터에서 내리니 좌우로 난 복도가 있었다. 역시 아무도 없다. 노리코는 발소리가 나지 않도록 조심해 걸었다.

'세키누마'라는 팻말이 붙어 있는 문 앞에 서자 갑자기 가슴이 두근거렸다. 왠지 새삼 큰 비밀을 나누는 듯한 기분이 들었다. 부 용실 밖에서 총을 들고 있던 게이코의 얼굴을 떠올리자 오늘 밤 그 자리에 모였던 사람들이 모르는 사이에 일어난 일이 얼마나 큰 일이었는지 새삼 뼈저리게 느껴졌다. 게이코는 큰일을 저지르려고 했고, 그녀를 그렇게 만든 것은 자신이 보낸 편지 한 통이었다.

그 두 사람이 단둘이 뒤풀이를 하려는 것이다. 오빠 부부가 호텔에서 성대하게 벌이는 뒤풀이보다 이쪽이 훨씬 나은, 그리고 필요한 뒤풀이였다.

노리코는 초인종을 눌렀다.

응답이 없었다.

이번에는 두 번을 눌렀다.

대답이 없다.

노리코는 주위를 둘러보았다. 상야등 불빛이 비치는 콘크리트 복도에는 아무도 없다. 육층에서 내려다보는 주택가의 야경은 의외로 깨끗했다. 불이 꺼진 창문들도 많았다. 다들 잠들어 있다.

사과와 와인이 든 비닐봉투를 다른 손으로 바꿔 들고 다시 초인종을 눌러 보았다. 안에서 초인종 울리는 소리가 들린다. 하지만 게이코는 대답이 없었다.

아직 돌아오지 않았나?

갑자기 마음이 약해져 반걸음 물러나 문을 쳐다보았다.

게이코는 화가 나 있을지도 모른다. 아니, 당연히 화가 났으리라. 아까는 그렇게 이야기했지만 도저히 노리코와 편하게 이야기를 나눌 기분이 아닐지도 모른다. 그게 자연스럽다.

게이코와 이야기를 나누고, 마음속에 있는 것을 털어놓고 용서를 구하려는 생각이 뻔뻔스러웠는지도 모른다. 와인 같은 걸 사들고 오다니, 난 정말 바보다.

다시 초인종을 눌렀다.

응답이 없다. 노리코는 한숨을 쉬었다.

혹시 욕실에 있는 게 아닐까⋯⋯.

미련이 남아 살짝 문의 손잡이를 만져 보았다. 열릴 리가 없으리라. 잠겨 있을 게 틀림없다. 게이코는 안에 없는 것이다.

하지만 손잡이가 돌아갔다. 잠겨 있지 않았다.

조심조심 문을 열자 현관 조명만 켜져 있을 뿐 안쪽은 캄캄했다. 커튼이 드리워져 있는 모습이 보였다.

"계세요?"

불러도 대답이 없다.

"언니, 노리코예요."

안으로 들어와 손을 뒤로 하고 문을 닫았다. 이번에는 좀 더 큰소리로 말했다.

"언니, 안 계세요?"

짧은 복도 바로 오른쪽에는 분명 세면실이 있을 것이다. 정면은 LDK로 그 옆에 침실이 있다. 혼자 살기에는 넉넉한 방이지만 목소리가 들리지 않을 정도로 넓지는 않다.

비닐봉지를 든 손에 땀이 났다. 겁을 먹을 일이 없는데도 노리코는 긴장해서 침을 삼켰다.

노리코는 구두를 벗고 "언니, 들어갈게요"라고 한 뒤 현관 매트를 밟았다.

조용히 복도를 걸었다. 예상대로 LDK가 나왔다. 관엽식물 화분이 여러 개 있고, 사라사_{무늬를 색색으로 날염한 면직물 커버}가 씌워진 소파가 있다. 벽을 더듬어 스위치를 찾아 불을 켰다. 환한 불빛이 눈을 찔러 노리코는 얼굴을 찌푸렸다.

게이코가 꼼꼼하고 깔끔한 성격이라는 사실은 알고 있다. 방 안은 가지런히 정돈되어 있었다. 시스템키친의 수도꼭지가 불빛을 받아 반짝거렸다.

게이코가 없다.

"언니, 노리코예요."

게이코를 부르며 천천히 방 안을 걸었다. 구석구석 들여다보고 침실로 통하는 문 앞에서 상당히 망설였다.

"죄송합니다. 열어 볼게요." 큰 소리로 말하고 문을 열었다.

침실에는 아무도 없었다.

—역시.

텅 비어 있었다.

깨끗하게 정돈된 침대. 머리맡에 스탠드가 있고, 나이트 테이블 위에 책을 한 권 엎어 놓았다. 거실에서 켜둔 조명 덕분에 안을 볼 수 있었다. 왼쪽에는 붙박이 옷장. 그리고 그 앞에 얼핏 보기에는 길고 가느다란 금고처럼 생긴 상자가 있고—.

그 문이 활짝 열려 있었다.

깔끔한 방 안에 이상한 곳은 거기뿐이었다. 살짝 들어가 자세히 보니 커다란 검은 가죽 케이스가 들어 있다. 악기인가? 게이코가 악기를 배우는 걸까?

그런 생각을 하다가 깜짝 놀랐다. 저 케이스. 아까 게이코가 총을 분해해 넣었던 케이스 같았다. 그렇다면 게이코는 이미 집에 돌아온 것이다.

허락도 없이 불쑥 안으로 들어온 것이 아주 몹쓸 짓을 한 느낌이 들었다. 노리코는 얼른 뒤로 물러나 침실 문을 닫고 거실에서 나왔다. 복도를 종종걸음으로 지나 현관으로 향했다. 그때 좀 전에는 눈치채지 못했는데 세면실 문이 열려 있고 입구 부근에 슬리퍼 한 짝이 뒤집혀 있는 게 보였다.

이건 게이코답지 않다. 혹시 속이 좋지 않다거나 해서 황급히 화장실로 뛰어 들어간 걸까.

세면실로 들어가 불을 켰다. 화장실에는 불이 꺼져 있었다. 노리코는 살짝 노크를 했다.

"언니, 안에 계세요?"

대답이 없다. 더 세게 노크하자 그 바람에 문이 흔들렸다. 잠겨 있지 않았다. 노리코는 눈을 크게 뜨며 다시 노크를 하려고 손을 들었다. 그때 문이 천천히 안쪽에서 열리더니 머리를 푹 숙이고 뒤로 손이 묶인 게이코가 천천히 노리코 쪽으로 쓰러져 왔다.

6

작은 비명이 들린 것은 603호실 문 앞을 지날 때였다.

비명이라기보다 숨을 크게 들이켜는 소리라고 하는 편이 더 어울릴지도 모른다. 헐떡이는 듯한 갈라진 목소리였다. 슈지는 그 소리를 듣자마자 뛰어갔다. 짧은 거리지만 거의 한 걸음에 달려간 듯한 느낌이 들었다.

게이코의 아파트 문을 열자 바로 눈에 들어온 것은 바닥에 털썩 주저앉아 있는 젊은 여자의 얼굴이었다. 얼핏 게이코인 줄 알았는데 헤어스타일이 달랐다. 그 여자는 바닥에 주저앉은 채로 뭔가를 끌어안고 있었다.

신발을 신은 채로 뛰어들어 온 슈지를 보더니 그 여자는 또 숨을 들이켰다. 눈을 번쩍 뜨고 후다닥 뒤로 물러나는 바람에 머리가 벽에 부딪쳐 쿵, 하는 큰 소리가 났다. 슈지도 영문을 몰라 그 자리에 우뚝 멈춰 서고 말았다.

낯선 여자가 끌어안고 있던 것은 세키누마 게이코였다. 머리카락이 흐트러진 얼굴은 창백했고, 반으로 접힌 듯한 몸은 팔이 뒤로 가 있었다.

"아, 아, 아." 주저앉은 젊은 아가씨가 더듬더듬 말을 하기 시작했다. "다, 당신—당신—이건, 도대체—."

그 아가씨가 너무 놀라는 바람에 슈지는 오히려 냉정해졌다. 얼른 문을 닫고 두 여자 곁에 웅크리고 앉았다.

"어떻게 된 거지? 응? 대체 무슨 일이야?"

젊은 아가씨는 턱을 덜덜 떨기만 할 뿐 말을 제대로 하지 못했다. 새파랗게 질려, 두 눈동자를 이리저리 움직였다. 거의 게이코의 몸에 깔리다시피 해서 움직일 수 없는 모양이다.

슈지는 게이코를 안아 일으키며 아가씨에게 물었다.

"세키누마 게이코 씨와 아는 사이?"

상대방이 고개를 크게 끄덕거렸다.

"아가씨가 발견했나? 세키누마 씨가 여기에 쓰러져 있었던 거로군?"

아가씨가 힘주어 고개를 저었다. 떨리는 손으로 화장실을 가리켰다.

"저기―갇혀 있―."

게이코는 손목과 발목이 묶여 있었다. 부드러운 천으로 된 끈이었다. 그 매듭이 요트를 타는 사람이나 배낚시를 하는 사람들이 배를 말뚝에 밧줄로 묶어 놓을 때 쓰는 매듭법이라는 걸 한눈에 깨달았다. 슈지는 등골이 오싹했다.

"일단 저쪽으로 옮기지."

게이코를 안고 거실로 옮기자 아가씨가 거의 엉금엉금 기듯이 따라왔다.

"구, 구급차, 불러야……."

"잠깐만. 그건 나중에 하고. 세키누마 씨!"

소파에 눕히고 포박을 풀었다. 손바닥으로 뺨을 두드리며 부르자 게이코가 살짝 눈을 떴다. 얼른 보기에 다친 데는 없는 듯했다. 슈지는 용기를 내어 계속 불렀다.

게이코가 눈을 떴다. 멍한 눈에 점점 초점이 잡혀 갔다. 슈지는 문득 과부하가 걸려 다운된 매장 컴퓨터를 수리시켜 재가동할 때의 기억을 떠올렸다. 고장이 없는지 조마조마한 마음으로 매뉴얼에 따라 하나하나 스위치를 켰다. 게이코의 의식이 돌아오는 모습은 그때와 똑같았다. 몸 안에 있는 사령탑이 지금 의식을 되찾아도 괜찮은지 어떤지를 확인하며 스위치를 하나씩 켜 나가는 듯했다.

마지막으로 '외부와의 콘택트'라고 하는 스위치가 켜졌는지, 게이코는 눈을 움직여 슈지를, 그리고 슈지와 함께 그녀를 들여다보고 있던 아가씨를 바라보았다. 가볍게 기침을 하는 듯한 소리를 내더니 목을 누르고, 간신히 말했다.

"나…… 너희…… 어떻게 여기?"

"아아, 다행이네." 아가씨가 울먹이는 목소리를 내며 게이코의 어깨에 매달렸다. "묻고 싶은 건 저예요. 대체 무슨 일이 있었어요? 어떻게 된 거죠?"

그 목소리가 게이코의 의식을 더욱 또렷하게 만든 모양이다. 그녀의 눈이 맑아지더니 동시에 단정한 얼굴이 일그러졌다. 일어나려는 듯이 허우적거리며 소파 등받이를 짚었다.

"총을," 게이코가 슈지에게 말했다. "아아, 어쩌지—총을 빼앗겼어."

그 말의 의미를 이해하기까지 슈지의 머릿속은 완전 공백 상태였다. 마치 매장 컴퓨터의 화면이 '검색중'이라는 단어만 깜빡거리며 정지 상태에 있을 때처럼. 하지만 다음 순간, 엄청난 양의 정보가 밀려 왔다.

그리고 그 정보는 아무리 원치 않는 데이터라 하더라도 현재 상황에서는 진실이었다.

슈지의 직감이 고스란히 현실이 되었다. 자신이 말을 하고 있다는 의식조차 없었다. 자기 목소리가 남의 것처럼 아득하게 들렸다.

"오리구치 선배죠?"

—노가미하고 즐거운 시간 보내. 행복해야 해.

"총을 빼앗아 간 사람은 오리구치 선배죠?"

게이코를 일으켜 세워 물을 먹이고 자초지종을 들었다. 활짝 열린 총 보관함을 보았을 때, 슈지는 이미 각오를 했다.

쫓아가자. 어떻게 해서든 오리구치를 말려야만 한다.

"어떻게 알았지?" 게이코가 물었다. 얼굴은 아직 창백하고, 마신 물은 반쯤 토해 버렸다. 속이 무척 좋지 않은 모양이다. 게이코가 '노리코짱'이라고 부르는 아가씨의 부축을 받아 간신히 앉아 있다.

약품 냄새를 맡았다고 하니 클로로포름일 것이다. 그 약의 영향과 쓰러질 때 어딘가에 머리를 부딪쳤기 때문인지 게이코는 머리가 무척 아픈 듯했다. 그리고 아마 오른쪽 발을 삔 모양인지 일어서지를 못했다.

오리구치는 주차장에 숨어 있다가 귀가하는 게이코의 의식을 잃게 해 이 방까지 데리고 와 가두었다. 그리고 보관함을 열어 총과 총탄을 빼앗아 달아났다.

그의 행동은 분명 앞뒤가 맞았다. 예상할 수 있는 것 가운데 최악의 사태가 일어났다. 한 가지 다행인 것은 그가 무얼 하려는지 알고 있다는 사실이었다.

하지만 왜지? 왜 이제 와서 그런 짓을?

"어떻게 아무 말도 하지 않았는데 오리구치 씨라는 걸 안 거지?"

"그 양반에겐 총이 필요한 말 못 할 사연이 있어요. 자세하게 설명할 시간은 없지만."

"어떻게 할 거야?"

"쫓아갈 겁니다. 행선지는 아니까."

"안 돼요!" 노리코가 외쳤다. "경찰에 알리는 게 좋겠어요. 총을 훔쳐 갔는데 경찰도 아닌 사람이 뒤쫓아 가봐야 무슨 소용이 있겠어요."

"괜찮아요. 반드시 따라잡을 테니까. 게이코 씨, 차는?"

게이코는 괴로운 듯이 머리를 손으로 누르며 고개를 저었다.

"자동차 키가 안 보여. 아마 차도 가져갔을지 모르겠네."

슈지는 혀를 찼다. 분명 그랬을 가능성이 있다. 오리구치 입장에서는 어떻게 해서든 내일 오전 중으로 재판 개정 시간까지 가나 자와에 도착해야만 한다. 이 시각이라면 교통수단은 승용차밖에 없다. 게이코에게서 총을 빼앗기로 계획을 세웠을 때부터 차도 염두에 두었으리라.

"그럼 어떻게든 해 볼게요. 그보다 부탁이 있어요. 오늘 하룻밤만 경찰에 신고하지 말아 주세요. 총은 반드시 제가 찾아올 겁니다. 불편이 없도록 할게요. 부탁입니다."

"알았어." 고개를 크게 끄덕이고 게이코는 몸을 앞으로 내밀었다. "나도 갈 거야. 오리구치 씨를 쫓아갈 거야. 너 정말 그 사람이 어디로 가는지 알고 있어?"

"알아요. 하지만……."

"언니, 무리예요!"

노리코의 말대로 게이코는 비틀거리며 소파에 쓰러졌다.

"비틀거리잖아요. 병원에 가요. 그리고 아무래도 경찰을 부르는 게 좋겠어요."

"안 돼, 노리코짱."

"어째서요? 무슨 소린지 전혀 이해가 안 되네. 이 사람 누구죠? 오리구치 씨란 사람은 또 누구고. 무슨 이야기를 하고 있는 거예요?"

울먹이는 목소리를 내며 매달리는 노리코에게 게이코가 조용히 말했다.

"자, 잘 들어. 슈지도."

슈지를 쳐다보더니 게이코는 핏기 없는 입술을 핥았다.

"오리구치 씨 문제, 난 잘 모르지만 적어도 강도를 하기 위해 총을 훔칠 사람은 아니란 건 알아. 뭔가 사정이 있겠지?"

슈지는 고개를 끄덕였다. "예. 아주 심각한 사정이."

"그렇다면 어떻게 해서든 그 사람을 뒤쫓아 총을 빼앗아야 해. 절대로."

"어째서? 언니, 어째서요?"

"노리코짱." 게이코가 목소리를 낮췄다. "오늘 밤 말이야, 난 네 오빠를 쏘기 위해 총을 가지고 간 게 아니야."

슈지는 눈이 휘둥그레져 게이코를 바라보았다. 노리코도 뺨에 눈물을 흘리며 멍한 표정을 지었다.

"난 피로연 장소에 총을 들고 뛰어들어 신스케가 보는 앞에서 자살할 작정이었어. 그렇게 해서 그 사람이 창피를 당하게 만들어 장래를 엉망으로 만들 생각이었지. 그래. 그런 식으로 자살하려 했던 거야, 난."

"하지만……," 노리코는 고개를 저었다. "도대체 왜?"

"그 총은 말이야, 총구가 두 개 있었지? 기억나니? 그 총은 아래로 총탄이 먼저 나가는데 그 아래쪽 총신 한가운데를 내가 납으로 막아 두었어. 그렇게 해 놓고 쏘면 총을 쏜 내가 죽게 되지."

게이코를 끌어안고 있던 노리코의 두 팔이 힘없이 처졌다.

"그게…… 가능한 일이에요?"

게이코는 고개를 끄덕이며 슈지를 쳐다보고 희미하게 쓴웃음을 지었다.

"내가 납을 산 건 그 때문이었어. 슈지, 네 짐작이 맞았던 거야. 납으로 총신의 밸런스를 맞추려 했다는 이야기는 거짓말이었어."

슈지는 두 손으로 얼굴을 문질렀다. "대체 왜 그런 바보 같은……."

"그래, 난 진짜 바보야. 그러니 어떻게 해서든 오리구치 씨한테서 총을 되찾아야만 해. 쏘면 그 사람이 죽게 돼." 게이코가 일어서려 했다. "그 사람은 총 보관함에 들어 있던 총탄만이 아니라 내가 백에 넣어 두었던 총탄도 가져갔어. 너무 위험해. 빨간 총탄은 베이비 매그넘이야. 내가 평소 쓰던 파란색 캡이 달린 총탄보다 화약 분량이 많아. 난 확실하게 죽으려고 일부러 그걸 사왔던 거야."

"쏘면―어떻게 되는 거죠?"

게이코는 눈을 내리깔았다. 긴장한 표정이었다.

"방아쇠를 당긴 순간 폭발한 화약이 뒤로 뿜어져 산탄이 튀어나오게 돼. 얼굴과 머리 바로 옆에서."

슈지가 문 쪽으로 향했다. 그러자 게이코가 불러 세웠다.

"잠깐, 나도―."

게이코는 비틀거리며 무릎을 꿇었다. 노리코가 얼른 부축해 소파에 앉혔다.

"무리예요, 언니."

"하지만."

"여기서 기다리세요. 저 혼자면 됩니다."

"바보. 너 혼자 쫓아가서 오리구치 씨를 설득할 수 있다고 생각해? 거짓말한다고 생각할걸. 내가 가서 직접 이야기할 거야."

"하지만 안색도 그렇고, 비틀거리잖아요!"

그러자 노리코가 큰 소리로 말했다. "그럼 제가 갈래요."

슈지나 게이코나 할 말을 잊었다. 노리코가 등을 쭉 폈다.

"제가 갈래요. 게이코 언니 대신. 언니가 그런 위험한 일을 하게 된 것도 사실은 저 때문인걸요. 언니 대신 제가 설명할게요. 전혀 모르는 사람인 제 말이라면 그 오리구치 씨란 분도 믿어 줄지 몰라요."

노리코는 게이코를 눕히더니 얼른 일어섰다. 슈지보다 먼저 밖으로 나갈 기세였다. 슈지는 게이코를 돌아보며 말없이 살짝 고개를 끄덕이고 나서 걸음을 옮겼다.

"잠깐만!"

게이코가 부르는 바람에 두 사람은 다시 멈춰 섰다. 게이코는 굳은 표정으로 입술을 깨물고 있었다.

"너희 빈손으로 갈 작정이야?"

"빈손?"

"그래." 게이코는 침실 총 보관함 쪽을 바라보았다. "한 자루 더 있어. 20번이라 오리구치 씨가 가져간 것보다 구경은 작지만 가까운 거리라면 별 차이 없어. 가지고 가."

슈지는 반걸음 뒤로 물러섰다. 게이코가 제정신인지 의심스러웠다.

"뭐에 쓰라고요? 날 보고 오리구치 선배를 쏘라는 건가요?"

"쏘라는 이야기가 아니야. 하지만 총을 갖고 있는 사람을 맨손으로 설득하는 건 무리야. 거의 불가능해. 게다가 그 사람은 나를 이렇게 만들면서까지 총을 가져간 사람이야. 보통 결심이 아닐 거야. 대등하게 맞서기 위해서는 너도 총이 있어야 해. 총에는 그런 무서운 면이 있어. 난 잘 알아. 부탁이니 속는 셈치고 내 말대로 해. 가지고 가."

"필요 없어요."

하지만 노리코가 얼른 되돌아갔다. "가져갈게요. 사용법도 가르쳐 주세요."

"이봐!"

노리코는 떨면서 슈지를 돌아보았다. "언니 말대로 해요. 뭐든 시키는 대로 해요. 총을 반드시 빼앗아 와야 하잖아요."

말로는 슈지가 이길 수가 없었다. 노리코는 게이코를 부축해 총 보관함 쪽으로 데리고 갔다.

7

앗, 하는 소리를 지를 틈도 없었다. 벤츠 차체 아래쪽에 충격이 왔다. 핸들을 제대로 조작할 수가 없었다. 좁은 골목을 달리고 있었기 때문에 속도는 별로 내지 않았지만, 그래도 오리구치는 깜짝 놀라고 말았다. 차가 말을 듣지 않고 갓길 쪽으로 달렸다. 콘크리트 울타리 바로 앞에서 간신히 피한 순간, 전봇대를 들이받고 말았다.

머리가 어질어질했다. 대시보드에 무릎을 부딪쳤는지, 발을 뻗으니 저도 모르게 소리를 지를 정도로 통증이 왔다.

차에서 기어 나와 주위를 둘러보았다.

길 오른쪽에는 꽤 그럴듯한 조립식 건물 같은, 벽이 얇아 보이는 창고가 늘어서 있다. '산유상사 KK 물류 센터'라는 간판이 걸려 있다. 지상 삼층 부분의 창문이 열려 있지만, 나머지는 밋밋한 벽이었다. 인기척도 없다. 왼쪽으로 이어지는 벽돌담은 약간 앞에서 조금씩 무너져 있고 말뚝에 가시 철조망을 대충 쳐서 막아 놓았을 뿐이다. 그 안쪽은 주차장이었다. 거의 빈틈없이 차들이 세워져 있었다.

주위에는 오가는 사람이 없다. 일단 안심했다. 구경꾼이 몰려와 순찰차를 부르면 골치 아파진다. 몸을 웅크리고 벤츠의 상태를 점검했다. 왼쪽 앞바퀴에 펑크가 나 있다. 완전히 바람이 빠져 푹 주저앉았다. 앞 범퍼의 움푹 팬 부분에 콘크리트 기둥이 파고들었다. 차 앞부분도 찌그러져 라이트 두 개가 모두 깨졌다. 심한 충돌이었다.

머리가 어지러운 것이 겨우 가라앉았다. 이삼 미터 앞의 말뚝에 간판이 박혀 있는 것이 보였다. 가로등 불빛이 비치도록 약간 각도를 준 상태였다.

　요즘 차에 흠집을 내거나 쇠붙이를 뿌려 펑크가 나게 하는
악질적인 장난이 늘고 있습니다. 도난 사고도 자주 일어납
니다. 피해가 있을 경우에는 경찰에 신고해 주시기 바랍니
다. 저희는 책임을 지지 않습니다.

　화가 나서 갈겨 쓴 굵은 글씨였다. 뒷부분의 '책임을—'은 붉은
색 페인트로 적혀 있었다.
　아무래도 이 장난에 당한 모양이다. 하필이면 이럴 때. 발밑을
살피며 쇠붙이가 떨어져 있나 찾아보았다. 날카로운 쇳조각을 여
러 개나 쉽게 찾아낼 수 있었다. 분통 터지는 장난질이다. 정말 울
화통이 치민다.
　어쩌지—.
　이 차는 이제 버릴 수밖에 없다. 이런 상태로는 결코 계속 몰고
갈 수가 없다. 하지만 이제 어떻게 해야 하나?
　벤츠를 버리고 가는 이상 위험을 각오해야만 한다. 누군가 이
차를 발견하면 수상하다고 생각해 경찰에 신고할 수도 있다. 아
니면 순찰중인 경찰이 직접 발견해 차 넘버를 조회할 위험성도 있
다. 이 벤츠가 도난 차량이라는 사실이 언제 어떻게 드러날지 알
수가 없다.
　그리고 경찰이 벤츠의 주인과 연락을 취해 아파트에 있는 게이

코를 발견하면 그녀의 입을 통해 사건의 경위가 밝혀진다. 그러면 바로 수배를 당하게 된다.

한 가지 마음이 놓이는 것은 게이코가 자신의 행선지를 모른다는 사실이다. 그리고 자신의 집에는 행선지를 밝혀낼 수 있는 실마리가 될 만한 것이 남아 있지 않다. 무사히 돌아올 수 있는 가능성은 거의 없다―아니, 돌아올 생각 자체가 없었기 때문에 모든 것을 깨끗하게 정리하고 왔다.

하지만.

내가 이런 짓을 하는 까닭을 아는 사람이, 추측할 수 있을 사람이 한 명 있다. 사쿠라 슈지다.

경찰이 산탄총을 훔쳐 도망친 동료에 관한 정보를 얻기 위해 피셔맨스 클럽 사원들에게 이리저리 묻고 다닐 수도 있다. 분명히 그럴 가능성이 크다.

그렇게 되면 슈지는 분명 이야기하겠지. 경찰은 나의 행선지를, 내가 하려는 일을 눈치채게 된다.

골치 아프다. 정말 골치 아프게 되었다. 최악의 경우―경찰이 추적해 온다면 그걸 피해 목적을 이룰 수 있을까? 어떻게 해야 좋을까?

내 명의로 렌터카를 빌릴까? 하지만 그래서는 뒤쫓을 사람들에게 실마리를 주는 셈이 된다. 도쿄에서 호쿠리쿠까지 택시로 갈 수도 없는 노릇이다. 이 근처에서 차를 훔칠까? 안 된다. 그런 기술이 없다. 잠겨 있으면 문도 열지 못한다.

어떡하면 좋을까? 어떡하면.

히치하이크?

간에쓰 입구 부근까지 가서 호쿠리쿠 방면으로 가는 차를 잡아 얻어 타는 것이다. 그러면 누가 뒤를 쫓더라도 실마리를 남기지 않을 수 있다. 함께 타고 가는 운전기사만 의심을 품지 않게 하면 된다.

벤츠 안으로 몸을 들이밀어 무거운 보자기를 꺼냈다. 이마에 땀이 났다. 일단 그걸 아래 내려놓고 차 키를 뽑아 주머니에 넣은 뒤 보자기에 싼 총을 품에 안아 들었다.

걷기 시작했다. 꾸물거리고 있을 수 없다. 누가 올지도 모른다. 몇 번이고 뒤를 돌아보았다. 불안해 견딜 수가 없었다. 부디 아무도 저 차를 수상하게 여기지 말아 주기를. 제발 오늘 하룻밤만 아무도 수상하게 여기지 않고 넘어갈 수 있기를. 간절히 기도하지 않을 수 없었다.

8

슈지는 총이 무겁다고 느꼈다. 너무 당황스러운 일이 일어나 그 것만으로도 눈이 핑핑 돌 것만 같았다. 엘리베이터에서 내려 뛰자 금방 숨이 찼다. 케이스 손잡이를 잡은 손이 땀 때문에 미끈거렸다.

먼저 달려간 곳은 기타아라카와 지점이었다. 주차장에는 가게 이름이 적힌 밴과 해치백이 두 대씩 있었다. 총을 노리코에게 잠시 맡기고 사무실 자물쇠를 열어 어둠 속에서 서랍을 뒤져 해치백 열쇠를 꺼냈다.

뛰어서 밖으로 나오니 노리코가 창백한 얼굴에 굳은 표정을 짓고 서 있었다. 총 무게 때문에 어깨가 처졌다.

"가게 차를 마음대로 써도 괜찮아요?"

"괜찮지는 않지만 어쩔 수가 없지. 그리고 내일은 휴일이니까."

슈지가 운전석에, 노리코가 조수석에 올라탔다. 총 케이스는 뒷좌석에 두었다. 차를 급히 출발시키자 케이스가 덜컹거리며 기울었다.

게이코로부터 총 조립법과 겨누는 방법을 배웠다. 그것만으로도 충분하다고 생각해 총탄은 가져오지 않았다. 필요 없다며 뿌리치고 왔다. 쏠 생각이 전혀 없다. 만에 하나 어쩔 수 없는 상황이 닥쳤을 때 형식적으로 오리구치에게 총구를 들이댈 수만 있으면 된다.

그 문제로도 게이코와 말다툼을 할 뻔했다. 그녀가 슈지에게 최소한의 총 다루는 법을 가르쳐 줄 때였다.

"이동할 때는 반드시 약실을 비워 둬. 일단 이 총에는 안전장치가 달려 있지만 백 프로 신뢰할 수는 없어."

그러면서 기관부 위에 붙어 있는 작은 사각 단추 같은 것을 손가락으로 가리켰다. 슬라이드 방식인데 위아래로 움직였다. 제일 아래 있는 'S'로 해 두면 안전장치가 걸린 셈이 된다고 설명했다.

"쏴야만 할 때는 발포했을 때의 반동과 탄피가 튀어나오는 방향에 조심하고. 특히 탄피 튀는 게 무서워. 가로수라거나 돌멩이, 수면에 맞아 예상치 못한 방향으로 튀는 일도 있어. 그리고 총구를 물체에 딱 갖다 붙이고 쏘는 건 안 돼. 절대 안 돼. 너무 위험하니까."

총 조립 방법을 겨우 외운 뒤, 다시 분해해 케이스에 넣으며 슈지가 말했다.

"그럴 일은 없을 거예요."

"군소리 말고 내가 하는 말을 들어. 똑똑히 기억해. 기본적인 것만이라도—."

"알았어요. 설명은 필요 없어요. 난 총탄을 가지고 갈 생각은 없으니까."

게이코는 또 뇌진탕을 일으킨 듯한 표정을 지었다.

"뭐라고?"

"총탄은 필요 없다고 했어요. 시늉만 하면 되니까. 시키는 대로 총을 가져가겠지만 총탄은 필요 없다. 그런 이야기예요."

정말로 시늉만 하면 된다. 만약 오리구치 선배가 내게 총을 들이대는 일이 있더라도.

'그런 일이 있을 리가 없다. 있을 리 없지만.'

일단 대등하게 이야기할 수 있을 것이다. 설득할 수 있으리라. 운전에는 자신이 있고, 다행히 길도 밀리지 않을 시간이다. 속도를 최대한 낼 작정이었다. 그러기 위해서는 총에 대해 모르는 형편이니 아예 총탄이 없는 편이 낫다.

"손잡이를 잡아." 노리코에게 말하고 슈지가 가속페달을 밟았다.

"정말로 뒤쫓을 거야?"

"어떻게 해서든."

"행선지를 안다는 거, 사실이야?"

"끄덕지네. 정말이야."

신호가 막 파란색에서 노란색으로 바뀐 사거리를 가로지르며 슈지가 말했다.

"안전벨트 매. 그리고 거기 어디 지도가 있을 거야. 찾아 줄래?"

노리코는 시키는 대로 했다. 너덜너덜한 낡은 도로지도가 나왔다. 그녀가 지도를 펼치자 슈지는 힐끔 보았다.

"어디로 갈 거야?"

노리코의 물음에 바로 대답하지 않고, 슈지는 잠깐 생각했다.

"정말로 함께 가고 싶어?"

노리코는 고집스럽게 고개를 끄덕였다. "잊었어? 게이코 언니가 말했잖아. 혼자서는 무슨 소리를 해도 그 오리구치 씨를 설득하기 힘들 거라고. 총구가 막힌 이유를 설명하려면 역시 내가 가는 게 낫지."

그렇게 말하고 나서 그녀는 조심스럽게 곁눈질로 슈지를 보았다. "그런데 오리구치 씨란 분 나쁜 사람은 아닌 거지? 피치 못할 사정이 있지 않고서는 이런 짓을 할 사람은 아닌 거지?"

"그건 보증해."

"그럼 겁낼 거 없네. 위험할 일도 없겠어."

앞쪽에 빨간 신호등이 보였다. 슈지는 브레이크를 밟았다.

"전혀 위험하지 않다고는 할 수 없겠지. 보증할 수 없어. 나도 설마 이런 일이 일어나리라고는 생각도 못 했으니까."

노리코는 두 손으로 안전벨트를 꼭 잡고 있다. 얼굴은 앞을 보고 있지만 도로도 밤하늘도 불 꺼진 건물도 그녀의 눈에는 보이지 않는 듯했다.

"그보다 그 이야기를 좀 해 줘. 세키누마 씨가 대체 왜 그런 바보 같은 짓을 하려고 한 거지? 자살하려 하지 않나, 총구를 납으로 막지를 않나. 고쿠부 신스케란 사람은 누구야?"

대답하기 힘든 듯이 입술을 오므리고 나서 노리코가 작은 목소리로 대답했다.

"우리 오빠야."

게이요 도로를 서쪽으로 달리는 차 안에서 노리코는 사정 이야기를 했다. 슈지는 말없이 듣고만 있었다. 반대 방향에서 오는 차들은 대부분 대형 트럭이었고 무서운 속도로 스쳐 지나갔다. 중앙 분리대에 놓인 '속도를 줄이시오'란 간판 따위는 다들 무시하고 있었다.

이야기를 계속하면서 공기를 갈기 위해 살짝 열었던 창문을 노리코가 닫았다. 자기 목소리가 잘 들리지 않는 모양이다. 그녀의 목소리는 점점 작아졌다. 고개도 수그러들었다.

세키누마 게이코가 보여 주던, 다른 사람들이 쉽게 다가가지 못하게 만드는 부분은 이런 과거 때문이었다. 슈지는 그제야 납득이 갔다.

결혼식장에서 있었던 일의 자초지종과 그런 사태를 불러들인 편지 이야기까지 마치더니 노리코는 일단 입을 다물었다.

"이런 이야기 남에게 하는 거 처음이니?"

슈지가 묻자 그녀는 "응" 하며 고개를 끄덕였다.

"이야기할 수 있는 일이 아니잖아."

비참하다는 표정을 짓고 있었다.

"하지만 잘못한 건 네 오빠잖아? 네가 그렇게 움츠러들 건 없을 텐데."

"……오누이 간이니까."

슈지는 그런가, 하는 생각을 했다.

"내게도 여동생이 있지만 만약 그 애가 너 같은 입장에 처했다면 나를 감싸줄 거라는 생각은 할 수 없는데."

노리코가 불쑥 화난 말투로 대꾸했다. "감싸는 게 아니야."

그러고는 다시 눈을 내리깔았다. 이 아가씨는 계속 아래만 보는구나, 하는 생각이 들었다.

"그리고 게이코 언니가 그런 식으로 자살하려 한 계기를 만든 건 나야."

"꼭 그렇다고만은 할 수 없지."

"아니야, 적어도 내 편지가 계기가 된 건 분명해."

노리코는 한동안 입을 다물었다가 속삭이듯 말했다.

"저어…… 만약, 만약에 말이야. 총구가 막힌 총 때문에 그 오리 구치 씨란 분이 죽으면—."

슈지가 얼른 말했다. "그럴 일 없을 거야."

"그러니까 만약이라잖아. 만약에 그렇다면," 노리코는 고개를 들고 슈지의 옆얼굴을 바라보았다. 진지한 표정이었다. "게이코 언니가 벌을 받게 되나?"

슈지는 눈을 약간 크게 뜨고 핸들에 두 손을 얹은 채로 노리코 를 보았다. 어두컴컴한 차 안에서도 노리코의 입술이 파르르 떨리 는 게 보였다.

"걱정 마." 슈지는 그렇게 말하고 앞쪽으로 시선을 돌렸다. "절 대 그런 일 없을 테니까. 오리구치 씨가 총을 쏘기 전에 쫓아가 막 을게."

"정말?"

"그래."

노리코는 시트에 깊숙이 기대어 또 안전벨트를 손으로 잡았다. 그렇게 하지 않으면 밖으로 떨어질 거라고 생각하기라도 하는 모 양이다.

"어디로 가는 거야?"

어차피 노리코가 따라올 작정이라면 이제는 이야기해도 되겠 지. 슈지가 대답했다. "가나자와 시."

노리코는 눈을 크게 뜨고 물었다.

"호쿠리쿠?"

"그래. 네리마에서 간에쓰를 탈 거야. 그 길밖에 없어. 그래서 따라잡을 수 있을 거라고 한 거야."

"가나자와라니…… 관광지잖아?"

뜻밖이었는지 노리코는 살짝 미소를 지었다.

"오리구치라는 분, 총을 들고 그런 데 가서 뭘 하려는 거지?

차는 스이도바시 역 근처까지 왔다. 도쿄 돔의 흰 윤곽이 보였다. 이 시각이면 오가는 사람들은 더욱 줄어든다. 달리는 차들 이외에는 아무도 보이지 않았다. 달리 들을 사람도 없는데 슈지는 목소리를 죽였다.

"뻔하잖아. 총을 갖고 있어. 놀러가는 것일 리가 없지."

마치 연극 대사처럼 들릴 거라는 생각이 들었다. 무척 현실감이 떨어진다는 느낌이 들었다. 하지만 오리구치는 하려고 한다. 이건 실제로 일어나고 있는 일이다.

혼잣말을 하듯 슈지가 중얼거렸다.

"사람을 죽일 작정이야, 그 양반은."

9

그 남자는 보도 끝에 서서 보자기에 싼 큼직한 물건을 바닥에 내려놓고 서 있었다. 차들이 무시하고 지나갔다. 그 차들이 일으키는 바람에 성긴 머리카락을 휘날리며 얼굴을 찌푸렸다. 그래도 열심히 손을 들고 기다리고 있었다. 앞으로 오 분만 달리면 간에쓰 자동차도로 입구가 나올 메지로 거리였다.

"무슨 일일까?"

조수석에 앉은 다케오에게 그렇게 말하고 가미야는 속도를 줄였다. 차를 갓길에 붙여 세우자 길가의 남자는 얼핏 보기에도 안도한 표정을 지으며 다가왔다. 가미야보다 나이가 더 들어 보였다. 오십대 중반쯤 됐을까. 싸구려 파란색 점퍼에 화학섬유 바지. 운동화를 신고 있다. 허리에는 뭔가 무거운 것이 들어 있는 벨트가방을 감고 있었다.

다케오 쪽으로 몸을 내밀며 가미야는 조수석 창문을 열었다.

"무슨 일입니까?"

말을 걸자 남자는 이마의 땀과 먼지를 훔치며 고개를 숙였다.

"실은 오늘 밤 안으로 꼭 가나자와까지 가야 할 일이 있는데요."

"가나자와?"

아하, 하는 생각이 들었다. 그래서 여기서 히치하이크를 하는 건가?

"차는 어떻게 하셨습니까? 고장인가요?"

상대는 쑥스러운 표정을 지었다. "실은 제가 면허가 없습니다."

가미야가 어처구니없어하자 남자가 설명했다.

"외동딸이 가나자와 시내에 있는 집안으로 시집을 갔는데 애를 낳는답니다. 한 시간쯤 전에 산기가 왔다는 전화를 받았죠. 초산이라서, 제 집사람은 이미 세상을 떠서 친정에서 출산을 할 수 없어 그쪽에서 낳기로 했는데 아무래도 애가 거꾸로 선 모양입니다. 도저히 그냥 집에 앉아 있을 수가 없는데 이 시간에는 비행기도 뜨지 않고, 야간열차도 출발한 뒤라서. 택시들은 거기까지 가지 않겠다는군요. 그래서 여기서 차를 얻어 탈까 하는 생각에……."

가미야는 저도 모르게 웃음을 터뜨렸다. 그러자 상대방도 따라서 웃는 표정을 지었다. 사람 좋아 보이는 얼굴이다. 온화해 보이는 가느다란 눈과 그 위에 완만하게 반원을 그리는 눈썹. 흰 눈썹이 섞여 있다.

"그거 큰일이군요." 가미야는 웃는 얼굴로 말했다.

"마침 안성맞춤인 차를 세웠습니다. 저는 지금 와쿠라로 갑니다. 노토 반도에 있는 와쿠라 온천. 가나자와에서 조금 더 가죠."

초로의 남자 얼굴에 놀라움과 희망의 빛이 번졌다. 그런 모습을 보고 바로 문을 열어 주고 싶었지만 가미야는 신중을 기했다.

"실례지만 성함이……?"

그러자 사내는 점퍼 안주머니를 뒤져 신분증명서 같은 것을 꺼내 가로등 불 아래서 가미야에게 보여 주었다.

"저는 이런 사람입니다. 오리구치 구니오라고 합니다."

그것은 낚시도구 전문 양판점 '피셔맨스 클럽'의 사원증이었다. 가미야는 낚시를 하지 않지만 이 가게 이름은 들어본 적이 있다. 분명히 남자가 댄 이름이 적혀 있고, 얼굴 사진이 붙어 있었다. 거기 적혀 있는 생년월일로 계산하니 쉰두 살이다.

다른 사람 차를 얻어 타기 위해 자기는 수상한 사람이 아니라는 사실을 알리려고 신분증을 내밀었다. 진지한 사람이라는 생각이 들었다. 얼굴에 저절로 미소가 떠올랐다. 이런 사람이라면 괜찮겠다.

가미야는 차의 뒷좌석을 가리켰다. 코롤라 4도어 세단. 가미야가 늘 타고 다니는 차로, 주인과 마찬가지로 평범하지만 운전하기 편한 차다.

"괜찮다면 타시죠. 어려울 땐 서로 도와야죠."

오리구치라는 남자는 잠깐 망설였다. 가미야의 차에 탈 것인가 말 것인가를 망설인다기보다 냉큼 '아, 그럽시다'라고 하기에는 뻔뻔스럽다는 생각이 드는 모양이었다.

"사양하지 말고 타세요. 저하고 애밖에 없으니까요."

거듭 권하자, 그제야 겨우 마음을 굳힌 모양이다. 오리구치는 뒷좌석 문을 열었다.

"그러십니까? 그럼 말씀대로 실례하겠습니다. 이거 정말 십년 감수했습니다. 감사합니다."

날짜는 이미 바뀌어 6월 3일이 되었다. 칙칙한 구름이 걸린 밤 하늘을, 그 밤에 흐르는 시각을 재는 시계를 여러 곳에서 여러 사람이 올려다보고 있다.

세키누마 게이코는 아픈 머리에 찬 물수건을 대고.

결혼한 지 얼마 되지 않은 고쿠부 신스케는 인생의 레이스에서 이기고 있다는, 향기로운 술 같은 승리감에 취해.

노가미 유미와 점장은 자리를 뜨더니 돌아오지 않는 슈지를 걱정하면서—.

그리고 오리구치를 태운 가미야 부자의 코롤라와 오리구치를 뒤쫓는 슈지의 해치백은 제각각 속도를 올리며 목적지를 향해 달리기 시작했다. 오리구치는 아직 슈지가 자신을 뒤쫓고 있다는 사실을 모르고, 슈지는 오리구치가 혼자가 아니라는 사실을 몰랐다.

그리고 시곗바늘은 가차 없이 움직여 갔다. 이날 밤 부쩍부쩍 늘어가는 체중을 느끼지 못하는 것은 시간뿐이었다.

밤의 밑바닥으로

제 3 장

1

오리구치를 태운 코롤라 운전자는 가미야라고 했다. 어린애를 조수석에 태우고 있었다.

"다케오라고 합니다." 가미야가 말하며 웃는 얼굴로 애를 바라보았다. "이분을 가나자와까지 태워다 드리자."

커다란 눈으로 두 사람을 번갈아 보고 있는 다케오에게 오리구치는 "안녕?" 하며 인사를 했다. 애는 말없이 쳐다보기만 했다. 그러자 가미야가 고개를 살짝 숙이며 말했다.

"얘는 말을 잘 하지 않습니다. 신경 쓰지 마십시오."

"그래요? 이런, 내가 실례했군요."

다케오는 커다란 보자기에 싼 물건을 안고 뒷좌석에 올라탄 오리구치를 계속 바라보고 있었다. 가미야가 오리구치에게 "그럼 출발합니다" 하며 천천히 차를 출발시키자 그제야 앞을 보았다.

"아, 정말 고맙습니다." 오리구치가 다시 말했다.

가미야가 다시 웃음을 지었다. 부드러운 분위기의 남자다. 어느

모로 보나 아버지다운 느낌이 들었다. 마흔 살쯤 되었을까?

아마 곤경에 처한 사람을 보면 그냥 지나치지 못하는 성격인 모양이다. 오리구치는 마음속으로 이런 사람을 만나게 해 준 오늘 밤의 운명에 감사했다. 벤츠가 사고가 난 것은 운이 없었지만, 그래도 이제 어떻게든 계획을 밀고 나갈 수 있게 되었다.

메지로 거리 보도에서 손을 들고 서 있을 때는 이제 글렀나 싶었다. 정 태워 주는 차가 없다면 총을 조립해 그걸로 택시 운전기사나 장거리 트럭 운전기사를 위협하는 비상수단을 강구해야겠다는 생각마저 했을 정도다.

"애가 졸린 모양입니다."

그 때문인지 가미야는 라디오를 켜지 않고, 음악도 틀지 않았다.

"이미 열두시 반이 지났으니까요. 집에 있다면 벌써 잠들었을 시간입니다."

"초등학교 일학년 정도 되었나요?"

"이학년입니다. 체격이 약간 작은 편이죠."

오리구치는 미소를 지었다. "귀엽게 생겼군요."

그때 차 오른쪽에 보이는 보도 위를 순경이 자전거를 타고 지나가는 모습이 보였다. 차 유리창을 사이에 두고 있다고는 해도 직선거리로 따지면 거의 2미터도 되지 않았다.

순경은 이쪽을 보지 않았다. 보도 가장자리에 있는 자동판매기를 바라보며 천천히 페달을 밟고 있다. 술집 자동판매기다. 오후 열한시가 지났기 때문에 판매하지 못하도록 버튼의 램프가 전부 붉은색을 띠었다. 순경은 그걸 확인하고 있는 모양이다.

신호등 불빛이 빨강에서 파랑으로 바뀌자 앞차가 움직이기 시작했다. 가미야가 차를 출발시켰다. 오리구치는 무의식중에 고개를 돌려 지나가는 순경을 바라보고 있었다. 모자를 쓴 순경의 목덜미 부근에 초점을 맞추고.

야간 순찰일까? 저대로 계속 가면 야하라에 버리고 온 게이코의 벤츠를 발견할지도 모른다.

옆에 내려놓은 보따리를 보았다. 산탄총이라는 사실을 아무도 눈치채지 못하리라. 총탄은 벨트 가방에 넣어 두었다. 같은 차 안에 타고 있는 가미야마저도 오리구치의 짐—무거워 보이는 짐에 아무런 의심을 품지 않은 모양이다. 당연하지 않은가. 나는 딸의 첫 출산을 보기 위해 달려가는 애비인데—.

부디 이대로만 가다오. 오리구치는 기도했다. 이제 방해하지 말아다오. 조용히 목적을 이루게 해다오.

코롤라는 미끄러지듯 달려 이내 간에쓰 자동차도로로 들어섰다. 잠시 뒤 톨게이트를 지날 때 오리구치는 저도 모르게 숨을 멈추고 긴장했지만, 창밖으로 손을 뻗어 티켓을 받아든 가미야는 전혀 수상하게 여기지 않는 듯했다.

오리구치는 시트에 몸을 기대고 심호흡을 했다. 이제 시작이다. 앞으로 가나자와까지 495킬로미터. 일곱 시간가량의 여행이 시작된다.

2

혼자 남게 되자 현기증과 구역질이 났다.

긴장의 끈이 끊어졌기 때문이다. 바짝 조이고 있던 마음이 느슨해지자 지금까지 걸렸던 과부하에 몸이 항의를 시작한 걸까.

몸을 일으키자 이마에 얹었던 물수건이 바닥에 철퍽 떨어졌다. 게이코의 체온을 흡수해 미지근해진 물수건은 모양새가 일정하지 않은 어중간한 생물처럼 보였다. 그녀는 그걸 밟으며 소파를 짚고 일어섰다.

삔 오른쪽 발목이 부어오르기 시작했다. 발목에서 열이 났다. 목덜미가 뻣뻣한 것은 발에 부담이 가지 않는 자세로 누워 있었기 때문인지도 모른다. 한기를 느끼는 몸을 한 손으로 안고 다른 손으로 벽을 짚으며 세면실까지 걸어갔다. 도중에 몇 차례나 멈춰서 쉬어야만 했다.

관자놀이가 쑤신다. 뒤통수도 아프다. 클로로포름 때문일까? 아니면 정신을 잃었을 때나 방으로 옮겨질 때 머리를 부딪친 걸까. 이 집요한 구역질도 그 때문일까?

트림 같은 답답한 느낌이 가슴에서 치밀어 게이코는 얼른 세면대 앞에 몸을 웅크렸다. 간발의 차이로 온몸에 오한을 느끼며 토하기 시작했다. 거의 노란 위액뿐이었다. 그러고 보니 오늘은 아침부터 음식을 제대로 먹지 않았다.

"아, 지겨워."

그렇게 말하며 또 토했다.

입 안을 가시고 거의 기다시피 해서 거실로 돌아왔다. 무릎이 덜덜 떨렸다. 시계를 보려 고개를 드니 헝클어진 머리카락이 식은 땀에 젖어 이마와 뺨에 달라붙었다.

슈지는 어떻게 되었을까? 벌써 한시가 되었다. 두 사람은 어디까지 갔을까. 진짜로 오리구치를 따라잡을 수 있을까?

정말 위험하지는 않을까.

오리구치가 대체 무슨 생각으로, 무얼 하려고 총을 빼앗아 간 걸까. 게이코는 짐작조차 할 수 없었다. 그렇게 착한, 인생에 만족하며 사는 듯 보이던 초로의 남자 머릿속에 어떤 폭약이 들어 있었던 걸까.

슈지는 '말 못 할 사연이 있다'고만 말했다. 물론 시간이 없었기 때문일 테지만 가령 그런 상황이 아니었다 해도 그는 설명해 주지 않았을 거라는 생각이 들었다.

어쩌면 슈지는 오리구치가 무얼 하려는지 이야기하면 게이코가 경찰에 신고할 거라고 생각했는지도 모른다. 말 못 할 사연이라는 게 뭘까. 그 까닭이 뭘까.

게이코가 알고 있는 오리구치는 피셔맨스 클럽에 오는 어린이들에게 떡붕어 낚싯대를 손질해 주는 마음씨 좋은 아저씨였다. 꼬마 낚시대회를 보러 갔을 때 게이코가 낚시를 해 본 적이 전혀 없다는 이야기를 했더니 한번 경험해 보라고 권해 주었다. 처음에는 우리 쪽에서 빌린 배를 그냥 타 보는 것만으로도 괜찮죠. 게이코

씨는 아주 예쁘지만, 햇빛이나 바닷바람을 쐬면 훨씬 더 건강한 미인이 될 수 있을 거예요—라고 웃으며 말했다.

건강한 미인이라……. 지금 내 얼굴은 어떨까. 분명 눈 뜨고 볼 수 없을 지경이겠지.

한동안 소파에 기대어 있자, 또 구역질이 났다. 일어설 기력도 없어 바닥에 떨어진 수건을 집어 들고 그걸로 입을 막았다. 이번에는 토하지는 않지만 현기증과 오한은 점점 더 심해졌다.

게이코는 수건을 떨어뜨렸다.

혹시 이러다 죽는 게 아닐까. 속이 너무 좋지 않다.

이건 아마 벌일 것이다. 한번 죽으려 했다가 죽지 못하고 노리코에게 마음의 상처를 주었다. 게다가 지금은 그녀와 슈지를 위험에 빠뜨리며 자신이 저지른 짓의 뒤처리를 맡기다니.

오늘 밤 그런 짓을 하기까지 오리구치는 무슨 생각으로 하루하루를 살고 있었던 걸까. 차마 눈 뜨고 볼 수 없는 죽음을 선택하고, 고쿠부를 길동무로 삼으려 했던 게이코가 겉으로는 평온한 척 슈지나 피셔맨스 클럽 점원들과 교류를 계속했던 것과 마찬가지로 그 또한 한 꺼풀 뒤집어 보면 전혀 다른 모습의 삶을 살아 온 걸까?

그렇다면 그건 잘못이다. 게이코는 생각했다. 오늘 밤 노리코가 몸을 던져 게이코를 막아 주었듯이 오리구치에게도 그를 막아설 사람이 있다. 그런 사람이 있는 이상 오리구치는 죽어서는 안 되고 사람들이 말리는 길을 가서는 안 된다.

몸을 움직이려 하자 이번에는 왼쪽 발목이 비명을 질렀다. 게이코는 바닥에 드러누워 왼쪽 뺨을 바닥에 찰싹 댔다.

어슴푸레한 어둠 속에 붉은 램프가 조그맣게 빛나고 있는 것이 보였다. 나가기 전에 세팅해 두었던 부재중 메시지 신호였다. 그걸 깨닫고 게이코는 울음을 터뜨렸다.

집을 나갈 때는 고쿠부가 보는 앞에서 죽을 작정이었다. 그런데 나는 부재중 메시지를 세팅하고 나갔다―.

사실은 죽고 싶지 않았던 것이다. 그걸 이제야 깨달았다.

―오리구치 씨…….

당신도 마찬가지예요―게이코는 속으로 중얼거렸다. 한때의 격정만으로 치달으면 반드시 후회하게 된다.

부디 슈지가 늦지 않기를. 부디 오리구치를 막을 수 있기를.

부디 누구에게도 더 이상 위험한 일이 일어나지 않기를.

그저 기도만 하면서 반쯤 정신을 잃듯 게이코는 잠에 빠져 들어갔다.

그 무렵―.

도호 그랜드 호텔 지상 십이층. 고쿠부 신스케는 한 무리의 친구들과 함께 엘리베이터 홀에 서 있었다. 이층에 있는 바는 새벽 두시까지 문을 연다. 거기서 한잔 더 하려는 것이다.

신부는 프레지덴셜 스위트룸 침실에 혼자 남겨 두고 왔다.

"이봐, 정말 괜찮겠어?"

친구들은 농담 반 진담 반으로 물었지만 고쿠부는 웃어넘겼다. 신부는 피로연이 끝나고 옷을 다 갈아입었을 때부터 오늘 밤은 푹 자고 싶다고 했다. 할 기분이 아니야. 상관없잖아. 어차피 처음 하는 것도 아니고. 얼굴에 어울리지 않는 솔직한 말투는 고쿠부가 마음에 들어 하는 그녀의 장점이기도 했다. 고쿠부 자신도 오늘 밤에는 친구들과 신나게 즐기고 싶었다. 그렇게 우월감에 젖어 승리를 만끽하고 싶었다.

샴페인 색 카펫을 밟으며 그들은 엘리베이터에 탔다. 친구들은 아직 피로연에 입고 온 성장盛裝 차림인데, 고쿠부 혼자만 고급스럽기는 하지만 일반 정장으로 갈아입었다. 기묘한 조합을 이룬 한 무리가 엘리베이터 안에 있는 거울에 비쳤다.

바에 가려면 프런트가 있는 일층에서 엘리베이터를 내려 한가운데 있는 대리석 계단을 올라가는 게 빠르다는 사실을 알고 있었다. 일층에서 내려, 한산한 로비를 가로질렀다. 바에서 연주하는 피아노 소리가 머리 위에서 쏟아지듯 들려왔다. 막 도착한 외국인 손님을 안내하며 바퀴가 달린 슈트케이스를 밀면서 호텔 종업원이 지나갔다. 스위트룸에서의 들뜬 분위기가 가시지 않은 고쿠부 일행도 목소리를 낮췄다.

프런트에서 나누는 대화가 고쿠부의 귀에 들어온 것도 주위가 조용했기 때문이다.

"없습니까? 정말인가요? 잘 찾아보신 거죠?"

다급한 목소리였다. 고쿠부는 목소리의 주인공을 바라보았다.

넓은 카운터에 몸을 디밀고 아무래도 빌려 입은 느낌이 드는 성장 차림의 젊은이와 화려한 후리소데를 걸친 젊은 아가씨가 프런트 담당자와 이야기를 하고 있었다. 아가씨는 당장이라도 울음을 터뜨릴 듯한 표정이었다.

"먼저 가 있어."

바로 옆에 있던 오가와 부부에게 그렇게 말하고 고쿠부는 걸음을 멈췄다. 오가와가 돌아보았다.

"왜 그래?"

그는 고쿠부가 프런트 쪽을 바라보고 있다는 사실을 깨닫고는 씩 웃었다.

"이봐 이 친구야, 아직 변호사가 된 건 아니야. 남의 트러블은 내버려둬."

고쿠부도 웃었다. "별로 참견할 생각은 없어."

흥미가 끌렸을 뿐이다. 머리에 든 게 없어 보이는 젊은이가 무척 심각해 보였기 때문이다. 멍청이들이 일으키는 트러블은 옆에서 구경하는 것만으로도 재미있다.

그랬다. 고쿠부가 보기에 세상에 우글거리는 인간의 구십 퍼센트는 쓸모없는 쓰레기다. 나머지 십 퍼센트의 사람이 사회를 움직이고 경제를 끌어가며, 나라를 부강하게 만들기 때문에 연명해 갈 수 있는 놈들이다. 그런 주제에 남들처럼 큰소리는 치지만 실제로는 무엇 하나 할 수 있는 일이 없다. 능력이 없기 때문이다.

하지만 나는 다르다. 반바지를 입고 다닐 때부터 고쿠부 신스케는 그렇게 생각했다. 진종일 인쇄기를 돌리며 소음 때문에 난청이 되어 손님들에게 꾸벅꾸벅 고개를 숙이고, 근처 술집에 자극적인 신품 누드 캘린더를 슬쩍 빼돌려 주는 대신 공짜 술이나 얻어먹는 아버지의 뒷모습을 보며 자라다 보니 그건 확신이 되었다. 나는 A 급이다. 지저분한 플라스틱 마작 패 안에 실수로 섞여 들어간 새하얀 상아 마작 패. 운명의 신이란 녀석이 만약 존재한다면 늦건 이르건 자신이 저지른 실수를 깨닫고 나를 제대로 된 테이블 위에, 제대로 된 패 쪽으로 되돌려 놓을 게 틀림없다.

그리고 이제 그걸 정정할 때가 되었다. 나는 올바른 계단 앞에 서 있는 것이다. 금방 앞이 가로막힐 '쓰레기들'이 오르는 계단이 아니라 한 칸을 올라갈 때마다 공기가 좋아지고, 층계참에는 발이 묻힐 정도로 푹신한 카펫이 깔려 있는 층계 앞에.

프런트의 젊은이는 아직 거기 버티고 있었다. 어차피 대단한 물건도 아닐 텐데 한심하게 들러붙어서는.

"한심하군." 고쿠부는 중얼거렸다. 그의 친구들과 오가와의 아내 가즈에는 먼저 갔지만 그와 오가와는 자연스럽게 서서 이야기를 나누는 척하며 프런트 쪽을 지켜보았다.

"그게 없으면 정말 곤란합니다. 저 사람이 아주 소중하게 여기는 것이라서." 젊은이는 주먹을 쥐고 프런트 담당을 다그치고 있었다.

"주차장에 떨어뜨린 게 틀림없을 겁니다. 다른 곳은 전부 찾아봤어요. 엘리베이터 안에 있을 땐 분명히 머리에 꽂혀 있었다니까요."

"하지만 찾아도 나오지가 않잖아요."

프런트 담당자도 곤혹스러워하고 있다. 이윽고 얼굴을 약간 찡그리며 말했다.

"손님들이 타고 오신 밴 안은 찾아 보셨습니까?"

젊은이는 화를 냈다. "당연하죠. 거기서 나오지 않으니 이리 돌아온 거잖아요."

"다른 곳은 다 찾아봤어요." 아가씨도 울먹이는 목소리로 말했다. 프런트 담당은 살짝 한숨을 내쉬었다.

"밴을 타고 나갈 때 다른 사람이 있었습니까?"

"다른 사람이라뇨?"

"주차장에 말이에요. 부근에 있던 누군가가 이 여자분이 떨어뜨린 머리장식을 주워 갔을지도 모르죠."

고쿠부는 오가와에게 속삭였다. "나 원 참. 답답하군."

"이제 그만 가자. 됐잖아. 저런 일에 신경 쓸 필요 없어." 오가와가 짜증 난다는 듯이 말했다.

그래? 고쿠부는 속으로 생각했다. 그래? 나는 저런 녀석들에게 신경을 써 주고 싶은걸.

오가와를 따라 걸으며 고쿠부는 그의 뒷모습에 히죽 웃음을 던졌다. ─하기야 너 따위는 저런 녀석이 일으키는 하찮은 소동이 남의 일이 아닐지도 모르지. 난 너하고는 입장이 달라. 넌 네가 그렇게 생각하지 않을 뿐이지 저런 녀석과 하등 다를 게 없는 부류

니까 말이야. 제발이지 나하고 같은 레벨이라고는 생각하지 말아
줘.

그때 젊은이가 하는 말이 귀에 들어와 고쿠부는 걸음을 멈췄다.

"그러고 보니 우리가 나갈 때 벤츠를 탄 여자가 옆에 있었어요.
벤츠 190E23이죠. 젊은 여자가 그런 차를 운전하는 경우는 드물
어서 기억해요. 마치 악기가 든 것 같은 커다란 검은 가죽 케이스
를 든 사람이었는데. 그 사람이 뭔가 보지 않았을까요? 혹시 그
사람이 주운 게 아닐까요?"

프런트 담당자는 더 곤혹스러운 표정을 지었다.

"아뇨, 지금 말씀드린 건 예를 들자면 그렇다는 겁니다. 그렇게
함부로 다른 분을 끌고 들어오면 곤란하죠."

고쿠부는 그 자리에 얼어붙었다. 앞서가던 오가와가 그의 모습
이 이상하다는 걸 눈치채고 돌아올 때까지 내내 꼼짝도 못 하고
있었다.

"어이, 왜 그래?"

벤츠 190E23.

검은 가죽 케이스.

이런저런 생각을 하기 전에 고쿠부는 똑바로 프런트로 다가가
몸을 디밀고 있던 젊은이의 어깨를 잡았다.

"이봐, 자네."

젊은이는 깜짝 놀라 돌아보았다. 고쿠부는 그 얼굴에 자기 얼굴
을 들이대듯이 하고 물었다.

"그 벤츠를 탄 여자, 어떻게 생겼지? 머리가 긴가?"

젊은이는 바로 대답하지 않았다. 눈을 휘둥그레 뜨고 고쿠부를 훑어보더니 이 사람이 왜 이러느냐고 묻는 듯이 프런트 담당자를 바라보았다.

"손님―."

일단 프런트 담당자가 앞으로 나왔다. 고쿠부는 젊은이의 어깨를 잡고 흔들었다.

"이봐, 어떻게 생긴 여자였느냐고 묻잖아?"

"어떻게라니―." 젊은이가 우물거렸다. "미인이었는데요."

"비쩍 말랐나?"

"음…… 그런가? 그래요."

"어떤 옷을 입었지?"

"녹색 원피스."

"분명히 검은 가죽 케이스를 들고 있었나?"

고쿠부의 기세에 젊은이는 어깨를 움츠렸다. "틀림없어요. 내가 봤으니까. 제법 무거워 보이는 케이스였죠."

젊은이의 어깨를 밀치고 고쿠부는 오가와가 서 있는 곳으로 돌아갔다. 눈은 뜨고 있어도 앞이 보이지 않는 듯한 기분이 들었다.

"왜 그래?"

심상치 않다는 사실을 느꼈는지 오가와가 목소리를 죽여 물었다.

"게이코야." 고쿠부는 입술을 핥았다. "게이코가 왔어."

"뭐?"

"그 여자가 왔어. 내 피로연에. 틀림없어."

오가와가 고쿠부의 어깨를 잡았다. "정신 차려. 그럴 리가 없잖아. 그 여자는 네가 결혼한다는 사실도 모를 텐데."

"조사해 봤을지도 모르지."

고쿠부는 웃음을 터뜨리려 하는 오가와를 노려보았다.

"틀림없다니까. 벤츠를 타고 온 젊은 미인에 검은 가죽 케이스를 들고 있었다고 하니까."

"검은 가죽 케이스라고?"

그렇게 말하고 나서야 오가와도 무슨 의미인지 깨달은 모양이다. 웃음을 지우고 긴장한 표정을 지었다. 고쿠부는 고개를 끄덕였다.

"그래. 게이코가 총을 갖고 온 거야."

오가와의 웃음이 씻은 듯이 사라졌다.

고쿠부와 오가와는 머리 위로 샹들리에가 빛나는 로비 한가운데 우두커니 서 있었다. 고쿠부는 날카로운 눈으로 주위를 둘러보았다. 갑자기 자신이 클레이 사격의 표적이 된 듯한 기분이 들었다.

3

버려진 벤츠 190E23을 발견한 것은 젊은 커플이었다. 자정이
삼십 분쯤 지나 친구 집에서 차를 몰고 돌아오던 중이었던 그들은
좁은 길을 가로막듯 서 있는 사고 차를 보았다.

클랙슨을 울려 보았다. 하지만 아무도 나타나지 않았다. 자세히
보니 운전석에는 아무도 없다.

커플은 둘 다 취해 있었다. 약간 귀찮다는 생각도 들었다. 그래
서 잠시 어떻게 할지 의논했다. 결국 두 사람이 차에서 내려 공중
전화로 신고한 시각은 영시 사십오분이었다.

"또요?"

구로사와 요지가 대뜸 물었다.

"이게 벌써 몇 번째죠?"

"아, 잠깐만." 오케가와 가쓰오의 느릿한 목소리가 수화기에서
들려왔다. 서류를 뒤적이는 모양이다. "대략 열세 대째군."

그렇게 많았나? 새삼 놀라며 이부자리에서 일어나, 구로사와는
머리를 벅벅 긁었다. 머리맡에 있는 자명종 시계는 오전 한시를
가리키고 있었다.

직업상 전화 때문에 잠에서 깨는 일은 익숙했다. 특히 오늘 밤
처럼 오케가와가 당직인 날 밤에는 '심심해 죽겠다'면서 전화를 걸
어오는 일도 있어 마음 놓고 잠을 잘 수가 없다.

물론 그런 전화를 하면서도 오케가와는 길게 이야기를 하지 않는다. 통화는 거의 이삼 분 만에 끝난다. 형사들 가운데 길게 전화하는 버릇을 지닌 사람은 없다. 시간에 쫓기는 직업이라 그럴지도 모르지만 구로사와도 희한한 일이라는 생각이 든다.

오늘 밤 전화는 업무 관련이었다. 십 분쯤 전에 야하라 7초메 노상에 버려진 도난 차량으로 보이는 벤츠를 발견했다고 하는 신고가 들어왔다는 이야기다.

"수법은 마찬가지입니까?"

구로사와가 말하는 수법이란 요 반년 사이에 도쿄 북서부, 네리마, 시부야, 스기나미 구내에서 빈발하고 있는 자동차 절도 사건을 가리킨다. 고급 차만을 노린 질 나쁜 범행이다. 그게 이미 열두 건이나 있었다. 네리마기타 경찰서 관내에서 일어난 사건은 네 건. 만약 이번 벤츠 건도 같은 범행이라면 다섯 번째다.

수법은 대개 뻔했다. 보닛을 열어 코드를 직접 연결해 시동을 건다. 실컷 타고 돌아다닌 뒤 차 안에 있는 물건을 가져갈 뿐만 아니라, 시트에 가솔린을 뿌려 불을 지르거나 차를 엉망으로 긁어놓고 엉뚱한 곳에 버리고 도망간다. 자동차 전화가 설치된 차의 경우에는 나중에 전화회사에서 엄청난 청구서를 받는 덤터기까지 쓰게 된다. 물론 범인들이 사용한 전화 요금이다.

강력사건은 아니지만 이렇게 악질적이고 게다가 건수가 많아지다 보면 신문이나 텔레비전 뉴스에서도 다루게 될 테고, 시민생활에 끼치는 영향도 무시할 수 없게 된다. 경찰은 믿을 수가 없다며 자주적으로 주차장 야간 순찰을 시작한 아파트 단지도 있어 네리마기타 경찰서의 수사 3과 입장에서는 체면이 걸린 문제다. 게다가 요즘에는 범인이 여러 명의 소년들이 아니겠느냐는 견해가 설득력을 얻고 있었다. 하룻밤에 두 대를 훔치는 기동성이 있고 유쾌범세상을 놀라게 하고, 그 반응을 즐길 목적으로 범죄를 저지르는 사람적인 요소가 다분히 엿보였기 때문이다. 게다가 범행 차종의 선택 기준도 거의 기분 내키는 대로였다. 그렇다면 더더욱 검거를 서둘러야만 한다. 젊은층의 범죄는 자칫하면 점점 더 심각해진다.

하지만 오케가와는 초조해하는 기색도 없었다. 이 아저씨가 또 코털이나 뽑으며 전화를 하고 있는 게 아닐까 하는 생각이 들었다.

"아니. 사고가 난 걸 제외하면 이번 차는 깨끗해. 망가뜨린 흔적이 없어. 우리 관내 차도 아니고. 그래서 아직 동일범의 소행이라고는 확실하게 결론 내릴 수가 없어. 다만 좀 께름칙한 상황이라서."

차 넘버를 조회해 보니 주인은 에도가와 구 고이와에 있는 아파트에 사는 세키누마 게이코라는 여성이라는 사실을 알아냈지만 연락이 되지 않는다고 한다.

"전화해도 받지를 않는군. 부재중 메시지만 나와. 이상하지?"

구로사와는 그제야 졸음이 달아났다. "그럼 무슨 사건에 휘말렸을 가능성이 있다는?"

"글쎄." 오케가와는 느긋했다. "그러니 자네가 그 여자 아파트에 가서 상황을 좀 파악해 달라는 이야기지."

구로사와가 사는 아파트는 스미다 구의 무코지마에 있다.

"수고스럽지만 얼른 좀 다녀와. 스미다가와 동쪽은 괴물들 소굴이니까 점잖은 동네에서 살아온 우린 갈 수가 없지."

구로사와는 웃음을 터뜨렸다. "뻔뻔스럽게 그런 소리를 하시다니."

오케가와는 현재 네리마기타 경찰서에 자리를 잡기까지 여러 경찰서를 전전한 백전노장이지만 가장 오래 머물렀던 곳이 무코지마 경찰서다. 자신이야말로 괴물 아닌가.

"현장은 도메이 형사가 보러 갔으니까 됐고. 그 여자 아파트 주소가ㅡ."

구로사와는 얼른 메모를 했다.

"인근 파출소에 연락을 해 둘게. 순경이 함께 가 줄 거야. 본인을 만나면 사정 이야기를 하고 현장까지 데려와 줘."

본인을 만나지 못할 리가 없다는 듯이 느긋하게 말했다. 구로사와 자신도 아직 별다른 긴장감을 느끼지는 않았다. 심야에 일어난 일이다. 차가 도난당했다는 사실을 알지 못하고 있을 뿐이겠지. 자고 있어서 전화를 받지 못할 수도 있다.

"수고해. 자네만 믿네."

애당초 어디 출신인지 확실치 않은 양반이지만, 오케가와의 말투는 약간 이상한 사투리 같은 느낌이 든다. 구로사와처럼 젊은 형사들을 부를 때 늘 쓰는 호칭인 '자네'도 귀에는 '저네'로 들린다.

"곁에서 자고 있는 애인에게는 내가 사과할 테니 전화 바꿔줘."

"안타깝군요. 애인은 방금 욕실에 들어갔습니다."

구로사와는 의자 등받이에 걸쳐 두었던 와이셔츠에 손을 뻗으며 오케가와의 웃음소리가 들리는 수화기를 내려놓았다. 아쉽게도 이 방에 여자의 기척이라고는 전혀 없다. 여자 머리카락 한 올 떨어져 있지 않다. 늘 깔아 두는 이부자리가 불규칙하고 바쁜 생활을 하는 주인을 측은하게 여겨 갑자기 여자로 둔갑을 해 주지 않는 이상 당분간 인연이 있을 것 같지도 않다.

아파트 이름은 '끌레르 에도가와.' 벽돌색 타일이 붙은 멋진 건물이다. '세키누마 게이코'란 이름은 604호실 우편함에 붙어 있었다.

동행해 준 순경과 함께 구로사와는 일단 지하에 있는 전용 주차장을 살펴보았다. 콘크리트 바닥에 흰 페인트로 선을 그었을 뿐인 단순한 주차장에는 차들이 빼곡하게 들어차 있었다. 하지만 벽에 '세키누마 님'이라는 명찰이 붙어 있는 공간만 비어 있었다.

"차는 없군요." 중년 순경이 말했다. 그는 이리저리 플래시를 비췄다. 만에 하나 차 주인인 여자를 여기 버려두고 갔을 가능성을 생각하는 것이다.

"우리 쪽에서도 몇 번이나 전화를 해 보았지만 전혀 받지 않습니다."

"현관 인터폰은?"

"눌러 보았습니다. 대답이 없어요. 밖에서 보기에는 불도 켜져 있지 않습니다."

구로사와는 예감이 좋지 않다고 생각했다. 정말로 집에 없나? 그럴 경우에는 외출했다가 차를 빼앗기고, 운전자인 여성은 행방 불명이라는 이야기가 된다─.

"잠겨 있습니까?"

"예. 마스터키가 있으면 좋겠는데 관리인이 낮에만 자리에 있기 때문에 연락이 되지 않는군요."

두 사람은 서둘러 주차장을 가로질러 걸었다. 그때 구로사와의 구두에 뭔가 부드러운 것이 밟혔다. 멈춰 서서 살펴보니 걸레처럼 지저분한 헝겊이었다. 손수건 정도 되는 크기였다. 구로사와는 그 것을 집어 들었다.

순경이 플래시를 비췄다. "차를 닦을 때 쓰는 게 아닐까요?"

그러고 보니 기계에 치는 기름 냄새가 났다. 별로 깊이 생각하지 않고, 구로사와는 습관적으로 그것을 양복 주머니에 넣었다.

"육층이라 베란다로 들어갈 수도 없고……."

떨떠름한 표정을 짓는 순경에게 구로사와는 안주머니를 두드려 보였다. "여차하면 피킹 건으로 엽시다. 그렇게까지는 하지 않으면 좋겠지만."

604호실 문 옆에도 '세키누마'란 팻말이 붙어 있었다. 구로사와는 그걸 확인한 뒤, 인터폰 버튼을 눌렀다.

안에서 벨이 울리는 소리가 들렸다. 하지만 두 번, 세 번 눌러도 응답이 없었다. 문을 향해 서서 주먹을 살짝 쥐고 노크를 해 보았다. 금속제 문에 손등이 닿는 소리가 의외로 크게 울렸다. 양쪽 옆에 있는 집 문을 살펴보았지만 그쪽도 열리는 기척이 없었다.

"세키누마 씨, 계십니까?"

최대한 작은 소리로 불러 보았다.

"세키누마 씨?"

몇 차례 부르자 드디어 옆집 사람이 깬 모양이다. 도어체인을 푸는 찰칵, 하는 소리가 나더니 오른쪽 집 문이 열렸다. 눈을 가늘게 뜨고 얼굴을 찌푸리며 구로사와 또래로 보이는 잠옷 차림의 남자가 얼굴을 내밀었다.

"당신들 이렇게 늦은 시간에—."

짜증 난다는 듯이 말하다가 제복 차림의 순경이 있는 것을 본 모양이다. 졸려 보이던 얼굴이 갑자기 긴장했다.

"무슨 일 있었습니까?" 말투까지 정중해졌다.

구로사와가 수첩을 보여 주고 이름을 밝힌 뒤, 세키누마 게이코를 찾아왔다는 이야기를 하자 사내는 눈을 부비면서 말했다.

"글쎄요……. 옆집에 대해서는 모르겠네요."

하기야 아파트에서는 그런 경우가 많다.

"오늘은 보지 못했습니까?"

"오늘이 아니라 거의 보지 못하니까요."

"저쪽 이웃에 사는 분은?" 구로사와가 왼쪽 집 문을 가리키자 남자는 고개를 저었다.

"거긴 빈집입니다. 주인은 있지만 투자용으로 사 둔 게 아닐까요? 아무도 살지 않는 것 같던데." 그리고 눈치를 살피며 말했다. "옆집에 무슨 일이 있는 겁니까?"

"아뇨, 그런 건 아닙니다."

구로사와는 그렇게 대답하고 순경 쪽으로 시선을 돌렸다.

"할 수 없군. 열어 볼까요?"

"어쩔 수 없군요."

순경이 옆집 남자를 집 안으로 들여보낸 걸 확인하고 나서 구로사와는 피킹 건을 꺼냈다.

게이코는 문 바로 안쪽에 있었다.

할 수 없군, 열어 볼까요?—라는 말을 들을 때까지 그녀는 꼼짝도 않고 있었다. 숨을 죽이고 불도 켜지 않은 채로 바깥 동정만 살폈다.

첫 전화가 걸려온 것은 오전 한시가 지났을 무렵이었다. 벨소리에 깨어나 비틀거리며 전화기로 다가가 수화기를 집어 들려고 했다. 슈지한테서 온 전화일지도 모른다는 생각이었다.

하지만 발을 저는 게이코보다 부재중 메시지가 더 빨랐다. 스피커가 켜진 상태라 상대방의 목소리가 흘러나왔을 때, 전화를 절대로 받을 수 없다는 사실을 깨달았다. 경찰에게서 온 전화였다. 게이코의 차가 발견되었다고 했다.

네리마기타 경찰서라고? 야하라에 버려져 있다고?

어떻게 된 일일까? 오리구치는 총과 함께 자동차 키도 가져갔다. 그가 차에 타고 있어야 한다. 그 차가 왜 네리마 구 같은 데 있는 걸까?

—제발 경찰에 신고하지 말아 주세요.

슈지의 애원이 귓가에 맴돈다. 게이코는 신고하지 않겠다고 약속했다. 그 약속을 깰 생각은 없었다.

전화벨은 그 뒤로도 뻔질나게 울려 댔다. 그 소리에 신경이 날카로워져 벨소리를 꺼 두었다. 그런데 이제는 누가 현관 초인종까지 눌러 댄다. 도어 스코프로 내다보니 제복을 입은 순경이 서 있었다. 게이코가 집에 있는지 확인하러 온 것이다. 문 바로 밖에 경찰관이 있다는 사실이 게이코를 불안하게 만들었다. 문을 열어 주는 편이 낫지 않을까……. 그런 생각을 하며 몇 번이나 자물쇠에 손을 댔다. 하지만 경찰관에게 차를 도난당한 일에 대해 잘 얼버무려 슈지와의 약속을 지킬 수 있으리라는 확신이 들지 않았다.

오늘 하룻밤, 딱 하룻밤만이다. 문을 닫아걸고 죽은 듯이 있자. 내일 슈지가 오리구치를 데리고 무사히 돌아온다면, 총이 무사히 돌아온다면 슈지와 의논해 말을 꾸미자. 그다음에 자진해서 경찰에 '차를 도난당했다'고 신고하러 가면 된다. 오늘 밤은 여기 없었던 걸로—아니, 자고 있었던 걸로 하면 된다. 몸이 너무 좋지 않아 약을 먹고 잠이 든 상태라 아무 소리도 듣지 못했다고 하면 그만이다.

하지만 지금 문 앞에 있는 경찰은 '열어 볼까요?'라고 묻는다—.

경찰이 문을 열 수 있을지는 몰랐다. 워낙 늦은 시간이라 아파트 관리를 맡고 있는 부동산회사와도 연락이 되지 않을 테니 문을 열 수 없을 텐데!

열쇠 구멍에 찰칵, 하고 뭔가를 끼우는 소리가 났다.

4

차에 탄 뒤로 한동안은 날씨 이야기와 앞으로 갈 길에 대해 이야기를 나누었다. 하지만 그 뒤로는 다케오가 조수석에서 졸기 때문인지 가미야는 핸들을 쥔 채로 내내 입을 다물고 말을 걸지 않았다. 실내등이나 라디오도 꺼진 상태다.

뒷좌석에 기대어 오리구치는 멍하니 창밖을 바라보았다. 고요히 잠든 도시의 머리 위를 달리는 고가 고속도로. 마치 빌딩 배관이나 전선 파이프가 벽 안을 뚫고 지나듯 잠들지 않고 계속 달리는 이 굵은 동맥 같은 도로는 도시의 천장 위를 달리고 있다.

하늘을 올려다보니 구름 사이로 별들이 보였다. 그리고 보니 저녁 일기예보에서는 날이 서쪽부터 점점 맑아질 거라고 했다.

니자 시를 지나 도코로자와 출구가 가까워지자 가미야가 말을 걸었다.

"피곤하시죠? 뒤로 젖혀지는 좌석이니 좀 주무세요. 거기 무릎

덮개가 있을 겁니다."

오리구치는 미소를 지었다. "아뇨, 괜찮습니다."

"따님 문제로 걱정이 되어 잠이 도통 오지 않으세요?"

자기가 한 말을 그대로 믿어 주는 가미야라는 사내에게 오리구치는 따스한 호의를 느꼈다. 내일 오리구치가 가나자와에서 무얼 했는지, 무엇 때문에 가나자와에 갔는지를 알게 된다면 이 남자는 어떤 생각을 할까. 내 생각에 동의해 줄까? 아니면 반대할까? 아니면 비난할까?

어찌 되었든 이 부자에게 폐를 끼칠 수는 없다. 뜻한 바를 이루기 위해서만이 아니라 이 부자가 말려들지 않도록 가나자와로 가는 목적을 숨겨야만 한다. 오리구치는 마음속으로 스스로에게 다짐을 했다.

잠시 피셔맨스 클럽에서 오리구치가 하는 일이나 가미야의 친구 가운데 낚시를 좋아하는 남자 이야기를 띄엄띄엄 나누었다. 그러다 보니 분위기가 부드러워져 한결 마음이 편해졌다.

다케오는 조용히 자고 있다. 오리구치가 물었다.

"아드님—다케오 군이라고 했나요?"

"예."

"내일은 학교에 가야 할 텐데 이렇게 늦은 밤에 와쿠라까지 간다니, 무슨 급한 일이 있으신가 보죠?"

가미야가 힐끔 오리구치 쪽으로 고개를 움직였다가 바로 앞을 바라보았다. 마침 스쳐 지나던 반대 방향에서 오는 차의 헤드라이트에 그의 웃는 얼굴이 보였다. 그 웃음이 그리 밝지 않다는 사실을 깨달았다.

"급한 일이기는 하지만 선생님처럼 좋은 일은 아닙니다. 실은 집사람이 입원을 해서요."

"부인께서요? 어디 몸이 좋지 않으신 건가요?"

가미야는 약간 머뭇거리며 바로 대답하지 않다가 이윽고 이렇게 툭 내뱉었다.

"심장이 좋지 않습니다."

"이런, 공연한 걸 물었군요."

그렇게 말하자 가미야는 당황한 듯이 또 힐끔 오리구치를 보았다.

"아뇨, 중병은 아닙니다. 정말이에요. 뭐라고 설명해야 좋을지……. 뭐, 마음의 병이죠."

"아하."

가미야는 이야기를 하고 싶기는 한데 우연히 태운 남자에게 이야기할 만한 일은 아니라서 망설이는 듯도 했다. 말을 해서 마음이 편해질 일이라면 얼마든지 들어 주자는 생각이 들었다. 아마이 남자는 오리구치가 이 세상의 마지막 순간에 친하게 이야기를 나눌 단 한 사람이 될지도 모른다.

"오리구치 씨는 가족이? 부인은 돌아가셨다고 했죠? 그러면 가나자와에 있는 따님뿐인가요?"

"그렇죠. 자식이라곤 딸 하나뿐이니까요."

오리구치의 아내가 이미 고인이 되었다는 말은 거짓이 아니다. 다만 정확하게는 '전처'다. 그리고 딸이 살아 있다는 말은 터무니없는 거짓말이다. 하지만 가미야에게 그렇게 이야기하고 보니 거짓이 진실처럼 느껴져, 첫 출산을 앞둔 딸이 가나자와에서 기다리고 있는 기분이 들었다.

아니, 정말 그럴지도 모른다. 딸이, 아내가 정말로 기다리고 있는지도 모른다. 딸과 아내가 당한 어처구니없는 행위에 보복하기 위해 지금 이렇게 달려가고 있는 오리구치를.

"자식이란 참 묘합니다."

가미야가 중얼거리듯 말했다.

"부모의 거울이라는 건 맞는 말이에요."

오리구치가 부드럽게 물어보았다. "조금 전 다케오 군이 '말을 잘 하지 않는다'고 하셨는데. 영리해 보이는 아이지만 엄마가 병 때문에 곁에 없으니 쓸쓸해서 그런가 보죠?"

오리구치의 질문은 핵심을 찌른 모양이었다. 핸들에 두 손을 얹은 채로 가미야는 잠깐 생각하다가 이윽고 입을 열었다.

"얘는 함묵아_{정서 장애로 말미암아 때나 곳에 따라 말을 하지 않는 아이}입니다."

"함묵—?"

"예. 전혀 말을 하지 않습니다. 태어났을 때부터 그랬던 건 아니죠. 저와 집사람 책임입니다."

가미야는 털어놓기로 마음을 먹었는지 사정 이야기를 하기 시작했다. 장모 이야기, 아내 이야기. 특정인을 비난하지 않으려 말을 조심스럽게 했지만, 그가 이 문제로 심신이 고달프다는 사실을 오리구치는 쉽게 알 수 있었다. 조심하는 말투 속에서 배어 나오는 느낌이 있었다.

또한 가미야의 이야기는 오리구치에게 몸에 남은 오래된 상처처럼 아주 익숙한 것이기도 했다. 그래서 바로 알 수 있다. 마치 자기 일처럼 쉽게 이해할 수 있었던 것이다.

오리구치는 이십이 년 전, 고향인 이시카와 현 이노초라는 곳에서 그곳 지주의 외동딸과 결혼했다. 데릴사위였다. 그래서 그 전에 쓰던 성을 잠시 버려야 했다.

연애결혼이었다. 그때 오리구치는 고향 고등학교에서 국어 교사로 있었고, 아내는 다섯 살 아래인 제자였다. 상대방 부모는 결혼을 거세게 반대했지만 아내가 허락해 주지 않는다면 집을 나가겠다고 고집을 부리자 마지못해 승낙했다. 지금 가미야가 처해 있는 입장과 아주 비슷했다.

도코로자와를 빠져나와 미요시, 가와고에, 쓰루가시마 표지판을 지나치며 가미야는 담담하게 이야기를 이어갔다. 오리구치는 이따금 맞장구를 치며 듣고 있었다. 어느새 가미야의 이야기에 빠져 들었다. 이러다 보면 시간을, 지금 자신의 처지를 잊을 수 있을지도 모른다는 생각이 들었다.

"하기야 누가 제일 잘못했나를 따지면 샐러리맨 주제에 온천여관을 하는 부잣집 외동딸과 결혼한 제가 제일 잘못이 크겠죠. 나중에 가업을 잇느냐 마느냐 하는 문제가 나올 게 뻔한 일이었으니까요."

가미야는 자조하며 이야기를 마무리 지었다. 차는 히가시마쓰 야마 시에 들어와 있었다.

"죄송합니다. 이상한 소리를 해서."

"무슨 말씀을. 하지만 가미야 씨 잘못이라고는 생각하지 않아 요."

가미야의 머리가 살짝 움직였다. 룸미러를 들여다 본 오리구치 는 거기서 그의 침울한 표정을 발견했다.

"부인과는 도쿄에서 알게 되셨죠?"

"예. 집사람도 도쿄에 있는 대학을 다녔죠."

"결혼하실 때는 가업을 잇는 문제에 관해서는 정리가 되어 있었 겠죠?"

"장인 장모께서 여관 종업원 가운데 마땅한 부부를 골라 양자로 삼기로―."

"그럴 만한 인재도 있을 테고요."

"예. 저나 집사람보다 훨씬 바람직한 적임자가 있죠. 잘할 겁니 다."

"부인께서도 여관을 이어받는 걸 싫어하십니까?"

"그렇습니다. 그래서 대학을 도쿄에서 다닌 거죠."

오리구치는 웃었다. "그럼 아무 문제도 없지 않습니까. 가미야 씨 잘못이 아니죠. 좀 너무 착하다고 해야 할까, 우유부단한 면이 있기는 하지만. 이런, 이거 실례를."

가미야는 쓸쓸하게 웃었다. "괜찮습니다. 저도 그렇게 생각하니까요."

"물론 가미야 씨도 좀 더 강하게 나가야 할 필요가 있지만, 부인도 이젠 어머니의 영향력을 차단해야 하겠네요."

"마음은 그렇지만…… 머리로는 알겠는데 구체적으로 어떻게 해야 좋을지 모르겠어서요."

분명히 그럴 것이다. 오리구치는 잠시 뜸을 들였다 말했다.

"저도 그랬죠."

"그랬다뇨……?"

"저도 예전에 당신과 같은 입장에 처했던 적이 있습니다."

데릴사위였던 이야기를 해 주자 가미야의 부드러운 얼굴이 갑자기 굳어졌다.

"그래서, 그럼 지금도 데릴사위인가요—?"

오리구치는 손을 내저었다.

"아뇨, 아닙니다. 제가 참지 못하고 뛰쳐나와 버렸죠. 하지만 그러기를 잘했다는 생각입니다."

"그럼 사모님과 두 분이서 도쿄로?"

"그렇죠. 그 뒤 잘 살았습니다. 제 체험담 따위는 참고도 되지 않을 테니 자세한 말씀은 드리지 않겠지만, 한 가지만 이야기하죠. 친정을 뛰쳐나오건 뭘 하건 부부 사이에 제대로 마음만 맞는다면 대부분 둘이 함께 극복할 수가 있다는 겁니다."

"그렇습니까……?"

오리구치가 그렇게 생각해서 그런지, 가미야는 찜찜해 보이는 표정을 지었다. 그런 가미야의 옆모습을 보며 속으로 사과했다. 또 그럴듯한 거짓말을 했기 때문이다.

사실 오리구치는 혼자 동경으로 왔다. 이십 년 전—결혼한 지 이태 만에 딸을 낳았는데, 그 딸이 아직 아장아장 걷지도 못할 무렵이었다.

신혼 초부터 끊임없이 갈등이 있었다. 그걸 힘겹게 헤쳐 나가며 참고 지내다 보니 애가 생겼다. 하지만 아이러니하게도 태어난 아기가 오리구치와 처가의 관계를 끊게 만드는 결정적인 요소가 되고 말았다.

"자녀는 하나만으로 만족하시죠. 둘째를 바라다가는 부인의 목숨이 위태로울 수도 있습니다."

의사가 그렇게 말했다. 실제로 지독한 난산이었고, 아내는 출산 후 한 달 가까이 자리에 누워 있어야 했다. 아기는 거의 장모가 키우다시피 했다. 오리구치도 장모의 허락 없이는 아기를 안아볼 수조차 없었다.

그리고 이윽고 오리구치가 듣지 않는 곳에서 수군거리던 이야기들이 그의 귀에 들어오게 되었다.

—아가씨도 저런 신랑만 얻지 않았으면 건강하게 애를 더 낳을 수 있었을 텐데. 신랑 때문에 죽을 뻔한 거 아니야?

이상하게도 오리구치는 그 쑥덕거리는 소리에는 별 충격을 받지 않았다. 정말로 발에서 힘이 쭉 빠질 정도로 실망했던 일은 퇴

원한 아내로부터 당분간 방을 따로 쓰자는 말을 들었을 때였다. 아내가 전보다 더 장모와 밀착되어, 오리구치와는 별로 이야기도 나누려 하지 않는다는 사실을 깨달았던 것이다.

집 안에서 자신이 있을 곳을 잃었다. 마루나 의자, 방석 어디에 앉아도 차갑게만 느껴졌다. 아내는 무얼 물어도 제대로 대답하지 않았다.

그래도 처가에서 나갈 결심을 했을 때는 아내와 딸을 데리고 갈 생각이었다. 이런 상태로는 내 가족이 망가져 버릴 것이다. 아내에게 이곳을 떠나 아기와 셋이서만 새 출발을 하자고 설득했다. 애원했다.

하지만 헛수고였다.

오리구치의 아내는 그와 둘이서 꾸릴 가정보다 그녀가 나고 자란 집, 지금 살고 있는 집을 선택했다. 그래서 아내와 딸을 이노초에 남겨 두고 오리구치 혼자 도쿄로 나왔다. 하지만 그때까지만 해도 아직은 아내와 딸을 데려올 수가 있을 거라고 생각했다. 돌이켜 보면 어설프기 짝이 없는 희망을 버리지 못한 상태였다.

그 희망이 산산조각 난 것은 그로부터 삼 년 뒤의 일이었다. 정식으로 이혼했다. 오리구치는 원래의 성을 되찾았지만 딸의 친권을 얻을 수는 없었다.

재혼은 하지 않았다. 도쿄에서 교직에 있었지만 그리 오래 하지는 못했다. 학생들을 가르치다 보면 자꾸만 이노초에 남겨 두고 온 딸 생각이 났기 때문이다. 그래서 그 뒤로는 내내 지금처럼 마음 내키는 대로 이런저런 직업을 전전하며, 과거에 얽매이지 않으려 애쓰며 홀로 살아왔다.

그리고 이십 년이 지난 지금, 오리구치는 다른 종류의 후회를 하고 있다. 그 후회가 거짓말이라는 형태로 나타났다. 그 거짓말을 가미야에게 했다—.

그때, 이십 년 전 그때, 역시 아내와 딸을 데리고 집을 나왔어야 했다. 함께 이노초를 떠나야 했다. 그렇게 했다면, 그렇게 하기만 했다면 운명이 바뀌어 딸을 키운 아내가, 갓 스무 살이 된 딸이 그런 변을 당하지는 않았으리라. 딸과 아내가 함께 총을 맞아 진흙탕에 쓰러지지도 않았으리라. 그리고 오리구치가 이렇게 총을 들고 고향으로 달려갈 필요도 없었을 것이다.

"심야라서 차가 밀릴 걱정은 없으니 편하군요."

가미야가 말을 걸어왔다. 오리구치는 상념에서 빠져나와 그의 얼굴을 바라보았다.

"아아, 그렇군요."

"한시 반쯤이면 가미사토 휴게소에 도착할 겁니다. 다케오를 화장실에 데려가야 할 테고 집사람이 어떤지 궁금해 전화도 걸고 싶습니다. 십 분 정도 머물렀다 갈 건데, 괜찮겠습니까?"

물론 괜찮다고 대답하며 오리구치는 창밖으로 시선을 돌렸다. 차창에 자기 얼굴의 윤곽이 흐릿하게 비쳤다. 지독하게 창백한 얼굴이다.

"가미사토에 도착하면 저도 전화를 걸어 봐야 할 데가 있군요."

오리구치가 중얼거리자 가미야가 얼른 넘겨짚었다.

"병원에요? 어쩌면 벌써 출산했을지도 모르겠군요."

룸미러 안에서 웃는 가미야의 얼굴을 보며 살짝 웃음을 지어 보이고 오리구치는 고개를 숙였다. 그렇지 않네. 미안하지만 그건 다 거짓말일세.

게이코의 아파트에 전화를 걸어 보자. 머릿속을 정리하며 그런 생각을 했다. 그녀를 가둬 두고 나올 때 부재중 메시지가 세팅되어 있다는 사실을 확인하고 왔다. 아직 그녀가 발견되지 않았다면 전화도 그대로일 것이다.

그걸 확인하자.

그 무렵, 오리구치와는 전혀 다른 입장에 있는 인물이 세키누마 게이코의 집에 계속 전화를 걸고 있었다.

고쿠부 신스케였다. 그는 지금 도호 그랜드 호텔 로비에 있다. 바로 뒤에는 오가와와 그의 아내인 가즈에가 서 있다. 두 사람 모두 몸을 수화기 쪽으로 기울이고 고쿠부가 들고 있는 수화기에 귀를 들이대고 있었다.

"틀렸어. 받지 않네. 없는 모양이야."

고쿠부는 후크를 찰칵 내리고, 거칠게 수화기를 내려놓았다. 시끄러운 소리를 내며 전화카드가 나왔다. 조용한 로비에 그 소리가 마치 경보음처럼 울렸다. 고쿠부는 카드를 신경질적으로 낚아챘다.

"부재중 메시지가 나와? 그렇다고 반드시 집에 없는 거라고만은 생각할 수 없지." 짙은 립스틱을 바른 입술을 삐죽 내밀며 가즈에가 말했다. "자고 있어서 부재중으로 해 두었을 뿐인지도 몰라. 저어, 고쿠부 씨. 너무 심각하게 생각하는 거 아닌가? 게이코가 총을 갖고 오다니, 그럴 리가."

고쿠부는 말없이 주먹을 쥐었다. 그의 입장에서는 가즈에의 말을 그리 간단하게 받아들일 수가 없다. 당연하다. 목숨이 걸린 일이니.

"나도 이 사람 말에 찬성이야." 오가와가 말했다.

"자, 술이나 마시러 가자. 세키누마 게이코 따윈 이제 내버려 둬."

고쿠부는 오가와를 노려보았다. "그렇게 느긋할 수가 있나?"

"무슨 소리야?"

"나나 너희나 한통속이야. 게이코가 원한을 품은 건 나뿐만이 아니지. 너희도 마찬가지야. 똑같이 증오하겠지. 너희도 노릴지 몰라."

오가와 부부는 얼굴을 마주 보았다. 오가와는 넥타이 매듭을 느슨하게 풀어 흐트러진 모습을 하고 있었다. 술에 약해 목까지 빨개졌다.

가즈에가 뾰족한 새끼손가락 손톱으로 코끝을 긁으며 시치미를 뗐다.

"난 관계없지. 나쁜 짓 하지 않았는걸."

고쿠부는 한 걸음 뒤로 물러서 그녀의 얼굴을 바라보았다. 입에서 술 냄새가 났다.

"게이코에게 한번 그렇게 말해 보시지? 기꺼이 산탄총을 들이댈걸."

가즈에는 턱을 휙 돌리며 외면했다. 오가와가 그녀를 팔꿈치로 쿡쿡 찔렀다.

"그만들 해. 상관없잖아. 게이코가 정말로 우릴 쏠 생각으로 산탄총을 갖고 왔다면 대체 왜 지금까지 꾸물거리고 있겠어. 쏠 거라면 벌써 쐈겠지."

그렇다, 바로 그거다. 고쿠부는 전화기에 한 손을 얹고 불안한 듯이 손가락으로 두드렸다. 왜지? 게이코는 여기까지 와서 왜 아무 행동도 하지 않는 걸까?

"주차장에서 노리고 있을지도 모르겠네. 한번 가 보시지."

놀리는 듯한 가즈에의 말투에 고쿠부는 진짜로 화가 났다.

"무슨 말을 그렇게 해. 그럼 본인이 직접 가 봐."

"가즈에한테 성질부리지 마."

오가와가 고쿠부와 가즈에 사이에 끼어들었다. 그때 전화기가 놓여 있는 로비 모퉁이를 한 종업원이 지나갔다. 고쿠부 일행은 아무 일도 없었다는 듯이 서로 물러섰다.

"바보같이. 뭘 그렇게 벌벌 떨어?"

고쿠부와 남편에게서 한 걸음 떨어진 가즈에가 말했다. 말은 그렇게 하면서도 화려하게 세팅한 가즈에의 머리카락이 가늘게 떨리고 있다는 사실을 고쿠부는 놓치지 않았다.

셋 다 쇼크를 받았다. 세키누마 게이코와는 이미 끝나서 잊으면 그만이라고 생각했는데 이런 식으로 다시 거치적거리다니—.

마치 독 안에 든 생쥐 꼴이다. 패닉 상태가 오기 직전의 가슴이 철렁 내려앉는 기묘한 무력감 속에서 고쿠부는 머리를 굴렸다. 게이코는 드높은 하늘을 자유롭게 날며 우리 세 사람 가운데 누구를 제일 먼저 낚아챌까 고를 수가 있다. 우리는 몸을 숨길 수 없다. 셋이서 번갈아 서로를 방패로 삼는다 해 봐야 자기 순서가 약간 늦어질 뿐이다.

게이코는 산탄총을 갖고 있다. 제길. 함께 살 때 왜 그 총에 대해 좀 더 심각하게 생각하지 않았을까. 잘 구슬려 라이선스를 반납하게 했다면 이렇게 벌벌 떨지 않아도 될 텐데. 그렇지 않으면 아예 헤어질 때 내가 먼저 그 여자의 머리를 날려 버렸다면—.

"게이코는 뭘 하고 있을까?"

고쿠부는 스스로에게 묻듯이 중얼거렸다.

"아파트에 있을까? 아니면 아직 호텔에?"

"지금쯤 스위트룸에서 신부에게 고쿠부 씨 과거를 전부 까발리고 있을지도 모르지."

가즈에로서는 별 의미 없이 던진 말일 테지만 그것은 고쿠부의 심장이라는 표적을 정통으로 꿰뚫었다. 그의 표정이 변하자 가즈에도 찔끔한 모양이다. 얼른 "그냥 해 본 소리야. 농담이라니까"라고 덧붙였다.

하지만 고쿠부는 아무 대꾸도 하지 않았다. 머릿속은 독한 소다수를 들이켰을 때 계속 부글부글 끓어오르는 불쾌한 트림 같은 생각으로 가득 찼다.

그렇다. 그런 상황도 생각해야 한다. 지난해 겨울, 헤어지자는 이야기를 꺼내자 게이코가 선선히 물러나 주었기 때문에 고쿠부는 마음을 놓고 있었다. 게이코와의 관계는 이미 끝났다고. 게이코는 역시 계산대로 다루기 쉬운 여자였다고.

하지만 이렇게 되면 이야기가 다르다. 게이코가 여기까지 산탄총을 들고 올 정도라면 오늘 밤에는 자기를 죽이거나 상처 입히지 않고 돌아갔다 해도 앞으로도 얌전히 있으리라는 보장은 없다.

떠들어 댈지도 모른다. 내가 결혼한다는 사실을 알게 되자 그 여자는 효과적인 복수 방법을 생각한 것이다―.

"이봐……."

잘 닦인 대리석 바닥을 바라보며 고쿠부가 낮은 목소리로 말했다.

"왜?"

"좀 도와줘."

오가와 부부는 얼른 태도를 바꾸어 고쿠부에게 다가왔다. 두 사람 다 심각한 표정이다. 불쾌하다는 생각을 하면서도 고쿠부는 말을 이었다.

"말을 잘 꾸며서 바에 있는 애들을 먼저 돌려보내자. 그리고 우리 셋이서 스위트룸에서 한잔 더 하기로 했다고 말하고 올라가는 거야."

가즈에가 가느다란 눈썹을 찡그렸다. "그래서 어떻게 할 건데?"

고쿠부는 목소리를 낮췄다. "난 여기서 빠져나가 게이코의 아파트로 갈 거야. 상황을 살펴보겠어."

잠시 세 사람 모두 말이 없었다. 제각각 속으로 계산을 하고 있었다.

"알기 쉽게 이야기할게. 너희 두 사람이 내 알리바이를 만들어 달라는 거야."

오가와 부부의 마음속 계산기는 그들에게 유리한 답을 냈다. 자기들은 손을 더럽히지 않고 골치 아픈 문제를 처리할 수 있다는 답이었다.

"그냥 상황만 보고 올 거라면 무슨 알리바이까지 필요해?"

무슨 소리인지 전혀 모르겠다는 투로 가즈에가 물었다. 고쿠부는 문득 이상하다는 생각이 들었다. 이 여자는 왜 이렇게 게이코를 골탕 먹이려 하는 걸까. 게이코를 그토록 미워할 이유라도 있는 걸까? 게이코가 자기보다 더 미인이라서? 부잣집 딸이라서?

"그렇지. 상황만 보러 가는 거라면 말이야."

오가와가 동조하며 고쿠부의 얼굴을 훔쳐보듯 눈치를 살폈다. 고쿠부는 그의 얼굴을 외면했다.

"여차하면 게이코가 다시는 나를 방해하지 않도록 조치를 취할 생각이야."

"조치라니?" 가즈에가 웃었다. 앞니에 립스틱이 묻어 끔찍해 보였다.

"게이코가 집에 있어도 널 안으로 들어오지 못하게 한다면?"

고쿠부는 말없이 바지 주머니에 손을 넣어 키홀더를 꺼냈다. 열쇠가 세 개 달려 있다. 신혼살림을 차릴 시내에 있는 아파트 열쇠. 자동차 열쇠. 그리고—.

"게이코의 아파트 열쇠를 돌려주기 전에 하나 복사해 두었지."

오가와가 살짝 휘파람을 불었다. "너도 참 용의주도한 녀석이야."

그렇다. 나는 무슨 일이나 만반의 준비를 한다. 그리고 내가 마음먹은 대로 한다. 고쿠부는 그렇게 생각했다. 누구도 내 앞을 가로막을 수 없다. 그 누구라도.

내 실수다. 게이코를 얕잡아 봤다. 자존심이 세기 때문에 울고불고 추태를 부리지는 않을 거라고 믿었다. 순정 따위는 전혀 없었을 테니 나를 바로 잊을 걸로 생각했다.

하지만 실제로는 예상이 빗나갔다. 그렇다면 수정하면 그뿐이다. 지금 수정한다고 해서 별 문제될 게 없지 않은가.

그리고 실수를 수정하기에는 오늘 밤만큼 좋은 기회가 없다. 신혼 첫날밤에 신랑이 무엇 때문에 살인 같은 걸 저지르겠습니까, 판사님.

"자, 그럼 일단 바로 돌아갈까?"

벌써 공범자 같은 웃음을 지으며 오가와는 가즈에의 손을 잡았다.

오전 한시 삼십분이 약간 지난 시각이었다.

같은 시각, 이번에는 오리구치가 가미사토 휴게소 전화박스에서 세키누마 게이코에게 전화를 걸고 있었다.

가미야는 다케오를 데리고 화장실에 갔다. 전화박스 유리 너머로 보이는 가미사토 휴게소 주차장에는 가미야의 코롤라 이외에는 경트럭 한 대와 심야 장거리 버스 두 대가 주차되어 있을 뿐이었다. 전화박스 유리가 착색되어 그럴 테지만 묘하게 파르스름한 풍경이었다. 안에서 볼 때 주차장 반대편, 출구 가까운 쪽에는 불을 환하게 밝힌 주유소가 있지만 거기에는 차가 없었다.

신호음이 네 번 울리더니 찰칵, 하고 전화가 연결되는 소리가 들렸다. 바로 테이프에 녹음된 게이코의 목소리가 들려왔다.

"세키누마입니다. 잠시 외출중입니다—."

응답 메시지를 전부 다 듣고, 오리구치는 말없이 수화기를 내려놓았다. 됐다. 게이코는 아직 발견되지 않았다. 아직 화장실에 갇혀 있다. 아무런 변화도 없다.

천천히 문을 열고 전화박스 밖으로 나왔다.

주차장을 L자 모양으로 둘러싸듯 휴게소 레스트하우스가 서 있었다. L자의 세로 부분이 매점과 휴게소, 가로 부분이 화장실이었다. 인적은 드물었다. 장거리 버스 앞에는 각 차량의 운전기사와 교대 운전자로 보이는, 똑같은 감색 유니폼에 모자를 쓴 젊은이 네 명이 등을 쭉 펴거나 팔을 빙빙 돌리며 이야기를 나누고 있을 뿐이다. 승객들은 거의 내리지 않았다. 대부분의 창문은 커튼이 드리워져 있고 조명도 꺼져 있었다.

매점 자동판매기 앞에는 벤치가 있는데 거기에는 야구 모자를 쓴 남자가 혼자 걸터앉아 종이컵에 든 뭔가를 마시고 있었다. 한쪽 손에는 불을 붙인 담배를 들고 있어 그 연기가 밝은 쪽에서 어두운 쪽으로 흘러가고 있었다. 오리구치가 그 모습을 멍하니 바라보고 있는데 가미야가 다케오의 손을 잡고 나와 담배 연기를 가르며 오리구치 쪽으로 다가왔다.

"전화하셨습니까?"

오리구치는 웃으며 고개를 저었다. "예. 하지만 아직 낳지 않았답니다."

"초산은 시간이 걸리니까요. 다케오를 낳을 때도 마음을 졸였죠." 가미야는 마치 자기가 애를 낳은 듯이 그렇게 말하며 전화박스 문을 밀었다.

"죄송합니다. 금방 걸고 나오겠습니다."

"신경 쓰지 마세요." 오리구치가 말하며 허리를 굽혀 문 옆에 있는 다케오에게 말을 걸었다.

"뭐 좀 마실래? 아저씨는 목이 마르구나. 다케오는 뭐가 좋아?"

번호를 누르며 가미야가 대신 대답했다. "아닙니다. 애는—."

"커피 한잔하시겠어요?"

"예? 아아, 좋죠."

"그럼 제가 다녀오겠습니다. 다케오는 오렌지주스를 사다 주마."

애는 대답하지 않았다. 오리구치는 매점 쪽으로 걸어갔다.

깊은 밤이라 휴게소나 판매원이 있는 매점은 다 닫았다. 셔터 위에 페인트로 낙서가 되어 있었다. 대부분 폭주족들 짓이리라. 무슨 글자인지 읽기 힘들다. 주머니의 동전지갑에서 동전을 꺼내 자동판매기에 넣고 핫 커피 두 잔과 오렌지주스 하나를 뽑는 동안 오리구치는 그 낙서를 읽어 보려 했다.

死사―死神사신. 저승사자.

대체 무엇이 젊은이들로 하여금 저런 단어를 쓰게 만들었을까. 오리구치의 젊은 시절에 비하면 요즘 젊은이들은 '죽음'이라는 것 으로부터 훨씬 자유로워졌을 것이다. 전쟁이나 굶주림도 없고 전 염병도 없다. 교통사고는 늘었지만 옛날이라면 목숨을 잃었을 부 상을 당해도 살아날 수 있는 가능성이 커졌다. 그런데 대체 뭐가 재미있다고 굳이 '死'라는 글자를 가지고 논 걸까?

아무리 생각해 봐야 답이 나올 리가 없었다. 아니, 답을 얻으려 고 생각할 필요가 없을지도 모른다. 그렇게 곰곰이 생각할 필요가 없다. 그건 낙서한 녀석들에게 변명거리를 찾아 주는 일이다―.

플라스틱 쟁반에 컵 세 개를 얹어 주차장 쪽으로 몸을 틀었을 때, 오리구치의 그런 생각을 비웃기라도 하듯이 오토바이의 요란 한 배기음이 들려왔다. 한두 대가 아니었다. 하지만 다행히도 폭 주족은 아니었다. 투어링족이었다. 각자 가죽옷을 입고 튼튼해 보 이는 헬멧을 쓰고 있었다. 그들은 멋진 각도로 차체를 기울이고 반원을 그리면서 주차장 안으로 들어왔다. 잠시 그 멋진 움직임에 마음을 빼앗길 정도였다.

하지만 다음 순간 다른 것이 보였다.

다케오였다. 가미야가 아직 전화를 끊지 않았는데 기다리기 지루했는지 주차장을 가로질러 장거리 버스 옆까지 가 있었다. 껑충거리며 지금 막 버스 뒤에서 나오는 중이었다.

그리고 다케오의 작은 그림자를 향해 이열 종대로 늘어선 오토바이가 달려오고 있었다.

그때 오리구치의 눈에는 한꺼번에 이상하리만치 여러 가지가 보였다. 이쪽에 등을 돌리고 있는 가미야. 모자를 쓰고 있는 운전기사. 담배를 비벼 끄는 야구 모자를 쓴 사내. 바닥에 그은 선 위를 혼자 게임이라도 하듯이 깡충깡충 뛰며 걷고 있는 다케오. 그리고 다가오는 오토바이의 불빛.

누군가 "위험해!"라고 외쳤다.

생각보다 먼저 발이 움직였다. 쟁반이 손에서 떨어졌다. 시야 한구석에서 전화박스 문을 열고 달려 나오는 가미야의 모습이 보였다. 오리구치는 달렸다. 일찍이 이렇게 재빨리 움직여 본 적은 없었다. 달려가 다케오를 끌어안고 오토바이에서 가능한 한 멀리 떨어지려 몸을 굴렸다.

오토바이 배기가스가 얼굴을 덮었다. 고무 타는 냄새와 요란한 소리가 들렸다. 쇳내와 쇠 맛이 입 안 가득 퍼졌다.

정신을 차리니 다케오를 안은 채로 아스팔트 바닥에 누워 있었다. 5, 6미터 정도 앞에 멈춘 오토바이에서 가죽옷을 입은 드라이버들이 우르르 내려 일제히 달려왔다. 가미야도 그들을 밀치며 뛰어왔다.

"괜찮으세요?"

헬멧을 벗으며 소리친 사람은 맨 앞에 있던 드라이버인 모양이다. 이십대 중반으로 보이는 청년이었다. 그 진지한 눈, 오리구치와 다케오를 만지려다가 함부로 건드려서는 안 된다는 듯이 움츠리는 손을 보며 오리구치는 마음을 놓았다.

"괜찮아요, 괜찮아."

청년도 마음이 놓인 모양이다. 바로 뒤에 있던 약간 나이가 더든 남자에게 머리를 쥐어 박히면서 겨우 웃는 표정을 지었다.

"죄송합니다. 제대로 보지 못했습니다."

가미야는 다케오를 부둥켜안으며 청년을 바라보았다.

"아뇨, 저도 전화를 하느라 그만. 이런 시각에 애가 주차장에 있으리라고는 생각하지 못하셨겠죠."

오리구치 쪽으로 몸을 구부리더니 가미야가 말했다.

"감사합니다." 말꼬리가 떨리고 있었다. "다치지는 않으셨습니까?"

"예, 괜찮습니다."

손을 뻗어 일으켜 세워 주었다.

"죄송합니다. 전화가 길어져서. 다케오가 듣지 않았으면 하는 내용이라 잠깐 등을 돌린 사이에."

이 작은 사건에 장거리 버스 승객이나 주유소 종업원들도 흥미가 끌린 모양이었다. 버스 커튼이 여기저기 열렸다. 주유소 쪽에서도 두 명가량 사람 그림자가 나타났다.

"자, 갑시다."

가미야가 다케오를 안고 오리구치를 부축하듯 잡아 주었다. 세 사람은 차로 돌아왔다. 오리구치는 차에 타기 전에 아직 걱정스러운 듯이 지켜보고 있던 청년에게 슬쩍 손을 들어 보였다.

큰일이 아니라는 사실을 깨닫자 버스의 커튼이 다시 닫히고, 주유소에서 나왔던 사람들도 도로 들어가 버렸다.

차에 타자 오리구치는 가미야에게 물었다.

"부인은 어떻습니까?"

아직 굳은 표정으로 가미야가 대답했다.

"별일은 없습니다. 하지만 역시 보러 가지 않으면 곤란하겠죠."

아마 장모가 전화를 받은 모양이다. 오리구치가 말했다.

"커피를 내동댕이쳤네요."

그러고는 빙긋 웃었다. 가미야가 그제야 웃음을 되찾았다.

"이번엔 제가 사오겠습니다."

그는 다케오에게 검지를 디밀고 말했다.

"여기 있어야 한다."

그렇게 다짐을 놓고 차에서 내렸다. 오리구치는 조수석 쪽으로 몸을 내밀었다.

"깜짝 놀랐겠구나. 어디 다친 데는 없니?"

물어도 다케오는 여전히 대답이 없었다.

바로 그때 장거리 버스가 천천히 움직이기 시작했다. 차창 너머로 보이는 버스의 커다란 몸집은 수족관 수조 안을 헤엄치는 고래 같았다.

"크네. 저런 버스 한번 타 보고 싶구나."

다케오가 잠깐 눈을 깜빡이더니 오리구치를 쳐다보았다. 마음이 통한 것 같기도 했다. 그게 기뻤다. 하지만 오리구치는 얼른 고개를 돌렸다.

무엇 때문에 이러고 있는 건가. 목적을 잊어서는 안 된다. 두려워 소극적이 될지도 모르니까. 그럴 수는 없다.

얼른 시선을 돌려 보따리를 바라보았다. 단단히 묶은 매듭의 모양을 보니 그걸 묶을 때의 자기 의지와 결의가 얼마나 굳은 것이었는지 짐작할 수가 있었다.

문득 정신이 들자 다케오가 오리구치가 보는 보따리를 바라보고 있었다. 약간 고개를 기울이고, 어두컴컴한 차 안이라 유난히 검게 보이는 눈동자를 크게 뜨고서.

"저기, 아빠가 오신다."

손을 뻗어 어깨를 잡고 창밖을 보게 했다.

이 애가 그런 시선으로 보따리를 보게 만들고 싶지 않았다. 그것만은 도저히 견딜 수가 없었다.

5

　자동차란 물건은 조용한 기계가 아니다. 끊임없는 엔진 소리를 들으며 고쿠부 노리코는 그런 생각을 했다. 차는 이야기하게 만드는 기계다. 외향성의 기계다. 한 명 이상이 타고 가면서 계속 입을 다물고 달릴 수는 절대 없으니까.

　하지만 노리코와 사쿠라 슈지는 같은 차 운전석과 조수석에 앉아 있으면서도 벌써 삼십 분 이상 말이 없었다. 할 이야기가 없지는 않다. 묻고 싶은 것도 있다. 하지만 어떻게 물어야 좋을지 몰라서, 어디까지 물어봐야 하는 건지 알 수가 없어서 노리코는 침묵을 지키고 있었다.

　슈지는 아까부터 내내 앞만 보고 있었다. 표정에도 거의 변화가 없다. 곁눈질로 슬쩍 그의 얼굴을 훔쳐보고 노리코는 입을 다물었다. 무엇부터 묻지? 무슨 이야기를 할까? 마치 커다란 케이크를 통째로 한 개 주고 자, 마음대로 잘라라, 하는 말을 들은 다섯 살 어린애 같은 심정이었다. 도무지 입을 열 수가 없었다.

　차는 네리마 구로 들어가 세이부 선을 따라 달려 간에쓰 자동차도로 입구로 다가가고 있었다. 슈지는 오리구치가 이 방향으로 가고 있다는 사실에 절대적인 확신이 있는 모양이다. 주위를 두리번거리는 일도 없고, 불안해하는 모습을 보이지도 않았다.

　게이코의 차는 흰색 벤츠라고 했다. 하지만 노리코에게 그런 건 아무런 실마리도 되지 못했다. 차에 대해 전혀 모른다. 친구가 '엠

블럼을 보면 알잖아'라고 하면 '엠블럼이 뭔데?'라고 되물을 정도였다. 벤츠라고 해 봤자 머리에 떠오르는 생각은 기껏해야 '튼튼한 외제차'라는 이미지뿐이었다. 핸들이 왼쪽에 붙어 있는지 어쩐지도 잘 모른다. 외제차 가운데도 오른쪽에 핸들이 있는 종류가 있다는 사실을 최근에야 알게 되었다. 벤츠도 그런 종류일지 모른다는 생각을 했다.

"……어떻게 찾아야 하는 거지?"

머뭇머뭇 묻자, 마침 우회전하는 차에 신경을 쓰고 있던 슈지는 한 박자 늦게 "뭐?"라고 되물었다.

노리코는 당황했다. "으응, 됐어."

"됐다니, 뭐가?"

슈지가 정색을 하고 그렇게 물으니 초보적인 질문을 다시 하기 힘들었다. 노리코는 여러 차례 입술을 적시고 겨우 작은 목소리로 말했다.

"게이코 언니의 벤츠를 어떻게 찾지? 차가 한두 대도 아닐 텐데."

"당연한 말이지만 난 오리구치 선배의 얼굴을 아니까." 슈지가 말했다. "그리고 벤츠라면 금방 알아볼 수 있어. 190E23이라는 것도 아니까."

노리코는 자신이 한심해졌다. "난 그거 우편번호처럼 들려."

슈지는 멍한 표정을 지었다. 그러고는 함께 차에 타고 나서 처음으로 살짝 웃었다. 그 모습이 노리코에게 용기를 주었다.

"차에 관해 전혀 몰라. 무얼 실마리로 찾아야 할지도……. 벤츠는 왼쪽에 핸들이 있나?"

"그래. 그리고 전체적으로 국산차보다 탄탄해 보이지. 보면 금방 알 거야."

노리코는 힘차게 고개를 끄덕였다. "알았어. 그럼 찾아볼게."

또 한동안 엔진 소리만 들렸다. 밤거리가 창밖을 스쳐 간다. 오른쪽으로 거대한 명주잠자리가 날개를 펼친 듯한 모습의 옅은 녹색 골프 연습장 그물이 보이나 싶더니 금방 뒤로 사라졌다. 몸을 구부려 하늘을 보니 구름이 좀 걷힌 듯했다.

"미안."

처음엔 누구에게 한 말인지 몰랐다. 그래서 슈지가 자신을 보고 있다는 걸 깨닫고 노리코는 깜짝 놀랐다.

"나?" 자기 얼굴을 가리켰다. "나한테 미안하다고?"

"응." 고개를 끄덕였다. 슈지는 다시 앞을 보았다. 바로 앞에 가는 지프 비슷한 차에 신경을 쓰는 모양이다. 노리코도 그 차를 신경 써서 바라보았다.

"저 녀석 거치적거리네, 아까부터." 슈지는 초조한 듯이 그렇게 말했다. "수다에 정신이 팔린 거 아니야?"

운전석과 조수석에는 각각 사람이 타고 있다. 젊은 남녀 커플이다.

"어떻게 알아?"

"꽁무니가 흔들리고, 이따금 급브레이크를 밟아. 분명히 운전하는 녀석이 옆에 있는 여자애에게 수다를 떨고 있기 때문이겠지."

과연 길이 그리 붐비지 않고, 차량 흐름도 원활한데 앞차의 뒷부분 붉은 라이트(브레이크 램프라고 부른다는 사실을 나중에 알게 되었다)가 뜬금없이 깜빡거렸다. 노리코가 지켜보고 있는 동안에도 두 번이나 그랬다. 두 번째 그러자 슈지가 핸들을 때리듯이 클랙슨을 울렸다. 앞차의 운전석에 앉은 남자가 돌아보았다.

"괜찮아?"

싸움이 붙는 건 아니냐는 물음이었는데 슈지는 다른 의미로 받아들인 모양이다.

"괜찮아. 지금 추월할 거야."

그렇게 말하며 얼른 옆을 보고 핸들을 오른쪽으로 꺾어 차선을 바꾸었다. 백미러를 보기도 하고 앞을 보기도 하고. 분주하게 시선을 움직이더니 앞으로 쭉 나갔다. 재빨리 지프처럼 생긴 차를 추월해 원래 차선으로 들어왔다.

노리코는 추월한 차를 돌아보았다. 점점 멀어진다. 이쪽과 비슷한 또래의 커플이었다. 아마 한동안 둘이서 '앞에 가는 저 녀석 너무하네'라고 투덜거릴지도 모르겠다. 그 두 사람은 슈지와 노리코가 겨우 두 시간 전까지 생판 남이었고, 이렇게 둘이서 차를 타고 있는 것도 어쩔 수 없는 사정 때문이라는 사실은 상상도 못 할 테니까.

─기분 나쁘게 생각하지 마. 우린 산탄총으로 사람을 죽이려는 아저씨를 뒤쫓고 있는 거야.

일이 터진다고 하는 것은 이렇게도 간단하다. 오늘 아침에는 오빠 결혼식 날이라는 생각을 하며 일어났다. 점심때는 결혼식 참석을 위해 미용실에 있었다. 그리고 밤에는 산탄총을 든 게이코와 마주쳤고, 심야인 지금은 그 연장 선상에서 이렇게 달리고 있다.

"좀 전에 왜 미안하다고 한 거지?"

노리코가 묻자, 슈지는 앞을 본 채 대답했다.

"이상한 일에 휘말렸으니까."

"휘말린 게 아니야. 난 스스로 함께 가겠다고 했는걸. 그렇잖아?"

"그렇긴 하지만……." 슈지가 얼굴을 찡그렸다.

"그리고 난 게이코 언니 대신 온 거야. 내가 따라온 게 아니고 게이코 언니라고 생각하는 편이 낫지."

노리코의 마음속에는 자신이 게이코를 대신해야겠다는 생각뿐이었다. 오빠를 골탕 먹이고 싶었지만 자기가 직접 하고 싶지 않아 게이코를 내세우려 했던 것이다. 생각하면 할수록 부끄럽고 비겁한 짓이었다.

"오리구치 씨는 가나자와 어디로 가고 있는 거지?"

그는 사람을 죽이려 한다고 슈지가 말했다. 그렇다면 그 죽이려는 사람이 가나자와에 사는 걸까.

"시내야? 그렇지 않으면—."

노리코가 말도 끝내기 전에 슈지가 물었다.

"**겐로쿠엔**이시카와 현 가나자와 시에 있는 넓이 삼만 평 정도의 일본식 정원. 일본 3대 정원 가운데 하나

^{로 꼽힌다}에 가 본 적 있니?"

"응."

이태 전, 회사 동료들과 노토 반도를 여행한 일이 있다. 그때 가나자와 시내 관광도 했다. 겐로쿠엔은 유명한 곳이라 빼놓을 수가 없었다.

"그 근처야. 오리구치 씨가 가려는 곳은."

그렇다면 시내 한복판이라고 할 수 있다. 선물가게도 많고, 교통의 요지이기도 하다. 그런 곳에서 산탄총을 휘두르면 아마 큰 소동이 벌어지리라.

기억을 떠올려 보았다. 말차^{抹茶}가 맛있었던 찻집이나 토산물 전시장 같은 곳. 숲이 아름다워 버스가 올 때까지 기다리는 동안에 여기저기 산책했던 기억이 난다. 겐로쿠엔 아래쪽의 교차로는 분명히 길이 비스듬하게 엇갈려, 한 가닥은 언덕길로 이어졌다. 연방 사진을 찍던 동료가 이렇게 감탄했다. 이렇게 뻔한 길도 멋진 그림이 되는 건 역시 관광도시라서 그래……

"이 부근은 가나자와의 비즈니스 거리라고나 할까, 관공서가 많은 곳이기도 하지."

셔터를 누르며 이렇게 말을 하기도 했다.

"이런 데서 근무하면 경치가 아름다워 참 좋겠네. 도쿄와 마찬가지로 도시인데 사람도 적은걸."

"하지만 도쿄에도 히비야 공원 옆에 있잖아. 그러니 이런 건 숲이 많은 곳에 만드는 게 아닐까?"

그렇다. 그 기억 모두가 '이런 것'의 앞에서 사진을 찍었을 때의 이야기다. 그 '이런 것'이란—.

"아까부터 내내 고민했는데, 자세한 사정 이야기를 해야 좋을지 어떨지 나도 잘 모르겠어." 슈지가 말했다.

"……게이코 씨 경우와는 사정이 다르니까. 하지만 오리구치 씨도 사람을 함부로 죽이려는 건 아니야. 그러니 잘 설득하면 생각을 바꿔 줄 거야."

추억에 끼어 있던 안개가 그때 걷혔다. 노리코가 말했다.

"법원이다."

핸들을 잡고 있던 슈지가 몸을 움찔했다.

"맞지? 거기 겐로쿠엔 아래에는 법원이 있잖아? 오리구치 씨는 거기 가려는 거지?"

이윽고 슈지가 천천히 대답했다. "가나자와 지방법원이지."

어느새 차가 멎어 있었다. 간에쓰 자동차도로를 타는 차들이 늘어선 줄로 들어가 앞쪽에 있는 차가 톨게이트를 통과하기를 기다리고 있었다. 여기를 통과해 고속도로로 들어가면 이제 돌아설 수 없게 된다.

비로소 노리코의 팔에 소름이 돋았다. 슈지가 어떻게든 오리구치를 막으려는 이유가 겨우 이해된 느낌이 들었다. 이건 큰 사건이다. 누군가의 집을 찾아가 그 집 주인과 다투는 정도의 문제가 아니다.

"오리구치 씨는 누구를—? 재판관이나 검사를—?"

슈지는 노리코를 보지 않았다. 톨게이트 담당자를 쳐다보고 있었다. 그는 햇볕에 그을린 팔을 내밀어 담당자로부터 통행권을 받아들었다.

차는 간에쓰 자동차도로에 들어섰다. 노리코의 머리 위로 조명등이 빛나는 높은 게이트가 지나갔다.

"오리구치 씨는 누굴 쏘려는 거지?"

잠시 뜸을 들였다가 슈지가 대답했다. "지금 가나자와 지방법원에서 재판을 받고 있는 두 사람을."

"강도살인범이야. 벌써 일 년 반 가까이 지난 일이지만 차를 빼앗으려고 모녀를 권총으로 쏘아 죽인……."

슈지가 오리구치의 과거에 대해 약간 알게 된 것은 다섯 달 전 일이었다.

"우연이었어. 마침 오늘과—이제 날짜가 바뀌었으니 어제가 되나—마찬가지로 일요일인데 나는 지갑을 매장 사물함 안에 깜빡 두고 나왔지. 평소에는 동전지갑만 갖고 다니기 때문에 이따금 그런 일이 있었는데……."

밤중에야 그 사실을 깨달았다.

"친구들과 술을 한잔하며 잡담을 하고 있었어. 일단 술값은 꿨으니 상관없지만, 이튿날 하루 쉬잖아? 지갑 없이 지낼 수는 없어서 가게로 가지러 돌아갔지. 어차피 근처에 있었기 때문에 크게 불편할 일도 없었고."

매장 뒤편에 있는 출입구로 들어가 비상벨이 울리지 않도록 일단 보안 시스템 스위치를 찾았다. 그런데 그게 'OFF'로 되어 있다는 사실을 깨달았다. 동시에 안쪽 사무실에서 누군가 걸어 다니는 발소리가 들렸다.

"그때는 정말 심장이 떨어지는 줄 알았어. 캄캄한 어둠 속을 누군가가 돌아다니고 있는 거야. 이건 분명 도둑놈이다 생각했는데……."

하지만 몸을 지키기 위한 무기 대신 누군가 깜빡 두고 간 우산을 집어 들고 발소리가 나는 쪽으로 살금살금 다가가 그 주인공의 얼굴을 보았을 때는 또 다른 의미에서 깜짝 놀랐다.

"그건 오리구치 선배였어."

오리구치는 좁은 사무실 안을 서성이고 있었다. 깜짝 놀라 그를 지켜보았다. 슈지의 눈에는 그가 마치 혼자서 수박 깨기 놀이를 하고 있는 사람처럼 보였다. 마치 드넓은 백사장에서 눈을 가리고 있는데 손뼉을 쳐서 방향을 가르쳐 주는 사람이 없는 듯했다. 혼자서 이리 비틀, 저리 비틀.

슈지가 불을 켰다. 오리구치가 깜짝 놀라 돌아보았다. 그 바람에 책상 모서리에 허리를 부딪쳐 비명을 지르며 쭈그리고 앉았다.

"마치 혼자 코미디하는 것 같잖아. 난 웃겨서……."

슈지의 모습을 보자 오리구치는 맥 빠진 표정을 지었다. 주저앉아 바닥을 내려다보며 꼼짝도 하지 않았다.

"대체 어떻게 된 거냐고 물어도 처음엔 아무 말도 해 주지 않았어. 그때까지 나는 나름대로 오리구치 선배와 친하게 지낸 편이었는데, 그때 그분은 사람이 좀 달라 보였지……. 뭐랄까, 그래, 평소 회사나 학교에서 보던 사람도 전혀 다른 곳에서 마주치면 마치 다른 사람처럼 느껴지는 경우가 있잖아? 묘하게 나이 들어 보이기도 하고, 여자인 경우에는 갑자기 미인으로 보이기도 하고, 거꾸로 아주 나쁘게 보이기도 하지. 말투까지 달라진 것 같고 말이야. 그런 느낌이었어."

"본성이 드러난 거지……."

노리코가 중얼거리자 슈지는 깜짝 놀라 재빨리 그녀의 얼굴을 보았다.

"뭐라고?"

"본성이 드러난 거야." 노리코가 반복하며 슈지를 바라보았다. "사람들은 말이야, 학교나 회사에 있을 때는 가면을 쓰고 있어. 그런 건 가짜 얼굴이잖아?"

차는 거침없이 달리고 있다. 앞쪽에 소형 트럭 꽁무니가 보였다 사라졌다 할 뿐 다른 차들은 보이지 않는다. 슈지는 살짝 가속 페달을 밟아 속도를 올렸다. 속도계가 쭉 올라가 백 킬로미터를 넘어섰다.

"대단하네."

"그래……?" 노리코는 웃지 않았다. "멍하니 넋을 놓고 있을 때의 얼굴에는 그 사람의 본성이 드러나는 법이야. 우리 오빠가 그런걸."

그러고는 얼른 덧붙였다. "아마 나도 분명히 마찬가지겠지."

"그렇다면 그때 오리구치 선배의 모습이 그분의 본성이었다는 건가?" 슈지는 가슴이 서늘해지는 걸 느꼈다. "그럼, 지금 그 선배는 그때와 같은 표정을 하고 있을까?"

그날 밤, 슈지는 꼼짝도 못 하고 주저앉아 있는 오리구치를 어쩔 줄 몰라 하며 바라만 보고 있었다. 그냥 내버려둘 수도 없고 그렇다고 어떻게 할 수도 없었다. 그래서 옆에 있는 의자를 끌어당겨 걸터앉아 그저 기다리고만 있었다. 오리구치가 뭐라고—변명을 하거나, 화를 내거나, 사과를 하거나—말을 해 주기를.

"한참을 기다리자 이렇게 말했어. '고맙네, 사쿠라. 구해 줘서'라고."

슈지는 곤혹스러웠다. "뭘 구해 줬다는 거죠?"라고 물었다.

오리구치는 그제야 고개를 들었다. 그러고는 겨우 알아들을 수 있는 낮은 목소리로 이렇게 말했다.

"이대로 혼자 여기 계속 있었다면 정신이 이상해졌을 테니까."

"선배가요?"

오리구치는 기타아라카와 지점의 '아버지'이다. 모두들 좋아한다. 늘 싱글벙글 웃고, 아이들을 좋아하고, 노인들에게도 친절하고, 참을성 있고—그런 오리구치의 정신이 이상해져?

"무슨 말씀이세요? 저뿐만 아니라 우리 매장 누구나 그런 말을 들으면 웃음을 터뜨릴 거예요. 피곤하세요? 아니면 우리하고 술 마실 때는 참지만 사실은 주사가 있는 건가요?"

슈지는 농담 삼아 그렇게 말하고 웃으려 했다. 하지만 웃을 수가 없었다. 여전히 고개를 숙이고 있던 오리구치는—.

"머리를 감싸 쥐고 울고 있었어. 그렇게 나이 든 어른이 우는 걸 난 처음 봤지."

그리고 오리구치는 이야기했다. 누군가에게 털어놓아 자기 어깨에 짊어진 짐을 내려놓으려는 듯한 표정을 지으며.

사건이 일어난 것은 지난 해 정월 초순. 장소는 이시카와 현 가나자와 시 외곽에 있는 이노초라는 곳이었다.

"거기 살고 있던, 그 지역에서는 이름난 부잣집에 두 명의 강도가 들었어. 갓 스무 살 된 남녀 이인조였는데, 남자는 그 부자의 조카였지."

남자의 이름은 오오이 요시히코. 여자의 이름은 이구치 마스미. 둘 다 도쿄에 살았는데, 중학교 때부터 문제 학생으로 잡혀간 적이 있어, 각자 자기 동네 경찰서의 소년과에서는 유명했다.

"두 사람 다 고등학교를 중퇴하고 이른바 '무직 소년소녀'가 되었지. 스무 살이 된 뒤에도 별로 상황이 변하지는 않았어. 그냥 '무직 청년'이 되었을 뿐이지. 그래서 목돈을 쥐려 했던 거야."

그들의 범행 자체는 실패로 끝났다. 그 부잣집에 설치되어 있던 보안 장치가 작동해 바로 경비회사와 경찰이 달려왔기 때문이다.

"오오이 요시히코는 권총을 갖고 있었어. 물론 밀수한 것일 테지만. 그 사람은 말단일망정 폭력단하고도 관계가 있었대. 그런데 문제는 그 권총에서 총탄 세 발이 없어졌다는 거야."

이인조가 그 집까지 타고 온 경승용차는 같은 이노초에 사는 스무 살 난 여자의 것이었다. 그 사실을 경찰이 추궁했다.

"요시히코는 도중에 차를 빼앗기 위해 그 차의 주인은 물론 함께 타고 있던 어머니까지 쏴 죽였다고 자백했어."

현장은 이노초 남쪽에 펼쳐진 숲속이었다. 바로 옆으로 가나자와 시내와 이노초를 잇는 잘 정비된 이차선 도로가 지나는 곳이었다.

모녀의 시체는 도로에서 10미터가량 떨어진 숲속 비탈에 버려져 있었다. 지갑과 시계, 액세서리 등이 없어진 상태였다. 어머니는 후두부와 등에 한 발씩, 딸은 오른쪽 귀를 한 발 맞았다. 두 사람 다 눈을 크게 부릅뜬 상태였고, 눈 안에는 진흙이 들어가 있었다.

"그것만으로도 두 사람이 얼마나 무서워했는지 잘 알 수가 있지."

요시히코나 마스미나 차가 필요했을 뿐이라고 했다. 고분고분차를 내놓았다면 죽이지는 않았을 거라고.

"하지만 조사 결과 피해자 두 사람 모두의 손발에 꼭 묶인 흔적이 남아 있다는 사실이 밝혀졌지. 묶는 데 사용한 로프는 요시히코와 마스미가 그날 낮에 동네 잡화점에서 산 물건이라는 사실도 밝혀졌고."

물끄러미 앞을 보고 있던 노리코의 얼굴을 힐끔 보고 나서 슈지가 덧붙였다.

"그리고 그런 사건에서는 당연하듯, 딸은 강간을 당했어……."

노리코가 조그만 목소리로 말했다. "그게 어떻게 당연한 거야."

슈지는 숨을 가다듬었다. 자신이 당한 일은 아니지만 이야기하면서도 화가 치밀었다.

"그뿐만이 아니야. 아직 더 있어. 현장검증이나 피해자 두 사람의 시신을 조사해 본 결과 총탄이 날아온 방향이나 각도가 밝혀지자 훨씬 더 끔찍한 사실이 드러난 거지. 범인들은 두 사람을 나란히 무릎 꿇게 하고 한 사람씩 쏴 죽였던 거야."

밝혀진 사실을 바탕으로 추궁해 들어가자 요시히코는 차례차례 자백했다. 어머니를 먼저 죽였다. 먼저 등을 쏘고 다음에 머리. 하지만 나는 한 명밖에 죽이지 않았다—.

"딸을 죽인 건 마스미였어. '재미있을 것 같으니 나도 쏴 보겠다'고 했다는 거야."

"이제 그만." 노리코는 고개를 돌렸다. "듣고 싶지 않아."

슈지는 깊은 한숨을 내쉬었다. 창밖을 스쳐 지나는 라이트를 스무 개까지 세고 나서 말했다.

"살해당한 두 여자는 오리구치 선배의 헤어진 부인과 외동딸이었어."

노리코가 천천히 고개를 들었다. 어두컴컴한 차 안에, 그녀의 흰 뺨이 떠올라 빛나고 있었다.

"오리구치 선배는 이노초 출신이야. 거기서 태어나고 자랐지. 그곳에서 결혼하고 딸을 낳았어. 다만 이런저런 사정이 있어서 딸이 아기였을 때 이혼하고 그 선배만 혼자 도쿄로 나온 거야."

슈지는 말을 끊고 지금 이야기한 내용이 노리코의 머릿속에 담기기를 기다렸다가 다시 입을 열었다.

"어떤 사정 때문에 이혼했는지 자세한 내용은 나도 몰라. 거기까지는 그 선배도 이야기해 주지 않았어. 하지만 그분 말투로 미루어 생각하면 결코 싫어서 헤어진 건 아닐 거야. 특히 늘 딸 생각을 많이 했지. 그래서 재혼도 하지 않고 내내 혼자 살고 있었던 거야."

"헤어진 부인도 재혼은……?"

"하지 않았어."

노리코는 천천히 고개를 끄덕였다. 슈지는 말을 이었다.

"그 사건이 났을 때 오리구치 선배는 이미 우리와 함께 근무하고 있었어."

지금 돌이켜 보더라도 사건이 났을 무렵, 오리구치의 태도에 눈에 띄게 이상한 점은 없었다. 여느 때와 다를 바 없이 일하고 웃었다.

아니, 적어도 그렇게 보였다―.

"오리구치 선배는 사건이 일어나자마자 이노초로 달려갔대. 나도 어렴풋이 기억하는데 그 무렵 선배가 갑자기 휴가를 냈던 것 같아. 그래서 피해자 두 사람의 장례식에도 참석하고 유족들도 만났지. 이십 년 만이었다는 거야."

그런 식으로 고향에 돌아가게 되리라고는 생각도 못 했다면서 계속 이마를 쓰다듬던 오리구치의 얼굴이 떠올랐다. 이마 안쪽에서 뭔가가 몸부림을 치고 있는데 그걸 끈기 있게 달래는 듯 보였다.

"그리고 오리구치 선배는 사건 담당 형사한테서도 이야기를 들었어. 자세한 사건 상황을 알게 된 거지. 범인들이 어떤 인간인지도 알게 되었고—."

오오이 요시히코는 전에도 여러 차례 그 부잣집을 찾아와 돈을 요구했다. 친척 가운데 그런 인간이 있다는 사실을 그 집에서도 무척 불편해했던 모양이다.

"사건이 일어났을 때 범인들은 도쿄에서 훔친 차로 가나자와까지 왔는데 도중에 과속을 했는지 순찰차에게 쫓기게 되자 어쩔 수 없이 그 차를 버린 모양이야. 그래서 다른 차를 빼앗기 위해 적당한 차가 지나가기를 기다리고 있었다는 이야기야."

슈지가 말을 끊자 엔진 소리와 살짝 열린 창을 흔드는 바람 소리만 차 안에 가득했다. 슈지는 그게 견디기 힘든 듯이 핸들을 힘주어 움켜쥐었다.

이야기를 하다 보니, 그날 자기에게 그 이야기를 해 주던 오리구치의 분노가 자신에게 옮겨온 듯했다. 그 분노는 아마 오늘 밤 오리구치를 움직이는 원동력이기도 하리라.

"처음에는 히치하이크처럼 보이기 위해 마스미란 여자만 길가에 서서 손을 들고 있었대. 정월인데다가 호쿠리쿠 지방이니 눈이 치워진 도로 이외에는 온통 새하얗겠지. 기온도 영하였고. 해가

질 무렵이었다고 하니까."

살해당한 모녀—오리구치의 전처와 딸은 추위에 떨며 손을 들고 태워 달라는 젊은 아가씨를 모른 척 지나칠 수 없었으리라. 하지만 그 친절이 문제였다.

"차를 세우자 마스미 뒤에서 권총을 겨눈 요시히코가 나타났대. 그때 운전은 딸이 하고 있었던 모양이야."

요시히코는 딸을 뒷좌석에 밀어 넣고 총으로 위협하면서 어머니에게 운전을 시켰다. 한동안 달리다가 차를 길 밖으로 빼게 한 다음 두 사람을 차에서 끌어내려 살인 현장까지 끌고 갔다.

"사건 그 자체에는 논쟁의 여지가 없었어. 전혀 없었지. 피해자들은 저항을 하지 않았고 모두 여자였어. 정말로 차만 필요했다면 거기 내려두고 가면 되는 일이었지. 그런데 요시히코와 마스미는 일부러 두 사람을 현장까지 끌고 가서 쏘아 죽인 거야."

재판이 시작되자 오리구치는 매번 법원으로 달려가 방청하게 되었다.

"범인들이 엄벌에 처해지는 걸 내 눈으로 확인하고 싶어서"라고 했다.

그런 종류의 사건들은 세상 사람들의 관심에서 금방 멀어진다. 방청인 수는 점차 줄어들었다. 처음에는 요란을 떨던 도쿄의 매스컴도 거의 발길을 끊었다. 그래도 오리구치는 계속 재판을 보러 다녔다.

하지만 재판이 거듭될수록 방청하러 다니는 일이 오리구치에게 큰 부담이 되었다.

"매번 의자에 앉아 피고인석의 오오이를 보고 있으면 왜 이런 짓을 하고 있는 걸까, 하는 생각이 들었대. 왜 저런 놈들의 변명을 듣고 있어야 하는 걸까, 왜 이렇게 변명하는 자리를 마련해 주는 걸까. 두 사람이나 그토록 잔인하게 죽였는데."

물론 그런 생각이 위험하다는 사실을 오리구치는 잘 알고 있었다. 그래서 방청하러 갈 때마다 그는 지칠 대로 지쳤다.

"다섯 달 전에 내가 오리구치 선배를 발견했던 날도 공판 하루 전이었지. 하지만 그 선배는 괴로워서, 힘들어서 이튿날 비행기를 탈 수가 없을 것 같다고 했어."

그따위 재판은 속 뻔히 들여다보이는 연극이다─오리구치는 내뱉듯이 그렇게 말하며 주먹으로 자기 무릎을 쳤다.

"형량이 그리 많지는 않을 거라는 소문이 들리기 시작했대. 일본 법원은 흉악범에게 관대하니까. 게다가 요시히코나 마스미나 그때 갓 스무 살 난 오랜 시너 중독 환자이기도 했지. 범행 당시에도 시너를 마셨던 모양이야. 책임 능력이 있었는지 어떤지도─."

"그런 말도 안 되는 소리가 어디 있어?"

노리코가 고개를 들고 어처구니없다는 듯이 말했다.

"시너를 마셨다는 건 자기 의지로 한 거잖아? 누가 강제한 게 아니잖아. 그런데 죄가 가벼워져?"

"법은 그렇게 되어 있어." 슈지가 내뱉었다. "게다가 그 범인들의 가정에도 '문제가 많다'는 거야. 그러니 그 사람들 또한 환경의 희생자다, 갱생의 여지는 충분히 있다는 이야기겠지."

그런 정보에 짓눌려 오리구치는 방청하러 가기가 괴로워졌던 것이다. 만약 가게 되면 그 자리에서 벌떡 일어나 피고석에 있는 요시히코와 마스미에게 덤벼들고 말 것 같아서.

"그래서 고민하고 있었던 거지. 도저히 자기 집 방 안에는 있을 수가 없었던 거야. 그렇다고 술집에 즐겨 가는 양반도 아니고. 누구하고도 의논할 수 없었대. 그래서 아무도 없는 캄캄한 사무실에 남아 있었던 거야."

다섯 달 전 일요일 밤, 슈지는 그 이야기를 듣고 오리구치가 온화한 표정 뒤에 숨기고 있던 고뇌에 찬 표정을 보았다.

"내게 털어놓으니 마음이 좀 가라앉았나 봐. 그 뒤로도 두 달에 한 번 꼴로 그분은 가나자와에 다녀왔어. 스스로를 격려하면서 말이야. 재판이 열리는 날은 운 좋게 대개 월요일이었기 때문에 휴가를 낼 필요도 없어서 매장 직원들은 눈치채지 못했어. 알고 있는 사람은 나뿐이었지."

그리고 오늘 밤.

"그 선배는 지금까지 내내 자기 자신을 죽을힘을 다해 억제하려 해 왔어. 감정을 억누르고 마지막까지 재판을 지켜보겠다고. '눈에는 눈'이라는 생각을 한다면 우리는 원시시대로 돌아가게 될 것이다—그런 말을 하기도 했지."

나는 이미 이십 년 전에 아버지로서의 자격을 잃은 인간이다. 남편으로서도 미흡한 점이 많았으리라. 그래서 가정을 제대로 꾸릴 수 없었다. 도중에 도망쳐 나왔다―.

"살해당한 부인이나 딸에게 이제는 그 빚을 갚을 수 없게 되었다. 그러니 재판을 꼬박꼬박 지켜보는 일만이라도 하고 싶다고 했어. 아내와 딸의 죽음이 부당하게 가볍게 취급되는 일이 없도록 자신이 지켜봐야만 한다면서."

"그렇다면 오늘 밤 오리구치 씨의 행동은 모순되지 않아?"

노리코가 고개를 들었다.

"아무래도 그 인내의 끈이 마침내 끊어지고 만 모양이네. 그렇지 않다면 총을 훔칠 리가 없겠지. 그런데―왜, 어째서 갑자기?"

슈지는 대답을 할 수 없었다.

그렇다. 앞뒤가 맞지 않는다. 지금 오리구치는 늘 필사적으로 부정하고 있던 방법을, 실력 행사의 길을 선택한 셈이니까.

그를 동요하게 만든 건 뭘까? 그렇게 애써 버티던 오리구치로 하여금 그런 행동에 나서게 만든 것은 무엇일까?

대체 무슨 일이 있었기에 오리구치 선배가 변한 걸까?

6

구로사와는 세키누마 게이코의 아파트를 나와 입구에서 순경과 헤어진 뒤, 바로 전화를 찾았다. 비스듬히 맞은편에 있는 어린이 공원 안에 공중전화가 있었다. 문을 열고 발을 디디며 번호를 눌렀다. 손목시계를 보니 이제 곧 두시가 되려는 참이다.

신호음이 한 번 다 울리기도 전에 오케가와가 받았다.

"예, 수사 3과입니다."

"구로사와입니다."

"아아, 자넨가?" 오케가와가 웃음 섞인 목소리로 대답했다. "전화할 줄 알았지. 뭐가 불만이야?"

여전히 감각이 날카로운 아저씨라는 생각에 내심 혀를 내두르면서 구로사와는 수화기를 잡은 손에 힘을 주었다. 대신 목소리는 낮아졌다.

"이거 자꾸 마음에 걸립니다."

"뭐가? 밤중에 일어나 뛰어가 볼 정도의 미인은 아니었나?"

"아뇨. 미인입니다. 세키누마 게이코는 진짜 미인입니다만. 그런데—."

십 분쯤 전에 게이코에게 들은 이야기 모두를 그녀의 방 전화를 빌려 오케가와에게 보고했다. 그때는 그 여자가 옆에서 듣고 있어 태연한 표정을 지었다. 하지만 실제로는 아무래도 석연치 않다.

"세키누마 씨는—." 오케가와가 메모를 다시 읽었다.

"이렇게 이야기했다면서? 오늘은 차를 쓰지 않았다. 그래서 언제 도난당했는지 알 수 없다. 낮에 근처 슈퍼마켓에 다녀왔는데 그때 키를 잃어버린 게 아닌가 생각된다. 키가 없어졌다는 사실조차도 모르고 있었다. 전에도 누가 차에 장난을 친 적이 있다. 이 부근에는 자동차 도둑이나 차 안에 있는 물건을 훔쳐 가는 도둑이 많으니 주의하라는 이야기를 관리인에게 들었다. 하지만 설마 자신이 피해를 당하게 될 줄은 몰랐다. 분명히 이렇게 이야기한 거지?"

"맞습니다."

"―전화벨이나 초인종이 울려도 받거나 나가 보지 않은 것은 자고 있었기 때문이다. 저녁때부터 몸이 아주 좋지 않아 내내 누워 있었다. 방금―이 '방금'이라는 건 자네가 방문했을 때를 말하겠군―잠에서 깨니 문밖에서 사람 목소리가 들려 놀라 열어 보았다. 지금 현재도 몸이 매우 좋지 않다. 미안하지만 오늘 밤에는 밖에 나가고 싶지 않다. 네리마기타 경찰서에는 내일 찾아가겠다―특별히 이상한 점은 없다고 생각하는데."

"그 여자 실제로도 몸이 아주 좋지 않은 모양입니다."

구로사와는 그렇게 말하며 끌레르 에도가와 아파트를 쳐다보았다. 일층, 이층…… 육층의 저 창문이 게이코의 방이다. 아직 불이 켜져 있다.

"딱하군. 젊은 여자애들은 원래 델리케이트하지."

"아뇨, 그런 의미가 아닙니다. 한쪽 발을 삔 것 같고, 얼굴도 창백합니다. 마치 환자 같아요."

"자네, 무슨 이야기를 하고 싶은 건가?"

구로사와는 마음을 굳히고 대답했다.

"차를 도난당할 때 그 여자가 그 자리에 있었던 게 아닐까요?"

오케가와는 잠깐 침묵했다.

"그러니까 범인과 마주쳐서 다쳤거나 얻어맞아 지금도 몸이 좋지 않은 게 아닐까요? 오늘 차를 쓰지 않았다는 말이 사실인지 어떤지도 모르겠고⋯⋯. 그보다 오케가와 선배 같으면 자동차 키를 잃어버리고도 전혀 눈치채지 못할 수가 있겠습니까?"

"모르겠군. 난 차가 없는걸."

"그럼 상상이라도 해 보세요."

"나라면 깜빡할 수도 있겠네."

중얼거리듯 그렇게 말하더니 오케가와는 코로 거칠게 숨 쉬는 소리를 냈다.

"너무 심각하게 생각하는 거 아닌가? 만약 자네 말이 맞다면 그 여자는 어째서 그런 이야기를 자네에게 털어놓지 않는 걸까?"

뻔히 알면서 딴소리를 한다는 생각이 들었다. "감싸 주고 있는 거죠, 범인을."

"흐음."

"아니면, 위협을 당하고 있거나."

오케가와는 또 코로 숨을 내쉬는 소리를 냈다. 구로사와는 초조했다. 오케가와도 여기 와서 게이코를 직접 만난다면 분명 같은 느낌을 받을 게 틀림없다. 저 태도, 저 안색은 심상치 않다. 그걸 말로는 전달할 수가 없어 답답했다.

"선배는 제가 왜 전화를 드렸다고 생각하세요?"

"자네가 그런 소리를 하기 위해서겠지."

"그것 보세요." 구로사와가 언성을 높였다. "그것도 선배가 그냥 그렇게 느낀 거 아닙니까? 하지만 맞아요. 저도 마찬가지라고요. 왠지 이상하다—저 여자는 뭔가 중요한 걸 숨기고 있는 게 아닐까 하는 느낌이 드는 겁니다."

오케가와가 바로 말했다. "내 '그냥 그렇게'와 자네의 '그냥 그렇게'에는 연륜의 차이가 있으니 함부로 비교하면 곤란하지."

정말이지 이 양반이—. "그렇지만 말이죠."

"그래서 어떻게 하고 싶다는 거야? 한 번 더 찾아가서 겁을 주어 캐낼 건가?"

"아뇨. 그럴 수야 없겠죠."

다만 뭔가 이상하다는 이 느낌, 그걸 확인하고 싶었다. 그래서 오케가와에게 이야기를 하고 싶었을 뿐이다.

오케가와는 잠시 생각에 잠긴 모양이었다. 전화기를 통해 부스럭거리는 소리와 이야기 소리가 들렸다. 차량 발견 현장에서 돌아온 사람들이 있는 모양이다.

"그 여자 방 안은 들여다봤나?"

구로사와는 기다렸다는 듯이 대답했다.

"예. 물론이죠. 샅샅이 살피지는 못했지만요."

"그래서, 뭐가 있었나?"

"원피스가."

"그건 옷이잖아."

"옅은 황록색 조젯 원피스입니다. 거실 칸막이 부분에 걸린 옷걸이에 있었죠. 동네에서 입고 다니는 옷이 아니라 성장용입니다."

"세탁소에서 가져온 거 아닐까?"

"아닙니다. 아직 향수 냄새가 남아 있었어요."

원피스가 걸려 있는 칸막이 바로 옆에는 커다란 꽃병에 꽂힌 드라이플라워 꽃다발이 있었다. 처음에는 거기에 향수라도 뿌린 건가 싶어 확인까지 했으니 틀림없다. 그건 원피스에서 나는 향수 냄새였다.

구로사와는 싱긋 웃었다. "어때요? 적어도 오늘 외출하지 않았다는 말은 거짓말입니다."

전화기를 통해 오케가와의 무거운 체중을 떠받치고 있는 회전의자가 삐꺽거리는 소리가 들려왔다.

"자네 이야기대로 만약 그녀가 차를 훔쳐 간 범인을 감싸고 있다고 해도……."

"예."

"그건 말이야, 그 녀석이 그 여자 친척이거나 애인, 남자친구이기 때문인지도 몰라. 아니, 난 그럴 가능성이 제일 크다고 봐."

구로사와는 다시 게이코의 방 창문을 올려다보았다. 그때 막 불이 꺼졌다.

"이건 뭐 대단한 범죄도 아니야. 사고 정도지. 차는 발견되었고 그 여자 말로는 달리 잃어버린 물건도 없다지 않아?"

그렇다, 바로 그거다. 구로사와는 생각했다. 차는 펑크가 나서 전신주에 충돌했다. 그가 그 사실을 알리자 불안한 듯 흐렸던 게이코의 표정이 바로 바뀌었다. 대개는 도난당한 차가 망가졌다는 이야기를 들으면 못마땅한 표정을 짓기 마련인데 그녀는 달랐다. 이상하게 납득이 간다는 표정을 지으며 그저 고개만 끄덕였을 뿐이다.

"차에 무슨 특이한 사항은 없었습니까? 이상한 점이라거나."

"뭐라더라. 잠깐 기다려."

오케가와는 옆에 있는 동료와 이야기를 하는 모양이었다. 대화가 드문드문 들렸다.

"여보세요? 아, 특별히 이상한 사항은 없었다는군. 다만 글로브 박스가 다른 차들보다 훨씬 크게 되어 있더래. 그리고 완충재 같은 것이 들어 있었고. 특별 주문한 것 같다더군."

"뭘까요, 그게."

"모르지. 돌아가서 그 여자에게 물어보겠나?"

오케가와의 말투도 꽤 진지해졌다. 하지만 아직 진심은 아닌 모양이다.

"자, 오늘 밤은 이만 집으로 돌아가."

달래는 듯한 투로 말했다.

"보고서는 내일 써도 되니까. 밤이슬 맞으면 몸에 좋지 않아."

유월에 무슨 밤이슬이 내리느냐고 쏘아붙이려 했을 때, 마침 재채기가 나와 구로사와는 저도 모르게 웃고 말았다.

"그것 보라니까." 오케가와가 웃었다.

"알겠습니다."

웃다 보니 맥이 빠졌다. 오케가와의 말대로 괜히 심각하게 생각한 것이리라. 분명히 그렇다. 어쨌든 기껏해야 승용차 도난 사고 아닌가? 스스로에게 그렇게 타일렀다.

"철수하겠습니다. 그럼 내일 뵙죠."

"푹 쉬게."

전화를 끊은 순간, 또 재채기가 나왔다. 감기는 아니리라. 약간 과민증 기미가 있어 이따금 이런 경우가 있다. 집 먼지 같은 게 원인인 모양이다. 아, 그런가? 드라이플라워 때문일까?

주머니를 뒤져 이제 두세 장밖에 남지 않은 포켓 티슈를 꺼내코를 풀면서, 구로사와는 전화박스를 떠났다.

7

형사와 순경이 물러가자 게이코는 자물쇠를 걸고 거실로 돌아왔다. 지독한 현기증과 구역질은 가라앉았지만 아직도 머릿속이 욱신욱신 쑤신다. 생각에 집중하기가 힘들었다.

그만큼 혼란스러웠다. 대체 뭐가 어떻게 된 걸까.

오리구치는 차를 버리고 갔다. 사고가 났으니 어쩔 수 없었겠지.

그럼 지금은 어떻게 된 걸까? 다른 교통수단을 구한 걸까?

아니면 이제 게이코의 차는 필요가 없어서 버리고 간 걸까? 사

238 스나크 사냥

고는 우연이고, 오리구치는 이미 차가 필요 없는 장소에—목적하는 장소에 도착한 걸까?

사이드테이블 위의 디지털시계가 오전 두시 사분을 가리키고 있다. 게이코가 멍하니 바라보는 사이에 숫자는 두시 오분으로 바뀌었다. 시간은 흐르고 상황은 변해 가고 있는데 게이코 혼자만 남겨진 기분이 들었다.

허공을 떠돌던 시선이 방구석에 있는 전화기에 머물렀다. 게이코는 의자에서 일어나 발을 절룩이며 서둘러 거실을 가로질렀다.

그렇다. 부재중 전화다. 한시쯤이었나? 경찰에서 전화가 걸려오는 걸 깨달은 뒤부터 내내 신호음 스위치를 꺼둔 상태였다. 어쩌면 그 사이에 슈지가 연락을 했을지도 모른다.

응답 기록을 보니 메시지가 일곱 건으로 표시되어 있었다. 테이프를 되감아 재생 버튼을 눌렀다. 되감는 속도가 애가 탈 정도로 느렸다. 겨우 녹음된 목소리가 나오기 시작했다. 이 전화는 각각의 메시지가 재생된 뒤에 컴퓨터 합성음으로 그 통화가 있었던 시각을 알려 주는 타입의 기종이다. 게이코는 바닥에 주저앉아 귀를 기울였다.

처음 세 건은 네리마기타 경찰서 형사가 남긴 메시지라는 걸 확실하게 알 수 있는 내용이었다. 걸려온 시각은 오전 한시 정각과 한시 오분, 그리고 한시 십분. 이렇게 전화를 걸었는데도 받지 않으니 파출소의 순경이나 그 구로사와라는 형사가 찾아오게 된 거라는 생각이 들자 혀를 차고 싶은 심정이었다.

네 번째로 녹음된 내용은 아무 말 없이 바로 끊은 것이었다. 다섯 번째, 여섯 번째도 마찬가지였다. 게이코는 미간을 찌푸렸다. 장난 전화치고는 끈질기다. 각각 한시 십이분, 십사분, 십칠분으로 짧은 간격이었다. 이건 누구 전화일까? 네 번째, 다섯 번째, 여섯 번째를 다시 들었다. 전화가 연결되고 메시지가 나오면 바로 끊어 버렸다. 이걸로는 아무런 실마리도 잡을 수 없다.

포기하고 일곱 번째 메시지를 재생했다. 놀랍게도 이것 역시 앞의 세 번과 마찬가지로 말이 없는 전화였다. 바로 끊어졌다. 다만 이 전화가 걸려온 시각은 한시 삼십사분이었다.

알 수가 없는 일들뿐이다. 슈지는 어떻게 되었을까? 노리코는 어떻게 되었을까? 두 사람 다 오리구치가 이미 게이코의 벤츠를 운전하지 않고 있다는 사실을 알고 있을까? 아무런 연락도 하지 않는 걸 보면 아직 오리구치를 열심히 뒤쫓고 있는 걸까?

다시 부재중 전화로 설정하고 이번에는 신호음이 울리게 한 뒤에 전화기 곁을 떠났다. 익숙한 방 안에 있는데도 너무 불안해서 미아가 된 기분이었다. 아픈 발을 끌면서 서성거렸다. 무의식중에 두 손으로 몸을 문지르고 있었다.

다행히 경찰이 수상하게 여기지는 않은 모양이다. 게이코는 차 열쇠를 잃어버렸다. 누가 그 키로 주차장에서 차를 훔쳐 간 것이다. 내내 방 안에 틀어박혀 있었고 외출하지 않았기 때문에 언제 훔쳐 갔는지 짐작이 가지 않는다. 물론 누가 가져갔는지도 모른다. 그뿐이다.

그 형사도 차 주인이 젊은 여성이라 걱정이 되어 살피러 왔을 뿐이라고 하지 않았던가. 밤이 깊었고 몸 상태도 좋지 않으니 피해 신고 등의 수속이나 차량 확인은 내일 해도 상관없다고 했다. 그리고 푹 쉬라는 말을 하고 돌아갔다. 괜찮다. 아무것도 눈치채지 못했다. 그 형사는 거실에만 있었다. 총 보관함은 침실에 있다. 총기 도난에 관해서는 눈치챘을 리가 없다.

오른발 발끝을 바닥에 딛자 잔뜩 부어오른 발목에 묵직한 통증이 왔다. 애써 참으며 방 안을 서성거렸다. 그렇게 해야만 간신히 두뇌가 회전하는 듯했다. 마치 나사를 감아 움직이는 장난감 자동차처럼.

그때 서성거리던 게이코의 팔꿈치에 뭔가가 걸리더니 바닥에 툭 떨어졌다.

옷걸이에 걸어 두었던 원피스였다. 도호 그랜드 호텔에 입고 갔던 원피스다. 잠깐 바람을 쐬고 넣어 두려는 생각에 옷걸이에 걸어 거실과 주방 칸막이에 걸어 놓았다.

게이코는 그걸 집어 들었다. 그리고 선 채로 꼼짝하지 않았다.

그 구로사와라는 형사는 이걸 눈치챘을까?

원피스에는 게이코가 즐겨 쓰는 향수 냄새가 아직도 남아 있었다. 오늘 밤 고쿠부가 보는 앞에서 죽어 버리기로 결심했기 때문에 굳이 예쁘게 차려입고 나갔던 것이다. 원피스도 오늘 밤을 위해 일부러 산 옷이었다. 디자인이나 옷감이나 평소에 입고 다닐 만한 옷이 아니었다.

그 형사는 이 사실을 눈치챘을까? 그리고 오늘은 외출하지 않았다는 게이코의 거짓말을 간파해 버린 걸까?

입술을 꼭 깨물며 애써 고개를 저어 그런 생각들을 떨쳤다. 그럴 리가 없다. 그 사람들은 차 도난 사건을 조사하러 왔을 뿐이다.

구로사와라는 네리마기타 경찰서의 젊은 형사 얼굴을 떠올렸다. 게이코 또래—기껏해야 두세 살 차이일까. 그 나이에 사복형사를 하니 머리가 나쁘지는 않겠지만 세련되지 못하고 세상 물정에 밝아 보이지는 않았다. 그런 타입의 남자는 여자들의 옷 같은 것에 신경을 쓰지 못한다. 그러고 보니 그 형사는 칼라에 주름이 잡힌 와이셔츠를 입고 자다가 방금 일어난 듯이 부스스한 머리를 하고 있었다.

괜찮아, 괜찮아. 공연히 신경 쓸 필요 없어. 그렇게 선선히 물러갔잖아—.

하지만 그 형사, 진짜 돌아간 걸까? 게이코는 살며시 창문 쪽으로 다가가다가 도중에 생각을 바꾸어 일단 거실 불을 껐다. 그러고는 조심스럽게 창 쪽으로 가서 벽에 붙어 밖을 내려다보았다.

좁은 도로를 사이에 두고 맞은편은 작은 어린이공원이다. 길이나 공원에는 아무도 없었다. 공원 입구 바로 왼쪽에 전화박스가 하나 있는데 밤새 불이 들어와 있지만 오월부터 무성해지기 시작한 공원의 나뭇잎에 가려 지금은 보이지 않는다. 하지만 한동안 지켜보아도 거기서 나오는 사람은 없었다.

안도의 한숨을 내쉬며 창가를 떠나려는 순간 전화벨이 울렸다.

소스라치게 놀랐다. 게이코는 절름거리며 전화기로 달려가 스피커 음량을 작게 하고 상대가 말을 하기를 기다렸다.

게이코의 응답 메시지 뒤에 젊은 여자 목소리가 들려왔다. 딱딱한 말투였다.

"세키누마 게이코 씨죠? 저는 피셔맨스 클럽 기타아라카와 지점의 노가미 유미라고 합니다. 늘 저희 매장을 이용해 주셔서 감사합니다."

게이코는 눈이 휘둥그레졌다. 이런 시각에 대체 무슨 일로?

노가미라고 자신을 밝힌 여성의 말투는 갑자기 횡설수설했다.

"전화를 드린 건…… 저어, 그게…… 저희 매장의 사쿠라라는 직원이 거기…… 찾아가지 않았나 싶어서……."

이때 저쪽에서 다른 사람의 목소리가 끼어들었다. 당황한 목소리였다.

"아니! 유미, 전화를 걸다니―. 하지 말라고 했잖아―."

"그렇지만 점장님, 저는―."

덜컥거리는 소리가 나더니 전화가 끊어졌다.

그 뒤로는 걸려오지 않았다.

슈지가 여기 왔다는 사실을 기타아라카와 지점의 누군가가 알고 있다. 정말이지 이해가 안 되는 일들뿐이었다.

게이코는 캄캄한 거실 바닥에 주저앉았다. 기운 없는 목소리로 스스로를 타일렀다. 약속했어, 참고 기다릴 수밖에 없어―라고.

8

가미사토를 떠나 다카사키, 마에바시, 고마요세, 아카기 고원, 누마타, 쓰키요노—가미야가 운전하는 차는 계속 달리고 있었다.

가미사토 휴게소를 떠나기 전에 다케오가 누워 잘 수 있도록 오리구치가 조수석으로 이동했다. 다케오는 뒷좌석에서 무릎 덮개를 덮고 쿠션을 베개 삼아 잠들어 있다. 그 머리에서 10센티미터쯤 떨어진 부분에 오리구치의 '짐'이 있었다.

회색 도로는 오리구치의 시야 가득 계속 뻗어 있다. 펴졌다가는 다시 둥글게 말리는 부드러운 벨트처럼 끝없이, 한없이. 차의 진동에 몸을 맡기고 있자 머릿속은 맑아지는데 몸은 오그라들고 힘이 빠져나가는 듯했다.

왼쪽 차창에 검은 숲이나 완만한 언덕, 복잡한 모양을 한 늪이 나타났다가 바로 뒤로 밀려갔다. 속도계의 숫자는 시속 90킬로미터 약간 안 되는 부근에서 오르락내리락하지만 가미야의 운전 솜씨가 좋아 차체는 거의 떨리지 않았고 흔들리지도 않았다. 속도를 느끼지 못할, 가도 가도 눈앞을 가리는 것 하나 없는, 두드리면 소리가 날 것만 같은 깊은 밤이었다.

오리구치의 머릿속에 우에노에서 헤어진 슈지의 얼굴이 문득 떠올랐다. 지금쯤 무얼 하고 있을까? 노가미 유미와 재미있는 시간을 보내고 있을까? 그 두 사람은 잘 어울리는 한 쌍이다. 잘되면 좋을 텐데.

한밤중에 기타아라카와 지점 사무실에서 슈지와 우연히 마주친 지 벌써 반년가량 된다. 그때 자기 아들뻘이라 해도 좋을 나이의 슈지 앞에서 머리를 감싸 안고 눈물을 흘리고 말았던 자신의 모습을 떠올렸다.

당시 오리구치는 지칠 대로 지쳐 있었다. 심신의 피로가 극에 달해 모든 걸 내동댕이치고 도망치고 싶었다. 그런 상태에서 우연히 마주친 상대가 슈지였기 때문에—젊은 청년이었기 때문에 오히려 참지 못하고 마음이 느슨해져 전부 털어놓아 버렸다.

슈지와는 그 뒤로도 몇 번인가 이노초의 강도 살인사건 이야기를 나누었다. 그때마다 범인들의 잔혹한 수법에 슈지는 늘 화를 냈지만 한편으로는 무척 흥미가 끌리는 모습을 보이기도 했다.

"무엇이 인간을 그 지경으로 만드는 걸까요?" 진지한 표정으로 물어 온 적도 있다. 둘이서 '이나미야'란 술집에 갔을 때였다.

"사람을 죽인 거 말인가?"

오리구치가 묻자 슈지는 얼른 고개를 저었다.

"죄송합니다. 그런 건 이제 아무 상관도 없겠죠. 이미 저지른 짓은 돌이킬 수 없는 일이니까요."

오리구치는 미소를 지었다.

"괜찮아. 마음 쓸 것 없어. 나도 그런 생각을 몇 번이나 했네."

슈지가 이야기하고 있는 것은 인간이 왜 범죄자가 되느냐—하는 문제였다.

"어려운 문제겠지."

"선배는 선생님이었을 때 그런 생각을 해 보신 적 있나요? 예를 들면 손을 쓸 수 없는 문제 학생을 담당했다거나―."

"문제 학생과 비행 청소년은 달라. 다행히 나는 문제 학생을 맡아 본 적은 있지만 비행 청소년을 맡은 적은 없었지……."

편안한 엔진 소리를 들으며 시트에 기대어 오리구치는 눈을 감았다.

─내가 만난 학생들, 아이들, 젊은이들은 모두 내가 이해할 수 있는 테두리 안에 있어 주었어. 이해하기에는 시간이 걸렸다 해도 이해할 수 없는 경우는 없었지―.

하지만 그 두 사람은 달랐다.

생각해 보면 오오이 요시히코의 부모는 그야말로 아이러니한 이름을 지어 붙였다. 요시善라는 단어만큼 그에게 어울리지 않는 말은 없다.

하지만 한 달 전까지만 해도, 지난번 공판에서 변호인 측 증인의 증언을 들을 때까지만 해도 오리구치 역시 믿고 있었다. 믿으려 했다. 요시히코나 마스미나 계기만 주어지면, 환경만 좋아지면 분명 새로운 삶을 살 수 있을 거라고. 이 재판이 의미가 있는 것은 바로 그 때문이라고. 자신들이 지은 죄에 대해 처벌을 받고, 자신들이 얼마나 끔찍한 짓을 저질렀는지 그 의미를 깨닫게 하기 위해서.

변호사의 거듭되는 발언을 들어 보면, 그들 또한 희생자라는 사실은 이해가 되었다. 아니, 이해해야만 했다. 그리고 지금 그들은 자신들이 저지른 짓을 후회하고 있다. 피해자에게 사과하고 있다. 앞으로는 분명히 새로운 삶을 살 게 틀림없다ㅡ.

하지만 그건 어설픈 생각이었다.

우리는 모두 다 속없이 착한 사람들일 뿐이다. 오리구치는 생각했다. 우리는 아무리 속아도 또 마찬가지다. 그래서 계속해서 자꾸만 살해당한다.

그렇다. 그래서 지금ㅡ.

요시히코와 마스미가 정말로 후회하고 있는지, 그들이 한 번이라도 공포에 휩싸여 두 눈을 뜬 채로 총에 맞아 죽은 모녀를 떠올리며 마음 아파한 적이 있는지, 그 진심을 확인해야 하지 않겠는가? 법정에서 피고 오오이 요시히코를 위해 열변을 토하는 변호사 뒤에서 그는 몰래 새빨간 혀를 날름 내밀고 있지나 않은지. 개전의 정이라고는 눈곱만큼도 없으면서 오로지 자신을 체포한 경찰이나 자기를 재판하는 법정, 그걸 보는 주변 사람들에게 말도 안 되는 원한만 가슴에 품고, 그 적의를 터뜨릴 기회가 오기만을 기다리고 있지는 않은지. 그런 것들을 확인해야 하지 않을까?

그렇게 해야만 이십 년 동안 버려두었던 아내와 딸에게 겨우 아버지로서의 책임을 지는 셈이 될지도 모른다. 집을 버리고 도망쳐 나온 일에 대한 최소한의 책임을 질 수 있을지도 모른다. 이제야 중도하차한 열차를 다시 따라잡은 것이다. 최후의 결정적 순간에 운전석에 앉을 수 있게 된 것이다.

ㅡ승객은 두 명 모두 죽어 버렸지만.

그런 생각을 하고 나서 이 계획을 세웠다. 오리구치는 다시 스스로를 격려했다.

희미하게 음악이 들려왔다. 눈을 떴다. 왼손을 라디오 볼륨 쪽으로 뻗은 가미야가 얼른 말했다.

"이런, 죄송합니다. 시끄러운가요?"

라디오 소리는 아주 작았다. 오리구치는 자세를 고쳐 앉았다.

"아뇨, 괜찮아요. 잠이 들지는 않았습니다."

"이제 곧 간에쓰 터널입니다. 잠깐 교통정보를."

차는 미나카미 온천을 오른쪽으로 보면서 다니가와다케로 향하고 있었다. 드문드문 간에쓰 터널이 가까워졌음을 알리는 표지판이 눈에 띄기 시작했다.

라디오 프로그램은 심야 장거리 운전자들을 위한 방송이다. 엔카나 유행가 사이사이에 여자 아나운서의 목소리가 섞여 나왔다. 두시 반이 되었을 때, 교통정보 센터에서 내보내는 중계방송으로 들렸다. 잠시 귀를 기울이던 가미야가 중얼거렸다.

"교통은 별 문제 없는 모양이군요."

앞쪽에 아치 모양을 한 간에쓰 터널 입구가 보였다. 뻥 뚫린 반원 안으로 앞서가는 차량들이 빨려 들어간다. 가미야는 속도를 약간 줄여 코롤라를 차선 중앙으로 옮겼다. 차의 엔진 소리가 윙윙 크게 울리며 차가 터널로 들어가기 직전, 바로 왼쪽에 '터널 안에서는 라디오를 켜시오'라는 큼직한 표지판이 서 있는 게 오리구치의 눈에 들어왔다.

다음 순간 가미야의 코롤라도 오렌지색 조명이 켜진 터널 안으로 들어갔다. 라디오 소리가 툭 끊기고 아무 소리도 나지 않았다.

기압의 변화 때문에 귀가 먹먹했다. 큰 소리가 아니면 이야기할 수 없을 것 같아 오리구치는 입을 다물고 앉아 있었다.

일본의 척추라고 하는 산맥에 구멍을 파서 길을 뚫은 것이다. 기나긴 터널을 지나면 이제 니가타 현이 된다. 네리마에서 약 170킬로미터. 가나자와까지의 거리 3분의 1을 달려온 셈이다.

간에쓰 터널을 나온 순간 마치 탄환 같은 느낌이 들었다. 그 기분은 총을 갖고 움직이고 있는 오리구치만이 느낄 수 있는 것인지도 모른다. 긴 콘크리트 튜브에서 해방되자 가미야의 옆얼굴도 왠지 안도한 듯한 표정이 되었다.

터널을 나오자마자 라디오 소리가 다시 들렸다.

이상하다는 생각에 오리구치가 물었다.

"터널 안에서는 들리지 않는데 왜 '라디오를 켜시오'라는 표지판이 있는 겁니까?"

소박한 질문이었는지 가미야는 살짝 이를 드러내며 웃었다. "아, 그 이유 모르세요?"

"예, 차에는 어두워서."

"아아, 그러시군요. 저런 긴 터널에 들어갈 때는 라디오를 켜야만 합니다."

"호오……."

"아마 니혼자카 터널 대사고<small>1979년 7월 11일에 발생한 사고로 일곱 명 사망, 173대의 차량</small>

이 불에 탄 사건 뒤에 생겼을 겁니다. 터널 안에서는 독자적으로 사고 관련 정보를 방송합니다. 아, 그 니혼자카 터널 사고 때는 터널 내부에서 충돌사고가 일어났는데 뒤에 있는 차량들에게는 그 소식이 전달되지 않았죠. 그래서 차가 계속 밀려들어 그렇게 큰 참사로 이어졌습니다. 그 사건을 교훈 삼아 그런 설비를 한 거예요."

그렇군요, 하며 오리구치는 고개를 끄덕였다.

"방금은 사고가 없었기 때문에 터널에 들어가도 아무 소리도 들리지 않았지만 만에 하나 사고가 일어날 경우에는 라디오를 켜 두고 있으면 그 정보가 방송으로 나옵니다. 그래서 그런 표지판이 붙어 있는 거죠."

"이거 좋은 걸 배웠습니다." 오리구치가 웃었다.

성실한 남자라는 생각이 들었다. 규칙은 정확하게 지키는 사람이다.

상식인이며 가정적인 사람이기도 하다. 그 가정은 이런저런 문제를 안고 있는 듯하지만, 가미야 자신은 그걸 어떻게든 해결해보려 고민하고 있다.

문득 떠오른 생각이 있었다.

당신처럼 지극히 평범한 사람이 만약에 오오이 요시히코 같은 인간과 마주치게 되면 어떻게 대응할 건가—하는 생각이었다. 운전을 하고 있는 가미야에게 그런 말을 할 수는 없어 오리구치는 마음속으로만 물어보았다.

당신은 곤경에 처했을 때는 서로 도와야 한다면서 생판 남인 나를 친절하게 태워 주었다. 당신은 아들을 사랑하고 아내를 염려하며 장모를 어려워하면서도 가정을 유지해 가려 애를 태우고 있다. 아마 회사에서는 나름대로 업무를 맡아 부하 직원과 상사 사이에서 속을 태우면서도 담담하게 일을 하고 있으리라.

아무것도 특별할 것이 없다. 고민이 많은 평범한 사람이다. 그런 당신은 오오이 같은 인간을 어떻게 생각하는가? 어떻게 할 것인가? 오오이 요시히코 같은 인간을 어디까지 믿어야 한다고 생각하는가?

천천히 흘러가는 밤하늘을 보며 오리구치는 북극성을 찾았다. 살며시 손을 움직여 총탄이 들어 있는 벨트가방을 만지며 그 별을 우러러 마지막 질문을 마음속으로 했다.

당신은 모든 것을 알게 된 뒤에도 나를 이 차에 태워 주었던 일을 후회하지 않아 줄 텐가?

9

오전 두시 삼십분, 슈지와 노리코가 탄 피셔맨스 클럽의 해치백은 가미사토 휴게소에 이르렀다. 슈지가 속도를 줄여 휴게소 주차장으로 들어가자 노리코가 물었다.

"들렀다 갈 거야?"

"응. 혹시 오리구치 선배가 운전하는 흰색 벤츠를 본 사람이 없나 물어볼 거야."

"그러자." 대답하면서도 노리코는 불안했다. 주차장에는 냉동 컨테이너를 실은 대형트럭 한 대가 서 있지만 주위에는 아무도 보이지 않았다. 누구에게 물어볼 건가.

슈지가 차를 세웠다. 두 사람은 바로 내렸다. 노리코가 문을 닫은 상점 셔터와 자동판매기만 늘어선 무인 휴게소 쪽을 보고 있자 슈지가 말했다.

"저쪽 주유소에서 기름을 넣었을지도 모르니 잠깐 가 볼게."

출구 가까운 쪽에 있는 주유소를 가리켰다. 노리코는 고개를 끄덕였다. 그러자 슈지가 내친김에 이야기한다는 듯이 덧붙였다.

"화장실 들르지그래?"

그러고는 얇은 재킷 자락을 휘날리며 주유소 쪽으로 달려갔다. 노리코는 살짝 얼굴이 붉어졌다. 뭐야, 눈치챘네.

삼십 분 정도 전부터 화장실에 가고 싶었지만 도저히 말을 꺼낼 수가 없어 꾹 참고 있었다. 아니 참는다고 참았는데 슈지가 눈치를 챈 모양이다. 주유소에 들른다는 이야기는 구실이고 사실은 노리코를 위해 차를 세웠으리라.

텔레비전이나 영화 같은 데서는 누군가를 추적하는 사람이 도중에 화장실에 뛰어들어 가는 장면은 전혀 나오지 않는다. 하지만 현실은 훨씬 꼴사납고, 과정도 멋지지 않고 평범하다. 그런 생각을 하다가 노리코는 마음을 바꿨다. 그렇지 않다. 내가 꼴사납고 평범한 거다. 이런 중요한 때에 화장실이라니.

노리코는 화장실로 달려갔다. 인기척이 없고 어두컴컴해 겁이 나 얼른 볼일을 마쳤다. 밖으로 나오다 가슴에 회사 로고가 새겨진 유니폼을 입은 운전자 두 명과 딱 마주쳤다. 역시 화장실에서 나오는 중이었다. 아마 두 사람 다 그 냉동 컨테이너 트럭 운전기사인 모양이다.

길을 서두르고 있는 슈지에게 이 휴식은 초조한 시간일 것이다. 미안한 마음에 뭔가 실마리가 잡히지 않을까 싶어 깊이 생각도 하지 않고 말을 걸었다.

"안녕하세요, 저어—."

운전기사들은 뜻밖이라는 표정으로 걸음을 멈췄다. 한 사람은 제법 나이가 들었고, 또 한 사람은 서른 안팎으로 보였다.

"무슨 일이지?" 되물은 쪽은 젊은 운전기사였다.

"이 부근에서 혹시 흰색 벤츠를 보지 못하셨나요?"

두 사람은 서로 얼굴을 마주 보았다. 그런 다음 무슨 소린지 알겠다는 듯이 웃음을 터뜨렸다. 나이 든 쪽은 역시 제복에 있는 것과 같은 로고가 새겨진 모자를 고쳐 쓰면서 이렇게 말했다.

"아가씨, 그렇게 물어보면 대답할 방법이 없어요."

"벤츠라면 몇 대나 봤지." 젊은 쪽이 말했다. 또 웃었다. "요즘엔 개나 소나 다들 외제차를 모니까 말이야. 하루에 스무 대 정도 볼 때도 있어. 대부분 흰색 벤츠지. 이따금 검은색도 있기는 하지만."

"그런가요? 죄송해요."

그렇게 말하고 노리코는 후다닥 달려 나갔다. 두 사람 말이 맞다. 정말 난 왜 이리 멍청할까.

필요 이상으로 숨이 차도록 달려 두 손으로 해치백의 보닛을 짚고 창피하다는 생각에 입술을 깨물고 있는데 그 두 운전기사가 트럭으로 다가가는 모습이 보였다.

두 사람이 뭔가 이야기를 하면서 아직도 웃고 있었다. 높은 발판에 발을 걸치더니 날렵하게 운전석으로 뛰어 올라가다가 젊은 쪽이 노리코를 보며 잘 있으라는 듯이 손을 흔들어 주었다. 노리코는 얼른 외면했다.

조용한 주차장의 밤기운을 뒤흔드는 굉음을 남기고 트럭이 천천히 달려 나갔다. 트럭과 엇갈려 슈지가 주유소에서 이쪽으로 달려왔다. 한 손을 내저으며 얻은 게 없다는 시늉을 했다.

"보지 못했대?"

"응." 슈지도 약간 숨을 헐떡거렸다.

"가능성이 희박하다고는 생각했지만, 밤늦은 시각에 벤츠에 기름을 넣은 기억은 없대. 뭐 할 수 없지."

매끄러운 미간에 주름을 잡으며 슈지가 말했다.

"다만 좀 마음에 걸리는 일이 있어. 한 시간 정도 전에 이 주차장에서 작은 아이가 오토바이에 치일 뻔했대. 그때 애를 구한 사람의 나이나 생김새를 들어 보니 오리구치 선배와 비슷해."

"그럼, 그게—?"

슈지는 고개를 저었다. "아니야. 하지만 그 애는 아버지로 보이는 사람과 함께였대. 게다가 그 애를 구한 남자와 셋이서 차를 타고 갔는데 그 차는 코롤라였다고 하니까……."

슈지는 거기까지 말하고, 노리코를 보며 눈을 살짝 크게 떴다. "왜 그래? 얼굴이 창백하네."

"그래?"

"응." 슈지는 고개를 끄덕이며 지금은 텅 비어 아무도 없는, 창백한 불빛만 비치고 있는 화장실 쪽을 보며 얼른 노리코의 안색을 살폈다.

"치한이라도 나왔나?"

진지한 표정으로 묻기에 노리코는 얼른 부정했다.

"아니야, 그렇지 않아."

"트럭 운전기사들이 치근덕거리거나 한 거는 아니야?"

"아니라니까, 정말이야."

슈지가 진심으로 걱정해 주고 있다는 느낌이 고스란히 느껴져, 괜스레 자신이 한심하다는 생각이 들었다. 눈물이 쏟아질 뻔했다.

"그게 아니야. 내가 바보라서 그래."

슈지는 의아하다는 표정을 지었다. 노리코는 한없이 움츠러들어 그대로 사라져 버리고 싶은 기분이었다.

"물어봤어, 좀 전의 그 트럭 운전기사들에게. 그랬더니 흰색 벤츠는 하루에 몇십 대나 본다면서 웃던걸."

그러자 슈지가 긴장한 표정을 풀었다. 굳게 다물었던 입술도 풀렸다. "그야 그렇지."

"그래. 난 참 바보야. 도대체가 지금 여기 차를 세워 둔 사람이 우리보다 한 시간 먼저 간 오리구치 씨의 차를 보았을 리가 없잖아. 그런 당연한 생각도 못 하다니, 난 정말 정신이 없어. 늘 그래. 전혀 도움이 안 되고 머리가 돌지 않아서 다른 사람들에게 폐만 끼치고—"

빠른 말투로 이렇게 이야기해 버린 것은 그렇게 입을 움직이지 않으면 고이는 눈물을 멈출 수가 없을 것 같은 기분이 들었기 때문이다. 하지만 결국 눈물은 멈추지 않고, 목소리까지 떨려 나와 오히려 흉한 꼴을 보이고 말았다.

슈지는 혼자 중얼거리는 노리코를 말없이 바라보고 있었다. 도중에 재킷 주머니에 두 손을 찔러 넣고 고개를 살짝 기울여 약간 기가 막힌다는 표정을 지었다. 슈지가 그런 표정을 짓자 노리코는 입을 다물기가 더 두려워져 계속 말을 하려 했지만 할 말이 더 이상 떠오르지 않아 결국은 어깨를 들썩이며 입을 다물고 말았다.

고개를 숙인 채 몸을 웅크리고 슈지가 뭐라고 할지 기다리고 있는데 그는 이런 소리를 냈다.

"어라?"

노리코는 머뭇머뭇 고개를 들었다. 슈지는 주머니에서 한 손을 꺼내 손바닥에 얹은 뭔가 작고 가느다란 유선형으로 생긴 물건을 보고 있었다.

노리코와 눈이 마주치자 웃는 표정을 지었다.

"가지고 왔네, 이거. 깜빡 잊었어. 발연 낚싯봉이야."

노리코는 입을 다물고 있었다. 슈지는 그것을 주머니에 다시 집어넣더니 변명하는 말투로 말했다.

"손수건을 꺼내려고 했더니―." 차 문을 열면서 덧붙였다. "갖고 오지 않았네. 낚싯봉으로는 얼굴을 닦을 수가 없지. 티슈가 여기 어디 있을 텐데."

노리코는 숨을 깊이 들이쉬고, 몸이 떨리는 것을 참으려 했다. 조수석 옆문을 열고 차에 올라탔다. 안전벨트를 차면서 슈지가 말했다.

"모든 일을 일일이 깊이 생각하지 않는 게 좋아."

노리코는 고개를 돌려 그를 바라보았다. 슈지는 웃지는 않았지만 그렇다고 무서운 표정을 짓고 있지도 않았다.

"미안해." 노리코가 기어들어 가는 목소리로 말했다. "나 때문에 시간만 허비했네."

슈지는 자동차 키로 손을 뻗다가 그대로 멈추고 이번에는 살짝 웃었다.

"그런 식으로 뭐든 자기 잘못이라고 하지 않아도 돼. 시간을 허비했다고 해 봐야 겨우 오 분 정도잖아."

"……."

"그리 심각하게 생각하지 마. 좋은 의미건 나쁜 의미건 주위 사람들은 너에 대해 그렇게 깊이 신경 쓰지 않아."

그 말이 노리코의 심금을 울렸다. 또 눈물이 나올 것만 같아 얼른 참았다.

슈지는 키를 돌려 시동을 걸었다. 차가 흔들리기 시작하더니 구동음이 났다. 슈지가 약간 목소리를 높여 말했다.

"오늘 밤 일도 마찬가지야. 게이코 씨가 총에 그런 조작을 한 건 그 사람이 그렇게 생각해서 한 거야. 네가 억지로 시킨 게 아니지. 분명히 네 편지가 게이코 씨를 움직이게 했지만 네가 한 건 그뿐이야. 그다음 일까지 네가 책임을 느낄 건 없어."

노리코는 고개를 끄덕였다. 그 바람에 눈물이 뺨에 흘러내렸다.

"괜찮아?"

슈지가 묻기에 한 번 더 고개를 끄덕였다.

슈지는 소리 없이 씩 웃었다. 아마 그건 그의 버릇인 모양이다. 그렇게 웃으면 마치 장난꾸러기 같은 표정이 된다.

"당연한 소리겠지만, 피곤해서 그럴 거야."

노리코는 티슈를 꺼내 콧물을 닦고, 눈물을 훔쳤다.

"네게는 오리구치 씨에게 사정 설명을 해야 할 중요한 역할이 기다리고 있어. 하지만 그것도 사실은 네가 하지 않아도 될 일이야. 그걸 떠맡아 줘서 고마워. 그러니 사소한 일에 일일이 마음 쓰지 마. 알았지?"

"알았어."

노리코는 그제야 미소를 되찾았다. 한번 울기 시작한 것이 바로 수습되지는 않았다. 하지만 마음은 한결 가벼워졌다.

"좋아, 그럼 출발하자."

해치백은 천천히 주차장을 빠져 나갔다.

10

게이코는 어둠 속에서 소파에 기대어 눈을 뜨고 있었다. 눈에 보이는 어둠은 자기 마음과 같은 색을 띠고 있다.

삼십 분쯤 전부터 전화가 전혀 오지 않았다. 아니, 한 시간 전부터인가? 시간 감각이 없어졌다.

조용하다. 죽음처럼 조용하다. 심장이 뛸 때마다, 맥이 뛸 때마다 부어오른 오른쪽 발목이 욱신욱신 쑤신다. 그 통증이 없었다면 깨어 있는 건지 꿈을 꾸고 있는 건지 구분할 수 없었을지도 모른다.

오리구치는 어디까지 갔을까? 슈지와 노리코는 어떻게 되었을까?

오리구치는 도대체 어디로 가려는 걸까?

멍하니 그런 생각을 하고 있었다. 다람쥐 쳇바퀴 돌기다. 괴상하게 생긴 목마가 빙글빙글 돌아가는 메리고라운드. 돌아라, 돌아라. 그러면 시간이 흐르고 아침이 밝아 모든 것이 해결될 거다. 돌아라, 돌아—.

그때 작은 소리가 들렸다.

잘못 들은 걸까? 희미한, 금속이 스치는 듯한 소리다. 멀리서 누가 동전을 던져 올렸다가 받지 못해 바닥에 떨어뜨린 듯한 소리.

착각일까? 다시 아무 소리도 들리지 않는다.

게이코는 다시 소파에 머리를 기대고 어둠을 바라보았다. 눈을 감아도 어둠뿐. 게다가 몽롱한 상념 같은 것이 꿈틀거려 눈을 뜨고 있지 않을 수 없었다. 그러다 보니 엿이 천천히 녹아내리는 듯한 속도로 피로가 몰려와 의식을 감쌌다. 졸음이 와 눈꺼풀이 스르르 감기기 시작했다. 회전목마가 돌기 시작한다. 그리고 턱이 천천히 내려가고, 고개가 숙여져 그 바람에 다시 눈을 뜬다. 거듭, 거듭.

깜빡, 깜빡—.

발소리.

잠결에 잘못 들은 건가 싶었다. 돌아가는 회전목마가 내는 소리인 줄 알았다. 하지만 거실 어둠 속을 들여다보니 희미하기는 하지만 누군가가 입구에 서 있는 것이 보였다.

게이코는 눈을 번쩍 떴다. 반사적으로 바닥에 뻗었던 발을 끌어당겼다. 오른쪽 발목의 통증 때문에 정신이 번쩍 들었다. 꿈이 아니다. 누가 안으로 들어왔다.

상대는 아직 어둠이 눈에 익지 않은 듯했다. 벽을 짚고 조심스럽게 살금살금 옆으로 이동하고 있다. 누군지는 모르지만—그렇다, 남자다. 바지를 입은 다리가 보인다—아주 천천히 움직이며 몸을 약간 앞으로 웅크리고 있다. 잔뜩 귀를 기울이듯이.

대체 누굴까? 무얼 하러 온 거지? 문은 어떻게 열었을까?

그 남자는 게이코 쪽을 보지 않았다. 게이코가 여기 있을 거라는 생각은 하지 못한 모양이었다. 그의 몸은 침실 쪽으로 향하고 있었다. 발도 그쪽을 향하고 있다.

소리가 나지 않도록 숨소리마저 죽이고 게이코는 천천히 발을 웅크렸다. 시선은 그 남자의 어두운 그림자를 똑바로 바라보았다. 누구지? 누구지? 누구지? 실성한 피아니스트가 건반을 손으로 두드리며 연주하는 불협화음처럼 그 말이 머릿속에서 윙윙거렸다. 누구지, 당신은?

일어서기 위해서는 일단 소파의 등받이를 짚어야만 한다. 마루 위를 천천히, 천천하 엉덩이로 조금씩 이동했다. 남자는 왼손으로 벽을 짚고 오른손으로 어둠 속을 더듬고 있다. 침실—그렇다, 문의 손잡이를 찾으려 하고 있는 것이다. 게이코는 팔을 들어 소파 등받이를 짚고 몸을 일으키려다 실패했다. 더 뒤로 물러나야만 한다.

팔을 다시 내려 소파 등받이를 잡았다. 이번에는 제대로 됐다. 등 뒤 창에 걸려 있는 레이스 커튼에 닿지 않도록. 창문으로 들어오는 바깥 불빛에 모습이 보이지 않도록 조심, 조심.

게이코는 몸을 살짝 일으켜 일어섰다. 그때 약간 머리를 높이 들어 잠깐이나마 창밖에서 들어오는 불빛에 몸이 드러났다는 사실을 깨닫지 못했다. 엉거주춤한 상태로 소파 뒤로 돌아 들어가 남자가 향하고 있는 침실 문이 있는 쪽과는 반대 방향으로, 주방으로 들어가는 문 앞을 가로질러 두 손으로 바닥을 짚고 살금살금 기어가기 시작했다. 남자의 뒤를 돌아 현관문까지만 무사히 갈 수 있다면—.

괜찮다. 걱정할 것 없다. 소리도 나지 않으니까. 조금만 더 가면 사이드테이블이 있을 것이다. 테이블 다리가 만져지면 우회해서 다시 벽 쪽으로 붙어야 한다. 넘어지지 않도록 조심해서—.

게이코는 오른손을 뻗어 어둠 속을 더듬었다. 손가락 끝이 테이블 다리에 닿았다. 무릎으로 반걸음 다가가 그걸 확인하려 했다.

손에 닿은 테이블 다리가 부드러웠다. 천의 촉감을 지니고 있었다. 그 아래로 더듬어 내려가자 주름 같은 것이 느껴졌다.

바지.

테이블이 아니라 사람의 다리다.

그걸 깨달은 순간 게이코는 손을 거두고 도망치려 했다. 하지만 어둠 속에서 뻗어온 팔이 목덜미를 움켜쥐고 벽 쪽으로 밀쳤다. 게이코는 어쩔 수 없이 바닥에 굴렀다. 이어서 따귀를 맞고 숨을 멈췄다.

"게이코, 도망칠 수 있다고 생각했나?"

거친 호흡 소리와 함께 남자의 목소리가 들려왔다. 따귀를 맞아 귀가 멍했다. 눈앞이 부옇다. 그래도 생각했다. 이건 몇백 번도 더 들은 기억이 있는 목소리다. 때로는 게이코에게 응석을 부린 적도 있는 목소리. 하지만 설마, 설마—.

비명을 지르며 입을 벌렸지만 두툼한 손바닥이 막았다. 머리카락을 잡혔다. 머리가 들어 올려졌다. 바닥에 내동댕이쳐졌다. 그러자 남자는 잔뜩 낮춘 목소리로 계속 중얼거렸다.

"왜 방해를 하고 그래. 너 같은 건 날 방해할 자격이 없어. 이년아—."

한 번, 두 번. 남자가 게이코의 머리를 바닥에 짓찧었다. 게이코
는 정신이 아득해져 소리도 지르지 못했다. 남자의 두 손이 목을
잡고 조여 오는 걸 느꼈다—.

다음 순간 게이코의 목을 잡은 손이 떨어졌다. 그대로 바닥에
쓰러지고 말았다. 누군가가 신음 소리를 내며 벽에 부딪치는 소리
가 났다. 그리고,

"아야! 제길, 이거 놔!"

이번에는 고함 소리가 또렷하게 들렸다. 목소리의 주인이 누군
지 알 수 있었다. 거친 발소리와 함께 뒤엉킨 그림자가 벽에 부딪
쳤다가 떨어지더니 다시 또 부딪쳤다. 한 사람이 다른 한 사람을
벽에 밀쳐 팔을 등 뒤로 꺾어 올리고 있었다. 흐릿해져 가는 게이
코의 시야 속에서 벽에 밀쳐진 남자의 무릎을 뒤에 있는 남자가
걷어차는 모습이 보였다.

"무릎을 꿇고 발을 어깨 넓이로 벌려. 버둥거리지 말고. 그러면
더 아플걸."

시원스러운 목소리로 그렇게 명령하며 여전히 반항하는 남자의
목덜미를 잡고 벽에 한 번 밀쳤다. 그제야 겨우 저항을 포기했다.
찰칵, 하는 금속음이 들렸다.

몸을 일으키지도 못하고, 게이코는 그 모습을 멍하니 바라보고
있었다. 발소리가 들리고 천장의 불이 켜졌다. 갑자기 불이 켜지
자 게이코는 눈을 감았다.

"괜찮습니까?"

남자의 목소리가 그렇게 물었다. 뭔가가 게이코의 뺨을 가볍게 건드렸다. 그녀는 눈을 떴다.

몸을 웅크려 한쪽 무릎을 바닥에 대고, 게이코를 들여다보고 있는 남자의 얼굴을 처음에는 알아보지 못했다. 또 때리는 게 아닌가 하는 공포가 앞서 게이코는 얼른 허우적거리며 뒤로 물러났다.

"움직이지 마세요." 남자는 손으로 게이코의 머리를 부드럽게 잡았다.

"움직이면 안 됩니다. 그대로, 그대로 계세요. 숨 쉬는 건 불편하지 않죠?"

게이코는 눈만 깜빡거렸다. 숨을 들이쉬자 목이 타들어 가는 듯해 심하게 기침을 했다.

"서둘지 마시고 천천히 호흡을 하세요—그렇지, 그렇게—좋아요, 이제 됐어요."

그 남자는 게이코의 머리를 쓰다듬으며 부드럽게 말했다. 그러고는 주위를 두리번거리더니 얼른 어디론가 갔다가 다시 돌아왔다. 약간 기울이고 있는 얼굴 아래 티슈페이퍼를 한 움큼 대면서 머리를 안아 옆을 보게 했다.

"코피가 나요. 고개를 옆으로 돌리세요."

게이코는 눈을 감고 최대한 천천히 고개를 움직여 옆을 보았다. 코 밑이나 입 주위가 미지근한 것은 피 때문이었던가—.

"이 아파트 계단실은 잠겨 있어서 이용할 수 없었고, 엘리베이터는 너무 늦게 와서 시간을 많이 잡아먹었습니다. 관리인에게 한 마디 해 두는 게 좋겠어요."

게이코는 눈을 떴다. 바로 곁에 있는 사람은 네리마기타 경찰서 형사였다. 이름이 뭐였더라? 머리가 멍해 기억이 나지 않았다.

그는 또 게이코의 시야에서 사라졌다가 다시 돌아왔다. 이번에는 소파 커버를 들고 있었다. 뜯어 온 모양이다. 그걸로 게이코의 목 아래를 덮었다.

"곧 구급차가 올 겁니다. 가만히 계세요. 움직이면 안 됩니다."

하지만 게이코는 일어나고 싶었다. 무슨 일이 있었는지 알고 싶었다. 그 목소리, 자기를 잡았던 그 팔.

"형사님."

일어서려던 형사의 옷소매를 잡으며 사정하듯 말했다. "제가, 제가—."

형사는 일어서려는 게이코를 부축했다. 벽 쪽에 머리를 대고 앉아 손을 뒤로 돌려 수갑을 차고 있는 남자를 바라보았다. 수갑이 주방 칸막이 문손잡이에 걸려 있었다.

틀림없다, 역시 그랬다.

고쿠부 신스케였다.

"신스케……."

게이코의 목소리에 그는 고개를 들었다. 침이라도 뱉을 듯한, 창백한 표정이었다.

"아는 사이입니까?"

게이코를 안고 있던 형사가 낮은 목소리로 물었다. 그제야 겨우 게이코는 형사의 이름이 기억났다. 구로사와였다.

고개를 끄덕이자 눈물이 흘렀다. 고쿠부는 게이코를 노려보다가, 구로사와 쪽으로 시선을 돌리더니 으르렁거리듯 말했다.

"이런 취급은 부당해. 폭력행위야. 난—."

구로사와는 슬쩍 어깨를 움츠릴 뿐이었다. 게이코를 안고 소파 옆까지 옮기더니 거기에 기대게 하고 전화기 쪽으로 다가갔다.

형사가 긴급 연락을 취하는 사이에 게이코는 고쿠부를 바라보았다. 그는 게이코를 노려보고 있었다. 충혈된 눈, 불안하게 움직이는 눈동자는 마치 그것만 다른 생물체인 것처럼 보인다.

"뭐하러 왔지?"

겨우 입술을 열어 그렇게 물을 수 있었다. 고쿠부는 고개를 돌렸다.

"너 내가 결혼한다는 걸 어떻게 알아냈지?"

게이코는 말없이 그를 계속 바라보았다. 내가 이 남자를 사랑했던 적이 진짜 있었던가—그런 생각이 들었다.

"식장까지 캐내서 총을 가지고 왔잖아? 다 알아. 뻔히 안다고. 나는—."

그때 구로사와가 돌아왔다. 고쿠부는 고개를 치켜 올리더니 달려들듯이 말했다.

"이 여자를 체포해! 총을 갖고 날 쏘려고 했어. 그러니 나는 정당방위나 마찬가지야. 물어봐! 이 여자 잘못이야."

구로사와는 잠시 고쿠부의 얼굴을 들여다보았다. 무표정하고, 겉으로 보기에 그다지 놀란 것 같지는 않았다. 이윽고 고쿠부에게 빙글 등을 돌리더니 또 무릎을 구부리고 게이코 옆에 웅크리고 앉아 그녀의 눈을 들여다보며 조용히 물었다.

"이야기할 수 있겠습니까? 힘들면 고개를 끄덕이거나 저으면 됩니다."

게이코는 눈을 감고 고개를 끄덕였다.

"세키누마 게이코 씨, 지금 이 남자가 한 말이 사실입니까?"

게이코는 구로사와의 눈을 똑바로 볼 수 없었다. 입을 열 기운도 나지 않았다.

"그럼 질문을 바꾸죠. 당신은 총을 갖고 있죠? 아마도 경기용 산탄총이겠죠? 그렇죠?"

게이코는 겨우 입을 열어 말을 했다. 찝찔한 피 맛이 느껴졌다.

"어떻게 아시죠?"

형사는 윗옷 주머니에 손을 집어넣어 지저분한 천을 꺼냈다.

"재채기가 나더군요. 수건이 없나 싶어 재킷에 손을 넣었을 때 이게 나왔습니다. 깜빡 잊고 있었는데, 처음 당신을 찾아왔을 때 주차장에서 주운 겁니다. 그때는 어두워서 잘 보이지 않았지만, 다시 펼쳐 보고는 바로 깨달았습니다. 보세요, 이걸."

구로사와가 기름에 찌든 천을 펼쳐 보였다.

말하지 않아도 게이코는 그게 뭔지 알고 있다. 총신을 청소할 때 쓰는 천이다. 기름이 배어 있다. 원래는 클럽에서 서비스로 받은 핸드타월이었다.

오리구치 씨가 떨어뜨린 것이라는 생각이 들었다.

"글자가 찍힌 타월이군요. 가장자리에 '아쓰기 사격 센터 클럽 하우스'라고 적혀 있습니다. 이걸 보고 생각했죠. 혹시 이게 당신 것이 아닌가 하고요. 도난당한 차 안에 있었던 게 아닐까—하고."

게이코는 천천히 미소를 지었다. "직감이 뛰어나시군요."

구로사와도 미소를 지었다. "처음에 여기 찾아왔을 때 당신 태도가 이상했던 것도 마음에 걸렸으니까요. 그저 차를 도난당한 것만은 아닌 느낌이 들어서."

"그래서 돌아왔나요?"

"예, 그렇습니다."

다시 진지한 표정을 짓더니 형사가 물었다. "당신은 총을 갖고 있습니까?"

게이코는 고개를 끄덕였다. "산탄총을요."

"차와 함께 그걸 도난당했습니까?"

고개를 끄덕이자 게이코의 두 눈에서 눈물이 흘렀다. 아아, 나는 왜 이리 꼴사나운 모습을 보이는 걸까. 그런 생각에 더 눈물이 났다.

"훔쳐 간 사람은 짐작이 갑니까?"

게이코는 눈을 감은 채로 계속 울고 있었다. 지칠 대로 지쳐 있었지만 슈지와의 약속을 깰 수는 없다. 주저앉아 그 생각만 했다. 모른다, 난 모른다. 모르는 사람이 훔쳐 간 거다.

"짚이는 사람이 있는 거죠?" 구로사와가 다시 물었다. "당신은 그 사람을 감싸고 있는 것 아닙니까?"

멀리서 순찰차 사이렌이 들려왔다. 한두 대가 아니라 여러 대의 순찰차가 달려오는 모습을 머릿속에 그렸다.

"솔직하게 말씀하시는 게 좋아요. 총을 도난당했다는 건 중요한 문제입니다. 아시죠? 일이 크게 번지기 전에 전부 털어놓으세요. 감싸 봐야 좋을 거 아무것도 없어요."

구로사와의 두 눈을 쳐다보며 게이코는 웃으려 했다. 웃으면서 '몰라요'라고 하려 했다.

그러나 입술만 일그러질 뿐이었다.

"저는 연극이 서툴러요."

그렇게 말했다. 말해 버리니 자신을 지탱하고 있던 받침대가 쓰러졌다. 그래도 아직 최후의 저항으로 입술을 부들부들 떨면서 버텼다. 이야기하면 안 돼, 이야기하면 안 돼. 약속했으니까.

"누구를 감싸고 있는 겁니까?"

그렇게 물으며 구로사와는 손을 뻗어 게이코를 감싼 소파 커버의 끄트머리를 잡아당겨 그녀의 얼굴을 닦아 주었다.

게이코는 꾹 참고 있었다. 만약 구로사와가 다음 말을 입 밖에 내지 않았더라면 더 버틸 수 있었을지도 모른다.

그는 게이코의 이마에 난 상처를 신경 쓰면서 아주 소박하게 이렇게 말했다.

"불쌍하게도."

지금까지 누구도 이런 간단한 말을 던진 적은 없었다. 둑을 무너뜨리는 단 하나의 돌멩이는 이리도 소박하고, 이리도 간단한 말이었던 것이다.

　게이코는 흐느껴 울기 시작했다. 그 눈물과 함께 말이 쏟아져 나왔다. 계속해서, 계속해서.

종착역

제
4
장

1

오전 세시 사십분. 끌레르 에도가와 604호실을 중심으로 때 아닌 전쟁이 벌어졌다. 총기 관련 문제라 네리마기타 경찰서나 관할서인 에도가와니시 경찰서나 매우 심각한 사건으로 받아들였다.

자초지종을 털어놓은 세키누마 게이코는 구급차에 실려 가고, 고쿠부 신스케는 에도가와니시 경찰서로 연행되었다. 연락 담당을 다른 형사에게 떠맡기고 댓바람에 현장으로 달려온 오케가와는 모여든 수사관들 가운데서 구로사와를 발견하자 대뜸 이렇게 말했다.

"자네 감이 맞아 떨어지는 일도 다 있군."

"칭찬해 주셔서 영광입니다만 기뻐할 수만은 없군요."

오케가와는 수염이 난 둥근 턱을 쓱쓱 문질렀다.

"세키누마 게이코는 이 오리구치란 남자의 행선지까지는 알지 못하나?"

"예. 알고 있는 건 그 사람 뒤를 쫓고 있는 사쿠라라는 청년뿐인 모양입니다."

"오리구치가 사는 곳은?"

"지금 확인하고 있는 중입니다. 피셔맨스 클럽 기타아라카와 지점의 책임자와 연락을 취하려 하고 있는데, 연결이 안 됩니다."

"골치로군."

오케가와는 말과는 달리 느긋한 표정으로 글레르 에도가와의 벽돌색 외벽을 올려다보았다. 순찰차의 붉은 불빛이 외벽 타일에 비쳐 빛났다. 대부분의 집에는 불이 켜져 있고, 군데군데 사람들이 고개를 내밀고 있었다.

"본청 쪽에서 비상을 걸어 두었지만, 도난당한 지 다섯 시간 가까이 지났잖아? 도쿄를 빠져나갔을 가능성도 있겠지. 골치 아프게 됐어. 우린 광역 수사에 약하니."

"투덜거리고 있을 때가 아니죠. 갑시다."

"가다니, 어딜?"

"뻔하잖아요? 야하라로 돌아가는 겁니다. 벤츠가 버려진 곳으로요. 탐문 수사를 해야죠. 그게 기초라고 늘 말씀하셔 놓고서."

"나는 일부러 여기까지 왔어. 돌아갈 것까지는 없네."

오케가와는 끙, 하고 신음 소리를 냈다. 그리고 주위에 있는 형사들이 듣지 못하도록 목소리를 낮췄다.

"이렇게 분초를 다투는 사건의 경우에는 탐문 수사 같은 건 소용없어. 기다리고 있으면 오리구치의 주소를 알 수 있게 될 거야. 가택 수색을 하면 목적지를 알아낼 수 있을지도 몰라. 그쪽이 더 빨라.”

“그런 무책임한. 그쪽은 에도가와니시 경찰서가―.”

오케가와는 딴전을 부렸다. “이건 우리 사건이야. 뭐 꼭 야하라에 가 보고 싶다면 자네만 가. 참 말을 안 듣는 친구로군.”

“말을 안 들어요?”

오케가와는 구로사와의 넥타이를 잡고 거칠게 휙 끌어당기더니 와이셔츠 칼라 부근을 유심히 관찰했다.

“이건 뭐지?”

거기에 핏방울이 묻어 있었다. 세키누마 게이코를 끌어안을 때 묻은 핏자국이었다. 오케가와는 찬찬히 들여다보더니 씩 웃었다.

“게이코 씨가 울면서 부탁했겠지? 오리구치를 막아 달라고. 총구를 납으로 막아 남자 앞에서 죽겠다는 생각만 했을 뿐인데, 그 때문에 다른 사람이 죽게 되면 안 된다고. 사정했을 거 아니야? 그러면 그 부탁을 들어줘야 남자 체면이 서지.”

“하지만 수사에는 자기 역할이라는 게―.”

항의하려는 구로사와의 가슴을 오케가와가 갑자기 툭 때렸다.

“아야, 왜 그래요.”

“잠깐만, 저건 누구지?”

오케가와의 눈은 노란색 로프 밖에 모여 있는 구경꾼 쪽을 향하고 있었다. 깊은 밤인데 꽤 많은 사람들이 모여들었다.

오케가와가 턱으로 가리킨 것은 젊은 아가씨였다. 제일 앞줄에 서서 두 손으로 로프를 잡고 있다. 꼭 쥐고 있지 않으면 다른 사람에게 밀려나기라도 할 거라는 듯이 관절이 튀어나올 정도로 힘주어 잡고 있었다.

그 아가씨는 오가는 형사들을 이리저리 바라보았다. 그 사이사이에 입술을 적시면서 육층 쪽을 올려다보곤 했다. 안색이 창백하고 두 어깨를 축 늘어뜨려 약간 지쳐 보였지만 상당히 예쁘게 생긴 아가씨였다.

"자네 젊은 아가씨 다루는 게 특기지? 저 아가씨에게 이야기 좀 들어 보자고."

말을 끝내자마자 오케가와는 뚜벅뚜벅 걸어갔다. 문제의 아가씨로부터 일부러 약간 떨어진 위치에서 로프 밑으로 빠져 나가 구경꾼들 틈새로 섞여 들어갔다. 구로사와도 어쩔 수 없이 뒤를 따랐다.

오케가와는 천천히 이동해 그 아가씨 뒤로 다가갔다. 그러고는 살짝 어깨를 두드렸다.

"아, 아가씨."

마치 어린애에게 말을 거는 말투였다. 그 아가씨는 깜짝 놀라 돌아보았다. 오케가와는 검지를 입 앞에 세우고 나직한 목소리로 말했다.

"세키누마 게이코 씨와 아는 사이인가? 아니면 오리구치 씨나 사쿠라 씨와 아는 사이?"

아가씨는 동그란 눈을 크게 뜨고 오케가와를 바라보았다.

"오리구치 씨? 사쿠라 씨도? 역시 두 사람 다 뭔가 관계가 있는 건가요? 사람들이 하는 이야기를 듣기는 했지만 뭐가 뭔지 모르겠어서—."

"아가씨는 두 사람을 압니까?"

그 아가씨는 마치 도둑 누명을 쓰기라도 한 듯한 표정으로 살짝 고개를 저었다. 뭐가 어떻게 된 건지 모르기 때문에 두려워하고 있는 것이다.

"아뇨—저—저는—."

"아는 사이죠? 무척 걱정되시겠네요."

오케가와는 부드럽게 물었다. 이 말투와 부드러운 둥근 얼굴이 이 아저씨의 무기다.

아니나 다를까, 젊은 아가씨는 오케가와에게만 들릴 정도로 작은 목소리로 물었다.

"어떻게 해야 좋을지 모르겠어요. 하지만 걱정이 되어서⋯⋯. 경찰에 계신 분인가요?"

오케가와는 고개를 끄덕였다. "나나 이쪽 젊은 친구나 경찰입니다"라며 구로사와를 가리켰다. "어떻게 된 건지 이야기해 줄래요? 서두르지 않아도 괜찮아요. 천천히 하면 되니까. 아가씨 이름이 뭐죠?"

그 아가씨는 가냘픈 목을 꿈틀 움직이고 나서 대답했다.

"저는 노가미 유미라고 합니다. 피셔맨스 클럽 기타아라카와 지점에서 오리구치 씨, 사쿠라 씨와 함께 일하고 있습니다."

끌레르 에도가와로부터 한 구역 정도 떨어진 위치에 있는 가로등 아래에서 오케가와와 구로사와는 경찰수첩을 보여 주고 노가미 유미를 안심시킨 뒤, 이야기를 들었다.

그녀는 오리구치가 어디 사는지 몰랐다. 어디 출신인지도 모른다. 다만 그가 혼자 살고 있다는 사실, 피셔맨스 클럽에 취직하기 전의 생활에 관해서는 별로 이야기하고 싶어 하지 않는다는 사실 등에 대해 말해 주었다.

"무척 좋은 분이에요. 아주 착하고. 우린 다들 오리구치 씨를 좋아하죠."

유미는 머리가 좋은 아가씨 같았다. 약간 진정되자 어젯밤부터 일어났던 일들을 차근차근 설명해 주었다.

"사쿠라 씨가 신코이와 역 근처에 있는 이자카야에서 갑자기 사라졌어요. 그 전에 들은 이야기가 있어서 저는 분명히 세키누마 씨의 아파트에 왔을 거라고 생각했어요. 점장님은 쓸데없는 짓 하지 말라고 말리셨지만 전화도 걸어 봤죠. 하지만 부재중 메시지가…….'"

"흐음. 그래서, 그냥 있을 수 없어 와 보았다는 건가요?"

"네, 그래요." 유미는 블라우스를 입은 가슴께에서 주먹을 꼭 쥐고 있었다. "그런데 세키누마 씨가 누군가에게 습격을 받아 다쳤다는 이야기를 듣고…….'"

"크게 다친 건 아니니 괜찮아요." 구로사와가 말했다. "충격이 가라앉으면 금방 좋아질 겁니다."

하지만 유미가 걱정하고 있는 것은 게이코의 상태는 아닌 듯했다. 겁먹은 표정으로 눈을 심하게 깜빡거리면서 약간 내민 예쁜 입술을 떨며 오케가와에게 물었다.

"사쿠라 씨가 세키누마 씨를 다치게 하고 도망친 건가요?"

"아뇨. 그렇지 않습니다. 안심하세요. 오히려 그 친구가 세키누마 씨를 도우려 한 모양입니다."

"정말이요?" 유미의 얼굴에 안도의 기색이 번졌다. 하지만 그와 거의 동시에 애가 타는 듯한 질투가 눈초리 부분을 스쳐 갔다. 구로사와는 그걸 놓치지 않았다. 오케가와도 눈치를 챘는지 미소를 지으며 살짝 유미의 어깨를 두드렸다.

"그 친구는 착실한 청년인 모양이더군요. 자, 유미 씨. 잘 생각해서 이야기를 해 줘요. 이자카야에서 사라지기 직전에 사쿠라 씨는 무얼 하고 있었죠?"

생각에 잠기는가 싶었는데 유미가 바로 대답했다. 사쿠라 슈지가 모습을 감춘 뒤 어지간히 열심히 찾았던 모양이다.

"전화를 걸고 있었던 것 같아요."

"그래요?"

"점장님과 제가 아무리 기다려도 사쿠라 씨가 돌아오지 않아 점원에게 물어봤죠. 그랬더니 전화를 거는 모습을 봤다는 사람이 있었어요."

오케가와가 빙긋이 웃음을 지었다. 이야기가 핵심에 이를수록 그는 부드러워진다. 자살하려 뛰어내린 사람을 받아 내는 에어매

트처럼.

"호오, 그래 어디다 전화를 한 걸까요? 거기까진 모르려나?"

유미는 고개를 저었다. "자세한 내용은 저도 모르죠. 하지만 시각표를 봤다고 해요. 그걸 그냥 내팽개치고 가게를 뛰어나갔다더군요."

"그 시각표의 어느 페이지가 펼쳐져 있었는지 물어봤나요?"

"모르겠어요, 몰라요." 유미는 울상이 되었다. 오케가와는 이번엔 두 손으로 그 어깨를 두드리며 달랬다.

"괜찮아, 괜찮아요. 경찰도 열심히 그를 찾고 있으니까. 한 가지만 더 가르쳐 주지 않겠어요? 유미 씨가 점장님과 헤어진 건 몇 시쯤이죠?"

"두시가 조금 지나서요. 절 택시에 태워 주시고……."

"그런데 유미 씨는 집으로 가지 않았다?"

"제 집은 미타카예요. 사쿠라 씨와 세키누마 씨가 마음이 쓰여 견딜 수가 없어서 도중에 되돌려 이리 왔죠."

오케가와가 성긴 머리카락을 쓰다듬으며 늦도록 돌아오지 않는 딸의 행동에도 싫은 기색을 보이지 않는 너그러운 아버지처럼 고개를 끄덕였다.

"그래? 그런가? 그래, 점장은?"

"사쿠라 씨의 아파트에 가 본다고 했어요. 소카에 있죠. 저도 함께 가고 싶었지만 안 된다고 하셔서……."

"점장님 댁은 어디?"

"니시후나바시예요."

구로사와는 손목시계를 보았다. 세시 이십분이다. 소카에 들러 사쿠라 슈지가 돌아오는지 기다렸다가 포기하고 니시후나바시로 돌아갔다 해도 이제 슬슬 도착할 만한 시각이다. 점장과 연락을 하면 오리구치의 주소나 가족이 사는 곳도 알 수 있으리라.

"어쩌지……. 어쩌다 이렇게 된 건지 알 수가 없네."

울상을 짓는 유미를 달래고 오케가와가 말했다.

"그런 표정 짓지 않아도 돼요. 집에 돌아가서 기다리도록 하세요. 알겠죠? 어이, 구로사와, 택시 잡아 드려."

노가미 유미를 택시에 태워 보내고 구로사와는 끌레르 에도가와로 돌아왔다. 딱 알맞은 타이밍이라 연락본부가 되어 있는 순찰차 무선으로 피셔맨스 클럽 기타아라카와 지점의 점장과 연락을 취했다는 보고가 들어와 있었다.

"가택수사다. 갈까?" 성큼성큼 다가온 오케가와가 구로사와의 등을 후려쳤다.

"유미 씨가 한 이야기, 잊지 말라구."

2

오전 네시 이십분. 슈지와 노리코는 간에쓰 터널을 지나자 속도를 높여 유자와, 무이카마치, 고이데를 지났다. 에치고카와구치 휴게소 바로 앞까지 와 있었다.

나가오카까지 앞으로 약 30킬로미터. 거기서 호쿠리쿠 자동차 도로로 갈아타, 가나자와히가시 출구까지 다시 205킬로미터. 상당히 많이 온 것 같은데 아직도 전체의 반도 오지 못한 상태다.

이런 상태면 네리마에서 간에쓰 자동차도로를 타고 나가오카까지 소요 시간이 세 시간가량 걸리는 셈이 된다. 오리구치보다 빠른 속도로 운전하고 있다는 확신은 있었다. 평소 오리구치는 신중하게 운전했다. 고속도로에서도 필요 이상으로 빨리 달리는 일은 결코 없다. 하물며 오늘 밤은 중대한 목적이 있어 운전하고 있다. 자칫해서 사고라도 나지 않을까, 조심스럽게 운전하고 있으리라.

아직 갈 길이 멀지만 그런 의미에서는 행운이다. 분명히 따라잡을 수 있다. 슈지는 시야를 가로막는 경트럭을 추월해 가속 페달을 더 밟았다. 계속 켜 둔 라디오에서 뉴스가 흘러나온 것은 바로 그때였다.

"음악을 잠시 중단합니다. 방금 들어온 뉴스를 알려 드리겠습니다. 뒤숭숭한 소식이군요."

진행자가 그때까지의 밝은 목소리와는 달리 톤을 바꾸어 뉴스를 전하기 시작했다.

"어젯밤 열한시경 도쿄 도 에도가와 구에 있는 아파트 끌레르 에도가와 604호에 사는 세키누마 게이코 씨가 아파트 주차장에서 습격을 받아 트렁크에 실려 있던 경기용 산탄총 한 정과 집 안에 보관하고 있던 총탄 한 상자, 약 이십 발 정도를 도난당한 사건이 일어났습니다."

슈지는 숨을 멈췄다. 갑자기 산소가 없어진 느낌이 들었다. 시트에 기대어 있던 노리코도 몸을 벌떡 일으켰다.

"세키누마 씨의 이야기에 따르면 이 총을 훔쳐 간 사람은 같은 에도가와 구에 있는 낚시도구 전문점 피셔맨스 클럽 기타아라카와 지점의 점원으로 나이는 오십이 세, 이름은 오리구치 구니오라고 합니다. 용의자는 세키누마 씨의 승용차를 함께 훔쳐 도망쳤지만 이 차는 오전 한시경에 네리마 구 야하라 노상에 버려져 있는 것이 발견되었습니다. 용의자가 향하고 있는 목적지나 현재 위치는 전혀 알려지지 않았습니다."

두 손으로 안전벨트를 꽉 잡고, 노리코는 잠꼬대를 하듯이 말했다. "오리구치 씨…… 차를……."

"―그리고 세키누마 씨가 갖고 있던 도난당한 상하식 쌍발총은 그 아래 총신 한가운데를 납으로 막았다는 정보가 들어와 있습니다. 왜 그렇게 개조했는가에 대한 사정은 현재 경찰이 조사중이라 자세한 내용은 발표되지 않았습니다."

노리코가 멍하니 입을 벌리고 있다. 슈지도 맥이 빠지는 것을 느꼈다. 아마도 게이코가 경찰 조사를 받을 때 털어놓은 모양이다.

진행자의 목소리가 바로 이어졌다.

"이처럼 사실 관계가 뒤얽혀 있어 자세한 사항은 아직 확실치 않지만 아무래도 이 용의자를 같은 피셔맨스 클럽 기타아라카와 지점에 근무하는 동료가 뒤쫓고 있는 모양입니다. 이 동료 직원이 세키누마 씨로부터 사정 이야기를 듣고 용의자의 행선지를 파악해 뒤를 쫓고 있는 모양인데 역시 세키누마 씨 소유인 또 한 정의 산탄총을 갖고 있다고 합니다. 또한 기타아라카와 지점의 책임자에게 확인한 바, 가게 이름이 적힌 해치백이 한 대 없어졌다고 하는데, 아무래도 추적하는 데 이 차량을 사용하고 있는 듯합니다. 흰 해치백으로 차체의 양 옆에는 가게 로고가 그려져 있습니다. 번호는—."

진행자는 슈지가 운전하는 해치백의 차 넘버를 두 번 반복하고 이렇게 마무리 지었다.

"경찰은 온 힘을 기울여 용의자와 그 동료의 행방을 찾고 있습니다. 운전자 여러분, 혹시 이 번호의 차량을 발견하시면 가까운 곳에 있는 전화로 신고해 주시기 바랍니다. 협조 부탁드립니다."

두 사람은 한동안 입을 열 수가 없었다. 노리코는 슈지의 옆얼굴을 바라보며 두 손을 꼼지락거렸다. 슈지는 발에서 힘이 빠지는 걸 느꼈다.

"어쩌지?" 노리코가 물었다. 방금 얼어붙은 이른 아침의 아이스링크 위를 미끄러져 가는 아이스하키 팩처럼 그녀의 목소리나, 그 가냘픈 목이 지탱하고 있는 머릿속에 가득 찬 생각들이나 멈출 수 없이 빠른 속도로 미끄러져 갔다.

"어쩌면 좋지? 경찰에 잡히면 체포되는 걸까? 끌려가게 되나? 그럼 오리구치 씨는? 그분은 이미 게이코 언니의 벤츠를 버렸잖

아. 찾을 수가 없어. 아마 죽게 될 거야."

그 끝없는 중얼거림을 멈추게 하기 위해 슈지는 크게 두 번 클랙슨을 울렸다. 바로 앞에 달리던 경트럭 운전자가 깜짝 놀라 뒤를 돌아보더니, 다시 그러면 그냥 두지 않겠다는 듯이 화가 난 표정으로 힐끔 이쪽을 노려보았다.

클랙슨 소리와 동시에 노리코는 일단 입을 딱 다물었다. 다시 얼른 말했다.

"경적은 왜 울리는 거야? 잡아가 달라고 선전하는 거야?"

슈지는 다시 클랙슨을 크게 울렸다.

"조용히 좀 하란 말이야. 무슨 뜻인지 모르겠어?"

노리코는 손을 들어 뺨을 가렸다. 손이 떨리자 턱도 함께 떨리기 시작했다.

"미안해." 간신히 그렇게 대답했다. "깜짝 놀랐어. 무서워. 그래서 머리가 혼란스러워서."

노리코는 두 주먹을 꼭 쥐었다.

"이제 조용히 있을게."

슈지는 똑바로 앞을 바라보며 핸들을 잡은 손에 힘을 주었다.

"경찰에 쫓기고 있는 건 아니야. 찾고 있을 뿐이야. 그것도 이 차를."

"하지만……."

"그건 경찰이 아직 오리구치 선배의 행선지를 파악하지 못하고 있다는 이야기지. 그렇다면 포기할 수 없어."

라디오는 다시 음악을 내보냈다. 빠른 템포의 댄스 뮤직이었다. 그 시끄러운 소리가 머리를 혼란시키는 기분이 들어 슈지는 거칠게 스위치를 껐다.

"차를 바꾸자. 나쁜 뉴스지만, 딱 좋을 때에 들었어. 휴게소에 들르면 무슨 수가 생기겠지."

"훔칠 거야?"

저도 모르게 물었는데 따지고 드는 듯한 말투가 되었다. 슈지는 노리코를 힐끔 보더니 살짝 얼굴을 찌푸렸다.

"에치고카와구치에서 내리면 넌 혼자 돌아가."

"나 혼자—?"

"이렇게 되었으니 넌 내리는 게 좋겠어. 총신에 납이 채워져 있다는 사실도 뉴스로 나왔어. 오리구치 선배도 어디선가 이 소식을 들었을지 몰라. 네가 굳이 따라와서 설명할 필요가 없어졌지."

노리코가 끼어들 틈을 주지 않으려고 슈지는 얼른 덧붙였다.

"이제 네시가 지났어. 다른 교통편이 다닐 때까지 조금만 기다리면 돼. 신칸센을 탈 수도 있을 거야. 그다음엔 나 혼자 어떻게든 해 볼 테니까."

"싫어. 나도 갈 거야."

"하지만—."

"같이 가. 중간에 날 내려놓지 마. 그럴 거라면 애당초 따라오지도 않았을 거야."

노리코는 고개를 약간 숙이고 눈앞에 이어지는 회색 도로를 바라보았다.

"그리고 오리구치 씨가 이 뉴스를 들었는지 어떤지도 몰라. 듣지 못해서 아무것도 모를 수도 있어. 난 게이코 언니 대신 온 거야. 책임이 있어. 절대로 내리지 않을 거야."

"하지만 조금 전처럼 정신 사납게 굴면 곤란해!"

노리코는 언성을 높였다. "그러니까 이젠 안 그러겠다잖아? 미안해! 이젠 안 그럴게!"

슈지는 한숨을 내쉬었다. 마음이 약한가 보다 싶었는데 고집스럽고, 얌전할 줄 알았더니 오기가 있다. 어휴, 정말—.

"그런데, 오리구치 씨는 왜 벤츠를 버렸을까?" 노리코는 또 그 문제를 생각하는 모양이었다. 억지로 그러고 있는 것이리라. 아직 손가락이 경련하듯 떨리고 있다.

슈지는 고개를 저었다. "모르지……. 사고가 난 건지도 모르고."

"그럼 지금은 어떻게 되었을까. 다른 차를 구했을까? 아니면 다른 전차 같은 걸—."

"전차는 아니지. 시간적으로 탈 수가 없어. 그리고 전차는 움직임이 불편하잖아. 게다가 그 선배는 기계를 잘 다루지도 못하니 다른 차를 마련하지도 못했을 거야—."

그때 슈지의 머릿속에 번뜩 떠오른 것이 있었다. 하지만 그 이야기를 하기도 전에 슈지의 바뀐 표정만 보고도 노리코는 눈치를 챘다. 슈지의 팔꿈치를 덥석 잡고 말했다.

"좀 전에 말했잖아? 가미사토 휴게소에서 오토바이에 치일 뻔한 어린애를 구한 사람의 모습이 오리구치 씨하고 닮았다고."

슈지는 천천히 고개를 끄덕였다.

"그래, 나도 지금 그 생각을 했어."

"맞아, 그거야. 그 차—."

"코롤라라고 했지."

"오리구치 씨는 차를 얻어 탄 거 아닐까? 간에쓰 입구 근처에서 기다리면 니가타나 호쿠리쿠 방면으로 가는 차를 잡는 것도 그리 어려운 일은 아닐 거야."

노리코가 몸을 들이대며 슈지의 얼굴을 올려다보았다. 이번에는 아마 그녀가 속으로 생각하고 있을 말을 슈지가 먼저 했다.

"그렇다면 오리구치 선배는 혼자가 아니야."

그 무렵 오리구치를 태운 가미야의 코롤라는 호쿠리쿠 자동차 도로를 미끄러지듯 달려, 가키자키 인터체인지를 지나고 있었다. 나가오카에서는 이미 50킬로미터 이상 떨어져 있다. 라디오는 꺼져 있고, 운전석의 가미야와 조수석의 오리구치는 이야기도 거의 나누지 않아 단조로운 침묵에 휩싸여 있었다.

엔진 소리만 들릴 뿐이다. 뒷좌석에서는 다케오가 잠에 곯아떨어져 있다. 오리구치는 이따금 눈을 감고 자는 척을 했지만 실제로는 단 일 초도 졸리지 않았고, 멍하니 마음을 풀고 있을 수도 없었다.

가까워지고 있다. 종착역이. 그런 생각을 하면 심장 고동이 빨라졌다.

예전에 학교에서 학생들을 가르치던 시절, 채점된 시험지를 받아든 애들이 기대와 불안이 뒤섞인 표정을 지으며 이름을 부르는 순서대로 교실 앞으로 나오던 모습을 떠올렸다. 선생님, 저 몇 점이에요? 싹싹하게 그렇게 묻는 학생이 있는가 하면 성적이 좋지 않으리라는 사실을 스스로도 알고 있는지 목을 움츠리고 고개를 들지 못하는 학생도 있었다.

일이 계획대로 끝나면 자기도 그 애들 같은 태도를 보일지도 모른다. 오리구치는 그렇게 생각했다. 나는 몇 점을 받은 걸까? 나는 맞는 답을 쓴 걸까?

이십 년 전, 혼자 도쿄로 와서 몇 해 동안 교직에 있었을 때의 일이 문득 떠올랐다. 논문 형식의 시험을 행한 적이 있는데, 답안지에 이런 식의 시험을 통해 학생들의 독해력을 판정하는 방식에 자신은 의견을 달리한다는 내용을 길게 적어 제출한 학생이 있었다. 그 글은 답안지 뒷면까지 빽빽하게 적혀 있었다.

오리구치는 그 학생의 의견을 고스란히 받아들일 수는 없었지만 수긍이 가는 면도 많았다. 그래서 답안지를 돌려주기 전에 방과 후에 그 학생만 불러 이야기를 해 보았다. 평소 얌전하고 교실에서도 두드러지지 않은 편인 그 학생은 오리구치가 솔직하게 마음을 터놓고 이야기하자 기분 좋을 정도로 반응을 잘 보였고, 자신의 의견을 들려주었다.

그리고 이야기가 끝나갈 무렵에 고개를 숙이고 사과했다.

"건방진 짓을 해서 죄송합니다." 학생은 멋쩍은 듯이 웃으며 말을 이었다. "하지만 불만이 있거나 납득이 가지 않는 일이 있다면 뒤에서 투덜거리기보다 뭔가 해야만 한다고 생각했습니다."

그 아이는 어떻게 되었을까…… 하는 생각이 들었다.

이노초에 남겨 두고 온 아내와 이혼이 성립되어 교단에 설 때마다 자기 가정도 제대로 꾸리지 못하는 덜떨어진 자신이 어떻게 아이들을 가르칠 수 있다는 걸까—하는 생각이 들어 그는 교직을 그만두었다. 그때, 그 퇴직을 학교 측과의 다툼이 원인이라고 (사실 그때 그는 상당히 반체제적인 교사였기 때문에) 여긴 학생들이 반대 운동을 시작해 서명을 한 일이 있었다. 그 학생도 그 운동에 가담해 주었던 기억이 난다.

—뒤에서 투덜거리기보다

뭔가 해야만 한다—그 말은 옳았다. 지금, 오리구치는 그렇게 생각한다. 그때 그 어린 학생은 자신의 고집스러운 정의감과 약간의 반항심을 만족시키기 위해 그런 말을 했으리라. 하지만 그 말은 그 학생이 생각한 것 이상으로 여러 가지 의미의 진실을—매우 단순한 진실을 포함하고 있었던 게 아닐까.

뭔가 해야만 한다. 행동으로 옮겨야만 한다. 그러지 않으면 계속 다람쥐 쳇바퀴 돌듯 같은 일이 반복될 뿐이다.

"몇 시쯤 동이 틀까요?"

눈을 뜨고 운전석의 가미야에게 물어보았다. 그는 오리구치가 잠들었다고 생각했는지, 약간 놀라는 표정을 짓더니 대시보드의 시계를 힐끔 보고 대답했다.

"글쎄요. 다섯시쯤이면 날이 밝기 시작하지 않겠습니까?"

밤은 이제 곧 끝난다—약간 안도의 기분을 맛보면서 오리구치는 시트에 몸을 기댔다.

"아기들은 새벽에 태어나는 일이 많다는 이야기를 들은 적이 있습니다."

오리구치의 거짓말 속의 딸과 그 딸이 낳을 아기를 생각했는지, 가미야가 그렇게 말했다.

"어쩌면 오리구치 씨의 손녀도 새벽에 태어날지 모르겠군요."

오리구치는 미소를 지으며 고개를 끄덕였다. 자기가 한 거짓말을 전혀 의심하지 않는 가미야의 따스한 사람됨이 뼈저리게 느껴졌다.

"그렇겠군요." 오리구치가 대답했다. "분명 그렇겠네요."

3

에치고카와구치 휴게소 주차장에는 장거리 트럭이 세 대, 승용차가 두 대 서 있었다. 두 대 모두 자가용이고, 한 대는 스포츠 타입의 외제차, 또 한 대는 통통한 모양의 패밀리카였다. 둘 다 지금은 비어 있고, 당연히 엔진도 꺼져 있었다.

슈지는 해치백을 주차장 구석에 세웠다. 될 수 있으면 이 로고와 번호가 잘 보이지 않게 하는 게 낫다. 그 라디오 뉴스를 들어서인지, 반대 방향에서 오는 차 모두가, 추월하는 차 모두가 이 해치백을 보고 당장 신고를 하려는 것처럼 느껴져 견딜 수가 없었다.

"어떡하지?"

노리코가 조수석 문으로 내리더니 바로 달려왔다. 다른 사람의 차를 훔칠 생각을 한 것만으로도 벌써 얼굴이 창백해졌다.

"잠겨 있는 문을 열 수 있어? 키 없이 시동을 걸 수 있어? 어떡할 거야?"

"가능할 거야……."

레스트하우스의 불빛을 보면서 슈지가 중얼거렸다. 자동판매기와 벤치, 쓰레기통, 재떨이. 그 주변에서 휴식을 취하고 있는 운전자들은 모두 네 명―아니 다섯 명이다. 방금 한 사람이 화장실에서 나왔다.

행사에 참석한 손님이 키를 넣어 둔 채로 자동차 문을 잠가 버리는 일이 가끔 있기 때문에 피셔맨스 클럽의 차에는 중고차 딜러가 사용하는 만능키 같은 것이 준비되어 있다. 물론 사용법도 배운다. 가늘고 긴 철사를 두 개 합친 것 같은 간단한 도구지만 요령만 익히면 어지간한 자동차 문은 다 열 수가 있다.

다만 문제는 키 없이 코드를 직접 연결해서 시동을 걸 수 있을까 하는 것이었다. 슈지는 손재주가 있는 편이고, 어떻게 하면 되는 건지는 들어서 알고 있지만 직접 해 본 적은 아직 한 번도 없었다. 실제로는 얼마나 시간이 걸릴까…….

주차장 가장자리에서 가만히 지켜보고 있으니 스포츠 타입의 차에 딱 달라붙는 청바지를 입은 젊은 남자가 다가가 문을 열고 올라탔다. 시동이 걸렸다. 그러고는 주차장을 반 바퀴 돌아 나가버렸다. 트럭은 훔칠 수가 없다. 남은 것은 저 패밀리카뿐. 넉넉한 사인승에 차체는 메탈릭 블루. 고급차는 아니지만 운전하기는 편해 보였다.

재떨이 옆에 서서 담배를 피우고 있는 남자가 있었다. 양복 차림이었다. 끝자락을 접어 올린 바지. 연기를 내뿜으며 살짝 몸을 기울였을 때 그의 가슴 언저리가 보였다. 넥타이를 단정하게 매고 있다.

그 패밀리카는 아마 저 사람 차인 모양이다. 오래 휴식을 취하지는 않을 것이다. 기다리면 움직일 것이다.

슈지는 노리코를 옆으로 끌어당겨 귓가에 속삭였다. 빠른 말투로 설명했지만 노리코는 단번에 알아들었다.

"할 수 있겠어?"

"응, 아마도." 그렇게 대답하고 나서 결의에 찬 눈으로 정정했다. "꼭 해낼 거야."

양복 차림의 남자는 느긋하게 담배를 피우며 밤하늘을 우러러보고 있었다. 동이 트려면 아직 시간이 남았지만, 별빛은 약간 희미해진 듯했다. 조금씩 밤이 물러나기 시작한 것이다.

양복 차림의 남자가 담배를 껐다. 슈지는 노리코의 등을 살짝 밀었다.

"부탁해."

"응."

노리코는 레스트하우스 옆에 있는 화장실로 달려갔다. 그녀와 엇갈려 양복 차림의 남자가 재떨이 곁을 떠나 차 쪽으로 걸어오기 시작했다. 트럭 운전기사로 보이는 덩치 큰 남자 두 사람은 슈지 쪽에 등을 지고 서서 자동판매기로 다가가며 이야기에 열중하고 있다.

양복 차림의 남자가 차 문을 열었다. 슈지는 총이 든 무거운 케이스를 들고 빠른 걸음으로 다가갔다. 남들이 보기에는 차 옆을 지나 레스트하우스로 가고 있는 것처럼 보이리라. 점점 걸음을 빨리하며 양복 차림 남자의 동작을 확실하게 확인할 수 있는 거리까지 다가갔다.

운전석에 앉은 양복 차림의 남자가 키를 꽂고 시동을 걸었다. 그때 화장실 쪽에서 노리코의 비명이 들려왔다.

"불이야! 불이야! 누가 좀 와 보세요!"

딱 알맞은 타이밍이었다. 양복 차림의 남자는 놀란 표정을 지은 얼굴을 들고 운전석 문을 열고 윗몸을 내밀었다. 노리코는 계속 큰 소리로 고함을 지르고 있다. 이야기를 나누고 있던 트럭 운전기사들이 화장실 방향으로 달려갔다. 양복 차림의 남자도 차에서 나와 달려갔다.

"연기가 난다!" 누군가 굵은 목소리로 외쳤다.

슈지도 달리기 시작했다. 문을 열어 둔 채로, 키를 꽂아 둔 채로, 시동이 걸린 채로 두고 간 차 쪽으로. 일단 총 케이스를 던져 넣고, 이어서 운전석에 뛰어들어 조수석 문을 열었다. 화장실에서 뛰어나온 노리코가 쏜살같이 이쪽을 향해 달려오는 중이었다.

"어서, 빨리!"

노리코가 차 안으로 뛰어들어 왔다. 슈지가 차를 출발시키자, 노리코는 허우적거리며 자세를 가다듬고 문을 닫았다. 주차장 출구를 빠져나올 때 백미러에 화장실에서 달려 나온 양복 차림의 남자와 그 트럭 운전기사들의 모습이 비쳤다. 양복 차림의 남자가 멍하니 두 팔을 늘어뜨리고 서 있었다. 트럭 운전기사 가운데 한 사람은 웃음을 터뜨린 것처럼 보였다.

"잘했지?"

힘찬 말투와는 달리 긴장의 반동으로 아직 떨리고 있는 노리코의 손을 슈지는 한쪽 손으로 꼭 잡아 주었다.

"대단해!"

"불이 제대로 붙었어, 그 발연 낚싯봉."

두 사람은 긴장이 풀린 듯 웃음을 터뜨렸다. 그 웃음소리에 차까지 흔들릴 정도였다.

슈지는 그 발연 낚싯봉 하나를 노리코에게 주고 화장실에서 불을 붙여 솟아오르는 연기는 보이더라도 낚싯봉 자체는 찾기 쉽지 않은 곳에 던져 놓으라고 부탁했던 것이다. 그리고 '불이야!'라고 소란을 피우면 대부분의 사람들이 달려올 것이다. 고함 소리로만은 금방 들통이 나지만, 이 경우에는 실제로 연기가 보이기 때문에 어디서 불이 났는지 찾는 동안만큼 시간을 벌 수가 있었다.

"습기가 약간 찼을 뿐이니까. 조금만 불을 쬐면 제대로 연기가 날 거라고 짐작했어."

노리코는 눈가의 눈물을 닦았다. 너무 웃어서 눈물까지 났다. "그리고 나서 소화기 찾아오겠습니다, 라고 소리치면서 도망 나온 거야."

하지만 길게 웃을 수는 없다. 두 사람 모두 자신들이 처해 있는 입장을 잊을 정도로 들떠 있는 것은 아니다. 노리코가 안전벨트를 조이면서 진지한 표정으로 말했다.

"그럼, 지금부터 코롤라를 찾는 거야?"

슈지는 고개를 저었다. 노리코가 의외라는 듯이 눈을 크게 뜨고 벨트를 쥔 채로 그를 바라보았다.

"도중에 운이 좋아 발견하면 좋겠지만 별로 기대할 수 없을지도 몰라. 오리구치 선배가 그 코롤라에 타고 있다는 확증은 없으니까. 가령 타고 있었다 해도 지금도 여전히 그 차를 타고 있다고는 생각할 수 없고. 코롤라의 행선지에 따라 도중에 다른 차로 바꿔 탔을지도 모르지."

"……그런가?"

"그래서 앞질러 갈 거야."

이 차의 미러는 운전석에서 버튼 하나로 쉽게 각도 조절을 할 수 있다. 차 주인이 세팅해 둔 미러를 보기 쉬운 각도로 조절해, 순찰차나 경찰 오토바이가 쫓아오지 않는다는 사실을 확인하며 슈지가 말했다.

"목적지에 먼저 가서 기다릴 거야. 그게 더 확실하게 만날 수 있는 방법이지."

"법원 앞에서?"

"응. 아마 오리구치 선배는 오오이 요시히코가 유치장에서 끌려나와 재판정에 들어가는 순간을 노릴 거야. 산탄총이니 멀리서는 쏠 수 없어. 분명히 법원 근처에 숨어서 기다릴 생각이겠지."

하지만 그 예상은 결국 빗나가고 말았다.

오리구치의 귀에 뉴스가 들어온 것은 조에쓰, 나다치타니하마를 지나 노우마치를 지날 때였다.

호쿠리쿠 자동차도로의 이 부근에선 터널이 계속 나온다. 착실한 가미야는 또 표지판에 적힌 대로 라디오를 켰다. 이번에는 음악 프로그램이 아니라 탤런트의 토크쇼 같은 것이었는데, 터널에 들어갈 때마다 방송이 들리지 않아 무슨 이야기를 하는지 제대로 알아들을 수가 없었다. 오리구치는 멍하니 흘려듣고 있었다.

하지만 높은 산의 터널을 지날 때, 그 종잡을 수 없는 탤런트의 수다가 중단되고 아나운서의 뉴스로 바뀌었다. 그 뉴스는 중간부터 들리기 시작했다.

"—도난당한 산탄총은 28인치, 12번 구경의 상하식 쌍발총으로 아래 총신 중앙 부분이 납으로 막혀 있기 때문에 발포하면 매우 위험한 상태가 된다고 합니다. 주인인 세키누마 게이코 씨의 이야기에 따르면—."

이때 다시 터널이 나왔다. 라디오 소리가 끊어졌다. 저도 모르게 시트 등받이에서 몸을 뗀 오리구치에게 가미야가 말했다.

"총이 뭐 이렇다 저렇다 이야기한 거죠?"

"예? 아아, 그런 모양입니다."

"도쿄에서 무슨 일이 났나 보죠?"

그렇다. 무슨 일이 났을 것이다. 총신 중앙이 납으로 막혀 있다고? 그런 말도 안 되는 일이 있을 수 있나?

하지만 지금 뉴스에서는 분명히 세키누마 게이코의 이름을 댔다.

이 터널은 짧아 오리구치가 아직 충격에서 벗어나기도 전에 코롤라는 밖으로 나왔다. 동시에 라디오 소리도 다시 들려왔다.

"—렇듯이 사실 관계가 매우 복잡하지만 현재 확실한 정보에 따르면 그 뒤를 쫓고 있는 것으로 보이는 동료의 이름은 사쿠라 슈지, 이십이 세의 점원으로 마찬가지로 세키누마 게이코 씨 소유의 산탄총, 이쪽은 20번 구경이니 처음 도난당한 것보다 약간 구경이 작은 상하식 쌍발총을 소지하고 있는 것으로 보입니다. 어쨌든 아직 이 두 사람의 행선지는 알려지지 않았으며, 단서도 없는 상황입니다. 조금 전 에도가와니시 경찰서장의 긴급 기자회견이 있은 뒤, 현재 도내 전역에 긴급 수배를 내렸으며, 동시에 정보 제공을 기다리고 있다는 소식인데―."

이때 또 터널이 나왔다. 라디오 소리가 끊어졌다. 귀가 먹먹해졌다. 침을 꿀꺽 삼키고 무의식중에 두 손을 꼭 마주 쥐고 오리구치는 멍하니 앞을 바라보았다.

게이코가 발견되었다. 이제는 자신이 그녀의 총을 빼앗아 도주하고 있다는 사실을 경찰이 알고 있다. 뒤를 쫓으려 하고 있는 것이다.

하지만 그건 각오한 일이다. 그리고 경찰은 자신의 행방을 파악할 수 없으리라. 집에도 단서가 될 만한 것은 남기지 않았다. 그건 확실하다. 괜찮다, 안심해도 된다.

문제는 지금 라디오에서 이야기한 그 정보―사쿠라 슈지가 세키누마 게이코의 산탄총을 들고 오리구치의 뒤를 쫓아오고 있다는 사실이다.

정말일까? 혼란스러운 머릿속을 필사적으로 정리하면서 오리구치는 스스로에게 물었다. 슈지라면 그럴 수 있지 않을까?

그는 알고 있다. 내 행선지를. 그리고 짐작했으리라. 내 목표도.

그래서 막으려고 쫓아오는 것이다. 슈지답다―반쯤 멍한 머릿속으로도 납득이 되었다. 슈지다운 행동이다. 정말이지 슈지답다. 불쑥 상식에서 벗어난 나이 든 동료를 어떻게 해서든 제정신으로 돌아오게 하기 위해 필사적으로 뒤따라오고 있는 것이다.

그런데 왜 슈지가 총을 갖고 있지? 슈지 스스로의 판단일까? 아니면―.

그런가? 아마 게이코가 그렇게 시켰을 것이다. 그녀의 방에는 비슷한 총이 또 한 자루 있었다.

터널 안의 오렌지색 불빛에 물들어 자기 두 손이 마치 의수처럼 기분 나쁜 색으로 보였다. 그걸 보고 있던 오리구치는 깜짝 놀라서 눈을 들어 지금은 침묵하고 있는 라디오 튜너의 램프가 밝게 깜빡이고 있다는 사실을 깨닫고 겨우 정신을 차렸다.

터널을 나오자 다시 라디오 소리가 들려왔다. 이번에는 뉴스가 중간부터 나오는 게 아니라 또렷하게 오리구치의 이름을 읽고, 처음부터 반복해서 전할지도 모른다. 멍하니 있을 때가 아니다.

"무슨 잡음이 들리지 않습니까?"

불쑥 말을 꺼내자 목소리가 갈라져 나왔다. 터널 안의 풍압에 귀가 먹먹해서일까, 가미야는 "예?" 하고 되물었다.

오리구치는 목소리를 높였다. "라디오 말입니다. 이상한 잡음이 —아, 이거 듣기 거북한 소리로군요."

얼굴을 과장해서 찌푸리고 얼른 손을 뻗어 스위치를 만졌다. 그건 볼륨 스위치였다. 초조한 오리구치를 비웃듯이 아나운서의 목소리가 잠깐 깜짝 놀랄 정도로 커져 "산탄총의 구조란—"까지 하고 작아졌다. 오리구치가 볼륨 스위치를 거꾸로 돌렸기 때문이다.

터널 출구가 가까워졌다. 반원 모양의 출구를 통과해 오렌지색 빛을 뒤로 하고 코롤라는 어두운 하늘 아래를 달려 나갔다. 그 순간 오리구치는 겨우 온오프 스위치를 찾아내 재빨리 껐다.

"아, 이거 미안합니다." 스스로 생각하기에도 자기 목소리가 이상하다고 느껴졌다. 가미야가 살짝 눈썹을 찡그리고 힐끔 쳐다보았다.

"저는 그런 전기적인 잡음을 견디지를 못해서요. 아, 유리 긁는 소리를 싫어하는 분들이 있지 않습니까? 그거랑 비슷한 거죠."

서둘러 설명한 말을 가미야는 역시 약간 의아하다는 표정으로 듣고 있었다. 오리구치의 가슴속에서 심장이 쿵쿵 뛰었다. 혈액에 녹아들어 몸 안에 잠복해 있던 시커먼 불안이 심장 안에서 갑자기 응고해 버린 것 같았다.

조금 있다가 가미야가 말했다. 원래의 부드러운, 약간 피곤하고 조금 졸린 듯한 표정으로 되돌아왔다.

"저도 유리 긁는 소리는 견디지 못하죠."

오리구치는 살짝 고개를 돌리고 안심하며 눈을 감았다. 가미야가 말을 이었다.

"이 부근에서는 아무래도 라디오에 잡음이 많이 들어가죠. 이제 간에쓰 터널 같은 긴 터널은 없으니 꺼 두어도 상관없을 겁니다."

"감사합니다." 오리구치가 말했다. 시트에 등을 기대고 될 수 있으면 아무렇지도 않은 척 호흡을 하려 했지만 숨 쉬기가 힘들었다.

슈지가 뒤쫓아 오고 있다. 틀림없이 같은 길을 따라서 오고 있으리라. 오리구치가 게이코의 아파트를 출발하고 나서 얼마나 지난 뒤에 도쿄를 출발했을까. 지금 어디까지 왔을까?

그리고 또 하나, 더 큰 문제가 있다. 오리구치는 짐짓 자연스럽게 뒤로 고개를 돌려 뒷좌석에서 잠들어 있는 다케오의 머리 옆에 놓인 커다란 보따리를 훔쳐보았다.

그 산탄총의 아래 총신 가운데가 납으로 막혀 있다고?

뉴스 보도가 틀림없다면, 거짓이 아니라면 저 총을 진짜 쏘았을 때 죽는 것은 오리구치 자신이라는 이야기가 된다. 왜 또 이런 문제가 생긴 걸까? 왜 총신을 막아 두었지? 게이코는 그걸 알면서 총을 가지고 나갔던 걸까?

하지만 게이코로부터 총을 빼앗았을 때 느낀 의문의 답이 발견된 것인지도 모른다는 생각이 들었다. 어젯밤 그녀에겐 나름의 뭔가 어두운 계획이 있었던 것이다. 그래서 그리도 아름답게 차려입고서 총 한 자루를 트렁크에 넣고, 총탄 한 발을 백 안에 숨기고 나갔다―.

오리구치는 앞쪽에 펼쳐지는 도로로 시선을 돌렸다가, 정신을 집중시키기 위해 눈을 감았다. 앞으로 어떻게 하지? 어떻게 헤쳐 나가지?

어쨌든 슈지는 뒤쫓아 올 것이다. 그는 머리가 좋고, 재치가 있는 편이다. 이 뉴스를 듣고 겁을 먹거나, 아니면 체념하고 도중에 포기하리라고는 생각할 수 없다. 그건 오리구치가 알고 있는 사쿠라 슈지의 방식이 아니다. 그는 잘못된 일을 하고 있는 게 아니다. 잘못되려는 나를 말리려 하고 있을 뿐이다. 그렇다면 두려울 것도 전혀 없으리라.

슈지는 포기하지 않을 것이다. 그렇다면 결국 어디선가 마주칠 수밖에 없다. 그렇다면 아예—.

"가미야 씨."

눈을 뜨고 살짝 몸을 일으켜 그를 불렀다.

"다음 휴게소는 어디죠?"

"에쓰추자카이 아닐까요? 앞으로 이십 분 정도 걸릴 겁니다."

"정말 미안하지만 거기 들러 줄 수 있겠습니까? 전화를 걸고 싶어서요."

가미야는 선선히 고개를 끄덕였다. "그러시죠. 저도 졸음 좀 떨치고 싶었습니다."

그렇게 말하고 가미야는 싱긋 웃었다. "병원에 거실 거죠?"

오리구치도 웃는 표정을 지었다. "예, 벌써 태어났을지도 모르겠군요. 아까부터 그런 생각이 들어 궁금해서 견딜 수가 없네요."

에쓰추자카이 휴게소에 도착한 시각은 오전 다섯시 이십오분이었다.

차창 밖 오른쪽으로 보이던 바다가 차에서 내리자 시야 가득 들어왔다. 어렴풋이 동이 트기 시작해 동쪽 수평선이 희미하게 밝아 오고 있다. 바다는 차분한 은빛—오래된 백 엔짜리 동전 같은 빛을 띠고 있다. 동해의 이미지는 늘 어둡고 무겁다고들 하지만 결코 그렇지는 않다. 다만 남쪽 바다나 태평양의 산뜻하게 밝은 색이나 시원스러운 모습에 비해 약간 원숙해 보일 뿐이다.

춥다—는 생각이 들었다.

넓은 주차장 앞에는 휴식을 취하는 장거리 버스 승객들이 대여섯 명 여기저기 흩어져 있었다. 동해의 새벽을 감상하면서 제각각 뜨거운 커피나 홍차를 마시고 있다. 가미사토에서 보았던 버스와는 다른 회사 차량이지만 여행자란 다 비슷하게 보이는 법이다. 그리고 다들 다른 사람에게 친절해지는 듯하다. 전화박스 쪽으로 걸어가다가 스쳐 지난 승객은 까다로워 보이는 얼굴의 중년여성이었는데, 오리구치에게 "안녕하세요?" 하며 인사를 했다.

공중전화박스로 들어가 오리구치는 177번을 눌렀다. 일기예보 서비스 전화번호였다. 호쿠리쿠 지방의 오늘 날씨는—비가 올 확률이—.

테이프에 녹음된 일기예보를 들으며 적당히 누군가와 통화하는 시늉을 하고 있는데, 가미야가 다케오를 깨워 손을 잡고 화장실 쪽으로 가는 모습이 보였다. 아직 잠이 덜 깬 것 같은 다케오를 향해 오리구치는 살짝 손을 흔들었다. 다케오는 아무 반응이 없었지만 가미야는 웃는 표정을 지어 보였다.

전화를 끊고 박스에서 나와 주차장을 천천히 비스듬하게 가로질러 코롤라 쪽으로 돌아갔다. 두 손으로 보닛을 짚고 밝아오는 하늘과 바다를 넋을 잃고 바라보았다. 이렇게 밤을 새우고 밝아오는 아침을 본 적은 별로 없지만 낚시 행사가 있을 때는 이 시각에 일어나 활동을 시작한다. 그때마다 일찍 일어나는 것이 참 좋다는 생각이 들었다. 여명의 공기 속에는 사람을 다시 태어나게 만드는 성분이 들어 있는 건지도 모른다. 일찍 일어나 하늘을 바라보면

영혼이 맑아지고 몸에 배었던 때나 주름이 깨끗하게 사라지는 기분이 든다.

"어떻게 되었습니까?"

가미야의 목소리가 들렸다. 돌아보니 한 손으로는 다케오의 손을 잡고, 다른 손으로는 종이로 된 커피 컵을 두 개 들고 걸어오는 중이었다. 다케오도 뭔가 따스한 김이 나는 컵을 손에 들고 있었다. 오리구치는 얼른 손을 내밀어 가미야의 손에서 컵을 하나 받아들었다.

"이런, 뜨겁군요. 데지 않았습니까?"

"괜찮습니다. 저는 얼굴 가죽도 두껍지만 손바닥 가죽도 두꺼우니까요."

오리구치는 웃었다. 속에서 뜨거운 감정이 치밀어 올라 그게 말로 나올 것만 같아 얼른 삼켰다. 마지막까지 이 부자를 속여야만 한다.

"얼굴 가죽이 두껍다뇨. 두꺼운 척하실 뿐이겠죠. 마음씨가 고우니까. 상대방을 배려하고, 어지간한 일로는 상처 입지 않은 척하시는 걸 테죠."

가미야는 눈이 부신 듯한 표정을 짓더니 뭔가 말을 하려고 입을 열다가 목까지 다 나온 그 말을 삼키며 미소 지었다.

"전화는 하셨나요?"

오리구치는 저도 모르게 가미야의 얼굴에서 눈길을 돌렸다. 미안한 심정과 진실을 간파당해서는 안 되겠다는 마음으로.

"예, 걸었습니다"라고 대답했다. "낳았습니다. 삼십 분 전이라는군요."

프라이팬에 던져 넣은 버터가 녹듯이 가미야의 얼굴에 미소가 퍼졌다. 이 남자는 진심으로 기뻐해 주고 있다—오리구치는 새삼 그렇게 느꼈다.

"그렇습니까? 그거 잘됐군요. 축하드립니다. 어느 쪽입니까?"

"딸이랍니다."

"아, 그래요? 그렇군요."

가미야는 코롤라 보닛 위에 두 팔꿈치를 대고 있던 다케오의 머리를 살짝 쓰다듬었다.

"들었니? 여자아기가 태어났단다."

그때 다케오가 고개를 들고 오리구치를 쳐다보더니 아주 살짝 입술을 움직였다. 웃은 것처럼 보였다. 별이 반짝이는 시간보다 더 짧았다. 착각으로 여길 만큼 희미한 표정 변화이기는 했지만 오리구치는 그 웃음을 보았다고 생각했다.

"감사합니다. 그래서 말이죠—." 오리구치는 준비했던 거짓말을 했다. "도쿄에 딸 남편의 큰아버지 부부가 계시는데 이분들이 딸아이 부부를 귀여워해서 산기가 있다는 소식을 듣고 어젯밤에 역시 이쪽으로 출발을 하셨답니다. 그 집 아들이 집을 보고 있는데 태어났다는 소식을 알려 주려고 전화했더니 깜짝 놀라더군요. 자기 아버지가 저도 함께 태우고 가겠다고 출발했다는 거예요."

가미야는 웃음을 터뜨렸다. "아, 그럼 간발의 차이였겠군요."

"그렇죠. 그분들도 한 시간쯤 전에 요네야마 휴게소에서 전화를 한 모양이에요. 에쓰추자카이에 도착하면 전화를 하겠다고 했다니까 여기서 기다리면 만날 수 있을 겁니다."

"요네야마라." 가미야가 손목시계를 보더니 "한 시간 전에 요네야마에 계셨다면, 그렇겠군요. 이제 슬슬 도착할 시간이네요."

"예, 그래서 전 여기서 이만……. 큰 신세를 졌습니다. 감사합니다. 이 보답은 다음에."

가미야는 살짝 손을 저어 오리구치의 감사 인사를 가로막았다. "아닙니다. 어차피 가야 할 길을 온 것뿐입니다. 도움이 되어 드릴 수 있었기에 다행입니다. 그리고 경사스러운 일 때문에 가시는 길 동무였으니까요. 저는 그렇지 않지만요."

오리구치는 아직 정신없이 바다를 바라보고 있는 다케오의 눈치를 슬쩍 보면서 반걸음 가미야에게 다가가 작은 목소리로 말했다.

"부인을 잘 보살펴 드리세요. 빨리 좋아지게 하려면 가미야 씨가 확실하면 돼요."

가미야는 부끄러운 듯이 시선을 떨어뜨렸다. 오리구치는 그의 어깨를 툭 쳤다.

"아니, 정정합시다. 가미야 씨가 확실해야 하는 게 아니라, 좀 덜 확실하면 됩니다. 다른 남편들처럼 말이죠."

"오리구치 씨……."

"쓸데없는 참견을 했군요. 잊어 주세요."

웃으며 그렇게 말한 뒤 오리구치는 다케오 쪽으로 몸을 웅크렸다. "자, 다케오. 함께 드라이브해서 즐거웠다. 정말 고마웠어. 아저씨는 이만 가 봐야겠다."

작고 차가운 손을 잡고 악수를 했다.

"엄마가 빨리 나아서 도쿄에 돌아오기를 아저씨도 기도할게. 아저씨가 기도하면 다 이루어지니까 엄만 분명히 곧 건강해질 거야."

가미야가 다가와 다케오의 어깨에 손을 얹으며 오리구치에게 물었다. "병원은 어딥니까?"

오리구치는 머뭇거렸다. 거짓말을 하려고 생각했다. 하지만 얼른 그럴듯한 병원 이름이 생각나지 않았다. 그와 동시에 뭔가 하나 정도 이 가미야라는 남자에게 사실을 이야기하고 싶은 마음이 생겨 저도 모르게 대답했다.

"이노초에 있는 기다 클리닉이라는 곳입니다. 아십니까?"

가미야는 잠깐 생각한 뒤, "아뇨. 모릅니다. 이노초는 가나자와 교외죠? 그쪽은 가 본 적이 없어서."

거들려고 하는 가미야의 손길을 물리치고 오리구치는 뒷좌석에서 보자기에 싼 짐을 내렸다.

"무거워 보이는군요." 가미야가 비로소 말했다. 오리구치는 웃기만 할 뿐 아무 말도 하지 않았다.

가미야 부자가 코롤라에 올라타 떠나는 모습을 자세를 바로 하고 배웅했다. 가미야가 한 번 뒤를 돌아보고 고개를 숙였다. 다케오는 내내 조수석 창문으로 이쪽을 보고 있었다. 코롤라의 모습이 보이지 않게 될 때까지 오리구치는 그대로 서 있었다. 두 손을 몸에 붙이고, 바른 자세를 하고. '경롓!' 하는 구령을 기다리는 늙은 병사처럼 엄숙한 표정으로.

코롤라는 떠나갔다. 삽화는 끝났다. 오리구치는 문득 지독한 피로감을 느껴 그 자리에 쭈그려 앉았다.

간신히 발아래 놓아 둔 보자기에 싼 짐을 힘을 주어 집어 들면서 일어섰다.

가능한 한 휴게소 입구에서 가까운 장소에 있는 게 낫다. 슈지는 분명히 온다.

문득 뉴스에 보도되었을지도 모르는 파란 점퍼를 벗는 편이 낫겠다는 생각이 들었다. 하지만 그렇게 하면 슈지가 찾아내지 못할지도 몰라 그냥 입고 있기로 마음을 바꿨다.

여하튼 나를 모르는 사람들이 도쿄에서 일어난 산탄총 도난 사건을 동해 바닷가의 휴게소에 우두커니 서 있는 남자와 결부시켜 생각하지는 못하리라. 다들 바쁜 사람들이다.

슈지가 왔을 때 무얼 어떻게 설명해야 할까—그런 생각을 하면서 오리구치는 바다를 바라보았다. 가나자와까지 앞으로 120킬로미터. 날은 점점 더 밝아오고, 아침이 이제 곧 손에 잡힐 듯 다가와 있었다.

4

오리구치 구니오가 사는 연립주택은 지바 시내의 사철 노선 옆의 작은 번화가에 있다. 모르타르 칠을 한 단독주택을 개조한 건물로 세 가구가 입주해 있었다.

한 시간 이상 걸려 방 안과 부엌을 샅샅이 뒤지고, 입주해 사는 세 가구의 가족 전부를 깨워 이야기를 들어 보았지만 발견한 것은 오리구치라는 남자가 실로 주도면밀하고 조심성이 많다는 사실뿐이었다.

"이거 안 되겠군. 저쪽이 한 수 위야."

오케가와는 그런 소리를 하며 코를 만지고 있었다. 구로사와는 거침없이 불평을 늘어놓았다.

"그러게 뭐라고 했습니까. 야하라로 돌아가는 편이 나았어요. 지금도 늦지 않았습니다. 갑시다."

그렇지 않아도 역할 분담을 무시하고 가택수사에 따라와 에도가와니시 경찰서의 형사들이 싫은 표정을 짓고 있다. 구로사와는 이런 일로 말썽을 일으키고 싶지 않았기 때문에 억지로라도 오케가와를 잡아끌고 돌아갈 작정이었다. 네리마기타 경찰서에서도 일손이 부족해 애를 먹고 있으리라.

하지만 연립주택에서 조금 떨어져 이차선 도로로 나오자 오케가와는 홀쩍 손을 들고 네리마와는 반대 방향 차선을 달리는 택시를 세워 버렸다.

"뭐 하시는 거예요?"

"그렇게 치한에게 습격당한 아가씨 같은 소리 내지 마. 집에 돌아가려는 것뿐이니까."

"집이라뇨……?"

"마이 홈. 집으로 가는 거야. 자네도 따라와."

"농담하지 마세요. 저는 서로 돌아갈 겁니다."

오케가와는 또 구로사와의 넥타이를 잡고 끌어당겼다.

"괜찮으니까 와. 집에 가서 자빠져 잘 건 아니야. 경찰서 자료실을 뒤져도 괜찮지만 그렇게 하면 과장에게 들켜서 밖으로 쫓겨나게 될지도 몰라. 내 자료실을 뒤져 보자는 거야. 그리고 여기서는 내 자료실이 경찰서보다 훨씬 가까워."

구로사와는 얼굴을 찌푸렸다. 싫어서 그런 것이 아니라 오케가와의 의도가 뻔히 읽혔기 때문에 자연히 그렇게 되었을 뿐이다.

"선배!"

성질 급한 택시 기사가 소리를 질렀다. "손님, 탈 거요, 안 탈거요?"

오케가와가 검은 수첩을 슬쩍 보여 주자 운전기사는 입을 다물었다. 구로사와가 다그쳤다.

"뭘 발견한 겁니까?"

"얼른 타지 않을 거야? 이야기는 택시 안에서도 할 수 있잖아. 안 그래?"

오케가와는 지바 시내에 있는 공단주택에 살지만 주제넘게 작은 연립주택에 세를 얻어 자기만의 '작업실'을 꾸리고 있다. 거기에는 과거의 수사기록이나 관계 자료, 그리고 일 년간 발행된 주요 잡지나 신문이 잔뜩 쌓여 있다. 오케가와는 늘 작업실에 머물렀고, 집에는 이따금 들어갔다. 그야말로 '마이 홈'이다. 오케가와 밑에서 일을 하기 시작한 지 얼마 되지 않았을 때 '저녁을 한턱 낼 테니 놀러 오라'는 말을 듣고 집에서 지은 밥이 그리웠던 구로사와는 허둥지둥 찾아갔다. 하지만 오케가와는 '마이 홈'으로 데려갔다. 게다가 양파까지 깎는 쓰라린 경험을 했다.

그러나 오케가와가 지금 굳이 그리로 돌아가 자료를 뒤져 보겠다고 하는 것으로 보아 오리구치의 집에서 뭔가 그의 행방을 파악할 수 있는 단서가 될 만한 것을 발견했음에 틀림없다. 구로사와는 좁은 공간을 잔뜩 차지하고 있는 오케가와의 발을 밀치며 운전기사의 귀에 들리지 않을 정도로 목소리를 낮춰 입을 열었다.

"무얼 발견한 겁니까?"

오케가와는 눈을 감고 있었지만 윙크를 하듯 한쪽 눈을 뜨더니 흐흐흐, 하고 웃었다.

"맞혀 봐."

구로사와는 그를 택시에서 밀어내 버리고 싶은 충동을 참으며, 자세를 고쳐 앉고 나서 생각했다. 대체 뭘까? 가택수색 때 오케가와가 열심히 바라보고 있던 것은 무얼까?

택시가 지바 시로 들어가 이윽고 오케가와가 빌린 연립주택 옆에 정차할 무렵, 구로사와의 머릿속에도 두 가지 정도의 해답이 떠올랐다. 새벽이 가까워 이웃에서 개 한 마리가 시끄럽게 짖어 대고 있었다. 그 소리는 아랑곳하지 않고 얼른 앞장서서 연립주택 계단을 올라가는 오케가와의 등 뒤에서 구로사와가 언성을 높였다.

"가택수색 때 책꽂이를 보고 계셨죠?"라고 물었다.

오리구치의 방에는 작은 책꽂이가 있고 책이 빼곡하게 채워져 있었다. 대부분은 소설—딱딱하지 않은 읽을거리에서부터 동호인을 대상으로 한 낚시 입문서까지—이었다. 구로사와가 보기에 이렇다 하게 관심이 끌리는 책은 없었다.

"그 책꽂이에 뭐가 있었나요?"

"접근했지만 빗나갔네." 오케가와는 문을 열었다.

"그럼 부엌이군요. 문을 열고 코를 킁킁거렸잖아요?"

"그건 말이야, 양파 썩은 냄새를 맡았던 거야. 나는 그 냄새를 좋아하거든."

오케가와가 허공을 더듬어 끈을 잡아당기자 고풍스러운 갓을 쓴 전구에 불이 들어왔다. 그 누런 불빛 아래 단칸짜리 작업실이 모습을 드러냈다. 동쪽 창과 입구의 칸막이 부분을 제외하면 방의 모든 벽은 서가로 가득 차 있었다. 이 연립주택의 주인은 오케가와가 형사라는 걸 알기에 괜찮지만, 만약 모른다면 수상한 취미를 지닌 이상한 녀석으로 여겨 자칫하면 쫓겨나 버렸을 것이다.

"일단 앉아"라고 하면서 오케가와는 털썩 앉았다. 탁자 하나 없다. 있는 것이라고는 어디서 주워 왔는지 여기저기 끝이 갈라진

나무 상자가 하나. 옆구리에 '아오모리 사과'라는 딱지가 군데군데 찢어진 채로 남아 있었다. 다 뜯어내면 좋을 텐데 그대로 두었다.

"아까 책꽂이 이야기를 했는데, 좋은 착안이야. 내가 본 건 그 옆에 세워 두었던 작은 사진 액자였어."

"사진 액자?"

그런 게 있었나?

"뒤로 밀어 넣어 두었더군. 하지만 깨끗하고 먼지도 없고 얼룩도 없었어. 소중하게 장식해 놓았던 거라는 느낌이 들었지."

하지만 그 액자에 들어 있던 건 일반적인 사진이 아니었다. 잡지 화보를 오려 낸 것이었다.

"교복 차림의 여자애들 네 명이 찍혀 있었어. 고등학생 정도 될까? 입학식 뒤에 기념 촬영을 한 건지도 모르지. 하지만 화보 사진을 장식해 둔다는 건 드문 일이잖아."

구로사와는 마지못해 고개를 끄덕였다. "친척 딸이라거나 하는 애가 아니겠습니까? 그 애가 무슨 잡지에 나와서, 기념으로 오려 두었다거나—."

오케가와는 고개를 저었다. "그렇다면 그렇게 사진 부분만 오려 내지는 않을 거야. 기사를 통째로 오려 두지. 그 사진 액자 안에 있던 건 똑바로 자르기 위해 자로 선을 그은 흔적도 남아 있었네. 기사는 필요가 없었던 거야. 사진만 필요했던 거지."

구로사와가 조심스럽게 말했다. "오리구치란 사람은 예전에 교사로 일한 적이 있어요."

"그래. 기타아라카와 지점에서 보관하고 있는 이력서에 분명히 그렇게 적혀 있었지. 사립 고등학교 교사였어. 그건 자네도 알지?"

구로사와는 고개를 끄덕였다. "예. 보고를 받았으니까요. 하지만 오리구치 씨의 본적이라거나 친척, 과거 근무처라면 이미 다른 수사관들이 조사하고 있을 겁니다."

그게 별 진척이 없는 것 같아 답답했다. 물론 이런 시각이라 조사 대상과 쉽게 연락이 되지 않기 때문이다. 반면 구로사와가 오리구치의 과거를 파고들어 가기 힘든 까닭은 그가 한번 과거를 전부 버리고, 모든 인연을 끊어 버린 사람이기 때문인 듯한 느낌이 들어 초조했다.

오케가와가 점잖게 손을 저었다. "아, 그건 그거고."

"그럼 무슨 이야기를 하고 싶은 거예요?"

"난 말이야, 구로사와." 오케가와가 몸을 앞으로 디밀었다. 다른 사람들이 없는 곳에서 '자네'라고 부르지 않고 이름을 불리면 바짝 긴장하게 된다.

"그 사진에 찍혀 있는 학생 가운데 제일 끄트머리에 있던 여자애—세일러복이 잘 어울리는 귀여운 소녀인데—그 애 얼굴이 낯익었던 거야."

구로사와는 침묵했다. 오케가와의 둥근 얼굴 전체에 상대를 침묵하게 만드는 기운이 가득했다.

"어디선가 봤어. 분명히 봤지. 그 사진에 있던 여자애를 말이

야. 똑같은 사진이야. 화보지. 잡지나 신문, 어디선가 봤어. 그것
도 내 기억이 확실하다면 그다지 오래된 일이 아니야. 아무리 오
래되었다고 해 봤자 한두 해 안쪽일 거야. 게다가 내가 봤어. 좋은
뉴스거리는 아니었어. 사건 관련이 분명해."

오케가와는 책장을 손으로 쭉 가리켰다. "결국 그 여자애 얼굴
사진은 이 안에 있는 자료 어딘가에 있을 거야."

"그걸 찾으라는 거군요?"

"그렇지." 오케가와가 일어섰다. "자네는 오른쪽 끝에서부터 맡
아. 난 왼쪽을 할 테니까."

"단서는요? 저는 그 애 얼굴도 모르는데."

"여학생 사진을 발견하면 내게 이야기해. 그 정도 일이야 자네
도 할 수 있겠지?"

오케가와와 구로사와는 등을 맞대고 잡지 더미를 뒤지기 시작
했다.

5

처음 오리구치의 모습을 발견했을 때, 슈지는 잘못 보았나 싶었
다. 오리구치가 그런 곳에 혼자 오도카니 앉아 있을 리가 없다. 에
쓰추자카이 휴게소 입구의 콘크리트 울타리에 걸터앉아 보자기에
든 짐을 무릎 위에 얹고서.

하지만 싸구려 점퍼 자락을 날리면서 거기 있는 사람은 아무리 보아도 오리구치 구니오였다.

"왜 그래?"

슈지의 태도가 이상하다는 사실을 깨달았는지, 노리코가 말을 걸었다. 그는 앞을 본 상태로 중얼거렸다.

"오리구치 선배야."

"뭐?"

차가 속도를 줄이며 접근해 가자 오리구치도 운전석에 있는 슈지를 알아보았다. 그는 희미한 미소를 지으며 보자기에 싼 짐을 안고 일어섰다.

오리구치의 제안으로 슈지는 일단 그를 차에 태우고 휴게소 레스트하우스 뒤쪽에 차를 세웠다. 건물 뒤에서 뭔가 공사를 하고 있는지 땅바닥에는 배관에 사용할 파이프들이 굴러다니고 있었다. 바로 옆에는 철재 더미가 있고, 그 위를 일찍 일어난 참새 몇 마리가 작은 발로 깡충깡충 뛰어다니고 있었다.

"드디어 따라붙었군."

오리구치는 일단 그렇게 말했다. 슈지는 천천히 고개를 저으며 오리구치를 바라보았다.

"설마…… 뉴스를 듣고 우리가 오기를 기다린 겁니까?"

두 사람 다 차에서 내려 슈지는 보닛에, 오리구치는 콘크리트 벽에 기대어 있었다. 노리코는 조수석 쪽 문을 열고 자리에 앉아

무릎을 내밀고 있다. 오리구치가 소중하게 부둥켜안고 있던 보자기에 싼 짐은 지금 뒷좌석 시트 위에 놓여 있었다.

오리구치가 그것을 건네주었을 때 슈지는 이제 됐다고 생각했다. 묵직한 보따리를 시트에 올려놓았을 때는 안도와 해방감에 잠깐 현기증이 났다.

"선배, 사정은 대략 알고 있습니다. 하지만 왜 갑자기 이런 일을? 왜죠?"

슈지가 묻자 오리구치는 고개를 들고 노리코의 얼굴을 바라보고 나서 말했다.

"그보다 먼저 자네가 어떻게 된 건가 이야기해 주지 않겠나? 뉴스에는 단편적인 내용만 나와서 제대로 알 수가 없었어."

노리코와 잠깐 얼굴을 마주 보고 나서 슈지는 설명을 시작했다. 오리구치가 급행을 타지 않은 게 아닐까 생각했던 것. 게이코를 발견하고 노리코와 만난 일. 노리코의 입장에 관해서는 그녀 스스로 설명을 하고, 슈지가 보충했다.

"노리코는 게이코 씨가 총신에 납을 넣어 자살하려 했던 게 자기 책임이라고, 그래서 선배가 죽게 되면 큰일이니 직접 이야기하고 싶다고 해서 여기까지 함께 온 거예요."

오리구치는 다시 노리코의 얼굴을 보았다. 그러고는 입을 열었다. 부드러운 말투였다.

"고맙군요."

노리코는 말없이 고개를 저었다.

게이코가 총을 가져가라고 했던 이야기. 하지만 총탄은 가져오지 않았다는 이야기를 하고 슈지는 씁쓸하게 웃었다.

"제가 선배를 쏠 수는 없으니까요."

오리구치는 두 손으로 천천히 머리를 쓰다듬었다.

"도쿄로 돌아가시죠." 슈지가 조용히 말했다. "선배, 이제 그만두세요. 선배가 무얼 하려 했는지 알 것 같고 그 심정도 이해가 가요. 하지만 그건 역시 좋지 않아요."

오리구치는 미소를 지었다. "내가 뭘 하려고 했다고 생각하는 거지?"

슈지는 말을 머뭇거렸다. "오오이 요시히코를—죽이려고 한 거 아닌가요?"

오리구치는 고개를 저었다.

"아니라고요?"

"아니야."

"그럼 왜 총을 가지고 오신 거죠?"

"그 녀석을 시험해 보고 싶어서야."

"시험? 무얼요?" 오리구치는 슈지의 등 뒤, 참새들이 놀고 있는 철재 더미 쪽으로 시선을 돌리고 입을 다물어 버렸다. 슈지는 대답을 독촉하고 싶었지만 오리구치의 심각하고 쓸쓸하고, 홀로 남겨진 어린애처럼 불안해하는 표정을 보니 말이 나오지 않았다.

"시험해 보고 싶었어."

이윽고 오리구치가 입을 열더니 내뱉듯이 말했다. "오오이 요시히코가 정말로 자기가 한 짓을 후회하고 있는지 어떤지. 죄에 걸맞은 벌을 받을 준비가 되어 있는지 어떤지. 그걸 알고 싶었어."

지난 번 공판에서 변호사가 새로운 증인을 세웠는데, 그 입에서 뜻밖의 사실이 나오지 않았다면 자기도 이런 생각을 하지는 않았을 것이라면서 오리구치는 이야기를 시작했다.

"증언을 한 사람은 도쿄 신주쿠에 있는 스낵바에서 일하는 아직 열일곱 살밖에 되지 않은 소녀였어. 그 애는 자기가 작년 가을에 낳은 아기의 아버지가 오오이 요시히코라고 증언했지."

그 사실은 오오이 본인도 알고 있다고 한다. 아기가 태어났을 때, 그는 이미 모녀 살해범으로 체포된 상태였다. 오오이의 어머니가 면회하러 가서, 그 소녀가 애를 낳았다는 사실을 전하자 무척 놀라며 기뻐했다고 한다.

"아버지로서 부끄럽지 않은 사람이 되고 싶다, 그러기 위해서는 기필코 새 삶을 살겠다—그렇게 맹세했다는 거야."

공범인 이구치 마스미 쪽은 어머니가 증인으로 출정하여 딸의 시너 중독이 벌써 오 년 이상 되었다는 사실과, 그 때문에 그녀가 이따금 환각을 보고 착란 상태에 빠지는 일이 있다는 사실을 증언했다.

"그건 알아요." 슈지가 끼어들었다. "시너 건은 처음부터 문제가 되었잖아요? 사건 당시에 오오이나 마스미나 두 사람 다 시너를 마시고 헤롱헤롱한 상태였다—그런 이야기를 해 주셨죠."

오리구치는 빈정거리듯 웃었다. "그 때문에 형이 가벼워질 것 같다는 이야기도."

자기 어머니가 증언대에서 울고 있는 동안 마스미는 한 번도 어머니를 바라보려 하지 않았다고 한다. 내내 눈을 내리깐 채로 있었다.

"갸륵한 딸로 보였어. 하지만 내내 그 애를 주시하고 있던 나는 확실히 보고 말았지. 폐정할 때 밖으로 끌려 나가기 직전에 그 애가 방청석을 곁눈질로 힐끔 보았을 때의, 그 괴물과도 같은 얼굴을. 원망하고, 증오하고, 분노하고 있었어. 그뿐이었지."

노리코가 두 손으로 팔꿈치를 안고 살짝 목을 움츠렸다.

"마스미의 눈은 그때 살해당한 모녀의 유족 쪽을 보고 있었어. 매번 방청하러 오니까. 그 사람들은 예전에 내 친척이나 장인 장모였던 사람들이야. 우리는 화해한 건 아니지만 방청석에서는 늘 함께 앉았지. 아직 이 재판에 관심이 많았던 무렵 한번은 방청 희망자가 많이 밀려들어 추첨을 하게 되었는데 내가 떨어져서 법정에 들어가지 못한 적이 있었어. 그때는 폐정 뒤에 근처 카페에서 살해당한 두 사람의 어머니이자 할머니이고 내 예전 장모였던 분이 그날의 재판 이야기를 들려주었지.

우스운 일이지. 딸과 아내가 살해된 뒤에야 비로소 나는 고향에 돌아올 수 있게 되었고, 장모—장모였던 분과 이야기하게 된 거야. 그 양반은 이미 일흔한 살이라 보청기 없이는 다른 사람 이야기를 들을 수가 없는 형편이지. 그런 양반이 눈물을 흘리며 법을 모르는 사람으로는 이해하기 힘든 재판 상황을 애써 내게 설명해 주셨어."

슈지는 잠자코 오리구치의 얼굴을 바라보았다. 세 사람이 옆에 떨어져 있는 파이프와 마찬가지로 꼼짝도 하지 않자, 대담해진 참새들이 오리구치의 발 바로 앞까지 접근했다.

"그리고—."

오리구치가 입을 열자 참새는 날아가 버렸다. 그는 참새를 배웅하듯이 고개를 들더니, 슈지를 똑바로 바라보며 말을 이었다.

"피고석에서 그 장모 일행을 노려보던 마스미의 눈은 이렇게 이야기하고 있었어. 우리 부모가 나를 시너 중독자인 멍청한 딸이라고 떠벌려야 했던 것은 모두 당신들 때문이야. 당신들이 나를 잡히게 만들었기 때문이야—라고. 적어도 내게는 그렇게 보였어. 그게 도무지 이해가 되지 않았던 거야."

그들도 지금은 반성하고 몸가짐을 바로 하여 새로운 삶을 살아가려 할 것이다. 그들도 환경의 희생자다. 그들도 이런 짓을 저지르고 싶어서 저지른 것은 아니리라—.

"내내 그렇게 믿어 왔어. 스스로를 타이르며 참아 왔지. 그렇지 않다면 재판을 하는 의미가 없다고 생각했으니까. 하지만 그게 이상해져 버렸어."

정보가 들어왔다고 한다.

"이노초는 좁은 곳이지만 가나자와라는 대도시가 바로 옆에 있어서. 요즘에는 젊은이들도 도쿄나 오사카로 나가지 않고 살게 되었어. 그때 내가 가르치던 제자들도 반 이상이 고향에 남아 생활하고 있지. 그래서 이런저런 정보 네트워크가 남아 있어."

수군수군, 수군수군—소문이기는 했지만 누구나가 진실이라고 믿었다.

"오오이의 애를 낳았다는 열일곱 살 먹은 소녀의 증언은 완전히 엉터리라는 거지. 물론 오오이가 그 여자애와 관계를 가졌다는 사실이나, 그 여자애가 아기를 낳았다고 하는 건 사실이야. 하지만 그 아기의 아버지가 오오이 요시히코라는 확실한 증거는 없어. 오오이의 가족이나 본인이나 이런 사건이 일어나고 체포되어 재판이 진행될 때까지는 그 여자애의 존재는 신경도 쓰지 않았던 모양이야. 공판이 시작되고 나서 서둘러 그 여자애를 찾아내 증언해 달라고 돈을 주며 부탁했다는 거야."

"무엇 때문에요?" 믿을 수 없다는 투로 노리코가 묻자 오리구치 대신 슈지가 대답했다.

"아기를 위해 훌륭한 아빠가 되고 싶다고 하면 재판에서 유리해질 수 있기 때문이겠지. 그렇죠?"

오리구치는 고개를 끄덕였다. 갑자기 머리가 무거워져 지탱하기 힘들기라도 한 듯이 끄덕였다.

"그래. 그것 이외에는 이유가 없어. 시너 중독이나 아기가 있다거나 어쨌든 모든 수단을 동원해 형량을 가볍게 하려고 필사적인 거지."

"전혀 반성하고 있지 않나요……?"

이번 노리코의 질문에 슈지는 대답하지 않았다. 오리구치도 바로 대답하지 않았다.

"나도 그걸 알고 싶어." 신음하듯 말했다. "그래서 이번 계획을 세운 거야. 사쿠라, 지금 오오이와 마스미가 어디 있는지 아나?"

슈지는 얼굴을 찡그렸다. "구치소겠죠. 뻔하잖아요?"

"아니야, 전혀 그렇지 않아. 그 두 사람은 이노초에 있는 병원에 있어."

"병원—?"

"그래. 이노초에는 오오이 요시히코의 친척인 부자가 살고 있어. 오오이가 전에도 몇 차례 쳐들어가서 소동을 부린 일이 있다는 사실은 자네도 알지?"

"예, 들었어요."

"그럴 때마다 요시히코는 늘 시너를 마셨어. 겁을 주기 위해 일부러 그랬을 테지. 그런데 이 년 정도 전에 그 친척이 오오이를 잡아서 병원에 처넣은 적이 있어. 그때 격투기를 좀 하는 지인이 마침 집에 머물고 있었대."

"그럼 이번에도 그 병원에?"

오리구치는 고개를 끄덕였다.

"시너 중독으로 인한 환각 증세를 조치하기 위해 한때 입원한 적이 있는 병원이니까. 그런데 마스미도 그리 들어갔어. 둘 다 유치장에서 몇 번이나 환각 증세가 나타나 난리를 부리고 자살을 기도하기도 했다더군. 그래서 처음에는 경찰병원에 수용되었는데 거기서도 증세가 가라앉지 않자 변호사가 법원에 특별 신청을 해서 전에 오오이의 치료를 맡아 효과를 보인 일이 있는 병원으로 옮겨 간 거야. 물론 엄중한 감시가 붙었지만."

오리구치는 지친 듯이 고개를 숙이고 미간을 누르며 덧붙였다.

"그래도 구치소보다는 감시가 소홀하지. 내가 보기에는 그들이 도망치려는 포석으로밖에 보이지 않아."

"두 사람이 미리 짜고 연극을 하고 있는 거라고 생각하시나요?"

오리구치는 고개를 들었다. "나는 그걸 확인하고 싶은 거야. 세 달 정도 전부터 오오이는 한 르포라이터와 정기적으로 면회하고 있어. 자기 가정 환경이나 소년 시절 이야기, 현재의 심경 따위를 이야기하고 있는 모양이야. 그 르포라이터는 구치소에서 오오이와 접촉이 있었던 사람들을 상대로도 취재를 하고 있어. 나는 그 이야기를 주워들은 거지."

구치소에서 아주 짧은 기간이기는 하지만 오오이와 같은 방에 있었던 스무 살 청년이 오오이에게 이렇게 말한 일이 있다고 한다.

"병이 난 척하건 미친 척하건 뭐든 상관없으니 해 보면 재판에서 효과가 있다. 진짜인지 아닌지 누구도 알 수 없으니까."

노리코가 겁을 잔뜩 집어먹은 눈초리로 슈지를 쳐다보았다. 슈지는 고개를 저었다.

"그럴 수가……."

"오오이는 이런 소리도 했다더군. 이런 곳에는 일 분도 더 있고 싶지 않다, 여기서 나갈 기회만 주어진다면 절대로 놓치지 않겠다고."

오리구치는 벽에서 천천히 등을 떼고 팔짱을 꼈다.

"사쿠라, 나는 그들에게 그 기회를 주고 시험해 보고 싶은 거야. 변호사 말대로 그 애들이 진짜 후회를 하고 있는지, 아니면 주위에서 들려오는 그런 소문들이 진실인 건지. 마스미가 재판장을 쳐다보는 시선이 진실이고 방청석을 보는 시선이 거짓인지. 아니면 그 반대인지. 그걸 확인하지 않으면 앞으로 오 년 뒤, 십 년 뒤에 똑같은 일이 반복될 거야. 살해당한 내 아내와 딸의 이름 뒤에 앞으로 그런 인간들에게 걸려들어 목숨을 잃은 피해자들의 기다란 명단이 생길 테니까."

긴 침묵이 흘렀다. 완전히 동이 터 주위가 환해졌다. 참새들이 지저귀며 호쿠리쿠 자동차도로를 오가는 차량들의 소음이, 멀리서 파도 소리처럼 들려왔다.

"그걸 확인해서 어떻게 할 건데요?"

슈지가 낮은 목소리로 물었다.

"요시히코나 마스미나 정말로 반성하고 후회한다는 사실을 알게 되면요? 그냥 풀어줄 건가요?"

오리구치는 대답하지 않았다.

"그리고 그 반대라면? 그 사람들이 사실은 전혀 뉘우치지 않고 오히려 반대로 원한을 품은 상태라는 걸 알게 되면? 그러면 어떻게 할 거죠?"

오리구치는 여전히 대답하지 않았다. 점점 다그치듯이 커져 가는 슈지의 목소리에 노리코가 겁먹은 눈빛을 했다.

"그만해—."

슈지는 대꾸하지 않았다. 오리구치만 보고 있었다.

"그때는 서슴없이 놈들을 죽일 수 있다, 그런 이야기겠죠? 하지만 제가 생각하기에는 어느 쪽이건 마찬가지예요. 선배는 말이죠, 그놈들을 쏴죽일 구실을 찾고 있을 뿐이에요. 시험해 보겠다는 건 거짓말이에요. 스스로에게도 그렇게 거짓말을 하고 있는 거죠. 선배는 그저 그 두 놈을 죽이고 싶을 뿐이에요. 그렇죠?"

슈지는 그렇게 말하고 보닛에서 떨어졌다. 주먹을 꼭 쥐고 숨을 헐떡거리고 있었다.

"아닌가요?"

한 걸음 다가서자 뜻밖에 오리구치의 머리카락에서 토닉 냄새가 났다. 직장에서 늘 맡던 냄새다. 그게 갑자기 슈지를 혼란시켰다. 내가 왜 오리구치 선배에게 화를 내며 고함을 치는 거지?

"제발이요." 목소리가 제대로 나오지 않았다. "정신 차리세요, 제발."

하지만 오리구치는 슈지의 말을 무시했다. 무거운 듯이 걸음을 옮겨 철재 더미로 천천히 다가가 슈지에게 등을 돌리고 섰다.

"모든 건 재판을 통해 가려질 것이다. 선배는 늘 그렇게 말했잖아요. 린치가 허락되면 우리 사회는 붕괴해 버릴 거라고. 그랬죠?"

오리구치는 천천히 고개를 돌려 슈지를 바라보았다. 슈지는 물에 빠진 사람이 구명 튜브를 움켜쥐려는 것처럼 오리구치의 시선을 붙들었다. 여기서 눈을 떼면 오리구치는 영원히 어디론가 사라져 버릴 것이다.

"도쿄로 돌아가요, 선배. 차에 타세요. 아직은 크게 문제되지 않고 넘어갈 수 있어요. 예?"

슈지는 차 앞을 돌아 오리구치를 재촉할 셈으로 운전석 문을 열었다. 고개를 돌려 오리구치에게 말을 하려 했을 때 노리코가 작은 비명을 지르는 소리가 들렸다. 동시에 머리 뒤에 딱딱한 것이 닿는 느낌이 들었다.

"선배?"

몸을 움츠리며 믿을 수 없다는 표정으로 뒤를 돌아보았다. 거기에는 게이코의 총을 든 오리구치가 있었다.

"하지만…… 총은―."

노리코가 후다닥 뒷좌석 보자기로 싼 짐의 매듭을 풀었다. 안에서 나온 것은 그 주변 땅바닥에 떨어져 있는 것과 똑같은 파이프 몇 개.

"처음부터 이럴 작정이었나요? 그래서 총을 숨겨 두었어요?"

갈라져 나오는 목소리로 슈지가 물었다. 오리구치는 대답하지 않았다. 대신 "미안하구나"라고 했다.

"난 여기까지 왔어. 이젠 물러설 수가 없구나."

오리구치는 얼른 총을 고쳐 들고 한쪽 손으로 옆구리를 감쌌다.

"노리코 씨, 세키누마 씨에게서 받아온 총을 꺼내 와요. 케이스째로 내게 가져오면 돼요. 조립은 슈지에게 시킬 테니까."

"선배." 슈지는 애써 험악한 목소리로 소리쳤다.

"선배는 지금 자신이 얼마나 바보 같은 짓을 하고 있는지 아세요? 그 총을 쏘면 선배가 죽어요. 총신 중간이 막혀 있어요. 저도 무사하지는 않을 테지만 선배는 분명히 죽는단 말이에요. 아시겠어요?"

"모르는 건 너 같구나." 오리구치의 목소리는 싸늘했다. "세키누마 씨는 이 총 아래 총신에 납을 넣었지? 위에 있는 총신은 정상이야. 제대로 작동해. 그리고 보통 상하 쌍발식 총이란 건 총탄이 아래부터 먼저 나가고 위가 나가지. 하지만 스위치를 바꾸면 그 순서를 바꿀 수가 있어."

슈지는 살짝 벌린 이 사이로 숨을 들이켰다.

"내 말이 사실인지 아닌지 시험해 볼까? 난 총기소지 면허를 따려고 여러 모로 알아본 적이 있어. 하지만 예전에 반년가량 정신과 치료를 받은 적이 있지. 도쿄에 혼자 살며 교사 생활을 하다 그만두었을 무렵에 반쯤 알코올 중독 상태였거든. 그때 치료받은 기록이 남아 있을 테니 면허를 딸 수는 없을 거라는 생각에 포기한 거야. 그렇기 때문에 내가 총에 대해서는 너보다 잘 알아. 훨씬 잘 알지."

노리코가 머뭇머뭇 검은 가죽 케이스를 들고 왔다.

"뚜껑을 열어."

시키는 대로 했다.

"슈지, 세키누마 씨에게 조립법은 배웠겠지? 그대로 해 주지 않겠나?"

"선배—."

"부탁해, 응?"

자기 손과 손가락, 몸이 이토록 무거운 것인지 처음 알았다. 슈지가 조립을 마치자 오리구치가 부스럭부스럭 움직이는 기척이 나더니 이윽고 등 뒤에서 파란색 총탄 두 발을 꺼냈다.

"이걸 장전해 줘. 장전해서 뒤돌아 나를 쏘겠다는 생각은 하지 마. 그래 봐야 나를 맞히지 못할 테고, 네가 쏘기 전에 내가 먼저 방아쇠를 당기게 될 테니까."

"알았어요."

슈지는 두 발의 총탄을 장전하고 총신을 흔들어 제대로 자리를 잡게 했다.

"고마워. 그럼 총구를 앞으로 향한 채로 그걸 내게 건네 줘. 뒤로 내밀기만 하면 돼."

시키는 대로 하자 묵직한 총신이 오리구치의 손 안에 건네지는 감촉이 느껴졌다. 정신 나간 릴레이의 바통 터치다. 그리고 오리구치가 들고 있던, 총신이 막힌 총이 슈지의 발아래 툭 떨어졌다.

"이제 두 발 연속해서 쏠 수 있게 되었군."

오리구치는 발끝으로 바닥에 떨어진 총을 살짝 찼다.

"이걸 집어 들고 차에 타."

슈지는 총을 집어 들었다. 그 총의 겉모습은 방금 조립한 것과 똑같았다. 적어도 잘 모르는 사람들 눈에는 똑같아 보인다. 오리구치가 뒤에서 말했다.

"그 총은 위쪽 총구에 초크가 끼워져 있지 않아."

"초크?"

"그래. 조리개야. 총구 안을 잘 봐. 아래쪽에는 또 하나 고리 같은 것이 끼워져 있어서 총구가 이중으로 되어 있지? 하지만 위쪽 총구에는 그게 없어."

들여다보니 오리구치의 말 그대로였다.

"초크라는 건 말이야. 산탄이 퍼져 나가는 정도를—그러니까 넓이를 말하는 거지—조정하기 위해 총구 끝의 안쪽에 장착하는 거야. 그래, 호스로 물을 뿌릴 때 그냥 들고 있으면 물줄기가 굵지만 호스 끝을 꾹 눌러주면 물줄기가 가늘어지면서 멀리까지 나가잖아? 그런 원리지."

오리구치의 목소리는 교단에 서서 문법을 설명하듯 차분했다.

"지금 네가 갖고 있는, 세키누마 씨가 아래 총신을 막아 놓은 위험한 총은 아래 총구에만 초크가 장착되어 있어. 하지만 내가 지금 들고 있는 멀쩡한 총은 위아래 모두 초크가 장착되어 있지. 세키누마 씨의 취향인가? 슈지, 내친김에 그 총의 약실을 들여다 봐. 총탄을 장전하는 곳 말이야."

슈지는 총신의 뿌리 부분을 꺾어 약실을 열어 보았다.

거기에는 아무것도 들어 있지 않았다. 비어 있었다.

"거짓말했군요."

몸을 틀어 오리구치의 눈을 노려보자, 그는 미안하다는 듯이 미소를 지었다.

"하지만 스위치는 분명히 '위'로 되어 있지. 그 네모난 튀어나온 부분이야. S라고 적혀 있잖아? 안전장치 겸용이지."

슈지는 그 부분을 만져보았다. 위아래로 움직이게 되어 있다. 그리고 지금은 분명히 위를 향해 올라가 있었다.

"난 거짓말로 널 쏘겠다고 한 거야." 오리구치가 중얼거렸다.

슈지는 오리구치의 눈을 바라보았다. 그 눈동자 안쪽을 보고, 슈지는 어렴풋이 차가운 진실을 발견했다. 눈은 마음의 창이라는데, 그렇다면 지금 이 사람 눈은 죄수가 철창을 줄로 갈아 탈옥해버린 창이다. 안쪽에서 밖으로 쇠창살이 구부러진 감옥이 눈 안을 향해 뻥 뚫려 있을 뿐, 그 안은 완전히 텅 비어 있었다.

이 눈 안에 갇혀 있던 죄수, 슈지가 알고 있던 오리구치가 제어하려던 죄수는 이미 탈옥해 버렸다. 자유의 몸이 되어 복수를 향해 쏜살같이 목적지로 달려가고 있다.

이제는 잡을 수가 없다. 이제는 뒤쫓을 수 없다. 결국은 모든 게 물거품이 되었다—.

그런 느낌은 맞아떨어졌다. 오리구치가 이렇게 말했다.

"이제 돌이킬 수 없어. 자, 차에 타지. 노리코 씨는 나하고 뒷좌석에 앉고. 슈지는 운전을 해 줘. 이노초까지 한 시간이면 갈 수 있을 거야."

6

에쓰추자카이 휴게소에서 오리구치를 내려준 지 약 한 시간. 가미야의 코롤라는 고스기에서 호쿠리쿠 자동차도로를 빠져나와 160번 국도로 들어서는 중이었다.

해안의 경치 좋은 곳들을 지나는 도로였다. 이따금 하품을 하면서도 다케오는 이제 완전히 잠에서 깨어나 창밖을 바라보고 있었다. 고스기에서 일단 차를 세우고 공중전화로 병원에 연락해, 사키코의 병세는 변화가 없고, 지금은 진정이 되었다는 이야기를 들었기 때문에 가미야도 마음이 편해져 있었다.

동시에 이번에도 또 공연한 소동으로 다케오를 번거롭게 만들었다는 기분도 들었다. 만에 하나 사키코에게 뜻하지 않은 일이 일어나면 어쩌나 하는 걱정 때문에 늘 시키는 대로 휘둘리고 있다. 사키코에게 악의가 없다는 사실은 알고 있고 아내 또한 괴로울 거라는 생각 때문에 강하게 나가지 못하지만, 결국 가장 상처를 입는 사람은 다케오일지도 모른다.

―가미야 씨가 확실하면 돼요.

헤어질 때 오리구치가 한 말이 머릿속에 가라앉아 있다. 가라앉아 거기서 또 파문을 일으키고 있었다.

―아니, 좀 덜 확실하면 됩니다.

어떻게 하라는 거지? 가미야는 쓴웃음을 지었다. 그 오리구치라는 남자가 좀 이상하다는 느낌이 들었다.

'내가 아예 다 내동댕이치고 증발해 버린다면 어떻게 될까.'

계속 앉아 있어서 뻣뻣해진 등을 펴며 가미야는 그런 생각을 했다.

'내가 없어지면 장모는 무척 기뻐하겠지. 그리고 시간이 흐르면 사키코나 다케오도 나를 완전히 잊을 테고…….'

오리구치라는 남자는 아내를 데리고 고향을 떠났다고 했다. 그 판단이 옳았기 때문에 그는 첫 손자를 품에 안을 수 있는 것이다. 지금쯤은 아마 주름투성이 갓난아기의 자그마한 얼굴을 들여다보고 있을지도 모른다.

'내가 결단을 내려야만 한다.'

조수석의 다케오는 따분해졌는지 시트에 기대 멍하니 앉아 있었다. 일곱시쯤이면 와쿠라에 있는 병원에 도착할 수 있으리라. 도착해서 바로 학교에 전화를 걸어 오늘은 등교하지 못한다는 사실을 알리지 않으면 또 담임선생님에게 걱정을 끼쳐 드리게 된다. 그리고 될 수 있으면 이른 시간에 비행기를 타고 도쿄로 돌아가야 한다.

아무리 사소한 일이라도 하나하나 쌓이면 큰 부담이 된다. 신경전에 가까운 싸움에 가미야는 지금까지 스스로 의식해 온 것보다 훨씬 더 지친 기분이 들었다. 모두가 오리구치라는 남자를 태워 앞으로는 만날 일이 없을 거라는 편한 마음에 이런저런 이야기를 털어놓아 버렸기 때문이리라. 덥다덥다 하면 더 덥게 느껴지고, 아프다고 소리치면 실제보다 더 아프게 느껴진다. 그와 마찬가지

이치다. 묵묵히 계속 참고 있다 보면 자신이 참고 있다는 사실을 잊을 수가 있는데—.

불평을 하면 하는 만큼 스스로에게 돌아오는 법이다. 기분이 울적해져 생각하기도 귀찮아졌다. 목적지가 가까워져 마음이 느슨해졌기 때문이기도 하리라. 다케오와 둘이 말없이 있기도 지루해 가미야는 라디오 스위치를 켰다.

일기예보가 흘러나왔다. 호쿠리쿠 지방은 오늘 비 올 확률 십 퍼센트. 운전석에서 올려다보니 과연 흐린 물빛 하늘이 펼쳐지기 시작하고 있다. 그러고 보니 도쿄는 날이 흐렸는데 서쪽으로 오면서 구름이 사라졌다. 다행이다. 여기에 비까지 추적추적 내리면 견디기 힘들어진다.

이어서 시작된 뉴스를 처음에는 흘려듣고 있었다. 국회가 어떠니 부정 융자가 어떠니—운전으로 지친 머리에는 다소 무겁고 달갑지 않은 소식이었다.

그때 '오리구치'라는 이름이 귀에 들린 듯했다.

잠깐 졸다 깼을 때처럼 가미야는 깜짝 놀랐다. 머리가 바로 돌지를 않아 정신을 집중할 수가 없었다. 하지만 반사적으로 라디오 볼륨을 올리고, 아나운서의 평탄한 목소리를 알아들을 수 있게 되자 의식에 끼어 있던 안개가 썰물처럼 밀려 나갔다.

"산탄총을 훔쳐 도주중인 오리구치 구니오의 행방은 여전히 알 수 없습니다만—."

산탄총을 훔쳐 도주중?

오리구치, 구니오.

가미야는 저도 모르게 웃음을 터뜨렸다. 뭐야, 그런 어처구니 없는 일이 있을 리가 있나. 겨우 한 시간 전까지 이 조수석에 앉아 있었던 그 작고 통통하고 부드럽게 생긴 남자. 이런저런 이야기를 하며 함께 커피를 마시고, 딸이 아기 낳는 것을 기뻐하던 사람이 다. 이름이 같다고 해서—.

오리구치, 구니오. 뉴스에서는 확실히 그렇게 말했다.

운전이 소홀해졌다. 뒤따라오던 차가 요란하게 클랙슨을 울려 얻어맞은 듯한 충격을 받고 가미야는 정신이 돌아왔다. 핸들을 고쳐 잡고 자세를 바르게 했다.

오리구치, 구니오.

기계적으로 운전을 계속하면서 점차 커지는 심장 고동을 느꼈다. 내가 잘못 들은 게 아닐까? 가미야는 생각했다. 그 남자가 '오리구치'라고 한 것 같은데 실은 '호리구치'라고 했던 건지도 모른다. 그렇다. 분명 잘못 들었을 것이다. 아, 이런. 내내 잘못 생각하고 있었군.

—저는 이런 사람입니다.

어젯밤의 기억이 떠올랐다.

그래, 그랬다. 그때 나는 사원증을 보았다. 거기에는 분명히 한자로 '織口邦男'라고 적혀 있었다. '堀口호리구치'가 아니었다. 분명히 '織口'였다—.

그럼 뉴스가 잘못된 걸까? 라디오를 바라보았지만 아나운서는 이미 다른 뉴스를 전하고 있었다. 알아듣기 쉬울 뿐인 무감정한 말투로 홋카이도에서 일어난 관광버스 충돌사고 소식을 전했다. 다른 방송으로 돌려 본다고 해도 소용없다. 지금 뉴스를 하는 것은 이 방송국뿐이다.

 ─산탄총을 훔쳐 도주중인 오리구치 구니오의 행방은 여전히 알 수 없습니다만─.

 산탄총? 그 오리구치라는 남자는 산탄총 같은 것은 갖고 있지 않았다. 총 같은 건 영화나 텔레비전에서밖에 본 적이 없지만 그래도 대략 어떻게 생겼는지 정도는 안다. 산탄총?

 말도 안 되는 소리. 그 사람은 커다란 보자기에 싼 짐을 안고 있었을 뿐이다. 그리고 딸의 출산을 걱정하고 있었다…….

 ─이노초의 기다 클리닉입니다.

 행선지도 분명하게 밝히지 않았는가.

 문득 고개를 돌리니 다케오가 가미야를 쳐다보고 있었다. 말을 하지 않게 되고 나서 아들의 얼굴은 생기 넘치는 표정도 잃어버린 모양이다. 일반적인 사람의 얼굴이 파도치는 바다라면 다케오의 얼굴은 깊은 산 속의 작은 호수다. 이따금 작은 물결이 이는 일은 있어도 결코 거칠어지거나 흐트러지지 않고, 바닥을 드러내는 일도 없다.

 하지만 지금 그 다케오의 눈에는 확실히 불안의 기색이 떠올랐다. 아들도 나와 같은 생각을 하고 있다─가미야는 그걸 깨닫고 비로소 팔뚝에 소름이 돋는 걸 느꼈다. 서로 마주 보게 세워 놓은 큰 거울과 작은 거울. 서로를 비추고 있다.

"설마, 그럴 리가. 그 아저씨는 아닐 거야."

가미야는 굳은 뺨을 억지로 움직여 웃어 보이며 말했다.

"절대 아니야. 이름이 비슷할 뿐일 거야. 걱정하지 않아도 돼."

하지만 다케오는 가미야의 얼굴에서 시선을 돌리더니 이번에는 라디오 튜너 램프를 바라보았다. 나는 그렇게 생각하지 않아, 아빠. 뉴스를 다시 듣고 싶어—가미야는 그런 무언의 메시지를 느꼈다.

"그럼 확인해 볼까?"

다케오에게 이야기하기보다 스스로를 납득시키기 위해 한 말이었다.

"기다 클리닉이란 곳에 전화를 해 보면 되는 거야. 오리구치 씨란 사람이 도착하지 않았느냐고."

그렇다. 그렇게 해서 오리구치가 전화를 받으면 어처구니없는 이야기라며 서로 웃을 수 있다. 실례했다고 사과할 수도 있고, 태어난 아기가 얼마나 예쁜지 그의 자랑을 들을 수도 있다—.

하지만 만약 오리구치가 받지 않는다면? 아니면 그가 면회시간이 아니라서 병원 안에 들어가지 못하고, 병원 방송으로 호출하는 소리를 듣지 못할 곳에 있다면? 병원에 있더라도 전화를 받으러 올 수 없는 형편이라면? 그러면 어쩌지? 이 의심을, 산탄총을 훔쳐 도주하고 있는 남자를 태워 주었을지도 모른다는 의심을 품은 채 '오리구치'라는 범인이 잡힐 때까지 내내 숨죽이고 있어야 하는 걸까?

아니면 지금 바로 경찰에 달려갈까? 터무니없는 착각일지도 모른다는 리스크를 감수하고?

이노초에 있는 기다 클리닉.

"다케오, 돌아가자."

말이 끝나기도 전에 가미야는 주위를 살피며 U턴을 할 수 있는 곳을 찾기 시작했다.

"기다 클리닉이란 곳에 가 보자. 거기 그 오리구치 아저씨가 있을지도 몰라. 만약 없더라도 오늘 아침에 출산한 오리구치라는 옛날 성을 쓰는 젊은 산모가 있다면 그걸로 그만이니까. 그렇다면 우린 관계없는 거야. 만약에 그런 산모가 없다면 경찰에 신고해야지. 섣불리 판단할 일은 아니야. 다케오, 되돌아가자."

아들은 아무 말도 하지 않았다. 여느 때와 같았다. 그것을 적극적인 긍정의 침묵이라고 느낀 것은 역시 가미야의 기분 탓인지도 몰랐다.

"미안해. 일이 끝나면 곧바로 엄마한테 데려다줄게. 조금만 참아라."

중얼거리는 말도, 가미야의 머릿속도, 계속 돌고 있는 차의 타이어도 지금은 모두 공회전을 하기 시작하고 있었다.

그 잡지에 실린 사진을 발견한 것은 구로사와였다.

'세일러복 여학생'이라는 단서뿐 다른 실마리는 아무것도 없었
다. 오리구치의 집에 있는 사진을 보지 못한 구로사와 입장에서는
세일러복을 입은 여자의 사진이 나오면 오케가와에게 보여 주고
확인을 받을 수밖에 없었다. 마구잡이로 휘두르는 재주밖에 없는
타자처럼 한 시간 이상 헛스윙만 계속했다.

하지만 그 사진을 발견했을 때는 바로 '이거다'라는 느낌이 왔
다. 확신이 느껴졌다. 그리고 사진 옆에 적혀 있는 제목과 기사 앞
머리를 읽고, 저도 모르게 소리를 질렀다.

"선배! 이거 아닌가요?"

오케가와는 구로사와의 손에서 잡지를 낚아챘다. 페이지를 들
여다보는 그의 얼굴에서 평소의 둥글둥글한 선이 사라져 가는 것
을 보고 구로사와는 등골이 오싹했다. 오케가와는 마치 물속에 있
을 때의 흐릿한 그림자만으로는 상상도 할 수 없을 정도로 그로테
스크한 모습의 물고기를 낚아 올린 낚시꾼 같은 표정으로 사진을
들여다보고 있었다.

"일 년 전이다." 오케가와가 잔뜩 숨을 죽인 목소리로 말했다.

"가나자와의 이노초에서 일어난 모녀 사살 사건이야. 맞아, 이
거야. 내가 본 게 이 사진이었어. 살해당한 피해자 딸의 학창시절
사진이었어."

구로사와는 발치의 잡지 더미를 걷어차면서 전화기로 달려갔다.

이시카와 현 경찰본부로 전화가 연결되어 이노초의 강도살인 사건을 직접 담당했던 형사와 연락이 닿기까지는 십 분가량 걸렸다. 그 십 분 동안에 구로사와는 혈압이 이백 정도까지 올라간 기분이었다. 사복형사가 되어 수사 3과에 배치된 이래 이토록 흥분하기는 처음이었다.

전화를 받은 이시카와 현 경찰본부의 형사는 도마리라고 자기 성을 밝혔다. 가나자와 시내에 있는 자기 집에서 전화를 걸었다. 오케가와와 같은 계급인 순사부장이고, 마찬가지로 고참인 모양이었다. 상대의 굵직한 목소리가 들리자마자 오케가와가 구로사와의 손에서 수화기를 빼앗아 들었다.

오케가와가 사정 설명을 하는 동안 도마리는 한 마디도 하지 않고, 아무 소리도 내지 않았다. 오케가와의 말이 끝나자 바로 물었다.

"그 사건 관계자 가운데 오리구치라는 이름의 인물이 있느냐는 이야기죠?"

"예, 그렇습니다. 오리구치 구니오."

잠깐 뜸을 들인 뒤, 도마리가 말했다.

"그 사건은 현재 재판이 진행중인데, 나는 거의 매번 방청하러 갑니다. 거기서 피해자 유족과도 만나게 되죠."

"예, 그래서요?"

"오리구치 구니오라는 사람과도 만난 일이 있습니다."

오케가와가 든 수화기에 귀를 대고 있던 구로사와는 바짝 긴장했다.

"그 사람도 살해된 피해자의 유족입니다. 이십 년 전에 이혼한 남편, 딸과 헤어져 이노초를 떠난 아버지입니다. 법적으로는 몰라도 감정적으로는 어엿하게 두 사람의 유족 자격이 있죠. 그 사람은 거의 매번 재판을 방청하러 옵니다."

오케가와의 입이 멍하니 벌어졌다. 옆에서 구로사와가 소리쳤다.

"여보세요? 이 사건의 범인들은 지금 어디 있습니까?"

"이노초에 있는 기다 클리닉이란 병원입니다. 위치가—."

도마리가 더듬더듬 주소와 전화번호를 알려 주었다.

"시너 중독에 의한 환각이나 섬망 상태<small>외부로부터의 자극에 대한 반응이 둔해지고 착각, 망상, 마비 등을 일으키는 의식 장애</small>가 심해져 한때 재판을 진행하기 어려웠기 때문에 특별히 입원 치료를 받고 있는 거죠. 그 병원에는 예전에 오오이 요시히코를 치료한 적이 있는 주치의가 있습니다."

"그럼 두 사람 모두 기다 클리닉에?"

"그렇습니다. 두 사람 다 오늘은 재판이 열리는 날이기 때문에 거기서 나올 겁니다. 열시 반 개정입니다."

개인적으로 처단하려는 것이다—구로사와의 머리에 그런 생각이 스쳐 갔다. 진짜 공판이 열리는 날을 골라 일부러 간 것이다.

총을 들고.

"기다 클리닉에 경비를."

고함치는 오케가와의 목소리에 도마리가 대답했다. "급히 인력을 보내죠."

전화를 끊었다. 오케가와는 수화기를 고쳐 잡고 기다 클리닉 번호를 눌렀다. 구로사와는 또 귀를 들이댔다.

한 번, 두 번, 세 번—호출음이 계속 울렸다. 병원의 어디 있는 전화일까? 접수 창구일까? 사무실일까? 간호사 대기실일까? 어딜까?

빨리 받아.

찰칵. 전화가 연결되는 소리가 들렸다. 여자 목소리였다.

"기다 클리닉입니다."

그 순간 오리구치가 달려간 도쿄에서 가나자와까지의 500킬로미터 거리를 건너뛰어 떨리는 상대방의 목소리가 구로사와와 오케가와의 귀에 들려왔다.

오케가와는 신분을 밝히고 거의 볼 수 없었던 망설이는 눈빛을 띠며 천천히 물었다.

"거기서 뭔가 이상한 일이 일어났군요."

상대가 대답했다. 목소리가 상기되어 있었다.

"총을 든 남자가 현관에 있습니다……."

오케가와가 구로사와의 눈을 바라보았다. 입을 찡그린 채 그는 고개를 저었다.

"이런, 한발 늦었군."

구로사와는 시계를 보았다. 오전 일곱시 이십삼분.

8

기다 클리닉은 사 층짜리 흰색 건물로 작은 앞마당에 잔디가 깔려 있는 조그마한 병원이었다. 주택가에서 떨어져, 이노초를 내려다보는 완만한 산 중턱에 오도카니 서 있었다. 건물을 잡목숲이 둘러싸고 있어 새소리가 끊이지 않았다. 정면의 문 철책과 그 옆에 걸린 간판에—'기다 클리닉 내과 외과 소아과 정신과 응급외래 환자'—아침 햇살이 비쳤다.

오는 동안 오리구치는 전혀 말이 없었다. 무얼 물어도 입을 열려 하지 않았다. 어떻게 할 생각인지도 이야기해 주지 않았다. 한 팔로 총을 받치고 벨트 가방에서 꺼낸 총탄을 점퍼 주머니로 옮길 때마저도 전혀 말이 없었다. 노리코의 애원도 들리지 않는 모양이었다.

"아저씨, 슈지를 쏘지는 않을 거죠? 쏠 수 없죠? 위협해 봐야 소용없어요. 예? 그만 돌아가요."

하지만 오리구치는 대답하지 않았다. 때로는 머리 뒤에, 때로는 등에 총구를 느끼면서 운전을 계속하던 슈지는 자신이 알고 있는 오리구치, 그와 함께 일하던 오리구치가 어디론가 사라져 버렸다

는 사실을 깨달았다. 지금 오리구치는 슈지가 모르는 오리구치의
잔해다.

지금 현재 상태의 오리구치라면 슈지를 쏠 수 있을지도 모른다.
목적을 위해서라면 그 정도는 할지도 모른다.

차는 완만한 언덕을 올라가 문을 지나, 기다 클리닉 건물 앞으
로 다가갔다. 거기에는 순찰차가 두 대 세워져 있었다. 슈지는 잠
깐, 경찰이 먼저 와서 기다리고 있다고 착각했다.

제복 차림의 순경과 사복형사 두 명에게 이끌려 조깅복 같은 것
을 입은 젊은이가 앞쪽에 있는 순찰차에 막 올라타려는 중이었다.
손목에 찬 수갑과 포승. 슈지는 바로 깨달았다. 저게 오오이 요시
히코다. 재판장에 나가는 중이다. 그리고 오리구치의 표적이 무
엇이었는지를 깨달았다. 이 순간을 기다렸던 것이다. 무방비한 순
간. 오오이와 마스미에게 직접 말을 걸 수 있는 순간을.

이렇게 해서 그들을 시험해 보려는 것이다. 그들의 진심을.

뒤에 있는 순찰차에는 마찬가지로 형사 사이에 끼어 이구치 마
스미가 타는 중이었다. 긴 머리카락을 목덜미 쪽에서 묶고 원피스
같은 옷을 입고 있었다. 그 무릎이 막 순찰차 안으로 들어가는 중
이었다.

슈지가 타이어와 땅바닥이 마찰하는 소리를 내며 차를 세웠을
때 제일 먼저 이쪽으로 눈길을 돌린 사람은 오오이 요시히코였다.
짧게 깎은 머리, 초점이 맞지 않는 듯한 눈. 슈지와 눈이 마주쳤
다. 그의 눈이 깜짝 놀라 휘둥그레졌다.

오리구치는 믿을 수 없을 정도로 재빨리 뒷좌석에서 내리더니 운전석 문을 열고 슈지의 팔을 잡아 끌어내렸다. 그 무서운 기세에 슈지는 한쪽 무릎을 땅바닥에 찧었다. 오리구치가 두 발을 버티고 서서 산탄총을 쥐고 총구를 겨눴다. 그가 경찰관들을 향해 지른 목소리는 지금까지 들어본 적이 없을 정도로 끔찍한 고함이었다.

"꼼짝 마!"

경찰관들은 잠깐 동작을 멈추더니 다음 순간 후다닥 부채꼴 모양으로 퍼지며 자세를 낮추었다. 경찰관들은 오오이 요시히코의 팔을 잡아당겨 땅바닥에 머리를 숙이게 했다. 이구치 마스미의 모습도 슈지의 시야에서 사라졌다. 그리고 오리구치의 목소리가 다시 들렸다.

"오오이 요시히코, 이구치 마스미! 어서 도망쳐! 구해 주러 왔다. 도망쳐, 어서!"

차가 급정거한 순간, 노리코는 앞좌석 등받이에 부딪혔다. 문이 열리고, 오리구치가 내렸다. 노리코는 필사적으로 더듬어 문을 열고 밖으로 굴러나갔다.

차 너머에는 오리구치와 슈지가 있었다. 오리구치가 산탄총 총구를 들어 차에서 내린 슈지의 머리를 겨냥했다. 앞쪽 순찰차의 경찰관들이 일제히 자세를 낮췄다. 한 경찰관이 손을 뻗어 순찰차의 무전기 마이크를 빼들었다.

위쪽에서 비명이 들렸다. 올려다보니 이층 창문으로 간호사 한 명이 얼굴을 내밀고 목이 터져라 비명을 지르고 있었다. 두 손으로 젖은 수건의 끄트머리를 잡은 채 빨래집게를 들고 있다. 간호사는 계속 비명을 질렀다. 손에 들고 있던 수건을 놓쳐 노리코로부터 50센티미터도 떨어지지 않은 곳에 떨어졌다. 마치 그게 신호라는 듯이 여기저기서 창문이 열리고, 사람들이 비명을 지르며 움직이기 시작했다.

차 반대편에 있는 슈지의 모습은 노리코 쪽에서는 보이지 않았다. 타이어 옆으로 발만 보였다. 그 발의 무릎 위를 오리구치가 밟아 누르고 있었다. 너무 세게 밟아 슈지의 무릎이 꺾여 버릴 것만 같았다.

아아, 저런.

노리코는 팔꿈치와 엉덩이로 뒷걸음질 쳐 차에서 멀어지려 했다. 오리구치가 자신이나 슈지를 쏠 리가 없다, 오리구치가 사람을 죽일 리가 없다는 생각이 머리 꼭대기에서 뭔가가 뽑혀 나가듯이 단숨에 사라졌다. 오리구치 씨는 진심이다. 진짜로 죽일 생각이다. 그리고 그걸 보여 주기 위해 우리를 데리고 온 것이다.

"뭘 하고 있는 거야. 어서 와! 밧줄을 풀어. 그러지 않으면 이 녀석을 쏜다!"

오리구치가 경찰관들에게, 그리고 오오이 요시히코에게 소리쳤다. 요시히코는 경찰관에게 눌려 있었다. 입을 깜짝 놀란 듯이 쩍 벌리고, 오리구치와, 슈지의 머리에 겨눠진 오리구치의 총을 쳐다보았다.

"쏘지 마! 쏘지 마!" 경찰관의 고함 소리가 들렸다. 동료들을 제지하는 것인지, 오리구치에게 소리치는 것인지 노리코는 알 수가 없었다. 어디선가 전화벨이 울렸다. 다급한 비명이 연신 들려왔다.

"빨리 움직여!" 오리구치가 고함을 쳤다. 경찰관이 오오이의 머리를 눌렀다. 소용없는 짓이야―노리코는 울면서 생각했다. 오리구치 씨, 안 돼요. 이런 짓을 해 봐야 아무 소용없어요―.

하지만 다음 순간, 노리코는 보았다. 멍한 표정으로 오리구치를 바라보는 오오이의 얼굴에 뭔가를 깨달은 표정이 스치는 것을. 이용할 수 있다면 이용하자는 계산과 이기적인 판단이 그를 지배하고 있다는 사실을. 땅바닥에 쓰러진 노리코의 시야 가득 경찰관의 팔을 뿌리치려고 발버둥 치면서 일어나려 하는 오오이의 모습이 보였다.

오리구치 씨는 저 모습을 보여 주려 한 거야. 노리코는 마음속으로 거듭 외쳤다. 목소리도 나오지 않는데 목청이 터질 것만 같았다. 저 모습을 보여 주기 위해서 나하고 사쿠라 씨를 위협해서 데려온 거야. 오리구치 씨의 생각이 옳았어. 우리가 잘못 생각한 거야. 알았어. 알았다고. 그러니 이제 그만해.

"멈춰, 이봐!"

형사의 고함 소리와 오오이의 목소리가 동시에 엇갈렸다.

"마스미, 이리 와, 빨리!"

형사가 그에게 달려들려고 했을 때 오리구치가 슈지의 머리를 총구로 세게 눌렀다. 그 바람에 슈지의 머리가 차 문에 부딪혔다. 형사는 얼어붙은 듯이 동작을 멈추고 병원 입구 쪽으로 시선을 던졌다. 거기에는 사람들이 모여 있었다. 차 문 너머에서는 아직 고함 소리가 들리고 있었다.

기묘한 정적이 노리코를 휩쌌다. 모든 것이 슬로모션으로 보였다. 오오이 요시히코가 이쪽으로 달려온다. 차 쪽으로 달려온다. 마스미가 그 뒤를 따른다. 마스미는 도중에 한 형사의 발에 걸려 넘어져 두 손으로 짚고 일어나면서 심한 욕설을 퍼붓는다. 마스미도 이쪽으로 달려온다. 노리코 옆으로 뛰어온다. 차 문을 잡더니 마스미가 조수석으로 뛰어든다. 오오이가 뒷좌석 문을 손으로 잡는다. 마스미의 등이 노리코의 시야를 가렸다가 다시 사라진다. 차 너머로 우뚝 서 있는 오리구치의 모습이 보인다.

오리구치가 천천히 총을 들어올린다. 한없이 느린 슬로모션에 가깝게. 노리코는 그 한순간 한순간을 지켜보았다. 오리구치의 총구가 슈지의 머리에서 떨어졌다. 고쳐 잡은 총구가 차 안으로 뛰어들어 가려는 오오이의 머리를, 지금 막 문에 손을 대고 있는 오오이의 얼굴을 향하는 것을 보았다.

오리구치 씨가 옳았어. 피고는 사형.

그때 누군가가 외쳤다.

"아저씨!"

오리구치의 동작이 멈췄다.

9

가미야의 코롤라가 기다 클리닉 앞에 도착했을 때 제일 먼저 보인 것은 오리구치의 파란 점퍼였다. 순찰차도 보이지 않았고, 그가 손에 들고 있는 산탄총도 보이지 않았다. 그저 파란 점퍼만 가미야의 뇌리에 새겨졌다. 역시 당신이었어. 당신이 오리구치였어.

문 바로 옆에 차를 세우고 나서 순간적으로 다케오는 신경도 쓰지 못하고 굴러나가듯이 차에서 내렸다. 눈앞에서 일어나고 있는 일—두 대의 순찰차와 그 앞을 가로막듯이 서 있는 메탈릭 블루 승용차. 땅바닥에 주저앉은 아가씨. 굳어 버린 듯이 움직임을 멈추고 있는 경찰관들. 오리구치가 총을 겨누고 있는 젊은이가 차문에 머리를 처박고 무릎을 꿇고 있다. 그리고 순찰차 쪽에서 두 명의 남녀가 나타나 오리구치 쪽으로 달려왔다. 해일처럼, 모든 것이 한꺼번에 벌어지고 있었다. 과잉 전류가 흘러 가미야의 머릿속 퓨즈가 끊어져 버렸다.

사태를 파악하지도 못한 채로 가미야는 우뚝 멈춰 섰다. 오리구치의 이름을 부르려 입을 벌렸는데, 그때 다케오의 목소리가 들렸다.

"아저씨!"

가미야는 뒤를 돌아보았다. 다케오가 코롤라 조수석 문을 열고 작은 발로 내려서 한 손으로 문을 잡고 있었다. 입을 열고 지금 '아저씨!'라고 말을 한 것이다.

고개를 돌려 오리구치가 이쪽을 바라보았다. 그의 얼굴에 느닷없이 얻어맞은 듯이 놀란 표정이 떠올랐다. 오리구치의 총은 차 쪽을 향하려 하고 있었다. 하지만 지금 그 손이 느려지며 총구가 아래로 처지고 차 뒷부분의 문 옆에 있는 젊은이로부터 멀어졌다. 완만하게 원을 그리며 천천히 멀어져 갔다.

형사들은 그 순간을 놓치지 않았다. 두 명이 앞으로 달려 나왔다. 한 사람이 일어서서 윗옷 안에서 권총을 뽑았다.

"멈춰! 총을 버려라! 어서!"

그 목소리에 오리구치가 반응했다. 거의 반사 신경에 가까웠다. 그의 손이 총을 들어 올렸지만 총을 잘못 잡아 총구가 흔들렸다. 그걸 달려오는 형사들 쪽으로 겨눴다. 그때 가미야의 온몸을 뒤흔드는 굉음이 울리고 오리구치가 뒤로 펄쩍 날아가는 것이 보였다.

"선배!"

운전석 문 옆에 있던 젊은이가 몸을 일으켜 뛰쳐나왔다. 오리구치는 뒤로 크게 비틀거렸다. 손에 든 총이 떨어졌다. 하지만 형사보다, 그 젊은이보다 차 뒷문 옆에 있던 남자, 총을 맞기 직전에 오리구치가 머리를 겨누고 있던 젊은이의 손이 먼저 오리구치의 총을 움켜쥐었다. 그는 땅바닥을 구르듯이 총을 집어 들더니 자세를 낮추고 달려오는 형사를 향해 발포했다.

바로 앞에 있는 차의 앞 유리가 박살이 났다. 유리 파편이 눈처럼 쏟아져 내렸다. 형사 한 명이 뒤로 벌렁 쓰러지고, 또 한 명은 튀어오른 유리 파편을 고스란히 맞았다.

운전석 문 옆에 있던 젊은이가 쓰러지는 형사 밑에 깔렸다. 그 자리에 못 박힌 듯이 서 있던 가미야는 저도 모르게 비명을 질렀다. 뭐라고 소리를 질렀는지 자신도 알 수 없었다. 하지만 그게 경고음처럼 울려 퍼져 산탄총을 쥔 젊은이가 가미야 쪽을 돌아보게 만들었다.

내게 총을 쏘려고 한다─순간 그렇게 생각했다. 젊은이의 손가락이 방아쇠를 당기려는 게 보였다. 시간이 갑자기 멈춰 버린 것만 같았다. 세상이 뒤틀려 갈기갈기 찢어져 버리는 순간. 젊은이의 얼굴에 우스꽝스러울 정도로 놀란 표정이 떠오르는 게 보였다. 가미야는 얼른 엎드리려 했다.

"안 돼, 안 돼!"

여자의 비명 소리가 들리고, 차 옆에 주저앉아 있던 젊은 아가씨가 튕기듯이 일어나 달려왔다. 그녀는 총을 쥔 젊은이에게 온몸으로 부딪혔다. 그때 젊은이가 방아쇠를 당겼다. 가미야는 거센 충격을 느끼며 뒷걸음질 쳤다. 시야에 다케오의 작고 창백한 얼굴이 아른거렸다. 머리가 뒤로 젖혀져 하늘이 보였다.

노리코가 오오이에게 달려들었을 때, 슈지는 총에 맞은 형사의 몸 아래서 빠져나오는 중이었다. 왼쪽 눈이 잘 보이지 않았다. 아무 데도 아프지는 않았다. 자신의 영혼이 다 타 버리기라도 하듯 화약 냄새와 초조함 이외에는 아무것도 느껴지지 않았다.

오오이는 총의 개머리판으로 노리코를 밀쳐냈다. 노리코가 땅바닥에 쓰러지자, 그는 총을 고쳐 잡고 쓰러진 오리구치의 점퍼 주머니에서 쏟아진 총탄을 움켜쥐고 일어섰다. 슈지가 몰고 온 차의 운전석을 향해 돌진했다. 그가 운전석으로 뛰어들어 핸들을 잡자 슈지도 그 뒤를 따랐다. 오오이가 슈지를 뿌리쳤다. 비틀거리며 차의 트렁크에 달라붙었을 때 차가 급발진해 달려 나갔다. 순찰차 옆을 스쳐 지나 뒤쫓는 형사들을 따돌리고 도로로 튀어나갔다.

슈지는 트렁크에 달라붙어 한 손으로 차의 지붕에 손을 얹었다. 젖 먹던 힘까지 다해 차에 달라붙었다. 리어 윈도 안쪽으로 운전을 하고 있는 오오이의 머리와 자신을 쳐다보는 마스미의 얼굴이 보였다. 떨어지지 않으려 온몸에 힘을 주었다. 기다 클리닉이 점점 멀어졌다. 순찰차의 사이렌이 들리다 다시 끊어졌다. 슈지의 의식이 아득해졌기 때문인지도 몰랐다.

차가 심하게 튕기며 차 지붕에 붙어 있는 슈지의 몸이 크게 흔들렸다. 덕분에 슈지는 정신을 차릴 수 있었다.

차 안의 마스미가 총을 손에 들고 있었다. 오오이가 오리구치의 주머니에서 빼앗은 총탄을 서툰 손놀림으로 장전하고 있다. 위가 파랑, 아래가 한 발밖에 없던 빨간 총탄이었다. 총신을 치켜들어 약실을 닫더니 그것을 앞좌석의 오오이에게 내밀었다. 오오이가 그걸 무릎 위에 얹었다. 마스미는 이어서 몸을 굽히더니 또 한 자루의 총을 꺼냈다.

그 총이다. 게이코가 아래 총신을 막아 버린 총이었다. 그대로 차 안에 던져 놓았던 것을 마스미가 찾아낸 모양이다.

지금, 그 총에 장전하고 있다.

슈지는 머리가 헛도는 느낌이 들었다. 마스미가 모녀를 사살할 때의 모습이 불현듯 머릿속에 떠올랐다.

—재미있을 것 같으니 나도 쏘게 해 줘.

말려야 한다. 그런 생각으로 차 지붕으로 기어 올라갔다. 그때, 바로 아래서 리어 윈도가 박살이 났다. 마스미가 발포한 것이다. 깨진 유리가 트렁크 위에 요란한 소리를 내며 쏟아졌다. 슈지의 청바지 위에도 파편이 튀었다.

첫 번째 발포였다. 지금 쏜 한 발. 저 총의 스위치는 '위'로 되어 있는 상태였다. 다음 한 발은 아래쪽 약실에서 발사된다. 가운데 가 막혀 있는 아래쪽 총신을 향하여.

하지만 그때 오오이의 호통 소리가 들려왔다.

"함부로 쏘지 마! 순찰차가 쫓아올 때 쏴, 이 바보야."

"그렇지만 저 녀석이." 마스미가 대꾸했다.

"흔들어서 떨어뜨릴 거야."

정말로 떨어질지도 모른다. 손이 저려 왔다. 어깨가 빠질 것만 같다. 어떻게든 앞으로 가서 시야를 가로막으면 오오이도 속도를 줄일지 모른다. 하지만 슈지는 이를 악물고 이동하다가 바람의 저 항과 진동을 견디지 못하고 미끄러졌다. 그때 완만한 커브를 그리 는 산길 반대편 차선에 차 한 대가 나타났다. 꼬리를 흔들며 질주 하는 이 차 앞에 마치 용수철을 이용한 깜짝상자 장난감처럼 불쑥 튀어나왔다. 오오이가 핸들을 꺾었다. 차체가 흔들리며 방향을 잃고 갓길로 돌진했다.

슈지는 오오이가 핸들을 꺾어 차의 방향을 바로잡을 거라고 생각했다. 하지만 오오이는 그러지 못했다. 차는 대책 없이 곧바로 산비탈을 미끄러져 내려갔다. 앞부분을 아래로 향하고 점차 가속도를 붙이며 아래로, 아래로.

슈지의 몸이 차에서 떨어졌다. 허공에 붕 떴다. 순간 나무들이 삼백육십 도 회전했다. 등으로 땅바닥에 떨어졌다. 충격이 느껴지고 흙냄새가 났다. 한 번, 두 번 튕기며 데굴데굴 끝없이 굴렀다. 비탈이다. 잡목 숲의 잡초에 미끄러지며 속도가 줄었다 싶은 순간 다시 허공에 떴다. 일 초의 몇십 분의 일쯤 될까. 몸은 다시 진흙 냄새가 나는 차가운 곳에 떨어졌다.

이삼 초쯤 정신을 잃은 모양이다. 자신이 흙탕물을 담은 못의 가장자리에 쓰러져 있다는 사실을 깨달았다.

고개를 들자 다시 세상이 한 바퀴 도는 듯한 심한 현기증이 느껴졌다. 왼쪽 팔에 감각이 없었다. 일어서려 했지만 다리에도 힘을 줄 수가 없었다.

오오이가 몰던 차는 슈지보다 5미터가량 위쪽 비탈에 멈춰 있었다. 슈지와 마찬가지로 잡목 숲의 나무에 스치며 모로 뒤집힌 모양이었다.

엔진 부분에서 모락모락 연기가 솟아나고 있지만 불길은 보이지 않았다. 폭발도 없었다. 기묘한 비현실감이 엄습해, 마치 영화의 스턴트 같다는 느낌이 들었다. 못가의 진흙탕 속에 누운 채로 일어날 수가 없어 슈지는 차를 바라보고 있었다.

하늘로 향한 쪽의 문이 열리더니 오오이가 얼굴을 내밀었다. 머리에서 피가 흐르고 있었지만 아직 살아 있다.

게다가 한 손에 총을 들고 있었다.

먼저 그 총을 옆에 내려놓고 문 안쪽으로 손을 넣어 또 한 자루를 꺼냈다. 안에서 마스미가 건네주고 있는 것이다. 둘 다 살아 있다.

순찰차의 사이렌이 들려왔다. 어딜까? 가까워지고 있다. 위쪽이다. 슈지는 힘겹게 고개를 들었다. 차에서 뛰어내린 오오이가 5미터가량 거리를 두고 이쪽을 바라보았다.

나는 빈손이다. 상대는 총을 갖고 있다. 나는 진흙탕에 빠져 팔이 부러진 상태라 움직일 수도 없다.

오오이의 뒤를 이어 마스미가 차에서 고개를 내밀었다. 문을 통해 차체 위로 나오더니 아래서 기다리고 있던 오오이에게 두 자루의 총을 건네주었다. 그러고는 조심스럽게 차체를 잡고 땅으로 내려섰다.

총이 두 자루다. 두 자루가 있다. 그런데 어느 쪽이 그쪽이지?

웅덩이 같은 곳에 누워 슈지는 죽을힘을 다해 생각했다. 어느 쪽이지? 어느 쪽이 게이코가 조작을 한 총이지?

완전 아마추어인 슈지가 총의 구경 차이 같은 것을 구분할 수 있을 리 없었다. 하지만 총구를 보면 안다. 오리구치가 말했다. 조작이 되어 있지 않은 총은 위아래 총구에 초크가 장착되어 있다고. 조작이 된 총은 아래 총구에만 초크가 장착되어 있다. 가까이서 보면 쉽게 알 수 있다.

하지만 그러려면 총구를 정면으로 봐야만 한다.

오오이가 미끄러지듯 비탈을 내려왔다. 마스미는 발을 살짝 절고 있다. 머리카락이 흐트러지고, 얼굴에는 진흙이 묻어 있었다. 두세 걸음 걷다가 마스미는 그 자리에 주저앉아 버려 슈지의 시야에서 사라졌다.

"이제 어쩌지?" 목소리만 들려왔다. "나는 싫어. 도망칠 거야? 움직일 수가 없어."

"겁먹을 필요 없어. 잘될 거야. 우리에겐 총이 있으니까."

오오이가 다가왔다. 슈지를 내려다보며 멈춰 섰다. 조깅복 상하의를 걸친 큰 키였다. 젊은 남자. 나이는 슈지와 거의 차이가 나지 않는다.

"너희는 뭐야?" 그가 말했다. "무엇하러 왔어? 누구야?"

이야기를 하려 노력했지만 뜻대로 되지 않았다. 그래서 간단하게 대답했다.

"너를 테스트하러 왔어."

"테스트?"

"그래. 안타깝지만 불합격이야."

오오이는 이마에 흐르는 피를 소매로 닦더니 약간 당황한 목소리로 말했다.

"미다 형님의 동료 아닌가? 돈만 준비하면 언제든 도망치게 해주겠다고 했는데."

슈지는 멍하니 생각했다. 과연, 그랬군. 그렇게 된 건가? 역시 도망칠 생각이었나?

오리구치 선배가 옳았다.

선배는 어떻게 되었을까…… 경찰이 쏜 총에 맞아 쓰러지는 모습을 보았다. 어디를 맞은 걸까? 얼마나 다쳤을까? 아니, 이미 죽었을지도 모른다.

─그를 시험해 보고 싶어서야.

재판을 통해 가려질 거예요. 린치는 안 돼요. 선배는 그저 그놈들을 죽이고 싶을 뿐이에요. 그래서 그런 변명거리를 찾아냈을 뿐이잖아요─이렇게 말한 사람은 누구지?

나다. 내가 오리구치 선배에게 그렇게 말했다.

하지만 봐라. 이 꼴을. 이 상태를. 아직도 그런 소리를 할 수 있겠나?

오리구치 선배가 죽었을지도 모른다는 생각을 하자 에쓰추자카이 휴게소에서 맞섰을 때 선배의 머리에서 나던 토닉 냄새가 문득 떠올랐다. 그건 그야말로 오리구치다운 냄새였다.

아버지 냄새였다.

"안타깝지만 우리는 그 형님의 동료가 아니야."

한쪽 눈이 흐려 점점 보이지 않게 되었다. 오오이의 눈을 올려다보면서 슈지가 말했다.

"도망치는 건 포기하고 병원으로 돌아가는 게 어때? 도망쳐 봐야 앞길이 뻔하잖아."

하지만 상대의 대답은 비정했다. 이미 판단력을 잃은 상태였다.

"웃기지 마. 경찰이고 재판이고 이젠 지긋지긋해."

슈지는 눈을 감고 돌아가신 아버지의 얼굴을 떠올렸다. 아버지, 어떻게 하면 좋죠? 아버지 같으면 어떻게 하실 거예요? 아버지는 내가 형편없는 인간은 되지 않을 거라고 보증해 줬어요. 그런 내가 이제 어쩌면 진짜로 형편없는 인간일지도 모르는 놈에게 죽을 것 같아요.

어쩌면 좋아요? 아버지가 만약 살아 계셨다면 역시 오리구치 선배처럼 저를 위해 총을 들고 달려와 주실 건가요? 슈지가 무의식중에 웃었던 모양이다. 오오이를 뒤쫓아 차에 뛰어오른 것은 말하자면 반사작용 같은 것이었다. 확실한 목적 따위는 없었다. 어쨌든 놓쳐서는 안 되겠다는 생각뿐이었다.

그런데 지금 슈지는 결정권을 상대에게 넘겨준 상태다. 오리구치가 하려던 일, 오리구치의 의지를 이어받느냐 아니면 고분고분하게 살해당하느냐―.

눈을 떴다.

오오이는 슈지를 내려다보고 있었다. 슈지의 웃음에 당황했는지 미간을 찡그리고 있다. 그 표정이 고소하게 느껴져 슈지는 마음을 굳혔다.

운을 하늘에 맡기자―그렇게 마음을 굳혔다. 오리구치가 마치지 못한 일을 이어받을 거라면 지금 할 수밖에 없다.

둘 중에 하나. 도박을 걸어볼 수밖에 없다.

오오이가 들고 있는 것은 어느 쪽 총일까? 초크가 하나 장착된 총이라면 내가 이기는 것이다. 둘이라면 살해당한 모녀의 뒤를 이어 희생자 리스트 세 번째 줄에 이름을 올리는 영광을 얻게 되리라ㅡ.

"미다 형님? 너처럼 형편없는 놈에게도 도와주러 올 인간이 있기는 있군."

천천히 그렇게 말하자 오오이의 눈가가 꿈틀 움직였다.

"뭐라고?"

"인간쓰레기에게도 도와주러 올 동료가 있느냐고 했다."

오오이의 얼굴이 점토를 주물러 만든 인형을 짓눌렀을 때처럼 서서히 일그러졌다. 그래. 화를 내, 화를 내란 말이다. 여기서 나를 쏴 봤자 달라질 것은 아무것도 없어. 하지만 쏘고 싶지? 쏴라.

"까불지 마, 새끼야." 마치 형제 간에 다투듯이 활짝 웃으며 오오이가 말했다. "이거나 먹어라."

총신을 들어올렸다. 슈지는 그 총을 바라보았다. 슈지의 머리를 향해 총구가 다가왔다.

운을 하늘에 맡긴다. 둘 중에 하나다.

그때 슈지의 눈은 그 총의 세로로 나 있는 총구 둘 다에 초크가 장착되어 있는 것을 보았다.

10

총성이라기보다 폭발음에 가까웠다.

모두 그 소리를 들었다. 기다 클리닉 뜰 앞에서 달려온 경찰 지원 병력도. 부상자를 구하기 위해 달려 나온 병원 관계자들도. 각자의 병실에서 숨을 죽이고 병상 밑에 숨어 있던 입원 환자들도.

그리고 물론 가미야나 오리구치, 노리코도.

먼저 병원으로 옮겨진 것은 오리구치였다. 들것이 오기도 전에 옆에 있던 순경과 병원 수위가 제각각 오리구치의 머리와 발을 잡고 그를 들어 올렸다.

가미야는 오리구치로부터 제일 멀리 떨어진 곳에 있었다. 어디를 맞았는지도 모른다. 옆구리가 묘하게 차가웠다. 머리가 지끈지끈했다. 일어설 수가 없었다. 하지만 사람들이 오리구치를 들어 올렸을 때, 가미야는 누운 채로 반쯤 뜬 오리구치의 눈을 보았다.

당신 무슨 짓을 저지른 거지? 당신은 대체 누구지?

딸이 첫 출산을 앞두고 있다더니, 어떻게 된 거지? 당신은 대체 누구지?

작은 발소리가 나고 따스한 손이 가미야의 뺨에 닿았다. 다케오였다.

그는 아들의 작은 얼굴을 올려다보았다.

—아저씨!

얘가 말을 했다.

가미야도 다케오에게 말을 하려고 했다. 하지만 목소리가 나오지 않았다. 목이 메었다.

"아빠?"

작은 목소리로 조심조심 가미야를 불렀다. 우리 아들이 말을 하고 있어, 여보.

"아빠, 괜찮아?"

가미야는 고개를 끄덕였다. 더듬더듬 다케오의 손을 찾아 꼭 쥐었다. 다른 발소리가 나고, 목소리가 들렸다. 소독약 냄새가 났다.

"꼬마야, 괜찮아. 자, 비켜다오. 들것에―."

그때 멀리서 총성이 울렸다.

노리코는 몸을 일으켜 땅바닥에 앉아 있었다. 누군가 흰옷을 입은 사람이 옆에 와서 움직이지 말고 가만히 있으라고 명령했다. 그리고 팔을 뻗어 노리코를 제지했다. 아마도 자신은 앉아 있을 셈인데 실제로는 일어서려는 동작을 하고 있는 모양이다.

슈지는―슈지는 어디 있지?

"아가씨, 가만히 있어요." 누군가가 말했다.

"움직이면 안 돼요. 머리에서 이렇게 피가 나는데―."

슈지는 어디 있지? 오리구치 씨는?

그때 노리코도 총소리를 들었다. 마치 폭발음 같았다.

딱 한 번 폭발음 같은 총성이 울렸다.

그리고 잠시 공백이 있었다. 화약 타는 냄새. 피비린내 나는 공백.

그 뒤 어렴풋이 현실로 돌아왔다. 그는 구름처럼 둥실둥실 떠 있는 그 현실을 붙잡기 위해 흙탕물에서 몸을 일으켰다.

상당히 아픈 모양이다. 그런데 느껴지지 않았다. 그저 몸이 무거울 뿐이었다. 배 속까지 흙탕물이 들어간 건지도 모른다.

바로 옆에 젊은 남자가 꼬꾸라져 있었다.

총은 어디로 갔지?

둘러보니 쓰러진 남자 바로 앞에 총의 개머리판이 보였다. 못에 잠겨 반쯤 가라앉아 있다.

그는 천천히 일어섰다.

잡목 숲. 비탈. 뒤집힌 차. 한쪽 눈이 보이지 않으니 주위가 갑자기 좁아진 느낌이 들었다.

한 걸음, 또 한 걸음. 마치 주변의 나무들처럼 아무런 감각도 없이 뻣뻣한 발을 움직여 슈지는 비탈을 올라갔다. 밟히는 수풀이 부드러웠다. 땅바닥은 물기를 머금고 있었다. 이따금 발이 미끄러져 몸이 크게 휘청거렸다.

"가까이 오지 마!"

외치는 소리에 슈지는 고개를 들어, 보이는 눈으로 그 목소리의 주인을 노려보았다.

바로 옆 수풀 속에 그 여자가 쭈그리고 있었다.

그리고 산탄총으로 이쪽을 겨누고 있다.

"요시히코는 어떻게 됐지?"

그 여자—이구치 마스미가 물었다.

"당신 대체 무얼 어떻게 한 거야? 요시히코는 어디 갔어?"

마스미는 계속 소리를 질렀다. "당신 뭐야! 요시히코를 어떻게
했어!"

하지만 그는—슈지는 대답하지 않았다. 얼굴 반쪽에 끈적끈적
하게 피가 묻어 있고 왼쪽 팔은 축 늘어져 움직일 수가 없다. 살짝
만 건드려도 풀썩 쓰러져 다시 못가로 데굴데굴 굴러 떨어질 것만
같았다.

하지만 슈지의 한쪽 눈은 마스미를 뚫어지게 노려보고 있었다.

"쏴라." 슈지가 말했다. "쏘고 싶지? 쏴 봐."

아까 끊어졌던 순찰차의 사이렌이 다시 들려오기 시작했다. 하
지만 멀리 있다. 아직 이곳을 찾아내지 못했다. 요시히코는 도망
갈 찬스를 놓치지 않겠다고 했다. 그래서 두 사람은 위험한 모험
을 시도했다. 어떻게든 의사의 눈을 속일 꾀를 짜내며 이렇게 병
원에 입원하는 상황을 만들었다.

분명히 도망칠 수 있다—그렇게 믿고서. 그래서 이 기회를 놓칠
생각이 없었으리라.

"그 녀석은 죽었어." 슈지가 말했다. 느릿느릿한 말투에 말꼬리
가 흐릿해졌다.

"죽었어. 네 눈으로 확인하면 되잖아? 가서 봐."

오오이 요시히코는 못 안에 고꾸라져 있어. 바이바이, 이제 끝

이야.

마스미는 총을 움켜쥐었다. "가까이 오지 마! 죽일 거야!"

슈지는 움직일 수 있는 오른손을 들어 올려 손짓해 불렀다.

"그래? 쏴. 죽여."

마스미는 힘겹게 총을 들어 올려 방아쇠에 손가락을 걸었다.

슈지는 움직이지 않았다. 이 거리에서 쏘면 정통으로 맞을 것이다. 그런데 피하려 하지 않았다.

마스미는 몸을 부르르 떨었다.

"너 요시히코에게 무슨 짓을 한 거야!"

마스미는 울부짖으며 산탄총을 들이댔다. 무거운 총신을 지탱하지 못해 총구가 이리저리 크게 흔들렸다.

"쏴." 슈지가 다시 말했다. 마치 움직이지 않는 기계를 작동시키는 주문처럼. 누구도 거스를 수 없는, 확신에 찬 명령. 마치 예정된 운명으로는 마스미가 총을 쏘게 되어 있고, 그녀가 지금 머뭇거리면 그 예정된 운명이 뒤집히는 결과가 될 거라고 경고하는 듯한 말투였다.

"왜 쏘지 않지?"

마스미는 이제 큰 소리로 울기 시작했다. 총을 무릎에 내리고 마구 울었다.

슈지는 다시 걸었다. 비탈을 오르기 시작했다. 순찰차 사이렌이 다가온다. 이번에는 확실히 이쪽 방향으로 오고 있다. 비탈을 오르는 슈지의 걸음마다 뿌예져 가는 시계 속에 그 순찰차가 붉은 불빛을 번쩍이며 멈춰 섰다.

누군가가 내려왔다. 형사인가? 순경인가?

바로 앞까지 내려온 그들은 슈지의 상태가 너무나도 참혹해 우두커니 서 있었다. 옷을 입은 채로 고기 가는 기계에 들어갔다 나온 듯한 모습에, 그리고 그 멍한 표정에 바로 손을 댈 수가 없었다.

"오오이 요시히코는? 놈은 어떻게 됐지?"

형사가 물었다. 슈지는 걸음을 멈추지 않은 채로 형사 옆을 지나치면서 대답했다. "죽었습니다. 내가 죽였어요."

형사는 고개를 살짝 숙이고 슈지를 바라보더니 재빨리 아래쪽 못으로 시선을 옮겼다.

그때.

비탈 위쪽을 등지고 앉아 있던 마스미가 갑자기 총을 잡고 돌아보았다. 마스미가 "제기랄!" 하고 외치는 소리를 슈지는 들었다. 등 뒤에서 들려왔다. 바로 앞에 있던 형사의 얼굴이 경악으로 일그러지더니, 슈지를 보호하고 자기 몸을 지키려 이쪽으로 돌진해 오는 모습을 보았다.

다시 폭발음 같은 총소리가 울려 퍼졌다.

슈지는 마스미를 등지고 있었다. 그래서 보지 못했다. 마스미가 총을 들어 기를 쓰고 슈지의 등을 향해 방아쇠를 당기는 모습을. 그 총, 세키누마가 조작을 한 총, 아래 총신을 빠져나가던 총탄이 납에 막혀 폭발해 버릴 그 파멸의 총이 무슨 일을 일으켰는지를.

비명은 들리지 않았다.

'마스미는 쏘려고 했다.'

오리구치 선배, 선배 말이 마지막까지 옳았던 거야.

슈지의 등 뒤에서 화약 냄새가 풍겨 왔다. 천천히 돌아보니 마스미는 비탈을 굴러 떨어져 오오이가 고꾸라져 있는 못가, 그의 발치에 멈춰 있었다.

마스미는 비탈 아래로 굴러 떨어졌다. 총탄이 납에 막혀 총신 안에서 폭발해 총의 기관부가 뒤로 튕겨나가며 마스미의 얼굴을 날려 버린 것이다.

내내 지켜보고 있던 형사가 슈지가 있다는 사실도 잊은 듯한 표정으로 신음하듯이 말했다.

"저 총이—총신이 막혔어—."

슈지는 비로소 형사를 바라보았다. 다른 형사나 순경 들이 우두커니 서 있는 두 사람의 양쪽 옆으로 굴러 떨어지듯 내려갔다.

"예, 그렇습니다. 이구치 마스미가 갖고 있던 게 막혀 있는 총이었죠."

"그럼, 자네는 오오이를 어떻게 죽였지?"

못에 고인 물이지. 슈지는 웃었다. 적어도 스스로는 웃는다고 웃은 셈이었다.

세키누마 게이코가 말했다. 총구를 다른 물체에 대고 쏘면 안 된다고. 아주 위험하다고.

그래서—.

"저 녀석이 나를 쏘려 했을 때 총신을 잡고 그 총구를 못의 물을 향하게 해 주었습니다. 닿을락 말락 하게. 찰나였으니 기적이나 마찬가지죠."

물의 힘이야. 수영장에 섣불리 뛰어들면 허벅지나 배가 새빨개지잖아? 수면을 찰싹 때리면 큰 소리가 나지?

물은 판자처럼 평평하고 쇠처럼 강하지. 총구를 수면에 닿을 듯 말 듯 가까이 대고 쏘면, 총구를 다른 물건에 대고 방아쇠를 당기는 것과 마찬가지야.

게다가 순서에 따라 아래 총신에서 발사된 것은 게이코가 딱 한 발만 준비했던 빨간 베이비 매그넘이었다.

"─그래서 오오이의 머리가 날아가 버린 겁니다."

거기까지 이야기하자 몸에서 힘이 빠졌다. 슈지는 형사의 품으로 쓰러졌다.

덧붙이는 이야기 1

오리구치 구니오는 6월 3일 오전에 일어난 기다 클리닉 앞에서의 총격전에서 순경이 쏜 총에 오른쪽 가슴을 관통당해 바로 이 병원 응급실로 옮겨졌지만 같은 날 오후 두시 삼십이분에 숨을 거두었다.

같은 날, 가미야 나오유키는 오오이 요시히코가 쏜 총에 오른쪽 옆구리에서 가슴에 걸쳐 산탄 다섯 발을 맞고 부상, 이 병원에서 응급조치를 받은 뒤 가나자와 시내에 있는 외과병원으로 이송되어 입원 치료를 받았다.

병동 간호부장의 이야기.

—비교적 출혈이 적었기 때문에 회복은 빠를 거라고 생각했습니다. 사건에 관해서는 잘 모르지만 오오이라는 범인이 가미야 씨에게 총을 겨누었을 때, 얼른 범인을 덮쳐 겨냥이 어긋나게 한 아가씨가 있었잖아요? 그분은 가벼운 부상만 입어서 몇 차례 병문안

을 왔습니다. 용감한 아가씨죠.

—병실에는 가미야 씨의 부인이 내내 곁에 계셨죠. 소식을 듣고 바로 달려오셨습니다. 나중에 부인의 어머니가 오셔서 그 부인 심장이 좋지 않다느니, 환자라느니 하며 소란을 떨었지만 그렇게 보이지는 않았습니다.

—예? 부인도 입원해 있었다고요? 하지만 지금은 아주 건강해 보이는데. 분명히 심신증_{심리적인 스트레스가 원인이 되어 일어나는 신체의 질환}이었을 겁니다. 남편분이 죽느냐 사느냐 하는 상황이라 깨끗하게 나았습니다. 남편 시중을 아주 잘 들어 드리던걸요. 꼬마도 얌전하고 귀여운 애였고요. 무서운 광경을 본 게 측은하기는 하지만.

—그렇지만 말이에요, 가미야 씨에게 그 이야기를 하며 참 끔찍한 경험을 하셨다고 해도 그분은 바로 대답을 하지 않으셨죠. 그냥 "이제 인생이 변한 건 확실하죠"라는 수수께끼 같은 말씀을 하시더군요.

—오리구치? 예, 압니다. 산탄총을 훔친 사람이잖아요? 무서워요. 하지만 가미야 씨나 부인은 그 사람을 그다지 나쁘게 여기지 않는 것 같고…….

"오빠?"

"게이코? 게이코냐? 너 지금 어디 있니?"

"어디인지는 좀 말하기 곤란해. 경찰에는 이야기해 두었어. 그러니까 도망친 건 아니야. 안심해."

"어떻게 안심이 되냐. 왜 어디 있는지를 알려 주지 않는 거야. 너 그런 소동을 일으키고—."

"미안해."

"그런 소리 듣고 싶은 게 아니야. 이유를 제대로 이야기해 달라는 거지. 네가 자살하려 했다니……. 고쿠부 신스케란 놈과 그런 일이 있었다니, 난 아무것도 몰랐어."

"……."

"게이코? 듣고 있는 거냐?"

"듣고 있어."

"어디 있는 거야? 데리러 갈게. 위치를 가르쳐다오."

"오빠, 나 말이야, 이번 일은 제대로 내 힘으로 마무리를 짓고 싶어. 그래서 매스컴을 피할 생각도 없고, 오빠가 불편해지지 않도록—아니, 벌써 불편하게 만들기는 했지만—힘껏 노력할게."

"게이코……."

"나 지금까지 철부지 어린애였어. 그래서 그런 일을 일으킨 거야."

"하지만 넌 내 동생이야. 내겐 네게 일어나는 일은 내 일이나 마찬가지일 정도로 중요한 의미가 있는 거야. 우린 단둘뿐인 형제니까. —게이코? 게이코. 듣고 있는 거니?"

"전화 카드가 다 됐어. 그럼 이만 끊을게."

"게이코!"

"미안해, 오빠. 하지만 고마워."

삐—삐—삐—.

고쿠부 노리코가 세키누마 게이코에게 보낸 7월 2일자 편지

—다친 데가 많이 좋아졌다는 이야기를 네리마기타 경찰서의 구로사와 형사님으로부터 들었어요. 그 사건, 오빠가 언니를 죽이려고 했던 그 사건 이야기를 저도 약간 들었어요.

저는 잘 지내고, 그럭저럭 살아가고 있어요. 기다 클리닉에서 일어났던 그 사건 이후로 벌써 한 달이나 지났네요. 마치 거짓말 같아요. 아직도 이런저런 일들이 생생하게 기억나기 때문에 가끔 꿈을 꿔요. 슈지 씨만큼 심하지는 않지만.

슈지 씨는 이따금 밤중에 가위에 눌려 땀을 흠뻑 흘리며 벌떡 일어나기도 해요. 부러진 왼쪽 팔도 경과가 그리 좋지 않고, 보고 있으면 걱정이 되어 견딜 수가 없어요. 함께 있을 땐 괜찮은데, 이나게에 있는 우리 집에 돌아가 있을 때도 슈지 씨가 혼자 지내는 걸 생각하면 마음이 너무 아파요.

가위눌릴 때 어떤 꿈을 꾸느냐고 물어본 적이 있어요. 대부분 오오이 요시히코 꿈이래요. 그 사람이 산탄총을 들고 총구를 슈지 씨에게 겨누며 막아서는 꿈이래요. 그리고 슈지 씨의 그 꿈속에는 몇 번이나 총신을 움켜쥐고 못 안으로 처박아, 튀어 오른 산탄이 오오이 요시히코를 날려 버리는 장면이 나온대요.

오리구치 씨 꿈은 꾸지 않느냐고 물었더니 한 번도 없다네요. 저나 슈지 씨나 오리구치 씨 장례식에 가지도 못했고, 또 그분이 죽었다는 게 믿어지지 않으니 그 때문인지도 모르겠어요.

텔레비전 같은 데서 이래저래 시끄럽게 굴어 좀 시달린 기분이에요. 우리보다 게이코 언니가 더 힘들었겠죠. 지금 이 주소에는 언제까지 계실 거예요?

저나 슈지 씨나 아주 많은 사람에게 질문을 받았지만 결국 무슨 일이 일어났고, 뭐가 남았는지 아직 잘 모르겠어요.

그냥 주위가 변했어요.

슈지 씨가 입원하고 있을 때 피셔맨스 클럽에 계신 분들이 병문안을 오셨는데, 왠지 다들 내색은 하지 않지만 조금씩 뒷걸음질 치면서 이야기하는 듯한 느낌이 들었어요.

게이코 언니, 노가미 유미 씨란 사람 기억하세요? 슈지 씨 애인이 되려 했던 여자예요.

그 여자도 변했어요. 사건이 한창일 때는 무척 걱정했던 모양인데……. 지금은 달라졌어요.

하지만 유미 씨를 뭐라고 할 수는 없을 거예요. 정도는 차이가 있어도 다들 그러니까요.

그건 역시 슈지 씨가 사람을—죽였으니까.

오오이 요시히코를 죽였으니까.

이구치 마스미가 그렇게 죽은 것 역시 슈지 씨 때문이라는 사람도 있어요.

슈지 씨가 그 여자에게 '쏘라'고 하면서 도발했기 때문에. 그 여자가 들고 있는 게 총신이 막힌 위험한 총이라는 걸 알면서도 '쏘라'고 했다고.

하지만 다른 사람들이 뭐라 하건 저는 상관없어요. 그때는 그럴 수밖에 없었을 거라고 난 믿으니까.

하지만 슈지 씨 자신이 스스로를 책망하는 모습을 보고 있기가 괴로워요.

그때 그런 방법을 쓰지 않았어도 되는 게 아니었을까. 다른 방법도 있었던 게 아닐까. 그런데 그렇게 해서 오오이를 죽인 것은 ―아무리 법률상 정당방위라 해도―그 사람을 죽이고 싶었기 때문이다. 마스미에게 '쏘라'고 도발한 것도 분명히 살의가 있었기 때문이다. 슈지 씨는 이렇게 이야기를 해요. 그러면서 스스로를 책망하고 있는 거죠.

"난 그 인간들을 죽이고 싶었던 거야"라고.

저는 어떻게 해 줘야 좋을지 모르겠어요. 지금은 그저 곁에 있어 주는 정도밖에는 할 수가 없는걸요.

제가 함께 있으면 오히려 사건 생각이 떠오를지도 모르겠어요. 그런 생각을 하면 너무 슬퍼서 밤중에 혼자 울음을 터뜨린 적도 있어요. 하지만 그 사람이 저를 필요로 하는 한 함께 있을 생각이에요.

슈지 씨가 『보물섬』 같은 모험 이야기를 쓰려 했다는 이야기는 언니도 아시죠? 지금은 그렇지 않지만, 조만간 분명히 쓰기 시작할 거라고 생각해요.

아, 참. 〈스나크 사냥〉이란 이야기 아세요? 이것도 슈지 씨가 해준 이야긴데. 루이스 캐럴이란 사람이 쓴 아주 이상한, 긴 시 같은 건데 스나크라는 것은, 그 이야기에 나오는 정체를 알 수 없는 괴물 이름이에요.

그리고 그걸 잡은 사람은 그 순간에 사라져 버리죠. 마치 그림자를 죽이면 자기도 죽는다는 그 무서운 소설처럼.

그 이야기를 들었을 때 저는 생각했어요.

오리구치 씨는 오오이 요시히코를 죽이려고 했다. 오오이를 '괴물'이라고 생각했기 때문에, 그래서 총을 들어 그의 머리를 겨누려 했다. 하지만 그 순간 오리구치 씨 스스로도 괴물이 되었다.

오리구치 씨만이 아니다. 게이코 언니는 부용실 밖에서 총을 들고 있을 때 괴물이 되었다. 내가 그 편지를 쓰면 언니가 와 줄 거라고 생각했을 때, 오빠의 결혼식이 엉망이 되면 좋겠다는 생각을 했을 때 나는 괴물이 되었다. 오빠는, 고쿠부 신스케는 언니를 죽이려 했을 때 괴물이 되었다.

슈지 씨는—슈지 씨도 어느 순간엔가 괴물이 되었다.

그래서 괴물을 잡았을 때, 그리고 사건이 끝났을 때 우리도 모두 사라져 버렸거나, 사라져 가고 있었던 게 아닐까…….

그런 생각이 들어요.

하지만 오리구치 씨 같은 분이 괴물이 될 수밖에 없다는 현실이 너무도 분해요. 잘못은 오리구치 씨나 슈지 씨, 우리가 아니라 다른 데에 있는 것 같다는 생각이 드는 거예요.

오리구치 씨를 가나자와까지 태워다 준 사람, 맞다, 가미야 씨란 분이에요. 그분도 같은 이야기를 했어요.

"우리는 피해자끼리 서로 죽이고 상처 입힌 것 같다는 생각이 드는군요"라고 하더군요.

게이코 언니는 어떻게 생각해요? 지금 어떻게 지내시죠?

또 만날 수 있을 날이 오겠죠?

덧붙이는 이야기 2

결과적으로 오리구치 구니오를 죽음에 이르게 한 경찰관의 발포 문제를 놓고, 경고 사격이 없었다는 이유로 매스컴을 비롯한 일반 시민들의 비난이 쏟아지자 경찰 내부에서는 면밀한 조사가 이루어지고 청문회도 열렸다. 하지만 약 한 달 뒤에 공식 발표된 결론은 대상을 사살하려는 의도가 없었다는 사실(오른쪽 어깨를 겨냥하고 쏘았다), 사태의 긴급성, 인질의 생명 보호 등의 상황을 감안해 이 발포는 현장 경찰관으로서는 어쩔 수 없었으며 타당한 조치로 인정되어 처벌받지 않았다.

옮기고 나서

나름 여러 해 전부터 미야베 미유키 여사의 작품을 읽어온 저로서는 요즘 많은 분들이 이 작가의 이름을 알고 있다는 사실이 무척 신기합니다. 게다가 미미 여사라는 애칭까지 얻게 될 줄은 몰랐습니다. 발음하기 아직 어색하지만 저도 미미 여사라고 부르기로 합니다. 그리고 한군데쯤 이런 소리를 남겨도 좋을 것 같고, 또 북스피어는 이런 발언쯤 용납이 될 거라는 생각에 옮긴이 후기와 전혀 상관없을 수도 있는 이야기를 남깁니다. 2007년 여름, 책 사들이느라 고단한 독자 여러분에게 짐을 하나 더 얹어 송구합니다. 내년 여름이면 따라가기 괜찮아질 것입니다. 그렇게 되기를 바랍니다.

좋아하는 작가가 많으면 탈입니다. 저 또한 마음에 품은 작가가 여럿이라 철 가리지 않고 허겁지겁합니다. 그렇게 만드는 작가들 가운데 미미 여사는, 또 다른 의미에서 좋아하는 다카무라 가오루 여사, 기리노 나쓰오 여사와 함께 장인적 기질을 보이는 작가라는 생각이 듭니다. 다카무라 가오루가 문장을 기능적으로 쌓아 올려 소설을 완성해 가는 반면, 미미 여사는 작품의 구성으로 소설을 쌓아올려 가는 느낌입니다. 미미 여사 스스로도 때로는 맨 마지막 장면을 먼저 써 놓고 시작한다고 하니 섣부른 짐작은 아닙니다. 이런 차이는 아마 세계관에서 비롯될 것입니다. 두 작가가 세상을 보는 눈을 통해 작품의 결말은 서로 뚜렷하게 달라집니다. 전자는 어둡고 딱딱하지만, 후자는 어둡더라도 부드럽고, 밝아도 부드럽습니다. 두 작가의 작품을 두루 읽은 분들은 어느 정도 동의해 주시리라 믿습니다.

이렇게 뜬금없이 다른 작가를 언급하고 나선 까닭은 이 작품(1992년 발표작)이 기존 작품들과는 유난히 다른 빛깔이기 때문입니다. '기존 작품들'이라고 하는 것은 미미 여사의 1992년 이전이기도 하지만 국내 소개된 미야베 미유키의 다른 작품 전체를 이르기도 합니다. 사실 미미 여사의 작품들을 진열해 놓고 보면 빛깔이 휘황찬란하지는 않습니다. 두세 빛깔을 중심으로 다양한 변주를 해내는 작가라는 생각입니다.

그런 의미에서 이 『스나크 사냥』은 어쩌면 이 빛깔로 남긴 유일한 작품이 될 것입니다. 물론 다 읽고 난 뒤 '그래도 미미 여사'라는 생각이 들지만 읽는 동안만은 미미 여사가 딱 한 번 보여 준 변신을 통해 전혀 다른 맛을 볼 수 있다는 생각입니다. 그래서 북스피어의 편집자 분들과 만난 초기에 이 소설이 꼭 빛을 볼 수 있도록 해 달라고 당부했습니다.

  하룻밤 사이의 일입니다. 총을 들고 결혼식 피로연에 등장한 여
성의 시각으로 시작해, 그 인물을 둘러싼 몇몇 사람들이 다른 각
도에서 이 전체의 이야기를 끌고 나갑니다. 다 읽은 분들은 아시
겠지만 각 인물들이 모여들어 한곳에서 벌이는 그 장면은 아마 기
존 작품들에서는 상상하기 힘들었던 영화적 장면일 것입니다.

  옮긴이의 시각으로 보기에 이 작품에서 미미 여사는 위험한 시
도를 합니다. 문장에서도 상당한 모험을 했습니다. 짧게 끊는 문
장을 여러 곳에서 구사하며 사태의 긴박함을 그려 갑니다. 그리고
하룻밤의 사건이 마무리되는 아침까지, 어쩌면 우리는 낯선 미미
여사를 마주합니다.

  하지만 늘 보수적인 면모를 보이는 미미 여사는 그 하룻밤의 여
러 날 뒤에 그날의 일을 기록하는 덧붙인 글에서 다시 미미 여사
로 복귀합니다. 작가 스스로 자신의 시도가 낯설어서 그랬을까요,
아니면 도무지 주인공들을 그날의 아침에 버려두고 돌아설 수 없
는 미미 여사의 성품 때문이었을까요. 아마 기리노 나쓰오 같으면
더 암울한 결말로 덧붙이는 글을 마무리했을 테지만, 미미 여사는
등장인물을 다독이며 끝을 맺습니다. 이런 시도는 최근 국내 소개
된 『나는 지갑이다』(랜덤하우스코리아, 2007, 원제 『기나긴 살인』)
와 달리 위험도가 훨씬 큰 모험입니다. 이 미미 여사의 모험이 성
공했는가는 독자 여러분께서 판단해 주셔야 할 몫이 되겠기에 저

는 여기서 입을 다물겠습니다. 아, 참고 사항 한 가지. 『기나긴 살
인』 또한 1989년부터 1992년까지 잡지에 연재한 소설이니 이 시
기가 미미 여사 입장에서는 대단한 소설적 모색의 시기가 아니었
나 싶습니다.

옮긴이 후기를 쓰면서 출판사 관계자 분들의 노고에 관해 직접
언급해 본 적이 없습니다. 굳이 적지 않아도 다들 그리 알아주시
리라 생각했기 때문입니다. 하지만 이번에는 밝혀 두고 싶습니다.
늦은 원고를 참고 기다려 주신 김홍민 대표나, 늘 넉넉하게 여
유를 주려 애쓰는 임지호 편집장은 사실 두 분 다 까다로운 편집
자라 그간 늘 문장 하나하나를 가지고 저와 씨름해 주셨습니다.
엄벙덤벙 실수를 연발하는 제가 이만큼이라도 오류를 줄일 수 있
는 것은 두 분 덕입니다. 새내기 편집자 조소영 님은 더운 여름에
이 원고의 모든 문장을 원문과 대조하며 꼼꼼하게 체크해 주었습
니다. 그래서 누락된 부분이나 실수가 될 뻔한 부분도 최종 교정
지 이전에 수습할 수 있게 되었습니다. 특별히 감사드립니다. 세
분이 막지 못한 흠은 온전히 제가 욕먹을 몫이 됩니다. 그리고 마
지막으로, 초판 한정이라는 이야기를 들었지만 이 책과 함께 독자
여러분의 손에 쥐어질 루이스 캐럴의 〈스나크 사냥〉을 옮겨 주신
최내현 님. 촉박한 시간에 그 어려운 작업을 해 주셨습니다.

올여름 엄청난 출혈에도 불구하고 생존한 독자 분들에게 다시

감사드립니다. 여기 또 하나의 표적이 날아가니 총알을 장전하시기 바랍니다. 방아쇠를 당길 만한 표적이 될 것입니다.

2007년 8월, 옮긴이

* 1992년 발행된 문고본을 바탕으로 우리말로 옮겼습니다.
* 작품 내용에 관한 문의는 이메일 anuken@gmail.com이나 웹사이트 http://www.mamio.com으로 부탁드립니다.

스나크
사 냥

2판 1쇄 발행 2017년 1월 20일

지은이　미야베 미유키
옮긴이　권일영

발행편집인　김홍민 · 최내현
책임편집　임지호
편집　조소영, 유온누리, 안현아
마케팅　홍용준
표지디자인　이혜경디자인
용지　한승지류유통
출력　블루엔
인쇄　청아문화사
제본　대신문화사
독자교정　김미진, 김혜선, 이동윤, 임석원, 임종현

펴낸곳　도서출판 북스피어
출판등록　2005년 6월 18일 제105-90-91700호
주소　(03961) 서울특별시 마포구 방울내로 11길 43 101-902
전화　02) 518-0427
팩스　02) 701-0428
홈페이지　www.booksfear.com
전자우편　editor@booksfear.com

ISBN 978-89-98791-59-9 (04830)
　　　978-89-91931-11-4 (SET)